nicht meine tochter

WEITERE TITEL VON KATE HEWITT

IN ENGLISCHER SPRACHE

My Daughter's Mistake

Beyond the Olive Grove

The Edelweiss Sisters

The Girl from Berlin

When You Were Mine

Into the Darkest Day

A Hope for Emily

No Time to Say Goodbye

Not My Daughter

The Secrets We Keep

A Mother's Goodbye

AMHERST ISLAND SERIE

The Orphan's Island

Dreams of the Island

Return to the Island

The Island We Left Behind

FAR HORIZONS TRILOGIE

The Heart Goes On

Her Rebel Heart

This Fragile Heart

KATE HEWITT

nicht meine tochter

Übersetzt von Larissa Jolitz

bookouture

Herausgegeben von Bookouture, 2022

Ein Imprint von Storyfire Ltd.
Carmelite House
50 Victoria Embankment
London EC4Y 0DZ

www.bookouture.com

ISBN: 978-1-80314-287-6
eBook ISBN: 978-1-80314-138-1

Für meine wundervolle Mom Margot Berry. Danke, dass du meine Schreibbemühungen von »The Christmas Rose« bis hierhin immer unterstützt hast. Ich hab dich lieb! Deine Katie

PROLOG

Das Zimmer wird sanft von den Leuchtsternen an der Decke erhellt, die du zum fünften Geburtstag bekommen hast, und von einem Mondstrahl, der als silberner Streifen durch das Fenster und über deinen Schlafzimmerboden fließt.

Du liegst ganz still da, deine Wimpern schmiegen sich an deine Wangen, dein goldenes Haar bedeckt das Kissen. Du bist wunderschön, allein dein Anblick zerreißt mir förmlich das Herz.

Dein Atem geht so ruhig, dass ich ihn kaum hören kann, aber ich sehe, wie sich deine Brust stetig hebt und senkt, jeder Atemzug ist wie ein Versprechen. *Noch bist du hier. Noch bei mir.* Noch.

Ich versuche nun schon seit Monaten, mich mit deiner Diagnose abzufinden, spreche mir innerlich die Worte vor, taste mich an die Realität heran wie mit einem Zeh im Eiswasser, aber in Momenten wie diesem ist es nach wie vor ein Schock, die Einsicht trifft mich wie ein Schlag in die Magengrube, schnürt mir die Luft ab und mir wird schwindlig. *Wie konnte es so weit kommen? Wie ist das möglich?*

Aber die schlimmste Frage von allen sehe ich viel zu oft wie eine trübe Wolke in deinem Blick: *Warum ich?*

Ich stehe von der Bettkante auf, zu ruhelos, um stillzusitzen. Dein Plüschhase mit dem Seidenfutter an den Ohren ist dir auf den Boden gefallen. Ich hebe ihn auf und lege ihn dir sicher in den Arm. Du lächelst im Schlaf und kuschelst dich eng an ihn.

In der Stille der langen, einsamen Nacht wage ich es, auf all die Jahre zurückzublicken – alle Entscheidungen, alle Fehler, alle Wünsche und Verluste, alles, was uns hierhergeführt hat.

Ich foltere mich selbst mit diesem nutzlosen Hadern, quäle mich endlos herum mit den Fragen, die mich nicht loslassen. Was, wenn ich anders gewesen wäre? Wenn ich die Dinge anders angegangen wäre? Wenn ich von Anfang an schlauer, stärker, selbstloser gewesen wäre? *Was wäre dann?*

Dann wärst du nicht hier. Dann gäbe es dich überhaupt nicht. Und in diesem Augenblick, auf der Schwelle zur Tragödie, überwältigt von Liebe, weiß ich keine Antwort auf die eine furchtbare, verzweifelte Frage: Wenn ich in der Zeit zurückgehen und alles anders machen könnte, würde ich es tun?

TEIL 1

1

MILLY

Schlechte Nachrichten. Das sehe ich der Ärztin am Gesicht an, und ich balle die Fäuste im Schoß, um mich zu wappnen.

»Es tut mir leid.« Dr. Finlay, oder Meghan – als wir vor einer ganzen Weile auf diese mühsame Reise namens Kinderwunsch aufbrachen, bat sie uns darum, sie so zu nennen – zieht eine mitfühlende Miene. Daraufhin verkrampft sich mein Magen genauso wie meine Fäuste. *Ist es so schlimm?*

Matt nimmt stumm meine Hand, verschränkt seine Finger in meinen. Meine Handflächen fühlen sich eisig und feucht an, mein Herz fängt an zu hämmern. Ich habe heute auf gute Nachrichten gehofft: Dass meiner Schwangerschaft, der Gründung unserer eigenen kleinen Familie, nichts mehr im Wege stünde nach den monatelangen Beratungen und Diagrammen und Tests und *all dem Warten*. Diesem ewigen Warten.

»Ich habe mir das Ergebnis von Millys Beckenscan angesehen.« Meghans Blick wandert zwischen uns beiden hin und her. »Und kann jetzt eine sichere Diagnose stellen.« Nun fixiert sie mich, die Mundwinkel leicht nach unten gezogen. »Es tut mir leid, Milly, aber anhand des Scans und auch der Hormonwerte der letzten Monate steht fest, dass bei Ihnen eine prämature Ovarialinsuffizienz vorliegt.«

»Prä... was?« Ich starre sie verständnislos an. Es war die Rede davon, meinen Eisprung zu überwachen, und davon, dass ich mich entspannen sollte, und dass ich vielleicht mit Clomifen anfangen könnte. Dr. Finlay – Meghan – hatte mir versichert, vierunddreißig sei zum Schwangerwerden immer noch ein halbwegs junges Alter und ich hätte – das waren ihre Worte – die besten Aussichten auf Erfolg. Und jetzt erzählt sie mir etwas anderes, etwas *Schlimmeres*? Die Angst, die mir im Bauch herumschwirrt, verfestigt sich zu einem eiskalten Stein.

»Einfach gesagt handelt es sich dabei um verfrühte Wechseljahre, aber so nennen wir es ungern. Immerhin sind die Wechseljahre ein eigener, ganz natürlicher Prozess, und das hier ist natürlich etwas anderes.«

Ich schlucke und klammere mich an Matts Hand, mein einziger Anker in all der Ungewissheit. »Und was heißt das nun? Bekomme ich Clomifen?« Ich höre meinen hoffnungsvollen Tonfall und verziehe innerlich das Gesicht davor.

»Nein, ich fürchte, diese Möglichkeit haben wir nicht, der Aktivitätsverlust ist schon zu weit fortgeschritten.«

Das klingt nicht nur furchtbar, sondern auch endgültig, und Letzteres ist schlimmer. »Und was jetzt?«, frage ich, auch wenn ich die Antwort vielleicht gar nicht wissen will.

Meghan zögert, und in diesem Zögern liegt alles, was ich nicht hören möchte. Sie überbringt mir die schlechten Nachrichten. Ich sehe es ihr an, daran, wie sie die Hände flach auf den Tisch legt, als müsse sie alle Kräfte zusammennehmen. Dabei bin ich es, die den Schlag abbekommt.

Ich lasse meine Hand aus Matts gleiten und balle abermals die Fäuste im Schoß. Ich war fest entschlossen, habe alles richtig gemacht, pränatale Vitamine geschluckt und auf Koffein verzichtet, habe mir Zeit genommen für Entspannung und Meditation und was auch immer die neuesten Experten empfehlen, aber in diesem Moment weiß ich, dass all das umsonst war. Nichts davon wird irgendeine Rolle spielen.

»Was eine Schwangerschaft angeht«, sagt Meghan in dem behutsamen Tonfall aller Mediziner mit schlechten Nachrichten, »würde ich Ihnen vorschlagen, eine Spendereizelle in Betracht zu ziehen.« Sie wendet sich Matt zu. »Wenn das für Sie der richtige Weg ist. Selbstverständlich benötigen Sie da etwas Bedenkzeit, und es gibt auch noch andere Optionen ...« Sie spricht immer weiter über Eizellspenden, In-vitro-Fertilisation, dann über Leihmutterschaft und sogar Adoption, die ganzen Alternativen, über die niemand nachdenken will, aber irgendwann mitten in ihrem Vortrag schaltet mein Kopf ab. Ich höre nur noch, dass ich *niemals* schwanger sein werde. Ich werde nie mein eigenes, leibliches Kind haben, in meinem Körper entstanden, mit meinem Blut in den Adern.

Zwanzig Minuten später stehen Matt und ich draußen vor der Klinik, umpeitscht von einem eisigen, erbarmungslosen Winterwind, der vom Bristolkanal herüberweht.

»Möchtest du nach Hause?«, fragt Matt nach einem Augenblick, in dem wir nur dastehen. »Wir könnten auch einen Kaffee trinken gehen?«

»Ich möchte keinen *Kaffee trinken*.« Die Worte kommen als Fauchen heraus und überraschen uns beide. Ich bin überhaupt nicht wütend auf Matt, ich bin einfach nur wütend. »Tut mir leid.« Ich hole tief Luft, zwinge die Emotionswelle wieder zurück. »Es tut mir leid«, sage ich noch einmal.

»Schon in Ordnung«, sagt er sanft, obwohl es das ganz und gar nicht ist, und dann nimmt er mich beim Arm, als wäre ich krank oder eine alte Dame. Das bin ich nicht – bloß meine Eizellen sind alt.

Schweigend fahren wir zurück nach Redland, einem von Bristols familienfreundlichen Vierteln, zu unserer Vierzimmer-Doppelhaushälfte, die wir vor zwei Jahren gekauft haben, als wir anfingen, über Familie und Babys und all diese hoffnungsfrohen nächsten Schritte nachzudenken.

Unsere Zweizimmerwohnung in Temple Meads hatten wir verkauft, um in ein kinderfreundliches Haus auf einer grünen Straße zu ziehen, mit eigenem Garten, einer Grundschule in Laufweite und im Einzugsgebiet einer guten Schule. Es gibt ein Gemeindezentrum mit Krabbelgruppen und den Pfadfindern und einen Spielplatz gleich um die Ecke. Es war voll und ganz mein Leben, wie ich es mir als kleines Mädchen vorgestellt hatte, und nun ist das alles hinfällig.

»Möchtest du darüber reden, Mills?«, fragt Matt nach ein paar Minuten.

Ich starre aus dem Autofenster und schüttle den Kopf, fühle mich erstarrt und betäubt und nicht bereit dazu, mich mit der ausweglosen Diagnose auseinanderzusetzen, die wir hier gerade bekommen haben.

»Nein. Noch nicht.«

»Willst du Anna anrufen?«

Anna ist meine beste Freundin, seit wir elf Jahre alt waren, neben Matt ist sie die einzige Person auf der ganzen Welt, die immer zu mir gehalten und mich nie im Stich gelassen hat. Ich weiß, dass sie mich in den Arm nehmen wird, mit mir weinen und mir Wein nachschenken wird, aber genau dieses Mitgefühl könnte mir momentan den Rest geben. Ich fühle mich zerbrechlich, alles an mir ist spröde, drauf und dran zu bersten, aber ich weiß, ich werde sie brauchen. Ich nicke schniefend. »Ja. Ich rufe sie später an.«

Zu Hause steige ich als Erste aus dem Auto, eile hinein, pfeffere den Schlüssel auf das Flurtischchen und atme den Duft des Lavendelputzmittels – natürlich bio – und der zitronigen Möbelpolitur ein. *Zu Hause.* Nur dass sich jetzt alles anders anfühlt, wie ein fürchterlicher Hohn ... Der Garten ist wie gemacht zum Spielen, er bietet Raum für eine Schaukel und einen Sandkasten, die flachen Stufen ins Obergeschoss sind kindersicher, das dritte Schlafzimmer haben wir als Kinderzimmer gedacht. Ich war nicht ganz so albern, schon die Wände zu streichen oder ein Gitterbettchen zu kaufen, nicht solange ich nicht einmal schwanger war. Aber ich habe geträumt. Und wie ich geträumt habe. Dabei muss es jetzt wohl bleiben – Träumerei.

Matt kommt hinter mir herein und geht in die offene Essküche, lichtdurchflutet und mit reichlich Platz für einen Hochstuhl, einen Laufstall, einen Rattankorb für Plüschtiere. Ich hatte ein perfektes Bild im Kopf.

Die Fenstertüren auf unsere kleine Terrasse hinaus waren ein weiteres Plus, wir hatten darüber geredet, an sonnigen Samstagvormittagen mit unserem Kaffee dort draußen zu sitzen und unserem Kind zuzusehen, wie es im Kastanienbaum am anderen Ende des Gartens schaukelt. Nun ist das geliebte Haus zu einem grausamen Denkzettel geworden und verspottet mich mit all dem »Was wäre wenn«, das plötzlich nur noch »Niemals« lautet.

Der Atem bleibt mir als Schluchzer im Hals stecken. Matt dreht sich vom Befüllen des Wasserkochers um.

»Milly ...«

»Nein, ich kann nicht. Noch nicht. Es tut mir leid.« Ich bin noch nicht bereit, darüber zu reden. Nicht bereit, meine Träume in einem pragmatischen Gespräch abzumontieren und die weitere Vorgehensweise zu planen, wie ich es sonst gerne tue, mit Checklisten und allem Drum und Dran. Irgendwann, aber jetzt noch nicht.

Ich gehe nach oben, in den Raum, der als Kinderzimmer vorgesehen war. Im jetzigen Zustand hat er nichts Babyfreundliches an sich, nur eine Reihe Plastikboxen, ein paar leere Koffer und Matts Saxofon liegen herum und setzen Staub an.

Ich betrachte das kahle Zimmer einen Moment lang, dann rutsche ich langsam an der Wand herab auf den Boden und umfasse meine Knie. Draußen klopfen blattlose Äste an das

Fenster und winterliche Böen rütteln daran. Ich lege das Kinn auf die Knie und atme noch einmal tief durch – diesmal ganz ruhig.

Ich werde nicht weinen. Ich weiß genau, wenn ich weine, dann habe ich aufgegeben, und das sehe ich noch nicht ein. Nicht nach all den Mühen. Auch wenn ich es am Ende vielleicht doch muss.

Ich hab doch alles richtig gemacht. Ich will es herausschreien, aber zu wem? Wer würde denn schon zuhören? Wen würde es interessieren? Ich weiß ja, dass das Leben nicht fair ist, zu mir genauso wenig wie zu anderen. Ich habe in den Nachrichten schon zu viel Leid und um mich herum zu viel beiläufige Grausamkeit gesehen, als dass ich anderer Meinung sein könnte, aber nun muss ich mir eingestehen, dass ein kleiner Teil von mir überzeugt war: Wenn ich nach den Regeln spielen und alles richtig machen würde, wenn ich freundlich und gutmütig und respektvoll und all das wäre, dann würden meine innigsten Wünsche in Erfüllung gehen. Ich dachte, es gäbe so etwas wie eine übergeordnete Gerechtigkeit, auf die ich einwirken, auf die ich zählen kann, eine Art kosmisches Gericht, das zu meinen Gunsten entscheiden würde. Aber der heutige Tag hat mir gezeigt, dass es so etwas nicht gibt, nicht geben kann.

Ich bin in den Wechseljahren, ganz gleich, ob *Meghan* dieses Wort benutzen will oder nicht. Ich bin vierunddreißig und meine Eizellen sind verkümmert, verwelkt. Nutzlos. Und zwar so nutzlos, dass die Wahrscheinlichkeit für eine natürliche Empfängnis inzwischen bei weniger als einem Prozent liegt. Das hat Meghan gesagt, *daran* erinnere ich mich.

Knarrend öffnet sich die Tür, und dann ist Matt da, er hockt sich mit einer Tasse Tee neben mich. Ich nehme sie und spüre beißende Tränen in den Augen.

»Ich war nicht bereit für diese Neuigkeiten«, sage ich und schließe die Finger um die wärmende Tasse. Ich kneife einmal fest die Augen zu, denn ich bin auch jetzt noch nicht bereit.

»Ich weiß.«

»Ich kann keine Kinder bekommen.« Ich spreche es aus, als wollte ich die Worte wie ein Outfit anprobieren. Es passt nicht. Es ist zu eng, es kratzt, ich will es mir direkt wieder vom Leib reißen.

»So hat Dr. Finlay das aber nicht gesagt.« Matt hat sie nie Meghan genannt. »Sie hat auch von anderen Möglichkeiten gesprochen ...«

»Aber dann wird es nicht mein eigenes Kind sein.« Auch wenn ich nicht alle Einzelheiten von Meghans Erläuterungen aufnehmen konnte, habe ich so viel doch noch mitbekommen.

Matt legt mir die Hand aufs Knie, warm und verlässlich. »Doch, das wird es«, sagt er sanft. »Gerade du solltest das wissen.«

Ja, das sollte ich wohl, denn ich bin selbst adoptiert. Ich habe keine Ahnung, wer meine leiblichen Eltern sind, ich habe schon vor langer Zeit beschlossen, das nicht herauszufinden. Und meine Adoptiveltern, meine *richtigen* Eltern, sind wunderbar. Das waren sie immer, stark und liebevoll und für mich da. Es stimmt also, gerade ich sollte kein Problem mit Adoption haben.

Aber ich habe es doch.

Ich erwarte nicht von Matt, dass er das versteht, und ich bin mir nicht sicher, ob ich es mir selbst gegenüber erklären könnte. Hier und jetzt noch nicht.

»Wir müssen nichts überstürzen«, sagt Matt, und auch das tut weh. Wir müssen nichts überstürzen, weil es für mich sowieso schon zu spät ist.

Ich lehne den Kopf an die Wand und schließe die Augen. Ich bin völlig erschöpft, mein ganzer Körper schmerzt und es sticht mir in den Augen.

»Soll ich in der Schule anrufen?«, fragt Matt. Ich habe mir für den Termin nur den Vormittag freigenommen, nach dem Mittagessen muss ich wieder zu meiner ersten Klasse – eine

Aussicht, vor der mir jetzt graut. Ich kann gerade keine achtundzwanzig Fünf- und Sechsjährigen mit ihren permanenten Plappereien und piepsigen Fragen ertragen, aber ich kann es mir auch nicht leisten, den ganzen Tag freizunehmen. Obwohl die Vorstellung, mich unter der Bettdecke zu verkriechen, sehr verlockend ist, würde ich mich dabei nur im Selbstmitleid suhlen. Das kann ich nicht gebrauchen.

»Nein, schon okay. Ich werde hingehen.«

»Was ist mit Anna?«

»Ich rufe sie später an.« Sie wusste natürlich von dem Termin heute und hat mir schon eine Nachricht geschickt, um zu fragen, wie es gelaufen ist. Die letzten anderthalb Jahre habe ich sie über jeden einzelnen qualvollen Schritt dieser Reise auf dem Laufenden gehalten, mal zuversichtlich, mal enttäuscht, und abwechselnd hat sie sich gefreut und mich getröstet. Ich weiß, sie wird mir auch jetzt den Rücken stärken wollen, aber ihr unerschütterliches Mitgefühl führt mich vielleicht auch direkt in dieses Jammertal, das ich vor mir erahne.

Ich trinke den letzten Rest Tee und will aufstehen; Matt reicht mir die Hand. Als ich sie nehme, wird mir plötzlich schmerzhaft bewusst, dass auch ihn das betrifft. Er wird keine Kinder von seiner Frau bekommen können. Die Unfruchtbarkeit ist nicht allein mein Problem, auch wenn es an mir liegt.

»Es tut mir leid«, sage ich, und er schaut mich erstaunt an. Er hält immer noch meine Hand.

»Was denn?«

»Dass ... dass ich keine ...« Ich kann den Satz nicht beenden. Auf einmal weine ich, bestehe nur noch aus Schluchzern und Schnodder, meine Schultern beben. Matt zieht mich an sich und ich breche dankbar an ihm zusammen. Allzu lange habe ich es ja nicht geschafft, mich zu beherrschen. Jetzt brauche ich diese Umarmung, seine Arme um mich, die mich in einem Stück zusammenhalten.

»Das ist nicht dein Problem, Milly. Es ist unseres. Wir

stecken da gemeinsam drin. Und wir werden auch einen Weg da raus finden, auf jeden Fall, und zwar zusammen. Es wird alles gut, das verspreche ich dir.«

Ich drücke das Gesicht an seine Schulter, zwinge mich dazu, mit dem Weinen aufzuhören, beschließe fest, Trost aus seinen Worten zu ziehen. Denn ich glaube ihm. Ich Dummkopf glaube ihm jedes Wort.

2

ANNA

Als Milly mir endlich schreibt, erst Stunden nach ihrem Termin, weiß ich sofort, dass es schlechte Neuigkeiten geben muss. Das merke ich an ihren vier einfachen Worten, ohne irgendein Drumherum: *Treffen wir uns später?*

Na klar, tippe ich. *Wann?*

Um fünf?, kommt schnell die Antwort. Normalerweise bin ich bei der Arbeit erst später fertig, aber ich kann auch ein bisschen früher weg.

Okay, schreibe ich. *Willst du jetzt schon drüber reden?*

Es vergehen einige Minuten, bevor Milly antwortet. *Nein. Später.*

Dann muss es wirklich schlimm sein. Ach, Milly. Nie hat sie sich etwas mehr gewünscht als eine eigene Familie. Davon hat sie schon mit elf Jahren geredet – sie wollte drei Kinder, weil zwei irgendwie nicht genug wären. Weil sie selbst keine Geschwister hat. Weil sie wissen wollte, wie jemand aussieht, der mit ihr verwandt ist. Würde er oder sie auch ihre wilde Mähne haben, ihren etwas schiefen Vorderzahn? Immer wenn sie darüber sprach, leuchteten ihre Augen und sie bekam einen wehmütigen Gesichtsausdruck. *Ich kann es gar nicht erwarten.*

Was, wenn es nichts wird? Was wird sie dann tun? Die letzten zwei Jahre saß ich bei Millys und Matts Fruchtbarkeitsproblemen in der ersten Reihe; ich weiß, wie ungeduldig sie war und wie viel Mühe sie sich gegeben hat, Entspannung zu finden. Ich weiß sogar, wann ihr Eisprung ist.

Aber vor allem weiß ich, wie sehr sich Milly nach einem Baby sehnt, was für eine großartige Mutter sie wäre, und wenn es wirklich schlechte Nachrichten sind, dann weiß ich, dass sie am Boden zerstört wäre.

Und auch, dass ich für sie da sein muss, so wie ich es immer war und immer sein werde, weil sie meine beste Freundin ist, weil sie immer wieder auch für mich da war – angefangen beim ersten Tag an der weiterführenden Schule, als ich ganz verloren und überfordert dastand, Milly direkt auf mich zugesteuert kam und verkündete, dass wir nun Freundinnen seien. Ich starrte ihr kleines, entschlossenes Gesicht an und fühlte eine Welle der Erleichterung über mich hinwegrollen. Jetzt wird alles gut, dachte ich. Endlich einmal würde etwas in meinem Leben gut werden. Und das wurde es auch.

An diesem Abend schlängele ich mich zwischen den Tischen in Harveys Cellars hindurch, dem Weinkeller in der Altstadt von Bristol, der immer schon Millys und mein Stammtreffpunkt war. Sie sitzt ganz hinten, hat die Beine um den hohen Hocker geschlungen und nippt an einem großen Glas Rotwein. Sie schaut verschlossen und betrübt, ihr wildes, dunkles Haar steckt in einem ordentlichen Pferdeschwanz. Als sie zu mir hochsieht, erkenne ich die furchtbar tiefe Traurigkeit in ihrem Blick und schließe sie wortlos in die Arme.

Sie gibt die Umarmung fest zurück, vergräbt sich kurz darin, löst sich dann von mir und tupft sich die Augen. »Ich will jetzt nicht komplett zusammenbrechen«, erklärt sie mit zitternder Stimme, und es zerreißt mir fast das Herz.

»Was trinkst du?«, frage ich.

Sie zuckt die Schultern. »Den Hauswein, was auch immer das für einer ist. Egal.«

Bei den beiden ist Matt der Feinschmecker, bei ihm muss es immer den passenden Wein zum jeweiligen Essen geben. Ich war schon bei genug lebhaften Runden an ihrem Abendessentisch dabei, um genau im Ohr zu haben, wie er über Bouquets und dezente Noten und all das doziert. »Okay«, sage ich, in dem Versuch, einen Ton irgendwo zwischen fröhlich und mitfühlend anzuschlagen. »Ich hole mir auch einen, und noch einen zweiten für dich.«

Milly schüttelt den Kopf. »Nein, ich muss noch fahren. Ich darf mich nicht betrinken, so gern ich das tun würde.«

Als ich mit meinem Glas Wein zum Tisch zurückkehre, ist Milly schon fast mit ihrem fertig. Sie sitzt mit aufgestütztem Kinn und resigniertem, aber hartem Gesichtsausdruck da. Sie sieht beinahe wütend aus.

»Also waren es keine guten Neuigkeiten?« Bei dem Termin war die Besprechung des Scans geplant, der vor einer Woche gemacht wurde, neben einer ganzen Reihe anderer Tests. Milly war beschwingt gewesen, ganz versessen darauf, ihre Antworten zu bekommen und auf die Aussicht, die Sache endlich angehen zu können, aber ich hatte meine Zweifel. Die habe ich immer. Milly lässt sich gerne von resolutem Optimismus mitreißen, während ich mich eher zurückhalte. Abwarte. Beobachte. Ich denke, deswegen funktionieren wir als Freundinnen so gut – wir gleichen einander aus.

»Im Gegenteil, es waren so ziemlich die schlechtesten Neuigkeiten, die ich kriegen konnte.« Sie trinkt den letzten Schluck Wein und schaut mich mit düsterem Gesicht wieder an. »Ich kann keine Kinder bekommen, Anna. Es besteht nicht mal die geringste Chance.«

»Was?« Schockiert höre ich mir von Milly die Einzelheiten

an – selbst ich mit meiner vorsichtigen, überbesorgten Art hatte nicht damit gerechnet, dass es *so* schlimm sein würde. »Milly, es tut mir so leid.«

»Ich komme mir ganz selbstsüchtig vor, weil mich das so mitnimmt«, murmelt sie und dreht mit gesenktem Blick ihr Weinglas hin und her. »Ich meine, das ist doch ein Luxusproblem, stimmt's? Dann kann ich halt keine Kinder bekommen. Es gibt andere Lösungen, und ein Baby ist ja auch nicht alles. Das *weiß* ich. Das weiß ich ja.«

»Aber trotzdem ist es dein Problem. Deine Trauer.«

»Ja.« Sie presst die Lippen zusammen. »Es ist nur … Es ist so schwer, diesen Traum loszulassen, weißt du? Ein Baby, das wie Matt und ich ist. Jemand, der tatsächlich mit mir *verwandt* ist. Das wird es jetzt nie geben.« Sie seufzt, das Geräusch lässt mich schaudern. »Aber ich werde darüber hinwegkommen. Das muss ich.«

Sie richtet sich auf, wie immer entschlossen, tapfer zu sein. Ich drücke ihre Hand, und sie lächelt schwach.

»Was machst du jetzt?«, frage ich nach ein paar Augenblicken schwerer Stille. »Habt ihr schon darüber nachgedacht, wie es weitergeht?« Milly ist zielorientiert, immer schnurstracks unterwegs zum nächsten verheißungsvollen Vorhaben – eine Beförderung, ein größeres Haus, ein exotischer Urlaub, ein Marathon. Was immer sie sich in den Kopf setzt, verfolgt sie mit rigoroser Zuversicht, reißt Matt mit und oft genug auch mich. Wenn ich zaudere oder taumle oder einfach stehen bleibe, treibt Milly mich an. Ohne sie hätte ich die Schule bestimmt nicht überlebt. Um ein Haar hätte ich das wirklich nicht.

»Ich weiß nicht. Dr. Finlay hat ein paar Optionen erwähnt, aber die wollen mir so gar nicht in den Kopf.«

»Adoption?«, schlage ich vor, und ihr Gesicht verhärtet sich ein bisschen.

»Ich will nicht adoptieren.« Für jemanden, der selbst adoptiert ist, klingt sie überraschend bestimmt. Sie hebt eine Hand, um jeglichen Widerspruch abzuwehren, den ich vielleicht einwerfen könnte, aber das habe ich gar nicht vor. »Ich meine, ich bin sehr froh, dass ich adoptiert wurde, natürlich bin ich das, und meine Eltern sind fantastisch. Ich liebe sie über alles. Aber es ist auch nicht ganz unkompliziert, weißt du?«

»Ja, ich schätze, so ist das«, sage ich nach kurzem Zögern. Wir haben Millys Adoption in unseren fast zweieinhalb Jahrzehnten Freundschaft nicht gerade viel besprochen. Gleich an diesem ersten Tag in der Schule damals erzählte sie mir einigermaßen nüchtern, sie sei adoptiert, und diese Eröffnung war anscheinend direkt auch wieder das Ende der Geschichte. Eine Tatsache, die schnell geklärt werden musste, bevor wir uns anderen, besseren Dingen widmen konnten.

»Die Sache ist die ...« Milly stößt geräuschvoll die Luft aus. »Mom und Dad wollten nicht, dass ich nach meiner leiblichen Mutter suche, also habe ich es nie getan.«

»Wolltest du denn?«

»Ja, als Teenager war ich neugierig, aber mir war klar, dass es sie verletzen würde.« Sie schürzt die Lippen. »Und es ist nicht nur das. Es war immer so eine große Sache. Ich kann es nicht genau erklären, aber ich trage dieses ... dieses Gewicht mit mir herum. Dass meine Adoption bei allen möglichen Gelegenheiten auf den Tisch kommen muss, in der Schule, bei neuen Freunden. ›Das sind meine Eltern, aber ich bin adoptiert.‹ Mein persönlicher Hashtag.«

»Das war mir nicht klar.« Es überrascht mich, dass Milly mir das so noch nie erzählt hat – sie hat immer so getan, als wäre ihre Adoption kein großes Thema, und das habe ich ihr auch geglaubt. Ich mag Millys Eltern sehr. Sie wurden im Laufe meiner turbulenten Teenagerzeit sozusagen auch zu meinen, während meine eigenen Eltern erst pausenlos einander und schließlich auch mich bekriegten. Millys Eltern sind unaufdringlich und liebevoll, warmherzig, aber übertreiben es nicht.

Ihre Mom schreibt mir jedes Jahr eine Geburtstagskarte und umarmt mich immer, wenn wir uns sehen – mit einer *richtigen* Umarmung, so einer, bei der man die Aufrichtigkeit spürt. Eine, wie ich sie von meinen Eltern nie bekommen habe.

»Ich spreche nicht oft darüber, ich fühle mich schlecht deswegen, das auch nur ein kleines bisschen so zu empfinden. Und es ist auch wirklich nur ein kleines bisschen.« Milly seufzt. »Meine Eltern waren immer die Liebe und Fürsorglichkeit schlechthin, und ich weiß genau, *wenn* ich adoptieren würde ...« Sie runzelt die Stirn, ihre Stimme stockt. »Also, ich wollte einfach diese Verbindung fühlen können. Mein Kind im Bauch treten spüren ... wissen, dass es immer ein Teil von mir war und bleiben wird.« Sie wischt sich ungeduldig die Augen. »Wenn wir adoptieren, werde ich das nie erleben. Das werde ich sowieso nicht. Es geht ja nicht mehr.« Ihre Stimme bricht und sie vergräbt das Gesicht in den Händen. »Tut mir leid«, nuschelt sie zwischen den Fingern hervor. »Ich wollte echt nicht so zusammenbrechen. Ich versuch mich am Riemen zu reißen. Aber es brodelt schon den ganzen Tag immer wieder hoch, es ist immer wieder ein Schock.«

»Du musst nicht die Starke spielen«, versichere ich ihr sanft, und darauf erwidert sie nichts. Ich berühre sie am Arm. Ich möchte es ihr leichter machen, eine Lösung finden, so wie sie es so häufig für mich tut. Wie oft hat sie schon mit mir gebrainstormt, Wege gefunden? *Du möchtest neue Leute kennenlernen? Komm, wir melden uns im Fitnessstudio an. Du magst deine Chefin nicht? Lass uns mal nach Stellenanzeigen gucken.* Das mit dem Fitnessstudio hat funktioniert, das mit dem Jobwechsel nicht. Milly hat jedenfalls immer eine Antwort parat. Ohne sie würde ich nie vom Fleck kommen. »Es muss doch irgendeine Möglichkeit geben«, beharre ich und lasse einen Milly-artigen Optimismus in meinen Ton einfließen. »Etwas wie künstliche Befruchtung ... Es gibt doch heutzutage so viele Behandlungen ...«

Milly zuckt die Schultern und lässt die Hände sinken. »Dr. Finlay hat etwas davon gesagt, eine In-vitro-Fertilisation mit einer Spendereizelle durchzuführen, aber ist das nicht etwas seltsam? Ich bestelle mir einfach so ein Ei von irgendjemandem, den ich nie kennenlernen werde? Außerdem steht man locker zwei Jahre auf der Warteliste, und privat ist es unglaublich teuer.«

Ich versuche, alles zusammenzukratzen, was ich über Eizellenspende weiß, was nicht viel ist. »Immerhin würdest du dein Kind selbst austragen können.«

»Das Kind von jemand anderem«, wirft Milly ein, und ich schüttle den Kopf.

»Es wäre wie dein eigenes. Es wächst in dir heran, du bringst es auf die Welt. Also ich würde sagen, Eizellen spenden ist auch nicht groß anders als Blut spenden.«

Milly lächelt schwach. »Nicht ganz, Anna. Es ist ziemlich invasiv, wenn man Meghan glauben kann. Ich könnte mir das nicht vorstellen. Wenn ich wüsste, irgendwo da draußen läuft ein Kind herum, das wie ich aussieht, das gewissermaßen meins ist ... nicht, dass das noch zur Debatte stehen würde.«

»Ich glaube trotzdem nicht, dass es so wäre.« Ich weiß nicht, warum ich so hartnäckig bin. Ich habe nicht die geringste Ahnung von Eizellenspenden.

»Vielleicht nicht, aber die Warteliste und die Kosten ... ich weiß nicht, ob das für uns machbar ist.« Milly zuckt wieder die Schultern und ich trinke einen Schluck Wein.

Ganz langsam kommt mir eine Idee, sie nimmt in meinem Kopf Form an wie eine elegante Skulptur, die aus nassem, matschigen Lehm entsteht, aber ich werde darüber nachdenken müssen. Ganz bestimmt sollte ich nicht mit der Tür ins Haus fallen, während Milly so verwundbar ist und ich noch gar nicht alle Informationen habe.

Aber es geht um *Milly*, meine beste Freundin, die Einzige, die immer für mich da war, immer wieder. Ich habe vor Augen, wie sie in unserem ersten gemeinsamen Schuljahr ein paar fiese Mädchen zusammengeschrien hat, die mich mobben wollten. Zwei Jahre später hatte jemand auf der Jungentoilette etwas Gemeines – und damals völlig Unzutreffendes – über mich hingekritzelt, und sie marschierte hinein und übermalte es mit Tipp-Ex. Ich erinnere mich auch, wie sie mich an meinem absoluten Tiefpunkt vorfand, mich aus den Klauen meiner Verzweiflung rettete und dabei nie irgendwelche Fragen stellte, deren Beantwortung ich nicht ausgehalten hätte.

»Was, wenn du nicht auf die Warteliste müsstest?«, platze ich heraus, im vollen Wissen, dass ich das erst durchdenken sollte, aber gleichzeitig nicht in der Lage, mich im Zaum zu halten.

Sie schaut mich einen Moment lang ausdruckslos an und runzelt dann die Stirn. »Was willst du damit sagen?«

Ich zögere. Ohne nachzuforschen oder genau zu überlegen, was das für mich oder Milly bedeuten könnte, sollte ich so etwas wirklich nicht in den Raum werfen, aber tief im Innern fühle ich, es ist das Richtige. Für Milly. Und vielleicht sogar für mich. »Du hast doch gesagt, man kann das auch privat organisieren?« Sie zuckt vorsichtig zustimmend die Schultern. Sie weiß immer noch nicht, worauf ich hinauswill, und ich frage mich, ob ich das selbst so genau weiß. Trotzdem rede ich weiter, weil ich dieses eine Mal etwas für Milly herausreißen kann. Ein einziges Mal kann ich die Retterin sein. »Wenn du jemanden hast, der dir ein Ei spendet, musst du nicht warten – oder dafür bezahlen. Oder?«

Milly schaut mich eine ganze Weile groß an, sie beginnt zu verstehen, was ich meine. Der Gedanke nimmt Form an.

»Genau«, sagt sie langsam. »Theoretisch.«

»Das wäre doch was, oder? Also, wenn du diesen Weg einschlagen willst ...«

Milly beugt sich vor, auf einmal liegt etwas Dringliches in ihrem Blick. »Was genau meinst du damit, Anna?«

»Ich könnte dir ... ein Ei geben.« Es hört sich albern an, als wäre ich ein Huhn. »Wenn du möchtest.«

Milly starrt mich beinahe wütend an. »Meinst du das wirklich ernst?«

Tu ich das? Ich kenne noch nicht einmal die ganze Tragweite davon, weiß nicht, wie ich mich damit fühlen würde, und doch ... »Ja. Natürlich meine ich das ernst.«

»Aber ...« Sie schüttelt langsam den Kopf. »Das ist ein operativer Eingriff, Anna – wochenlange Hormonspritzen, Untersuchungen, alles Mögliche. So viel habe ich von Dr. Finlay mitbekommen.«

»Das kriege ich hin.« Ich fühle mich, als wäre ich Hals über Kopf ins Wasser gesprungen und nun schlägt es über mir zusammen, aber ich bereue es nicht.

Millys Augen füllen sich mit Tränen und sie schüttelt wieder den Kopf. »Das ist so dermaßen lieb von dir, Anna. Ernsthaft. Aber das sollten wir nicht im Eifer des Gefechts entscheiden. Ich würde dir da eine Menge abverlangen, und damit meine ich nicht die Spritzen. Das wäre eine Riesensache, für uns beide. Eine unheimliche Riesensache. Noch riesiger als ... ich weiß auch nicht, eine Niere oder sowas.«

»Genau genommen«, scherze ich, »ist eine Niere ja viel größer als eine Eizelle.«

»Jaja ... Du weißt, was ich meine. DNS. Ein *Baby*.« Sie beißt sich auf die Lippe. »Das hätte ... Auswirkungen. Emotional, meine ich. Da stürzt man sich nicht einfach rein.«

Ein Baby. Die Worte hallen in mir nach und ich muss den Blick abwenden. Ja, es ist eine große Sache. Das ist mir deutlicher bewusst, als Milly ahnt, und nur ein weiterer Grund, um ja zu sagen. Einer, den Milly nie verstehen wird und den ich ihr nie erklären werde.

Also lächle ich nur und drücke ihre Hand. »Du hast natürlich recht. Wir sollten beide drüber nachdenken, Informationen sammeln. Wissen, worauf wir uns einlassen. Aber das Angebot steht. Es wäre mir eine Ehre, das für dich zu tun, Milly.«

Sie schenkt mir ein zittriges Lächeln zurück, und ich schiebe sämtliche nagende Zweifel beiseite, als mir klar wird, dass ich jedes Wort genauso meine. Ich will es so. Für Milly … und für mich.

3

MILLY

Meine Gedanken stehen nicht still, während ich von dem Treffen mit Anna nach Hause fahre. Mich durchströmt etwas, das erstaunlich nah an ein Hochgefühl herankommt, wenn man die Verzweiflung und Trauer von vorhin bedenkt.

Ich hatte mir noch nicht über die verschiedenen Optionen klar werden können, hatte nicht einmal angefangen, an die nächsten Schritte für unsere Wunschfamilie zu denken ... und gerade, als alle Türen fest verschlossen schienen, hat Anna eine aufgestoßen. Alles, was ich tun muss, ist hindurchgehen. Manchmal kann es so einfach sein, oder?

Matt liegt ausgestreckt auf dem Sofa und schaut sich irgendeinen Blödsinn im Fernsehen an, als ich hereinkomme und meine Handtasche an der Tür fallen lasse. Ich muss noch den Unterricht für morgen vorbereiten, aber den Gedanken schiebe ich erst einmal beiseite. Das hier kann nicht warten, auch wenn ein Teil von mir weiß, dass es das wahrscheinlich sollte, zumindest, bis ich ein paar Nachforschungen angestellt und darüber *nachgedacht* habe. Aber ich sprudele geradezu über vor Hoffnung, und ich muss Matt daran teilhaben lassen.

Er blickt auf, als ich ins Wohnzimmer komme. »Wie geht's Anna?«

»Gut.« Obwohl wir überhaupt nicht darüber gesprochen haben, was bei ihr so los ist. Das schlechte Gewissen piekst mich wie ein Nadelstich, ich hätte mich nach ihrem Job erkundigen sollen. Das mache ich sonst immer, und Anna rückt dann widerwillig mit ein paar Einzelheiten heraus – sie war schon immer sehr verschlossen. Aber heute Abend ging es ausschließlich um mich.

»Und wie geht es dir?«, fragt Matt mit sanfter Stimme und mitfühlendem Blick.

»Alles in Ordnung, Matt.« Ich setze mich auf die Sofakante, angespannt und erwartungsvoll. Nach zehn Jahren Ehe kenne ich unsere Dynamik: Ich stürme mit meinen Plänen voraus und vergesse dabei manchmal, Matt mitzunehmen, im wörtlichen wie im übertragenen Sinn. Ich musste erst lernen, ihn sachte an meine Ideen heranzuführen: dieses Haus zu kaufen, sich für eine Beförderung im Job zu bewerben, es mit dem Kinderkriegen zu versuchen. Er braucht etwas Zeit, aber letztlich zieht er meistens doch mit. Wenn nicht, versuche ich einen Gang herunterzuschalten und meine Pläne noch einmal zu überdenken, denn ich weiß ja, dass ich ein wenig impulsiv sein kann und manchmal ein bisschen zu waghalsig drauflospresche. Matt erdet mich und ich bringe ihn in Schwung, wir ergänzen uns. Wir funktionieren gut. Und immerhin war es Annas Idee, nicht meine. Ich kann es ja wenigstens mal vorsichtig anschneiden.

»Gut. Das freut mich, dass es dir besser geht.« Er möchte meine Hand nehmen, aber ich habe beide Hände zwischen die Knie geklemmt, also legt er mir seine stattdessen auf den Oberschenkel. Ich lächle, und er hebt die Augenbrauen. »Was gibt's, Milly?«, fragt er, so gut kennt er mich.

»Ich habe Anna alles erzählt von ... du weißt schon, heute. Und sie hatte eine Idee.« Die Worte fühlen sich unbeholfen an, die Möglichkeit ist zu überwältigend, als dass ich sie in einem einfachen Satz beschreiben könnte. Ich kann es selbst noch kaum fassen. *Annas Eizelle. Mein Baby.*

»Eine Idee?«, wiederholt Matt, die Augenbrauen immer noch hochgezogen.

»Weißt du noch, was Dr. Finlay – Meghan – über eine Eizellenspenderin gesagt hat, und über IVF?«

»Zum Teil ...« Er guckt vorsichtig und ein bisschen verwirrt.

»Anna hat angeboten, unsere Spenderin zu werden. So können wir die Warteliste überspringen, und die Kosten. Ich könnte innerhalb von ein paar Monaten schwanger sein, vielleicht noch schneller.« Vor lauter Aufregung schnattere ich förmlich drauflos.

Matt lehnt sich auf dem Sofa zurück, seine Hand rutscht von meinem Bein. »Das ist eine wichtige Entscheidung, Mills, und keine, die man übers Knie brechen sollte.«

Ich kämpfe gegen den Dämpfer, ja den Anflug von Ärger über Matts verständliche Vorsicht an. Könnte er nicht wenigstens ein bisschen aufgeregt sein? »Das weiß ich«, sage ich ruhig, »und dasselbe habe ich auch zu Anna gesagt. Aber das Angebot steht.«

»Hat sie überhaupt richtig darüber nachgedacht, bevor sie dir das angeboten hat?«

»Ja ...« Obwohl ich da nicht sicher bin. Wie hätte sie das hinbekommen sollen?

»Ein paar Sekunden lang?« Er klingt skeptisch, und das kann ich ihm wohl kaum verübeln. Aber je mehr ich darüber spreche und nachdenke, desto richtiger fühlt es sich an. Es passt einfach, weil Anna und ich beste Freundinnen sind, fast wie Schwestern.

»Natürlich hat sie sich noch nicht bis ins letzte Detail damit beschäftigt«, sage ich. »Und wir treffen ja auch nicht auf der Stelle irgendwelche Entscheidungen, Matt. Aber ich wollte es dir erzählen. Es ist eine Möglichkeit. Das ist alles.«

»Trotzdem, ich habe überhaupt keine Ahnung von Eizellenspenden oder künstlicher Befruchtung. Ich kann ja nichts zustimmen, was ich nicht mal verstehe.«

»Dann lass es uns googeln.«

»Jetzt gleich?« Er sieht erschrocken aus.

»Warum nicht?« Matt wirkt widerwillig, in mir flackert Ungeduld auf, sogar etwas Kränkung. »Hör mal, es ist genau das, wonach es sich anhört. Wir bekommen Annas Eizelle und die wird dann besamt.« Ist das eigentlich der richtige Begriff, besamen? Befruchten? »Sie machen das Baby in einem Reagenzglas«, stelle ich klar, »und dann setzen sie mir den Embryo ein.«

Und dann bin ich schwanger. Das klingt magisch, wie eine schillernde Verheißung, die ich fast schon mit den Fingerspitzen erreichen kann. Es ist vielleicht nicht meine DNS, aber es wird mein Baby sein. Es wird in mir heranwachsen, ich werde es auf die Welt bringen. Ich werde die Mutter meines Kindes sein. Das ist der Silberstreif an meinem Horizont, der ansonsten voller dunkler Wolken hängt.

»Okay«, sagt Matt nach einer langen Pause. »So viel ist klar. Aber was sagt Anna dazu? Hat sie mal daran gedacht, was das alles bedeuten würde?«

»Noch nicht an alles, das habe ich auch noch nicht. Wir *fangen an*, darüber nachzudenken, Matt. Darum geht es ja.«

Langsam wiegt er den Kopf hin und her wie das Pendel einer Uhr. »Ich weiß nicht, ob ich Anna in diese Lage bringen will.«

Das lässt mich aufhorchen. Als ob ich sie dazu gedrängt hätte. »Es war *ihr* Angebot, Matt. Und auf was für eine Lage spielst du da überhaupt an?«

»Ich spiele auf gar nichts an.« Frustriert fährt er sich mit der Hand durchs Haar. »Aber Anna würde für dich so ziemlich alles tun, Milly. Das weißt du.«

Es hört sich wie eine Anschuldigung an, als wäre das ein

Teil unserer Freundschaft, den ich ausgenutzt habe, dabei würde ich andersherum doch auch alles für sie tun. Ich verschränke trotzig die Arme. »Warum also nicht das?«

»Weil das etwas völlig anderes ist als aufs Haus aufzupassen oder die Blumen zu gießen oder so. Ach komm, Milly, das *weißt* du.«

»Ja, und ich weiß auch, dass Anna meine beste Freundin ist, dass ich sie wie eine Schwester liebe und sie mich. Wer sonst würde uns so etwas anbieten? Wen würden wir sonst fragen? Wem würden wir *vertrauen*?«

»Und was ist mit mir?«, entfährt es Matt. »Hast du daran schon mal gedacht? Wie es mir dabei gehen würde, Annas Baby als unseres aufzuziehen?«

»So ist das doch überhaupt nicht«, schleudere ich zurück, auch wenn mir im Weinkeller schon ähnliche Gedanken gekommen sind. »Ganz ehrlich? Es ist doch eigentlich wie Blut spenden«, spreche ich Annas Worte nach, die ich selbst nicht ganz glaube. »Es wäre *unser* Baby. Ich würde es auf die Welt bringen. Die Gene sind gar nicht so wichtig.«

»Mir ist das klar, aber dir auch?« Er richtet sich auf und sieht mich direkt an. »Warum sollten wir nicht adoptieren?« Die Worte hängen kurz in der Luft und sinken dann in die Stille hinab. Ich sehe weg.

»Das will ich nicht. Das habe ich dir schon gesagt.«

»Ja, aber warum nicht? Deine Familie ist doch klasse, Milly ...«

»Na klar ist sie das.« Ich klinge gereizt, kann aber nichts dagegen tun. Dieses Gespräch hatte ich schon mit Anna und ich will es nicht noch einmal führen, obwohl das Matt gegenüber nicht fair ist. Ich weiß, wie toll meine Familie ist, das steht hier nicht zur Debatte. »Es scheint vielleicht die naheliegendste Lösung, aber es ist einfach nichts für mich.« Ich atme einmal tief durch. »Ich weiß, wie es sich anfühlt, adoptiert zu sein, okay? Und das will ich für mein Kind nicht.«

»Warum denn nicht?« Er sieht bestürzt aus und ein bisschen enttäuscht von mir, als hätte ich etwas Gemeines gesagt. Vielleicht habe ich das ja. »Du hattest doch eine Bilderbuchkindheit, deine Eltern vergöttern dich förmlich ...« Im Gegensatz zu seinen, die in der Regel gleichgültig und mit ihren eigenen Angelegenheiten beschäftigt sind. Die Gene spielen wirklich keine große Rolle. Das ist mir bewusst, und dennoch ... Ich möchte mein eigenes Kind. Ich will die Hand auf meinen langsam anschwellenden Bauch legen. Eine Geburt erleben. Ich will mein Baby im Arm halten in dem Wissen, dass es in meinem Körper herangewachsen ist, wenn es auch nicht mein eigenes Fleisch und Blut ist.

»Ich habe nie das Gegenteil behauptet. Darum geht es auch nicht.«

»Dann hilf mir zu verstehen, worum es geht.«

Ich verschränke die Arme fester, klopfe mit dem Fuß auf den Boden. Ich bin unruhig, als würde meine Haut überall kribbeln. So fühle ich mich immer, wenn ich über meine Adoption rede. Im Laufe der Jahre habe ich gelernt, das zu verstecken – Stichwort strahlendes Lächeln und rasches Abwiegeln. *Ich bin adoptiert, aber meine Familie ist super. Ich bin adoptiert, aber meine Eltern sind wunderbar. Ich bin adoptiert, aber ...* So geht das. Jedes Mal. Ein endloses Relativieren, das mich mein Leben lang begleitet.

»Müssen wir jetzt darüber reden?« Ich ringe um einen ruhigeren Ton. »Es scheint mir ein ganz anderes Thema zu sein. Für mich zählt gerade, dass ich immer noch die Chance habe, schwanger zu werden. Mein eigenes – *unser* eigenes – Baby zu bekommen. Verstehst du das, Matt? Verstehst du, wie wichtig mir das ist?«

Meine Stimme ist immer noch laut, und Matt seufzt. Irgendwie haben wir angefangen zu streiten, und ich kann nicht einmal sagen, wie wir an diesen Punkt geraten sind. Nach dem Weinkeller war ich so voller Zuversicht, so *hoffnungsfroh,* und nun das. Ich wollte, dass Matt an Bord kommt, sich trotz aller Vorsicht von meiner Begeisterung anstecken lässt, aber wie üblich bin ich ihm davongestürmt und er kommt nicht hinterher.

»Ich bin ja gar nicht klar dagegen«, sagt er nach einer Weile. »Ich möchte das nur gründlich durchdenken. Da hängt emotional eine Menge dran, Milly. Für uns genauso wie für Anna. Wir müssen uns jede Einzelheit absolut klarmachen.«

»Ich weiß.«

»Auf gewisse Weise gefällt mir der Gedanke an eine anonyme Spenderin besser.«

»Aber so gibt es keine Warteliste, und Anna hat spitzenmäßige Gene.« Ich versuche, einen lockereren Ton anzuschlagen, etwas von der Anspannung zu lösen. »Sie sieht umwerfend aus.« Anna hat nie viel auf ihr Aussehen gegeben, aber sie ist wirklich wunderschön – groß und blond, mit meeresgrünen Augen und perfekten Kurven. Im Grunde das Gegenteil von mir, denn ich bin klein, dunkelhaarig und dünn, meine Haut ist blass und sommersprossig und sie verbrennt, sobald ich mich auch nur für den Bruchteil einer Sekunde in die Sonne wage.

»Darauf kommt es ja wohl kaum an.«

»Worauf dann?«

»Wie es Anna dabei geht, wenn wir ihr Baby bekommen ...«

»Matt, so ist das doch wirklich nicht.« Daran muss ich fest glauben, ansonsten bricht der ganze Plan auseinander, bevor er überhaupt fertig geschmiedet ist. »Es ist nur eine *Eizelle* ...«

»Und wessen Sperma?«, fragt er ruhig. »Meins?«

Mich durchfährt ein Ruck, als hätte ich die letzte Stufe einer Treppe verfehlt, ein plötzliches *Rums*. Dieser Teil ist mir noch gar nicht in den Sinn gekommen, mir wird schlagartig und schmerzhaft bewusst, wie viel es noch zu bedenken gibt. Ich kann damit nicht so schnell vorpreschen, wie ich es gerne hätte. »Ich weiß nicht«, gebe ich zu.

»Ich fände es nämlich offen gesagt ein bisschen merkwürdig, mein Sperma mit Annas Eizelle zusammenzurühren.« Matt verschränkt die Arme. »Es tut mir leid, wenn du meinst, ich sollte das anders empfinden, aber so ist es.«

Ich nicke, mir geht es genauso. Natürlich schwächt das mein Es-ist-nur-eine-Eizelle-Argument, aber das Gefühl ist wie ein tief verwurzelter Instinkt. Und natürlich ergibt es eigentlich keinen Sinn, es ist ja nicht so, als würde sich irgendetwas Körperliches oder Emotionales zwischen Matt und Anna abspielen. Und doch kann ich das mulmige, unliebsame Gefühl nicht abschütteln, dass es *ihr* Baby sein wird. Nicht unseres. Nicht meins.

»Ich verstehe«, sage ich langsam. »Ich empfinde das genauso.«

Matt beugt sich vor. »Dann ist dir auch klar, dass wir das *sorgfältig* zu Ende denken müssen. Und nicht schon wild mit Reagenzgläsern um uns werfen.«

Ich setze zu einer Antwort an, aber da verzieht sich mein Gesicht und ich schlage die Hände davor, um meine Tränen zu verstecken.

»Oh, Milly.« Matt nimmt mich in die Arme. Ich lehne den Kopf an seine Schulter und lasse widerwillig die Tränen laufen.

»Es tut mir leid«, bringe ich zwischen meinen Schluchzern hervor. »Ich weiß, dass ich zu voreilig bin. Es war mir überhaupt nicht in den Sinn gekommen, bevor Anna es vorgeschlagen hat, und es war, als würde sie mir einen Rettungsring zuwerfen. Wir haben so lange in diesem Hamsterrad aus warten, warten, ständig nur warten gesteckt, immer mit der Anordnung, uns doch bitte zu entspannen. Nur um jetzt herauszufinden, dass das einen Scheißdreck gebracht hat.« Der Ärger platzt aus mir heraus. Es ist so *ungerecht*. »Wenn wir eher angefangen hätten ... Wenn Meghan schon früher ein paar Tests gemacht hätte ...« Jede Silbe ist von Bitterkeit zerfressen. *Wenn, wenn.*

»Wir wissen nicht, was dann gewesen wäre«, sagt Matt und klingt dabei frustrierend vernünftig. Ich will ihn auch wütend sehen. Ich will sehen, dass er etwas *fühlt*. Diese ganze Geschichte, das Auf und Ab, die Ungewissheit, die endlose Warterei, hat er einfach so weggesteckt, unerschüttert, fast schon unbekümmert. Heute Abend hat er bei dem Fruchtbarkeitsthema zum ersten Mal eine merkbare Regung gezeigt – und das war Ärger über mich. Er fährt im gleichen ruhigen Tonfall fort: »Wir haben keinerlei Garantie, dass es auf natürliche Weise überhaupt je geklappt hätte.«

»Aber vielleicht hätte es das.«

»Ja, vielleicht.« Er seufzt und streicht mir übers Haar. »Aber es nützt nichts, uns zu überlegen, was vielleicht gewesen wäre. Wir müssen uns mit dem Hier und Jetzt beschäftigen.«

»Stimmt.« Ich lehne mich zurück und wische mir die Tränen von den Wangen. »Und genau das hatte ich vor.« Ich wollte gar nicht so bald wieder darauf zurückkommen, ganz ehrlich nicht, aber da sind wir nun. »Bitte, Matt. Können wir nicht wenigstens ein paar Nachforschungen anstellen? Schauen, ob es etwas für uns sein könnte?«

Er sieht mich lange an, als wolle er sich mit den Augen in mein Gehirn graben. Ich erwidere den Blick, bin mir der Hoffnung und des Dringlichkeitsgefühls in meinem Ausdruck voll bewusst und hoffe, dass Matt das erkennt. Dass es ihm etwas bedeutet, wie sehr ich mir das wünsche.

»Also gut«, sagt er schließlich und greift nach seinem Laptop auf dem Wohnzimmertisch. Ich rutsche näher an ihn heran und er legt mir den Arm um die Schultern, während er nach *Ist Eizellenspende das Richtige für dich?* sucht.

Wir klicken den ersten Link an, den Blog einer Fruchtbarkeitswebsite, der die Erfahrungen einer Spenderin darlegt. Still lesen wir alles über die Hormone, die sie nimmt, Nebenwirkungen, die Absaugung der Follikel unter Betäubung und dass zehn ihrer Eizellen befruchtet und die Embryos für später eingefroren wurden. Zehn winzige Babys in der Warteschleife ... das bringt mich auf den Gedanken, dass wir auf diese Art auch mehr als ein Kind bekommen könnten, nicht nur so ein trauriges Einzelstück wie mich. Wir könnten drei haben, meine Traumfamilie, groß, aber nicht zu groß, eine kleine Horde Gesichter um den Tisch, Gedränge und Gerangel.

Matt runzelt die Stirn und klickt eine andere Seite an, dann noch eine, und wir zwei sammeln Informationen über Spenderinnen und die Eltern in spe, die Abläufe, die Kosten, die rechtlichen Aspekte. Seite für Seite machen wir uns ein klareres Bild von diesem fremden neuen Terrain.

Matt spricht kein Wort, er liest genauso ruhig und konzentriert, wie er auch sonst alles tut. Ich aber werde immer aufgeregter, als steckte mir ein Hoffnungsballon im Bauch, der immer weiter anschwillt. Ich werde mich hüten, jetzt etwas zu sagen, aber ich verbuche jede neue Erkenntnis als Gewinn: Es besteht eine fünfzig- bis siebzigprozentige Erfolgsquote bei Eizellspende und IVF. Die Fallstudien zu offenen Spenden, bei denen Spenderin und Eltern sich kennen, lesen sich wie ein ganzer Haufen glücklicher Familien. Aber was am besten ist: Eine Studie zeigt, dass die DNS der schwangeren Mutter Einfluss auf ihr Baby nimmt, auch wenn es genetisch gar nicht ihr eigenes ist. Es *wird* mein Kind sein.

Schließlich klappt Matt bedächtig den Laptop zu. In erwartungsvollem Schweigen sitzen wir auf dem Sofa. Ich ermahne mich dazu, jetzt bloß nichts zu sagen.

»Das könnte funktionieren«, taste ich mich nach ein paar nicht enden wollenden Minuten vor. »Meinst du nicht?«

»Ich weiß nicht.« Matt ist wie gehabt zurückhaltend. Ich frage mich, was wir gelesen haben, das ihm zu denken gegeben haben könnte. »Es ist sehr viel auf einmal.«

»Ja, natürlich. Aber es ... ist möglich, oder?«

Matt dreht sich mit einem müden Lächeln zu mir um. »Ich

kenne dich doch, Milly. Wenn ich dir jetzt sage, dass es möglich ist, hast du Anna morgen schon in die Klinik gebracht.«

»Morgen noch nicht«, protestiere ich, versuche mich an einem Lächeln, an einem Scherz, aber ich bin gespannt wie eine Feder. »Vielleicht nächste Woche«, flachse ich und meine es doch absolut ernst.

Matt bringt noch ein Lächeln zustande, sieht aber immer noch besorgt aus. Sein Kinderwunsch hat nicht die verzweifelte, angsterfüllte Ruhelosigkeit von meinem. Ja, er will Kinder, aber das versetzt ihn nicht in *Panik*. Er träumt nicht davon, endlich – *endlich* – ein Baby im Arm zu halten und zu denken: *Ich kenne dich. Ich hab dich immer schon gekannt.*

»Es kann nicht schaden, noch eine Weile darüber nachzudenken, oder?«, fragt er. »Uns noch mindestens ein paar Wochen Zeit zu nehmen?«

»Na klar«, sage ich, auch wenn ich enttäuscht bin. »Ich weiß, es fühlt sich so an, als würde ich das überstürzen, Matt. Das tue ich auch.« Ich atme laut aus. »Aber es fühlt sich für mich richtig an. Ich möchte schwanger sein, mit einem richtig schön dicken Bauch. Ich will meinen neugeborenen Schreihals im Arm halten. Ich habe so einen Drang nach dieser körperlichen Verbindung – besser kann ich es nicht erklären.« Ich spüre einen Kloß im Hals wachsen und muss mich zusammenreißen, um nicht schon wieder in Tränen auszubrechen. »Es ist mir wichtig. Sehr wichtig.«

Matts Züge werden weich und er drückt mich an sich. »Das weiß ich«, sagt er und gibt mir einen Kuss auf den Kopf. »Das weiß ich, Milly.«

Aber ich frage mich, ob er es wirklich weiß. Ob er diese Sehnsucht auch nur *ansatzweise* versteht, und die Tatsache, dass mich ein eigenes Kind in dieser Welt verwurzeln würde wie nichts anderes.

So habe ich das zumindest damals empfunden. Ich hatte keine Ahnung, wie ich mich fühlen würde, als es dann tatsächlich geschah, oder wie niederschmetternd es noch werden würde. Wenn ich es gewusst hätte, hätte ich dann etwas anders gemacht? Hätte ich mich abgewendet, Anna gesagt, dass das nichts für uns ist?

Diese Frage kann ich immer noch nicht beantworten. Und ganz ehrlich, das will ich auch nicht.

4

ANNA

Am Wochenende nach meinem Treffen mit Milly liege ich im Bett, lasse die Wintersonne durch das Fenster über mich strömen und schwelge in Tagträumen darüber, wie mein Baby wohl aussehen würde.

Natürlich wird es nicht *mein* Baby, das ist nicht der Sinn der Sache, aber seit ich Milly die Idee unterbreitet habe, bin ich ... neugierig. Wehmütig. Angesichts meines chronischen Mangels an romantischen Beziehungen bezweifle ich, dass ich jemals eigene Kinder haben werde, also kommt das vielleicht am nächsten dran? Ich darf möglicherweise sehen, wie ein Kind von mir aussieht. Vielleicht sehe ich es auch aufwachsen, werde Taufpatin oder Lieblingstante.

Der Gedanke bringt mich zum Lächeln, tut aber auf seine ganz eigene Weise auch weh. Die Erinnerung schmerzt. Aber daran werde ich heute nicht denken.

Es ist ein Samstag, da ist es bei mir immer sehr ruhig. Außer Milly habe ich nicht viele Freunde, nur ein paar oberflächliche Bekannte von der Arbeit, dann noch eine Frau, die ich im Spinning-Kurs kennengelernt habe und mit der ich manchmal einen

Kaffee trinken gehe, und eine alte Freundin aus dem Abendkurs in Wirtschaft, den ich vor Jahren belegt habe.

Partner hat es nie wirklich welche gegeben, und das ist auch in Ordnung so. Im Laufe der Jahre gab es ein paar Dates, die aber nie zu viel geführt haben, und in letzter Zeit habe ich mich gar nicht mehr damit abgegeben. Ich bin auch allein glücklich. Ich habe gelernt, wie.

Aber heute schlendere ich in meiner Zweizimmerwohnung im Dachgeschoss einer viktorianischen Häuserreihe herum und lasse die Gedanken umherwandern. Ich erlaube mir einen nur vage umrissenen, aber angenehmen kleinen Traum über eine nebelumwobene Zukunft, in der Milly und Matt mein Kind haben und ich Teil seines Lebens bin.

Ich schrecke ein bisschen vor diesen Träumereien zurück, denn es würde ja auf keine Weise, die wirklich etwas bedeutet, *mein* Kind sein. Ich spende eine Eizelle, kein Baby. Und doch ... Würde es meine Haare haben? Meine Augen? Meine rauen Hautstellen an den Ellbogen? Ich kann einfach nicht anders, als mir solche Fragen zu stellen.

Ich war nie besonders mütterlich, vor allem, weil ich das selbst nicht zugelassen habe. Nach der turbulenten Ehe meiner Eltern und meiner eigenen Teenagerzeit habe ich tiefergehende Beziehungen vermieden. Milly ist die Einzige, die meine instinktiv aufgebauten Mauern durchbrochen hat, und das hat sie nur dank ihres unerschütterlichen Willens geschafft.

Die verschwommenen Bilder eines Babys mit rosigen Wangen, eines Kleinkindes mit flachsblondem Schopf geistern mir immer noch im Kopf herum, als ich mich in mein dick gepolstertes Sofa sinken lasse. Meine Katze Winnie schnurrt zufrieden an meiner Seite, neben mir auf dem Tisch steht eine große Tasse Kaffee und ich öffne den Laptop.

Es dauert nicht lang, bis ich im Internetstrudel versunken bin. Ich klicke mich von Link zu Link durch meine Recherchen, von Hölzchen auf Stöckchen durch die Einzelheiten zu allem, was Milly bestenfalls kurz angerissen hat.

Ich bringe in Erfahrung, dass es einen strengen Hormonplan für mich geben wird sowie mindestens einen Termin bei der psychologischen Beratung, um herauszufinden, ob ich dem ganzen Unterfangen wirklich gewachsen bin. Mir werden die Eizellen unter Vollnarkose »abgesaugt«– dabei muss ich irgendwie an einen Staubsauger denken. Ich werde keine Elternrechte haben.

Schließlich mache ich den Laptop zu, ich muss den Kopf freikriegen. Joggen hilft mir da immer, also ziehe ich mir Laufsachen und Turnschuhe an. Es ist ein kalter, sonniger Tag, und auf dem Weg zum Victoria Park ist die Luft frisch und klar.

Mein Kopf hämmert im Rhythmus mit meinen Schritten, im Park angekommen lege ich einen Gang zu. Die Bäume stehen kahl da, der Himmel hat eine harte, helle Farbe. Ich werde nicht an Eizellen, Embryos oder Babys denken oder daran, dass Milly Mutter werden darf, während ich mich bereits dagegen entschieden habe. Ich werde nicht darüber nachgrübeln, was wäre, wenn, was wenn, *was wenn*, das geht nicht. Ich habe gelernt, mit meinen Entscheidungen zu leben. Ich hinterfrage sie nicht, nicht mehr, und hier geht es außerdem um Milly, nicht um mich. Ich darf mich nicht in den Vordergrund drängen.

Am südlichen Rand des Parks bleibe ich mit brennenden Lungen stehen und stütze die Hände auf die Knie. Als ich mich wieder aufrichte, stelle ich fest, dass ich in der Nähe des Spielplatzes an der Nutgrove Avenue bin. An einem so kalten Februartag ist nicht viel los, nur ein etwa sechsjähriges Mädchen mit goldenen Zöpfen quietscht vor Vergnügen, während ihr Vater sie auf der Schaukel anschubst. Ohne darüber nachzudenken, was ich tue, gehe ich einfach zum Spielplatz hinüber, halte mich mit einer Hand am Zaun fest und sehe zu, wie das Mädchen höher und höher schwingt. Sie hat den Kopf in den

Nacken gelegt, die Augen geschlossen und den Mund weit aufgerissen vor Freude. Auch der Vater lacht, als er sie so sieht. Der Moment ist derart von Glück erfüllt, dass ich nur gebannt dastehe und es genieße, zuzuschauen. Doch ich spüre auch ein Stechen, das ich nicht ganz einordnen kann.

Dann fällt der Blick des Vaters auf mich, und er runzelt wachsam die Stirn.

»Entschuldigung, kann ich Ihnen helfen?«, fragt er freundlich, aber bestimmt. Mir geht auf, dass ich ziemlich unheimlich aussehen muss, wie ich da herumstehe und die beiden anstarre.

»Nein, danke, ich … mache nur eine kleine Pause«, stammle ich, dann drehe ich mich um und renne wieder los, zurück nach Hause, schneller als vorhin.

Am Montag verschwindet das Babythema komplett aus meinen Gedanken, als eine junge Auszubildende aus der IT-Abteilung den Kopf durch meine Tür steckt.

»Anna?«

Ich erinnere mich peinlicherweise nicht an ihren Namen. Bei Qi Tech arbeiten hundertfünfzig Leute und ich bin schon seit vierzehn Jahren dabei, seit ich mit zwanzig meine Ausbildung in der Personalabteilung angefangen habe.

»Ja? Kann ich was für Sie tun?«

»Darf ich kurz mit Ihnen sprechen?«

Ich schaue auf meinen Bildschirm und dann auf die Uhr. In zwanzig Minuten habe ich ein Meeting mit meiner Vorgesetzten Lara, der Personalchefin. Die neuesten Leistungsberichte, die wir besprechen wollen, habe ich mir noch so gut wie gar nicht angesehen, aber etwas an der Haltung dieser jungen Frau – gebeugte Schultern, die pink gefärbten Haarspitzen fallen ihr ins Gesicht – lässt mich innehalten.

»Okay, klar.«

Sie huscht in mein kleines Büro und ich stehe auf, um die

Tür hinter ihr zu schließen. Irgendwie ahne ich, dass es um etwas Privates geht.

»Tut mir leid«, sage ich, als ich wieder am Schreibtisch sitze. »Ich weiß Ihren Namen nicht mehr.«

Sie blinzelt mich unsicher an. »Sasha.«

»Ah ja, Sasha.« Ich präge es mir ein und falte die Hände auf dem Tisch. »Was gibt es denn, Sasha?«

»Ich weiß nicht recht, wie ich es sagen soll ...«

»Ehrlich und geradeheraus ist eigentlich immer eine gute Idee.« Ich lächle und frage mich gleichzeitig, was sie bedrückt. »Es hört sich so an, als wäre etwas nicht in Ordnung?«

»Ja, nun ja.« Sie seufzt, setzt sich, knetet die Finger im Schoß. »Ich möchte keinen Ärger machen.« Sie beißt sich auf die Lippe und schaut mich durch ihren Pony hindurch an. »Oder gefeuert werden. Ich meine, man kennt das ja ...«

»Es besteht überhaupt kein Anlass dazu, dass Sie gefeuert werden, Sasha.« Aber was ist denn nun passiert? Um wen geht es? Als stellvertretende Personalchefin beinhaltet mein Job Einstellungen, Konfliktlösung und auch unangenehmere Schadensbegrenzung. An manchen Tagen hefte ich ganz langweilig Lohnabrechnungen ab. An anderen rotiere ich fieberhaft, um einen gewaltigen Internetskandal abzuwenden – denn so ist die Welt heute. Ein kleiner Tweet kann eine gigantische Katastrophe auslösen. Und jetzt gerade schrillen bei mir die Alarmglocken, dass heute so ein Tag werden wird. Das wird Lara nicht gefallen. »Was ist denn passiert, Sasha?«, frage ich behutsam.

Sie beißt sich weiter auf die Lippe und schaut drein wie ein Häufchen Elend. »Ich glaube, das war ein Fehler. Ich hätte nicht herkommen sollen.«

»Aber nun sind Sie schon da.«

»Vielleicht ist es gar nicht so eine große Sache.« Sie rutscht auf dem Stuhl herum, drauf und dran, wieder aufzustehen. »Ich habe wohl überreagiert.«

»Vielleicht, vielleicht aber auch nicht. Das kann ich nicht beurteilen, wenn Sie es mir nicht erzählen.« Ich versuche noch ein Lächeln, obwohl ich langsam wirklich nervös werde. Wenn es sich hier um einen Fall von sexueller Belästigung handelt, was ich inzwischen vermute, muss er mit äußerster Vorsicht behandelt werden, zumal Lara die #MeToo-Bewegung offensiv ablehnt.

Sasha kaut weiter unentschlossen auf ihrer Lippe herum und ich warte mit einem geduldigen, ermutigenden Lächeln ab. Dann schwingt Lara die Tür zu meinem Büro auf. In ihren schwarzen Stilettos ist sie über ein Meter achtzig groß, sie trägt einen maßgeschneiderten schwarzen Power Suit und eine Seidenbluse in Dunkellila – sie hat die gleiche Bluse in einem Dutzend lebhaften Farbtönen. An guten Tagen ist sie respekt-einflößend, die übrige Zeit einfach nur furchterregend. Sie fixiert Sasha mit einem durchdringenden Blick, bevor sie die akkurat gezupften Augenbrauen an mich gewendet hochzieht.

»Anna? Bereit für unser Meeting?«

»Ja, wir haben nur ein paar Dinge bequatscht.« Ich drehe mich wieder Sasha zu, aber sie springt schon auf.

»Ich werd dann mal gehen ...«

»Sasha, lassen Sie uns doch ausmachen, wann wir weiterre-den.« Ich stehe ebenfalls auf. »Dann können Sie mir noch ein bisschen mehr darüber erzählen, was da los war?«

»Schon in Ordnung.« Unzufrieden schaue ich zu, wie sie sich rückwärts durch die Tür schiebt. »Mir geht's gut«, sagt sie noch und ist dann verschwunden.

Ich sehe Lara an, die unbeeindruckt wirkt. »Was hatte die denn zu jammern?«

Für eine Personalchefin ist Lara bestimmt nicht die Einfühlsamste.

»Sie hatte etwas auf dem Herzen.« Ich klicke, um die Leis-tungsberichte auszudrucken. »Aber es war ihr unangenehm, mit mir darüber zu sprechen.« *Und dann hast du sie vertrieben,* füge ich innerlich hinzu. Nie würde ich es wagen, das laut auszusprechen, und Lara weiß es so oder so.

»Ihr hat doch wohl nicht am Ende jemand gesagt, sie sieht hübsch aus?«, spottet Lara und verdreht die Augen. »Diese Mädels heutzutage.« Sie wirbelt auf ihren wie angespitzten Absätzen herum und erwartet ganz selbstverständlich, dass ich ihr folge. Mit einem Seufzer nehme ich die Berichte aus dem Drucker. Ich weiß genau, dieses Meeting wird eine einzige große Erklärung von Lara, warum niemand eine Gehaltserhöhung bekommt, und ich bin alles andere als wild darauf, mir das anzuhören. Ich liebe meinen Job, aber sich mit Lara herumzuschlagen erfordert ein enormes Maß an Fingerspitzengefühl, das ich selbst nach so vielen Jahren noch kräfteraubend finde. Aber wenigstens bietet es eine Ablenkung von den Gedanken an Eizellen und Babys, die mir das ganze Wochenende über im Kopf herumgeschwirrt sind.

Die Tage vergehen und ich kämpfe gegen eine nervöse Unruhe an; ich warte darauf, dass Milly anruft. Einmal schreibe ich ihr eine Nachricht, nur um mal einen Piep von mir zu geben, und bekomme eine knappe Antwort. Das ist eigentlich nicht ungewöhnlich, aber nun fühlt es sich zum ersten Mal so an, als gäbe es etwas Unausgesprochenes zwischen uns, und ich beginne darüber nachzudenken, wie es unsere Freundschaft beeinflussen könnte, wenn Milly mein Angebot tatsächlich annimmt.

Ich möchte nicht glauben, dass es etwas verändern würde oder auch nur könnte, zumindest nicht zum Schlechten. Milly und ich sind unzertrennlich. Schon immer. Wenn überhaupt, sollte es uns noch enger zusammenschweißen, einander so viel zu geben und etwas so Großes miteinander zu teilen. Ein Kind würde uns für immer verknüpfen. So hätte ich es zumindest gern. Aber etwas an Millys Schweigen macht mir zu schaffen, wie ein Steinchen im Schuh.

Als das nächste Wochenende kommt, ohne dass Milly mehr als eine Handvoll Nachrichten geschrieben hat, komme ich ins Grübeln. Ich kann mich nicht erinnern, wann wir uns das letzte Mal so lange nicht gesehen haben. Ich überlege, sie anzurufen, aber ich weiß nicht, was ich sagen soll. *Also möchtest du jetzt meine Eizelle?* Das hört sich nicht nur lächerlich an, ich würde sie damit auch überrumpeln.

Und dann, am Sonntagabend, ruft sie an.

»Es tut mir leid, dass ich mich nicht gemeldet habe«, sagt sie ein bisschen atemlos. »Ich wollte mir erst mal über alles klar werden ...«

»Schon gut.« Ich lasse mich aufs Sofa fallen und nehme die Katze Winnie auf den Schoß. Ich bin erleichtert über ihren Anruf, aber auch aufgeregt, ihre Entscheidung zu hören. Ich warte darauf, dass Milly das Heft in die Hand nimmt, wie immer.

»Ich habe sehr viel über dein ... dein Angebot nachgedacht«, sagt sie nach einem Augenblick. »Es ist so liebenswürdig und unglaublich großzügig, Anna, aber ...« Sie hält inne, und meine Anspannung wächst. Ich weiß nicht recht, was ich lieber hätte: eine Zusage oder eine Absage. Meine Zwiespältigkeit erschreckt mich, denn ich verstehe sie nicht ganz.

»Kann ich vorbeikommen?«, fragt Milly urplötzlich.

»Natürlich. Also ... jetzt gleich?«

»Ja, jetzt gleich, wenn das okay ist. Es ist so ... Matt und ich haben mal recherchiert. Es gibt so viel zu bedenken und ich wollte gerne mit dir darüber reden. Ich will nicht, dass du – und eigentlich wir alle – da leichtsinnig hineinstolpern ...«

»Das würde ich auch nicht.« Ich habe das Angebot vielleicht aus einer spontanen Eingebung heraus gemacht, aber nichtsdestotrotz war es ernst gemeint. »Aber klar, natürlich. Komm rüber.«

Eine Viertelstunde später ist Milly da, sie umarmt mich kurz und marschiert dann quer durch mein kleines Wohnzimmer, wie üblich ein nervöses Energiebündel. Sie könnte eine ganze Stadt mit Strom versorgen, es knistert förmlich in ihrem wilden Haar, dem flotten Schritt, der Art, wie sie sich die Hände reibt. Heute ist es noch intensiver als sonst.

»Möchtest du was trinken?«, frage ich. »Kaffee, Tee ... Wein?« Ich glaube, da ist noch eine verstaubte Flasche hinten im Schrank. Ich trinke nicht viel, wenn ich allein zu Hause bin. Das erinnert mich zu sehr an meine Kindheit.

»Nur Wasser, danke«, sagt sie mit einem zerstreuten Lächeln.

Ich schenke ihr in der Küche ein Glas ein. Als ich wieder ins Wohnzimmer komme, läuft Milly immer noch auf und ab. Ich reiche ihr das Glas und ziehe die Vorhänge zu. In der Dunkelheit da draußen regnet es, die eisigen Tropfen prasseln wie Schüsse gegen die Scheibe, aber hier drinnen ist es warm und gemütlich.

»Also, was liegt an?«, frage ich leichthin und setze mich aufs Sofa. Winnie hat kurz an Milly geschnuppert, ist ihr lieber nicht nähergekommen und springt stattdessen auf meinen Schoß.

»Alles, sozusagen.« Milly dreht sich zu mir um und lässt sich dann im Sessel gegenüber vom Sofa nieder, einem riesigen, weichen Second-Hand-Teil aus genopptem lila Samt. Mir fällt auf, wie angespannt und ausgelaugt die Ärmste aussieht – die aufgedrehte Überschall-Milly.

»Wie geht es dir, Milly? Das alles muss echt hart sein.«

»Tja, schon.« Sie fährt sich mit der Hand durchs Haar, das in alle Richtungen von ihrem Gesicht absteht wie ein dunkler Heiligenschein. »Es gibt viel zu tun. Ich muss bald mit der Hormonersatztherapie anfangen, und dann ist da natürlich noch das hier ...« Sie deutet zwischen uns hin und her, und ich nicke abwartend. Milly beugt sich vor, in ihrem Blick lodern sowohl Dringlichkeit als auch Entschlossenheit. »Hast du es ehrlich gemeint, Anna? War es dein voller Ernst, dass du das für mich tun würdest? Ich muss nämlich ständig daran denken. Für mich ist das wie ein Rettungsring, aber auch ... irgendwie eigenartig. So eine große Sache. Und ich mache mir Sorgen, dass du es vielleicht bereust, weißt du? Irgendwann.«

»Warum sollte ich es bereuen?« Ich lasse meine Hand über Winnies weiches, graues Fell gleiten und spüre, wie sie wie ein Automotor schnurrt.

»Früher wolltest du es zwar nicht«, setzt Milly zögernd an, »aber so, wie die Dinge jetzt liegen, muss ich noch mal fragen. Meinst du, du möchtest vielleicht selbst einmal Kinder haben?«

Ich halte inne, denke über ihre Frage nach. »Ich glaube nicht, dass ich meine Meinung ändern werde«, antworte ich schließlich. »Dafür ist es langsam sowieso ein bisschen spät.«

»Ja, aber wenn die Lage anders wäre, wenn es da jemanden gäbe ... würdest du dann welche wollen?«

Ich runzle die Stirn und frage mich, worauf Milly wirklich hinauswill. »Ich weiß nicht. Ich glaube nicht. Ich habe nie solche Muttergefühle gehabt wie du.«

»Es ist nur ... Ich würde nicht wollen, dass du dich irgendwie betrogen fühlst.«

»Ich fühle mich um nichts betrogen, Milly. Ich möchte das durchziehen.« Ich glaube, ich weiß, wovor sie Angst hat, aber das will sie nicht laut aussprechen. Vielleicht denkt sie, sie würde mich damit beleidigen. »Sieh mal«, sage ich sanft. »Mir ist klar, dass es dein Baby wäre. Es hätte nur meine Gene, das ist alles, und wir wissen ja beide, dass es auf die Gene nicht ankommt. Schau dir meine Eltern an. Und dann deine.«

»Stimmt.« Milly lächelt, meine Worte haben sie eindeutig beruhigt. Ich kann es ihr nicht wirklich übel nehmen. Was immer ich gerade auch gesagt habe, ich habe doch darüber nachgedacht, wie mein Kind aussehen würde. Ob es meine Augen hätte, mein Haar, meine Größe, mal ganz abgesehen von all den anderen Eigenschaften – wäre es so still wie ich? Würde es über die gleichen Dinge lachen?

Das würde ich Milly gegenüber aber nie zugeben, zumindest nicht auf diese Weise. Mein Kopf – und ja, auch mein Herz – wissen, dass es unabhängig von jeder DNS Millys Baby wäre. Millys und Matts. Trotzdem stelle ich mir diese Fragen.

»Matt und ich finden, wir müssen alle emotionalen Auswirkungen im Blick haben«, erklärt Milly, »weil noch so viele andere Leute im Spiel wären.«

Ich streichle Winnie von den Ohren bis zum Schwanz. »Du meinst mich?«

»Ja, und ...« Milly zögert. »Auch den Samenspender. Matt fühlt sich nämlich unwohl dabei, das selbst zu machen. Ich weiß, es hört sich komisch an«, fügt sie schnell hinzu, »weil wir hier von Reagenzgläsern sprechen, nicht von ... du weißt schon. Aber er meint, es wäre seltsam für ihn, wenn es sein Kind wäre – also biologisch –, aber nicht meins. Und das sehe ich genauso.«

»Okay.« Ich hatte es gar nicht als Matts Baby betrachtet. Ich merke, dass es sich so auch für mich besser anfühlt, aber ich bin nicht sicher, ob ich das auch sagen sollte, also halte ich den Mund.

Milly beugt sich wieder vor. »Anna, wenn dir das zu viel ist, verstehe ich das wirklich. Du hast das Angebot in einem hochemotionalen Moment gemacht ...«

»Es ist mir nicht zu viel«, sage ich ruhig und fest. Ich bin mir sicher.

»Du sollst dich nicht gedrängt fühlen«, beharrt Milly. »Weil du vielleicht denkst, du ... ich weiß auch nicht, du würdest mir was schulden oder so.«

Das lässt mich aufhorchen – *schulde* ich Milly etwas? Empfindet sie das so? Als bei mir damals alles bergab ging und ich mit achtzehn Jahren an meinem persönlichen Tiefpunkt war, zu Hause rausgeflogen, arbeitslos, haltlos, orientierungslos, hat sie mich sozusagen gerettet. Das war vor sechzehn Jahren, und sie hat es als meine beste Freundin getan. Sie hat mir zwar nie das Gefühl gegeben, als gäbe es da eine Schuld zu begleichen, aber jetzt frage ich mich, ob sie es vielleicht so empfindet – ob ich es so empfinde.

»Ich mache das nicht, weil ich glaube, dir etwas zurückgeben zu müssen, Milly«, sage ich leise. »Sondern weil du meine beste Freundin bist, weil ich dir helfen und dich glücklich sehen möchte.«

»Danke.« Milly schnieft und lächelt. »Ich weiß ja, du würdest nicht … Ich meinte damit nicht …« Frustriert und mit Tränen in den Augen schüttelt sie den Kopf.

»Das weiß ich.«

»Ich kann mir nämlich so gut vorstellen, wie es werden könnte. Wie ich es gerne hätte. Wir kennen uns, wir haben uns lieb, und Kindererziehung ist harte Arbeit. Warum sollten wir nicht alle eingebunden sein? Ist ja *klar*, dass du dabei wärst. Als Lieblingstante, als Patin, als was auch immer. Ich werde dich brauchen, Anna, und nicht nur deine Eizelle.« Sie muss ein bisschen lachen, tupft sich die Augen, und ich bekomme einen Kloß im Hals.

»Ich werde für dich da sein«, verspreche ich etwas heiser. »Natürlich werde ich das. Jederzeit.« Ich denke an den Vater mit seiner goldblonden Tochter, wie sie den Kopf vor Freude in den Nacken gelegt hatte, und dann setze ich mich selbst in das Bild ein. Ich schubse die Kleine auf der Schaukel an, lächle, koste den Augenblick aus.

»Also gut. Dann …« Sie macht eine kleine Pause. »Dann können wir … loslegen?«

Es fühlt sich an wie einer dieser entscheidenden Momente, wir beide balancieren am Abgrund entlang, ohne zu wissen, wie tief wir fallen könnten. Dann ermahne ich mich, nicht melodramatisch zu werden. Das Ganze muss gar nicht so kompliziert werden. Denn hier geht es schließlich um Milly … und mich.

»Ja, klar«, sage ich. »Wir können loslegen.«

5

MILLY

Ich kann mich nicht erinnern, wann ich von meiner Adoption erfahren habe. Allerdings gehört es zu meinen frühesten Erinnerungen, wie ich jemandem ganz ungezwungen davon erzähle. Im Laufe der Jahre ging ich verschiedene Versionen durch, von *Ich bin nicht aus Mommys Bauch gekommen* über *Meine Eltern haben mich ausgesucht* bis zum simplen *Ich bin adoptiert*.

Meine Eltern sind immer ausgesprochen offen mit der Adoption umgegangen, sprachen in meiner Kindheit sehr bewusst darüber. Mein Fotoalbum beginnt an dem Tag, an dem sie mich mit sechs Monaten aus dem Krankenhaus nach Hause nahmen.

Dass die Adoption meine Identität so prägt, störte mich lange Zeit nicht. Ich würde auch nicht sagen, dass es mich überhaupt je gestört hat, es war einfach ein Teil von mir, die Geschichte, in die sie mich hüllten, die Erzählung, die sie mir mit auf den Weg gaben, und zwar stolz und voller Liebe.

Aber als Teenager regte sich meine Neugier, was bei adoptierten Kindern offenbar normal ist. Als ich ungefähr dreizehn Jahre alt war, wollte ich mehr über meine Herkunft erfahren, und an diesem Punkt kam die freundliche, offene Haltung meiner Eltern ins Wanken. Bestimmt nicht mit Absicht, und natürlich war es auch schwer für sie – ihre lang ersehnte, von ganzem Herzen geliebte Tochter stellte in jugendlicher Unsicherheit auf einmal alles infrage, teils auf wutentbrannte Weise.

Im Rückblick ist mir bewusst, wie schmerzhaft die Worte gewesen sein müssen, mit denen ich in gedankenlosem Trotz um mich warf: Mutter, Vater, *richtige Eltern*. Jedes einzelne muss sie wie ein Messerstich getroffen haben, vor allem meine Mutter nahm sich all das sehr zu Herzen.

Sie versuchten, mich mit Aussagen zu beschwichtigen, die sie in Büchern über Adoption gelesen hatten: Es sei verständlich, dass ich mehr über mich herausfinden wolle, und sollte ich die Identität meiner leiblichen Mutter erfahren wollen, könnte ich die Daten mit achtzehn Jahren einsehen. Sie sagten es mit unbewegter Miene und wohlmeinendem Ton, aber ich wusste, sie wären beide am Boden zerstört, sollte ich nachforschen.

Mein achtzehnter Geburtstag kam und ging und ich unternahm nichts – weil ich meine Eltern nicht verletzen wollte, aber auch, weil ich über die zornige Teenagerneugier hinweg war und stattdessen bei einer weltgewandteren, abgebrühten Gleichgültigkeit angelangt war. Ich hatte darüber nachgedacht, und jetzt konnte ich mich nur fragen, was für eine Sorte Frau ihr Baby mit *sechs Monaten* abgibt. Eine Drogenabhängige? Eine Prostituierte? Eine Frau, der ihr eigenes Kind egal ist? Eine Frau, beschloss ich, die ich gar nicht kennenlernen wollte.

Das sagte ich meinen Eltern auch so. Es fühlte sich an wie ein Meilenstein, wir waren erleichtert, denn nun konnten wir wieder wir selbst sein, ohne Kommentare oder Was-wäre-wenn-Fragen.

Ich war zufrieden mit meiner Entscheidung, denn ich hatte meine Eltern lieb und wollte sie nicht traurig machen. Wie Matt gesagt hat – oder eigentlich jeder, der sie kennt –, sie sind wunderbar. Mein ganzes Leben lang waren sie immer an meiner Seite, waren bei allen noch so lächerlichen oder unbedeutenden Sportevents oder Schulveranstaltungen dabei. Während meiner kurzen, bedauernswerten Goth-Phase zu Schulzeiten zuckten sie nicht mal mit der Wimper, sie nahmen Anna wie ihr eigenes Kind zu uns auf und waren vom ersten Moment an ganz vernarrt in Matt. Was meine Eltern angeht, bin ich unglaublich dankbar.

Und doch. Was meine Eltern angeht, bleibt da immer ein mikroskopisch kleines, unglückliches *und doch*, weil ich adoptiert bin. Weil es immer von Interesse war, ein Gesprächsthema, etwas, was erwähnt werden musste, auch wenn ich es lieber nicht getan hätte. Es ist ein wichtiger Teil von mir, und auch wenn es nichts Schlimmes ist, ist da trotzdem ein *Etwas*. Ein Stachel. Und ich weiß nicht, ob ich das Matt oder Anna oder irgendjemandem erklären kann.

Ich weiß auch nicht, wie das meine Einstellung zu diesem Noch-nicht-Baby beeinflusst, das zum Teil Anna, zum Teil ich, zum Teil wer auch immer sein wird. Soll die Tatsache, dass mein Kind aus der Eizelle und dem Samen von jemand anderem in einem Reagenzglas entstanden ist, sein oder ihr *Etwas* werden? Die Geschichte, die wir bewusst erzählen, auf die wir stolz sind, weil wir es müssen? Ich stelle mir meine hypothetische Tochter vor, wie sie mit sechs Jahren vor der Klasse steht. *Ich bin aus Mommys Bauch gekommen, aber sie ist nicht meine leibliche Mutter.* Möchte ich das?

Habe ich überhaupt eine Wahl?

Meine Vorstellung, wie ich sie Anna erzählt habe, war absolut ernst gemeint. Zumindest *wollte* ich es ernst meinen, weil es sich so schön anhört. Warum sollten wir nicht alle miteinander klarkommen und dieses Kind gemeinsam großziehen? Dafür braucht es doch bekanntlich ein ganzes Dorf. So könnte es bei uns sein. Je mehr ich darüber nachdenke, desto mehr erscheint es wie die einzig richtige Möglichkeit, als könnte es nur so funktionieren. Nicht als letzter Ausweg, sondern als bewusste Entscheidung, die wir freudig annehmen, statt sie nur zu akzeptieren. Und aus diesem Grund schlage ich Folgendes vor: Anstelle von Matts Samen nehmen wir den seines Bruders.

»Jack?« Er starrt mich völlig entgeistert und sprachlos an.

»Einen anderen Bruder hast du ja nicht«, erinnere ich ihn heiter. »Warum nicht?«

»Warum *nicht?*«

»Ich meine ja nur, ich verstehe, dass du dich nicht wohl dabei fühlst, wenn wir Annas Eizelle und dein Sperma nehmen. Mir wäre das ja auch unangenehm, auch wenn es keinen wirklichen Sinn ergibt. Aber mir gefällt die Vorstellung von einem anonymen Spender nach wie vor nicht – das wirkt so kühl. So käuflich. Irgendeine beliebige Person, die wir auswählen.« Ich stocke, und Matt verschränkt die Arme. Er sieht völlig perplex aus.

An die Vorstellung einer künstlichen Befruchtung mit Spendereizelle und -samen hat er sich wohl *weitgehend* gewöhnt, doch in Momenten wie diesem kommen wir beide ins Straucheln, und wir sperren uns instinktiv. Aber jetzt schalte ich auf stur, ich kann nicht anders. Denn in meinen Augen gibt es keine bessere Lösung für die Gründung unserer Familie, und mir gefällt der Gedanke, dass unser Kind wenigstens mit einem von uns verwandt ist. Ich werde es austragen und Matt seine Gene einbringen. Eine Win-Win-Situation innerhalb einer zugegebenermaßen alles andere als idealen Gesamtsituation.

»Wenn wir Jack nehmen«, fahre ich fort, »wären wir immerhin eng verwandt. Die DNS von Geschwistern ist zu fünfzig Prozent identisch ...«

Matt bringt ein kleines Lächeln zustande, wirkt aber aufgewühlt. »Die von Menschen und Bananen angeblich auch.«

»Das ist ein modernes Märchen«, gebe ich zurück. Ich habe nachgesehen. »Hierbei ist es viel komplexer.«

Matt verdreht die Augen. »Wie auch immer.«

»Hast du ein Problem damit, Jack zu nehmen?« Jack ist

zwei Jahre älter als Matt und hat die letzten zehn Jahre in Frankreich gelebt, wo er Villen restauriert. Vor ein paar Monaten ist er in die Cotswolds-Region gezogen, um eine Scheune zu einem teuren Wohnhaus umzubauen. Er und Matt stehen sich nicht über die Maßen nah, hatten aber immer ein freundschaftliches Verhältnis. Das glaube ich zumindest.

»Ob ich ein *Problem* damit habe?«, wiederholt Matt. »Tja, ich weiß auch nicht. Ich konnte ja noch nicht so wahnsinnig lang darüber nachdenken, wie es wohl wäre, das Kind meines Bruders großzuziehen ...«

»Ich hab dir doch schon zigmal gesagt, so wäre es wirklich nicht ...«

»Doch, irgendwie schon, du erzählst ja immer davon, dass wir alle teilhaben können, dass Anna so eine Art Zweitmutter wird ...«

»So habe ich das nicht ausgedrückt.« Da bin ich mir sicher. So hätte ich nicht einmal darüber *gedacht*. »Ich habe nur gemeint, dass wir uns alle ein bisschen einbringen können ...«

»Das hört sich ja nett an, aber es ist nicht ganz unkompliziert. und auch emotional ein riskantes Spiel. Was wäre zum Beispiel, wenn Jack oder Anna beschließen, dass sie Elternrechte wollen?«

»Das würden sie nicht tun, und so oder so gelten Spenderinnen und Spender gesetzlich nie als Eltern. Sie haben weder rechtliche noch finanzielle Ansprüche und Pflichten. *Unsere* Namen stehen auf der Geburtsurkunde, Matt.« Das habe ich definitiv nachgesehen.

»Trotzdem fühlt es sich anders an, weil wir sie kennen«, beharrt er. »Wenn es jemand Anonymes wäre, den wir einfach vergessen könnten ...«

»Wir können es aber auch als Vorteil sehen«, halte ich dagegen. »Alle Informationen liegen schon auf dem Tisch. Und wenn unser Kind irgendwann mehr über seine Herkunft erfahren will, bekommt es keinen amtlichen Ordner in die

Hand gedrückt, sondern hat uns und Jack und Anna. Das ist ein Unterschied.« Ich halte kurz inne, um das wirken zu lassen, auch vor dem Hintergrund meiner eigenen Erfahrungen damit, diesen Ordner nie geöffnet zu haben. »Natürlich nur, wenn du einverstanden bist.«

Er seufzt. »Ich weiß einfach nicht. Ich muss erst darüber nachdenken.«

»Wie wär's damit?«, schlage ich vor. »Wir laden Jack und Anna zum Essen ein und sprechen alles mit ihnen durch. Wenn danach jemand sagt, das funktioniert nicht, blasen wir es ab.« Bei der Vorstellung dreht sich mir der Magen um. Vielleicht habe ich mir schon zu große Hoffnungen gemacht. Aber wenn wir uns alle zusammensetzen, erkennt Matt vielleicht, dass es etwas werden kann. Etwas Gutes. Immer unter der Voraussetzung, dass Jack mitmacht. Und Anna sich nicht umentscheidet.

»Ein Essen«, sagt Matt argwöhnisch.

»Ja, ein Essen. Einfach nur ein Essen.«

Er seufzt noch einmal und nickt dann. »Also gut, in Ordnung.«

Zwei Wochen später wusele ich durchs Haus, klopfe Dekokissen auf und zünde Duftkerzen an. Im Ofen schmort ein marokkanischer Hühncheneintopf und verströmt den verlockenden Duft von Kreuzkümmel und Ingwer. Das Licht ist gedämpft und Matt hat im Holzofen im Wohnzimmer ein gemütliches Feuer angesteckt. Alles fühlt sich fröhlich und warm an. Vielversprechend.

Vor zwei Tagen hat sich Matt auf meinen Vorschlag hin mit Jack getroffen und ihn gebeten, unser Spender zu werden. Sogar Matt war klar, dass es besser wäre, das Thema vor dem gemeinsamen Abendessen anzusprechen. Es war ein großer Schritt, und dann sowohl eine Erleichterung als auch ein kleiner Schreck, als Jack sofort zusagte. Matt kam leicht verstört und etwas fassungslos nach Hause. Es könnte wirklich etwas aus der Sache werden. Nun kommen Anna und Jack vorbei, damit wir die Zukunft besprechen können, unsere Zukunft. *Unsere Familie.*

Es klingelt, und ich mache eilig auf. Jack steht entspannt lächelnd da. Als ich ihn zum ersten Mal getroffen habe, damals, als Matt und ich auf der Uni miteinander ausgingen, dachte ich, Jack und ich könnten gute Freunde werden. Er ist locker, freundlich, kann gut zuhören und hat einen trockenen Humor. Kurz gesagt ein klasse Typ, aber auch fünfzehn Jahre später habe ich zu ihm noch keine tiefergehende Verbindung als bei unserem ersten Kennenlernen. Er führt Gespräche im Plauderton, auf umgängliche und aufgeschlossene Art, aber mehr auch nicht, und das scheint er mit Absicht zu tun. Solange ich ihn kenne, hatte er noch keine ernsthafte Beziehung, obwohl ich weiß, dass es hin und wieder Frauen in seinem Leben gab. Nur eben keine, die er zu Weihnachten oder einem Familientreffen mitgebracht hätte.

»Jack.« Ich stelle mich auf die Zehenspitzen, um ihm ein Küsschen auf die Wange zu geben. Er ist ein Stückchen größer als Matt. »Wie schön, dich zu sehen.«

»Dich auch, Milly. Wow, euer Haus ist unglaublich!« Er lässt den Blick anerkennend umherschweifen. »Ich war nicht mehr in Bristol, seit ihr aus der Wohnung ausgezogen seid.« Er nickt zur offenen Küche hinüber. »Diese Wand muss irgendwann einmal durchbrochen worden sein. Wisst ihr, wann das war?« Jack betrachtet Häuser immer auf diese Weise.

»Das muss schon eine ganze Weile her sein, lange bevor wir es uns angesehen haben. Komm rein.«

Er geht in die Küche, und er und Matt begrüßen sich mit so einer männlichen Halbumarmung, die eigentlich mehr von einem Schulterklopfen hat.

Ich öffne den Kühlschrank. »Ein Bier?«

»Gern.«

Wir stehen herum und lächeln uns ein bisschen blöd an. Jack ist zwar Matts Bruder, aber wir kriegen ihn fast nie zu Gesicht, und jetzt bitten wir ihn um so einen Riesengefallen. Das macht mich verlegen, womit ich vermutlich hätte rechnen können.

Dann klingelt es wieder, und erneut eile ich zur Tür.

»Anna!« Ich umarme sie fest. »Komm rein. Jack ist schon da.« Trotz unserer langjährigen Freundschaft sind die zwei sich noch nie begegnet; Jack war entweder in Frankreich oder wir haben ihn bei Matts Eltern in Reading gesehen.

Als sie die Küche betritt, merke ich, wie Jacks Augen größer werden. Meist versteckt Anna ihr gutes Aussehen in unförmigen Hosenanzügen, weiten Pullovern oder Schlabberjeans, aber heute Abend hat sie sich ein bisschen in Schale geworfen, vielleicht um den Anlass zu würdigen. Sie trägt einen kurzen Kordrock in leuchtendem Grün, der ihre langen Beine zur Geltung bringt, dazu eine lila Wollstrumpfhose und eine enganliegende Bluse in Senfgelb. Man sollte meinen, das alles beißt sich, aber irgendwie funktioniert es doch. Sie sieht strahlend schön aus, der Rock passt gut zum Meeresgrün ihrer Augen und ihr Haar ist nicht wie üblich zurückgebunden, sondern fällt ihr in losen, honigfarbenen Wellen ums Gesicht.

Jack tritt vor und reicht ihr die Hand. »Hi, ich bin Jack.«

»Anna.« Sie zieht ein bisschen den Kopf ein, lächelt schüchtern und nimmt seine Hand, und er hält sie einen Moment länger fest als nötig. Ich sehe mir den kleinen Austausch wachsam an. Natürlich wäre es toll, wenn sie sich gut verstehen, aber Jack ist ein leutseliger Frauenheld, während Anna kaum Beziehungen hat. Ein kleines Warnlämpchen leuchtet in meinem Kopf auf. Anna darf bei all dem auf gar keinen Fall verletzt werden.

»Ich glaube, wir wissen ja alle, warum wir heute hier sind«, sagt Jack scherzhaft, und Anna lacht höflich. Matt und ich lächeln etwas befangen. Dann beschäftige ich mich damit, den Eintopf aus dem Ofen zu holen, während Matt Anna ein Getränk besorgt.

Der Abend läuft gut, auch wenn ich ziemlich aufgeregt bin. Ich fühle mich, als hätte ich einen Berg erklommen, um hierhin zu gelangen – wir vier versammelt an einem Tisch, die Möglichkeit einer Familie, *meiner* Familie, zwischen uns in der Luft.

Wir reden über nichts Ernstes, während wir essen und Matt allen Wein nachschenkt. Jack erzählt von seinem neuesten Hausprojekt und Anna gibt zurückhaltend eine neue Horrorstory über ihre Chefin Lara zum Besten, die ich nicht persönlich, aber aus zahllosen solcher Geschichten kenne. Ich erzähle etwas über ein paar Sechsjährige in meiner ersten Klasse, wie Toby, ein rothaariger Junge mit Zahnlücke, mir einen Heiratsantrag gemacht hat.

»Du hast ihm hoffentlich gesagt, dass du schon vergeben bist«, neckt Matt, und ich lächle.

»Ich hab es ihm schonend beigebracht.«

Ich liebe meine Klasse, aber in letzter Zeit war es schwer, jeden Tag hinzugehen und die ganzen Grinsebacken zu sehen in der Befürchtung, womöglich nie ein eigenes Kind zu haben. Ich sehe die Mütter, die am Schultor warten; eine von ihnen hat einen wunderbaren großen Babybauch, den sie mit unbewusstem Beschützerinstinkt streichelt, eine andere hat vor ein paar Wochen ein Baby bekommen. Am Freitag hatte sie die Kleine zum ersten Mal dabei, aus den dicken rosa Kleidungsschichten guckte gerade einmal das winzige Gesicht heraus, sodass ich nur tiefblaue Augen und den leicht geöffneten kleinen Mund erkennen konnte. Ich habe die ganze Palette angemessener Geräusche abgespult, gequietscht und gegurrt, aber innerlich hätte ich in tausend Stücke zerspringen können. Ich möchte das so unbedingt selbst erleben, dass es mir körperliche Schmerzen bereitet.

»Gibt es denn schon einen voraussichtlichen Zeitplan hierfür?«, fragt Jack und deutet zwischen uns vieren herum, während wir die weiße Schokoladenmousse zum Nachtisch auslöffeln. Ich werfe Matt einen unsicheren Blick zu. Wir haben es noch nicht besprochen, nicht offiziell.

Er erwidert meinen Blick und schmunzelt. »So bald wie möglich, nehme ich an«, sagt er, und mir fällt die Kinnlade herunter. »Und wenn wir schon dabei sind ...« Er geht zum Kühlschrank und holt eine Flasche Sekt heraus, die er heimlich gekauft haben muss. »Ich dachte, wir sollten vielleicht anstoßen. Auf die Zukunft. Denn Milly und ich wissen es wirklich zu schätzen, dass ihr das für uns tut, und schließlich, ihr wisst schon, gehört ihr beide zur Familie.« Er schaut Anna an. »Ganz ehrlich.«

Ich kämpfe mit den Tränen, als Matt den Korken knallen lässt und uns vier schäumende Gläser einschenkt. Ich hatte ein schwieriges, unangenehmes Gespräch erwartet, kein fröhliches Begießen. Aber in diesem Moment ist es ganz einfach. Himmlisch und auf wundersame Weise einfach.

»Auf uns alle«, sagt Matt feierlich und hebt das Glas. »Und auf unser Baby.«

Die Gläser klirren aneinander, alle strahlen vergnügt, in der Küche ist es gemütlich warm und ich spüre so viel Hoffnung in mir wie schon lange nicht mehr. Ich schwebe förmlich, die Sektbläschen kribbeln in meinem Inneren. So langsam glaube ich endlich daran, dass es tatsächlich passieren wird. Während wir trinken, begegnen sich Annas und mein Blick und sie lächelt mir über den Rand ihres Glases hinweg zu. Es wird alles gut. Wir alle werden das Happy End bekommen, um das wir uns so bemüht haben.

Später, als Anna und Jack aufgebrochen sind und Matt die Spülmaschine einräumt, stelle ich mich hinter ihn, schlinge die Arme um ihn und drücke die Wange an seine Schulter.

»Danke«, sage ich leise. »Ich weiß, dass du deine Bedenken hattest.«

»Die habe ich immer noch, aber nicht genug, um uns von diesem Versuch abzuhalten. Davon, dich glücklich zu machen.« Er dreht sich um, damit er mich richtig umarmen kann, und legt das Kinn auf meinen Kopf. »Als ich mit Jack gesprochen habe und das für ihn sofort so klar war, dachte ich mir, dass es ja vielleicht gar nicht so kompliziert werden muss, wie ich erst angenommen habe.«

Ich habe wieder Annas Lächeln vor Augen. »Das denke ich auch.«

Matt hebt mein Kinn an und gibt mir einen Kuss. »Stellen Sie sich nur mal vor, Mrs Foster, nächstes Jahr zu dieser Zeit könnte sich oben ein neugeborenes Baby die Lungen aus dem Leib schreien.«

»Oder selig schlafen.« Die Vorstellung jagt mir einen freudigen Schauer durch den Körper, so tiefgreifend, dass ich beinah zu zittern anfange.

Nächstes Jahr zu dieser Zeit. Die Worte hören sich wie ein Versprechen an.

Ich hatte keine Ahnung, dass sie eines Tages eine Bedrohung sein würden.

6

ANNA

»Haben Sie es bequem?«

Die Arzthelferin lächelt mir zu, als ich auf dem Behandlungstisch hin- und herrutsche. »Ja, ich denke schon.«

Das Abendessen bei Milly und Matt ist sechs Wochen her, und seitdem befinde ich mich auf einer emotionalen Achterbahn wegen der Hormonspritzen, die ich jede Woche bekomme. Milly kriegt sie auch, und so manches Mal haben wir in der Klinik zusammen darüber gelacht, wie lächerlich nah am Wasser wir deswegen gebaut sind. Es fühlt sich fast schon unheimlich intim an, das hier gemeinsam zu tun, es bringt uns einander noch näher.

Abgesehen von dem Gefühlsüberschuss habe ich auch noch Kopfschmerzen, Stimmungsschwankungen und trotz täglichen Joggens drei Kilo zugenommen, was offenbar alles normale Nebenwirkungen meines Hormoncocktails sind.

Aber das ist es wert, wie ich Milly auch immer wieder versichere, denn sie macht sich immer noch Sorgen, dass mir das alles zu viel abverlangt, dass sie mir nun mehr schuldig ist, als sie je zurückgeben kann, obwohl ich ihr verspreche, dass es nicht so ist. Das war es nie.

Tatsächlich ist es aber ein bisschen invasiver, als ich erwartet habe. Neben den Hormonen und Scans und Vorsorgeuntersuchungen musste ich auch zu einer Beratung, um sicherzustellen, dass es mir psychisch gut geht. Ich kam mir vor wie bei einer Prüfung, in der ich mich durch Fragen zu persönlichen Überzeugungen und Gefühlen manövriere und immer nach der korrekten Antwort suche, auch wenn die Psychologin mir versichert, die gebe es nicht.

Es hat sich auch enthüllend angefühlt. Sie stellte mir Fragen über Familie, Beziehungen und frühere Schwangerschaften, und an dieser Stelle log ich. Es passierte ganz von selbst, ein instinktiver Selbstschutz. Ich würde meine Geheimnisse nicht irgendeiner Fremden preisgeben, nicht einmal Milly zuliebe. Und es spielte sowieso keine Rolle. Das dachte ich zumindest.

Und jetzt liege ich hier auf einem Tisch, kurz vor der Narkose. Mein Unterleib fühlt sich schon seit ein paar Tagen geschwollen und empfindlich an – »reif« trifft es wohl am besten.

In drei Tagen wird die erwartungsvolle Milly den Embryo eingesetzt bekommen, und noch mal zwölf Tage später wird sie einen Schwangerschaftstest machen können. Aber egal ob sie dann schwanger ist oder nicht, mein Part ist dann vorbei: Die Eizellen, die heute entnommen werden, reichen für alle weiteren IVF-Versuche. Nach heute ist mein Job erledigt, und doch fühlt es sich erst wie der Anfang an.

»Haben Sie jemanden, der Sie nach Hause fährt?«, fragt die Arzthelferin, und ich nicke. Milly hat versprochen, mich nach ihrem Unterricht abzuholen. Ich habe mir den Nachmittag freigenommen, wovon Lara nicht begeistert war, aber ich nehme mir so gut wie nie Urlaub, also konnte sie nichts sagen. Als ich während der Mittagspause ging, sah ich Sasha wieder. Sie zog heftig an ihrer Zigarette und machte einen kläglichen Eindruck. Seit unserem Treffen vor zwei Monaten habe ich nichts mehr von ihr gehört, obwohl ich sie mehrmals per E-Mail ermutigt habe, sich zu melden.

Ich schenkte ihr im Vorbeigehen ein flüchtiges Lächeln, hatte aber keine Zeit mehr zum Reden. Als ich schon auf dem Weg zum Parkplatz war, rief sie mir hinterher.

»Hey, könnte ich vielleicht doch einmal mit Ihnen reden?«

Ich drehte mich halb zu ihr um und lächelte. »Selbstverständlich. Heute Nachmittag bin ich nicht da, aber kommen Sie doch nächste Woche vorbei.«

Sasha nickte grimmig, und zum wiederholten Mal fragte ich mich, was sie mir zu sagen hatte.

Nun schiebe ich die Gedanken an sie beiseite, lehne mich zurück und lasse den Anästhesisten seine Arbeit machen. Er führt einen kleinen Schlauch in die Kanüle in meinem Handrücken ein. Die Arzthelferin tätschelt mir das Bein.

»Würden Sie Ihre Füße bitte in die Halterungen stellen?«

Die Aufforderung liegt nahe, trotzdem durchfährt mich eine instinktive, unerwartete Reaktion. *Panik.* Es ist ein Schock, wie plötzlich sie mich überkommt, wie mein Atem stockt und meine Gedanken abschalten. Die Fußhalterungen ... die Nadel in meiner Hand ... Wie der Arzt das Licht verstellt, sodass es mir direkt zwischen die Beine leuchtet ... Mit einem Schlag bin ich wieder achtzehn. Achtzehn und vollkommen allein.

Die Arzthelferin berührt mich an der Schulter, in ihrem Blick spiegelt sich Besorgnis. »Geht es Ihnen gut, Anna?«

»J-j-j ... ja.« Mir fällt auf, dass ich zittere. Ich habe einen metallischen Geschmack im Mund und der Vinyltisch unter mir fühlt sich rutschig und kalt an. Die Arzthelferin hat mir geraten, die Socken anzubehalten, weil die Fußhalterungen kühl seien, und meine eisigen Zehen verkrampfen sich in der dünnen Baumwolle und krallen sich an das Metall. Ich versuche, gleichmäßig zu atmen, fühle mich aber immer noch benommen. Mein Körper bebt. Wenn ich den Kopf zur Seite drehe, könnte ich genauso gut wieder in jenem anderen Behandlungszimmer sein. Dann wäre da wieder jemand am Ultraschallgerät, der den Monitor von mir wegdreht, damit ich das kleine, gekrümmte Bild darauf nicht sehen kann. Das Nichtsehen hat mich genauso sehr verfolgt, wie das Sehen es getan hätte, wenn nicht mehr. *Was wäre, wenn ...?*

Aber so darf ich jetzt nicht denken. Zum Glück ist der Anästhesist fertig. »Zählen Sie bitte von zehn rückwärts, Anna«, sagt er, ich schlucke und nicke, versuche, die eiskalte Panikwelle in Schach zu halten, die ja überhaupt keinen Sinn ergibt. Es ist nur eine *Erinnerung.* Nichts weiter.

»Zehn, neun ...«, beginne ich mit zittriger Stimme, und an mehr erinnere ich mich nicht.

Als ich die Augen aufschlage, liege ich in einem schwach beleuchteten Aufwachraum. Ich habe Schmerzen und bin völlig desorientiert. Ich lege die Hand auf den Bauch, erwarte irgendeine Veränderung, aber er fühlt sich noch genauso an, etwas aufgebläht durch die Hormone. Mein Mund ist trocken und als ich mich aufsetze, dreht sich die Welt um mich herum wie ein verschwommenes Kaleidoskop aus gedämpften Farben. Ich sinke wieder auf die Kissen zurück und warte ab, bis sich mein Kopf klärt. Es ist nur die Nachwirkung der Narkose, die mich so benommen macht. Daran erinnere ich mich von damals, und mein Körper ebenfalls.

Und dieses *Damals*, vielleicht aber auch nur das Übermaß an Hormonen, die meinen Körper durchströmen, lässt eine plötzliche Welle der Trauer in mir ansteigen, und ich muss ein Schluchzen unterdrücken.

»Anna?« Eine Arzthelferin erscheint in der Tür, das Licht aus dem Flur strahlt ihr um den Kopf wie ein Heiligenschein. »Sind Sie wach?«

Ich presse mir die Faust an den Mund, um das kehlige Geräusch zurückzuhalten, von dem ich nicht glauben kann, dass ich es von mir geben möchte. »Ja«, kann ich schließlich krächzen. »Mir geht's gut. Nur ein bisschen schwach.«

»Ich bringe Ihnen eine Tasse Tee.«

Als sie wiederkommt, habe ich mich wieder unter Kontrolle. Ich sitze aufrecht auf der Liege, das dünne Laken, mit dem sie mich zugedeckt hatten, habe ich am Fußende gefaltet. Ich nehme den Tee und bedanke mich murmelnd, nippe an der warmen, überzuckerten Flüssigkeit und bin froh, etwas gegen die Trockenheit in meinem Mund tun zu können.

»Hat es … geklappt?«

»Ja, alles ist einwandfrei gelaufen.« Weitere Informationen gibt sie mir nicht, und mir geht auf, dass das auch so beabsichtigt ist. Mein Part ist vorbei. Mehr wird mir nicht mitgeteilt, sofern Milly und Matt es mir nicht von sich aus erzählen. Ich habe die Formulare unterschrieben, ich wusste das im Voraus. Trotzdem versetzt es mir in diesem Moment einen kleinen Stich. »In etwa einer halben Stunde können Sie nach Hause«, fährt sie fort. »Wenn Sie sich dann fit genug fühlen.«

»Bestimmt.« Ich möchte jetzt sofort gehen. Nun, da es vorbei ist, will ich einfach nur in der behaglichen Vertrautheit meiner eigenen Wohnung sein, mich im Bett zusammenrollen und spüren, wie sich die schnurrende Winnie an meinen Bauch schmiegt. Auf seltsame und beunruhigende Weise möchte ich vergessen, dass das hier jemals passiert ist. Anstatt mich für Milly zu freuen, fühle ich mich aufgerieben, verwundet. Ich verstehe mich selbst nicht mehr.

»Sobald die Person da ist, die Sie nach Hause fährt«, setzt die Arzthelferin nach, und ich sehe sie erstaunt an.

»Ist Milly noch nicht hier? Wie spät ist es?«

»Viertel vor vier.«

Sie sollte bereits hier sein. Ein unbehagliches Kribbeln regt sich in mir. Wo ist sie? So etwas würde sie doch nicht vergessen, zu so etwas käme sie auch nicht zu spät.

Ich nippe weiter meinen Tee und versuche, ruhig und

zuversichtlich zu bleiben. Mein Bauch verkrampft sich, was nach dem Eingriff anscheinend normal ist. Als ich auf die Toilette gehe, ist da etwas Blut, was ebenfalls normal ist, mich aber trotzdem etwas zusammenzucken lässt. Es ist mir alles eine Spur zu vertraut. Und Milly ist immer noch nicht da.

Dann, nach ungefähr einer halben Stunde, taucht die Arzthelferin wieder in meinem Zimmer auf. »Ihre Mitfahrgelegenheit ist da«, sagt sie lächelnd, und Erleichterung durchströmt mich.

»Milly?«

Ihr Lächeln stockt. »Nein, nicht Milly. Er sagt, sein Name sei ... Jack? Jack Foster?«

Jack? Matts Bruder, Millys und Matts Samenspender, den ich erst einmal gesehen habe? Ich bin vollkommen baff und fühle mich merkwürdig verwundbar.

»Ist das okay?«, fragt die Arzthelferin, und ich weiß nicht recht, was ich sagen soll.

»Ja, ja«, antworte ich schließlich. »Sagen Sie ihm bitte, dass ich gleich ins Wartezimmer komme.«

Als sie weg ist, kontrolliere ich kurz, wie ich aussehe, bürste mir die Haare und wasche mir das Gesicht. Ich bin immer noch angeschlagen, mein Bauch fühlt sich empfindlich an. Und ich habe keine Ahnung, was ich zu Jack sagen soll.

»Wie geht's dir?«, fragt er und springt eifrig auf, als ich mich ins Wartezimmer hinauswage. Meine Infobroschüre riet für die Zeit nach dem Eingriff zu gemütlicher Kleidung, also trage ich einen Kapuzenpullover und meine Yogahose, was mir gerade wie ein Schlafanzug vorkommt.

»Ganz gut.« Ich schüttle verwirrt den Kopf. »Tut mir leid, aber ich dachte, Milly wollte mich abholen?«

»Ich weiß, das tut mir leid, und ihr natürlich auch. Bei ihnen hat heute um drei die Schulaufsicht angerufen. Die wollen morgen vorbeikommen.« Er zuckt die Schultern, und ich ziehe mir den Mantel an.

»Okay.« Milly hat schon mal etwas von diesen Inspektionen erzählt – wie wichtig die sind, wie dann alle Hals über Kopf ihre Klassenzimmer in Ordnung bringen und die ganzen Papiere zusammensuchen. Das verstehe ich, bin aber trotzdem enttäuscht und ein bisschen verletzt. »Schlechtes Timing, was?«

»Zum Glück bin ich ja da.« Er legt den Kopf schräg und schenkt mir ein ziemlich charmantes Lächeln. Das hat schon seine Wirkung, denn er ist unbestreitbar attraktiv, aber es gibt mir auch ein unbehagliches Gefühl. Ich kenne diesen Mann überhaupt nicht, und doch ... werden wir ein Baby zusammen bekommen, wenn auch auf Umwegen. Ich ermahne mich dazu, nicht so zu denken. Es ist zu verrückt.

»Ich dachte, du wohnst in den Cotswolds?«

Jack schnappt sich den Ordner mit Formularen, den sie mir mitgegeben haben. »Ich trage das für dich.« Wir gehen nach draußen; es ist ein grauer und trübseliger Tag, obwohl es inzwischen Ende März ist. Die Bäume haben immer noch keine Blätter und die Krokusse, die ihre Köpfe aus der Erde stecken, sehen verfroren und elend aus. »Ich wohne momentan in Stroud«, antwortet er auf meine Frage, »war aber in Bristol, weil ich etwas Altholz vom Schrottplatz abholen wollte.« Er lächelt. »*Das* war also gutes Timing.«

Ich nicke und wende den Blick ab. Ich möchte zu Hause sein, allein mit meiner Katze und einer Tasse Tee.

Jack führt mich zu einem Land Rover voller Schlammspritzer, der eindeutig schon bessere Tage gesehen hat, die Art Auto, die man auch von ihm erwarten würde. Der Einstieg ist sehr hoch, und er stützt mich am Ellbogen, um mir auf den Beifahrersitz zu helfen.

»Wie fühlst du dich?«, fragt er, als wir losfahren.

»So lala. Ein bisschen ... Ich weiß auch nicht. Neben der Spur.« Ich schaue aus dem Fenster, aus unerklärlichen Gründen drohen mir wieder die Tränen zu kommen, als könnte ich losschluchzen, was das absolut Letzte ist, was ich gerade möchte. »Das ist alles etwas verrückt.«

»Ja, ich weiß, was du meinst«, murmelt Jack.

»Was ist mit deinem ... Beitrag? Ich schätze, der ist auch schon geleistet?«

»Ja, schon vor ein paar Wochen. Keine große Sache.« Er wirft mir ein kurzes, etwas freches Lächeln zu. »Nicht gerade ein schmerzhaftes Verfahren, stimmt's?«

»Stimmt.« Errötend sehe ich weg. Hätte ich mal lieber nichts gesagt.

»Milly hat mir deine Adresse gegeben. Totterdown, richtig?«

»Ja, Knowle Road, in der Nähe vom Park.«

Wir fahren schweigend weiter, Jack folgt der Navigation auf seinem Handy und hält schließlich vor meinem Haus.

»Danke fürs Abholen ...«

»Du wohnst im Dachgeschoss, oder? Lass mich noch sicherstellen, dass du auch heil oben ankommst.«

Ich will protestieren, tue es aber nicht, denn seine Gesellschaft ist tatsächlich recht angenehm. Ich bin mir gar nicht mehr so sicher, ob ich wirklich allein sein möchte.

»Möchtest du eine Tasse Tee oder so?«, nuschle ich, als ich die Wohnungstür aufgeschlossen habe und eintrete.

»Ich sollte dir eine machen. Du solltest die Füße hochlegen.« Er nickt Richtung Sofa. »Ich glaube, den Wasserkocher finde ich gerade noch selbst.«

»Okay. Danke.« Jack ist zwar ein Fremder, aber es fühlt sich gut an, umsorgt zu werden. Ich setze mich vorsichtig auf die Sofakante, aber dann sinke ich in die dicken Kissen, die mich in ihre flauschige Wärme hüllen, und Winnie springt mir auf den Schoß. Als Jack mit dem Tee wiederkommt, liege ich schon mit dem Kopf auf der Armlehne und Winnie auf mir wie eine lebendige Wärmflasche.

»Das sieht gemütlich aus.« Er stellt den Tee auf den Wohnzimmertisch und setzt sich, sehr zu meiner Verblüffung, in den Sessel gegenüber von mir. Ich dachte, er würde sich unter irgendeinem Vorwand verabschieden und gehen.

»Das alles ist etwas merkwürdig, oder?«, sagt er nach einer kurzen Pause und lächelt verlegen.

Ich greife nach der Tasse, hauptsächlich um die Antwort hinauszuzögern. Ja, es ist merkwürdig, aber ich bin mir nicht sicher, ob ich das ausdiskutieren möchte.

»Ich meine, du, ich ... Es sind *unsere* Gene, die da zusammenkommen. Unser ...«

»Ja.« Ich unterbreche ihn, bevor er den Satz beenden kann.

»Sorry, bin ich zu weit gegangen?« Er reibt sich das Gesicht. »Das wollte ich nicht. Ich habe nur nicht allzu viel darüber nachgedacht, als Matt mich gefragt hat. Ich hab mir das so vorgestellt wie Blut zu spenden, oder eine Niere.« Mir fällt ein, wie Milly genau denselben Vergleich gemacht hat, und muss etwas lächeln. »Aber jetzt denke ich näher darüber nach, und es fühlt sich doch etwas anders an, weißt du? Irgendwie ...«

»Ja, ich weiß, was du meinst.«

»Willst du mal selbst Kinder haben?« Er schenkt mir noch so ein charmantes Lächeln. »Tut mir leid, ist das zu persönlich? Ich hab es mich bloß gefragt.«

»Nein, schon okay. Ich denke nicht, dass ich mal eigene Kinder haben werde.« Ich halte inne und wähle meine Worte mit Bedacht. »Ich bin glücklich so, wie es ist.«

»Gibt es da niemand Besonderen in deinem Leben?«

Durch die eigenartige, unerwartete Vertrautheit in dieser Situation klingt die Frage ganz natürlich und gar nicht neugierig. »Nein, ich habe ... Ich hatte nie viel Interesse an all dem. Heiraten, Kinder kriegen.« Er schaut skeptisch, also erkläre ich weiter. »Meine Eltern haben sich am laufenden Band gestritten und am Ende verbittert scheiden lassen, als ich fünfzehn war. Das hat mir die Lust aufs Heiraten wohl dauerhaft verdorben.«

»Das muss hart gewesen sein.«

»Es war nicht einfach.« Dann spüre ich unerklärlicherweise wieder die Emotionen in mir aufsteigen, und bevor ich es verhindern kann, stehen mir die Tränen in den Augen.

»Hey. *Hey*.« Jack beugt sich vor und legt mir die Hand auf den Arm.

Mir zittern die Hände, und ich bekomme heißen Tee auf die Finger. Er nimmt mir die Tasse ab und stellt sie zurück auf den Tisch. »Es tut mir leid. Mir war nicht klar, dass das für dich so ein heikles Thema ist.«

»Daran liegt es nicht«, sage ich schniefend. Ich versuche, die drohende Tränenflut zurückzuhalten, aber ohne Erfolg. »Ich bin sechs Wochen lang mit Hormonen vollgepumpt worden. Kein Wunder, dass ich so eine Heulsuse bin.« Ich wische mir die Tränen ab, die jetzt zu fließen begonnen haben. »Tut mir leid. Ich wollte nicht weinen.«

»Sicher, dass es nur die Hormone sind?«, fragt Jack sachte, während ich mir weiter die Wangen wische und stoßweise atme.

Ich öffne den Mund, um »Ja, natürlich« zu sagen, und dann kommt etwas anderes heraus. »Der Tag heute war nicht leicht für mich, weil er mich an etwas erinnert hat.« Ich zögere, frage mich, ob ich das allen Ernstes ausgerechnet Jack erzählen will, und platze heraus: »Ich hatte mit achtzehn Jahren eine Abtreibung.«

Etwas zuckt Jack übers Gesicht und mich trifft die peinliche Erkenntnis, dass er einfach nur nett sein wollte und nicht tatsächlich damit gerechnet hat, dass ich ihm mein Herz ausschütte.

»Tut mir leid«, murmle ich, greife wieder nach dem Tee und versuche, mich hinter der Tasse zu verstecken. »Das hätte ich dir nicht erzählen sollen. Ich weiß nicht, warum ich das gemacht habe. Der Tag einfach ...«

»Hast du das schon mal jemandem erzählt?«

Ich schüttle den Kopf, stecke die Nase in die Tasse.

Einen Moment lang sitzen wir still da; der Wind rüttelt an den Fensterscheiben, aber ich kann uns beide atmen hören.

»Dann musstest du es vielleicht einfach loswerden«, meint er schließlich. »Wenn es jetzt wieder hochgekommen ist. Möchtest du ... möchtest du darüber reden?«

Möchte ich das? Ich habe es so lange in mich hineingefressen, es unterdrückt, so getan, als sei es nie passiert. Milly weiß es nicht, hat es nie erraten und mich dankenswerterweise auch nie danach gefragt. Ich nehme an, ihr war immer klar, dass da irgendetwas gewesen sein muss – warum sonst hätte ich am Ende der Oberstufe auf so spektakuläre Art aus der Bahn fliegen sollen? Aber ihr war klar, dass ich nicht darüber reden wollte, und sie drängte mich auch nie dazu, was eine riesige Erleichterung war.

Trotzdem blieb immer etwas zurück – ein unsichtbares, drückendes Gewicht, ein Schmerz hinter den Augen, ein Brennen in der Brust. Nicht daran zu denken, war stets eine aktive Handlung, eine Anstrengung.

»Vielleicht«, sage ich, und wir sitzen noch eine Weile still da. Ich fummle an einem losen Faden am Sofa herum, ziehe ihn straff und lasse ihn dann los. »Es war eine schwierige Zeit in meinem Leben«, sage ich schließlich.

»Wegen deiner Eltern?«

»Ja, und weil ich ...« Ich atme tief durch. Möchte ich wirklich darauf eingehen? Es ausbuddeln wie Schlamm vom Boden meiner Seele? »Weil ich eine Beziehung hatte, die ich besser nicht gehabt hätte«, untertreibe ich. »Und als ... als ich schwanger wurde, war er nicht ... nun ja, er wollte davon nichts wissen.«

Jack verzieht das Gesicht. »Das tut mir leid.«

»Ich wollte ja selbst nichts davon wissen. Ich habe es immer weiter hinausgeschoben, gedacht, das Problem würde auf magische Weise von selbst wieder verschwinden, und als ich mich dann endlich dazu durchgerungen habe, etwas zu unternehmen ...« Ich bekomme einen Kloß im Hals und die Tränen stechen mir in den Augen. »Da war ich schon weiter, als ich dachte. Und deshalb ...« An diesem Punkt kann ich nicht mehr weitersprechen. Die Erinnerung tut weh. Niemand möchte von den unschönen Details hören, von den Schuldgefühlen und der Reue, und bestimmt nicht von den Schmerzen und dem Blut.

»Anna, es tut mir so leid. Ich hätte nicht davon anfangen sollen.« Er legt seine Hand auf meine, und der leichte, warme Druck wirkt beruhigend.

»Hast du ja gar nicht«, bringe ich heraus. »Sondern ich.«

»Es fühlt sich aber so an, als hätte ich herumgebohrt.« Er lächelt entschuldigend und mir wird schlagartig klar, dass er auf Abstand geht. Genau wie alle anderen will er nichts davon hören. Also ziehe ich meine Hand aus seiner und sinke tiefer ins Sofa, bringe ein kleines Lächeln zustande und bin froh, dass die Tränen endlich trocknen.

»Schon okay, Jack. Der Tag heute hat ein paar miese Erinnerungen ans Licht gebracht, das ist alles, und die Hormone haben es noch schlimmer gemacht. Mir geht es gut, wirklich. Tut mir leid, dass ich das gerade bei dir abgeladen habe.« Ich nehme einen Schluck vom jetzt lauwarmen Tee.

Jack sieht mich an. »Machst du es deswegen?«

»Was?«

»Die Spende.«

Ich starre ihn an, die Frage schockiert mich im ersten Moment, aber so sehr ich auch versucht habe, die Ereignisse in meinem Kopf zu trennen, muss ich in diesem Augenblick anerkennen, dass eine Verbindung zwischen ihnen besteht. Die ganze Zeit über gab es da einen Teil von mir, der das Gefühl hatte, die Waage ins Gleichgewicht bringen zu müssen. Als würde ein Eingriff den anderen wieder gutmachen, zumindest in meinem Empfinden, wenn nicht sogar auf kosmischer Ebene.

»Vielleicht hatte es etwas damit zu tun«, bekenne ich zögerlich. »Unterbewusst.« Ich frage mich, was Milly dazu sagen würde, wenn sie es wüsste. Würde es ihr etwas ausmachen? Spielt es eine Rolle?

»Ich bin froh, dass du es mir erzählt hast«, sagt Jack, und ich lächle ihn schwach an. Mir geht es überraschenderweise ähnlich, auch wenn es mir später vielleicht peinlich sein wird. Es hat sich ein bisschen so angefühlt, wie ich mir einen Aderlass vorstelle, als wenn sich plötzlich ein Druck löst oder man einen angehaltenen Atemzug loslässt. »Ich sollte wahrscheinlich gehen ...«, setzt er an und steht langsam auf. Ich nicke.

»Klar. Danke für alles ...«

»Sicher, dass du zurechtkommst?«

»Ja. Alles in Ordnung.« Ich lächle ein bisschen zu breit. »Tut mir leid wegen vorhin. Ich weiß nicht, was mich da geritten hat.«

»Das muss dir nicht leidtun, Anna.«

»Es kam aus dem Nichts. Ehrlich, mir geht's gut.« Mein Lächeln verkrampft sich und Jack hält meinen Blick. Er hat braune Augen, genau wie Matt, aber seine Haare sind ein klein wenig dunkler. Er hat sich heute nicht rasiert.

»Vielleicht ... hast du ja Lust, mal einen Kaffee trinken zu gehen? Oder etwas anderes?«

Ich starre zurück, bin mir nicht sicher, ob er mich richtig auf ein Date einlädt oder es nur freundschaftlich meint. Möglicherweise nicht einmal das, er könnte es auch nur vorschlagen, weil wir auf diese komische Art verbunden sind.

»Klar«, sage ich nach einem Augenblick, und Jack nickt lächelnd, bevor er sich zur Tür wendet und sie hinter sich ins Schloss fallen lässt.

Ich streichle Winnie und trinke meinen Tee aus. Mir tut immer noch der Unterleib weh und ich spüre eine etwas seltsame Leere in mir. Und doch sinkt eine Ruhe auf mich herab wie eine samtviolette Dämmerung, weich und dunkel und tröstlich.

7

MILLY

Als ich ungefähr sechs war, fragte mich eine Frau auf einer Feier – ich weiß nicht mehr, wo oder zu welchem Anlass –, warum ich nicht aussehe wie meine Eltern. Ganz so platt hat sie es natürlich nicht ausgedrückt – sie sagte etwas von Genen, dunklem Haar und Wechselbälgern, sie lachte etwas, und ohne mit der Wimper zu zucken erklärte ich ihr, dass ich adoptiert bin.

Ich kann mich noch gut an ihren Gesichtsausdruck erinnern – rückblickend betrachtet war sie wohl einfach entsetzt über ihren ahnungslosen Fauxpas, aber damals registrierte ich nur, dass dieser Ausdruck nichts Gutes bedeutete, und dachte, ich müsste etwas falsch gemacht haben.

Die Frau ruderte eilig zurück und erklärte in lautem Ton, wie wundervoll Adoption sei, wie glücklich meine Eltern sich schätzen könnten und wie furchtbar lieb sie mich haben mussten. Aber Kinder sind schlauer, als Erwachsene sich träumen lassen. Mir war klar, dass sie ein bisschen zu ausschweifend daherzwitscherte, dass ihr Lächeln zu breit war, ihr Tonfall zu beschwingt. Ich wusste, dass sie nicht die Wahrheit sagte.

Als ich meine Mutter später danach fragte, sah sie für einen kurzen Moment erschüttert aus, aber dann nahm sie mich in die Arme und versicherte mir, dass es *wirklich* wundervoll sei, dass sie sich *wirklich* glücklich schätzten. Alles sei rundum perfekt, unser eigenes kleines Märchen mit garantiertem Happy End. Und obwohl ihre Stimme vollkommen aufrichtig und ihr Lächeln nicht zu breit war, bekam ich von ihr den gleichen Eindruck wie von der fremden Frau – sie sagte mir nicht ganz die Wahrheit. Ich habe nie bei ihr nachgehakt, ihre Liebe für mich nie hinterfragt, aber der Eindruck blieb.

Ich habe viele solcher Erinnerungen. Es sind keine schrecklichen, und ich bedauere auch nichts, aber sie sind trotzdem da, wie kleine Steinchen im Schuh. Und aus irgendeinem Grund muss ich nun an diese Frau denken, während Matt meine Hand hält und der Arzt mir einen kostbaren Embryo in die Gebärmutter einsetzt. Wir haben uns entschieden, es zunächst mit einem einzigen zu versuchen, da Mehrlingsschwangerschaften mit gewissen Risiken verbunden sind. Außerdem dachten wir uns, wenn es dieses Mal nicht klappt, probieren wir es einfach noch einmal. Aber ich hoffe – ich bete dafür -, dass es klappt.

Während ich so daliege, meine Füße in den Halterungen, den Blick an die Decke gerichtet, denke ich an diese Frau und schwöre mir, dass mein Kind solche Momente nicht erleben wird. Es wird sich stets geliebt, angenommen, als Teil von mir fühlen. Von Anfang an.

Es dauert nur zwanzig Minuten. Als ich danach aufstehe, habe ich den Drang, vorsichtig auf Zehenspitzen zu gehen, als bestünde die Gefahr, dass der frisch eingesetzte Embryo wieder herausfällt. Als ich das anspreche, erklärt der Arzt, dass das kein ungewöhnliches Gefühl sei, dahingehend aber keinerlei Gefahr bestehe. Er rät mir, den Rest des Tages freizunehmen und mein Aktivitätslevel die nächsten zwei Wochen auf ein

Minimum zu beschränken. Das wirft schon die Frage auf, warum – vielleicht kann er ja doch herausfallen?

Einen Tag freizunehmen ist aber gar nicht so einfach, vor allem nach der ziemlich strengen Schulinspektion. Die Monkton Primary School ist eine gemütliche kleine Dorfgrundschule eine halbe Stunde von Bristol entfernt, mit nur einer Klasse pro Jahrgang und voll ausgelasteter Belegschaft. Ich arbeite dort schon seit zwölf Jahren, seit meinem Uniabschluss, und auch wenn ich mir hin und wieder gerne einen Job näher bei uns gesucht hätte, ist es schwer, eine Stelle zu verlassen, an der man sich so gut kennt.

Als der Anruf der Aufsichtsbehörde genau in dem Moment kam, da ich gerade aufbrechen und Anna abholen wollte, rutschte mir das Herz nicht nur in die Hose, sondern gleich durch bis zu den Zehen. Bei der letzten Inspektion hatten wir die gefürchtete Bewertung »Verbesserungsbedarf vorhanden« bekommen, es kam also gar nicht infrage, nicht dazubleiben und mitzuhelfen, damit es diesmal besser laufen würde.

Aber Anna ... Mir war der Gedanke zuwider, sie in so einem entscheidenden Moment im Stich zu lassen, auch wenn ich keine Wahl hatte. Ich schrieb ihr und hinterließ noch zwei Sprachnachrichten, plagte mich aber immer noch mit Schuldgefühlen herum, weil ich Jack an meiner Stelle hingeschickt hatte. Ich rief sie an, sobald ich nach Hause kam, aber sie ging nicht dran, woraufhin ich mich direkt noch schlechter fühlte.

Am Samstag rief ich wieder an, das Telefon schellte und schellte und mir kam der Gedanke, dass ich sie vielleicht zu sehr bedrängte. Vielleicht war sie noch müde von dem Eingriff und wollte sich erholen. Vielleicht brauchte sie etwas Abstand. Am Sonntagnachmittag rief sie mich endlich zurück.

»Hi, Milly. Tut mir leid, dass ich mich nicht früher gemeldet habe.« Sie klang erschöpft.

»Anna, es tut mir so leid, dass ich dich nicht aus der Klinik abgeholt habe. Hat Jack dir von der Inspektion erzählt?«

»Ja. Schlechtes Timing.«

»Ja.« Das Gespräch fühlte sich unerwartet gestelzt an. »Kann ich vorbeikommen? Ich bringe Croissants mit.« Mit Mandeln, wie Anna sie am liebsten mag.

»Okay«, sagte sie nach kurzem Zögern. »Klar.«

Ich hatte eine Tüte frischer Croissants und Annas Lieblings-Chai dabei, aber als ich sie zur Begrüßung umarmte, fühlte es sich ein winziges bisschen falsch an. Ich redete mir ein, dass ich paranoid und Anna einfach nur müde war. Dass alles in Ordnung war und exakt so lief, wie wir es uns ausgemalt hatten. Anna überlegte es sich nicht anders oder bereute irgendetwas, ganz bestimmt nicht.

»Wie war es?«, fragte ich, während Anna sich im Schneidersitz aufs Sofa setzte und einen Schluck Tee nahm. »Hat es … Hat es wehgetan?«

»Nicht wirklich.« Sie hielt den Blick gesenkt und wirkte etwas zerbrechlich, in der Art, wie sie dasaß, wie sie den Kiefer anspannte. Ich war irgendwie ratlos, mein Tonfall zu heiter und mein Verhalten gekünstelt. Als könnten wir beide nicht mehr wir selbst sein.

»Ich bin dir so dankbar …«

»Ich weiß.«

Ich lehnte mich zurück, fühlte mich ein bisschen angegriffen. »Anna, ist alles in Ordnung?«, traute ich mich endlich zu fragen, auch wenn ich mich gleichzeitig dagegen sträubte, die Worte auszusprechen. »Hast du … Hast du es dir anders überlegt?«

»Dafür wäre es ein bisschen zu spät.«

Ich zuckte zurück, aber dann lächelte Anna matt.

»Das sollte ein Witz sein, Milly. Tut mir leid. Das Ganze hat mich irgendwie ein bisschen … aufgerieben. Damit hab ich nicht gerechnet. In ein paar Tagen geht es mir bestimmt wieder gut.«

Ich erforschte ihren reservierten Gesichtsausdruck, suchte

nach einer passenden Antwort, aber mein Kopf war wie leergefegt. Was in aller Welt bedeutete *aufgerieben*? Sollte ich mir Sorgen machen?

»Es tut mir leid, dass ich nicht gekommen bin«, sagte ich schließlich. »Ich wollte wirklich für dich da sein.«

»Ich weiß.«

»War Jack ...« Ich wusste nicht, wie ich die Frage zu Ende führen sollte.

»Es war okay. Ganz ehrlich, alles okay.« Sie setzte sich etwas aufrechter auf. »Und morgen ist dein großer Tag.«

»Ja ...«

»Darauf sollten wir uns konzentrieren.« Es klang, als wollte sie sich selbst ebenso sehr daran erinnern wie mich.

Nun, während Matt meinen Arm nimmt und mich wie eine Kranke aus der Klinik führt, bemühe ich mich, all die Sorgen aus meinem Kopf zu verbannen – Annas unerwartete Distanziertheit, die verdammte Schulinspektion, bei der es schon wieder ein »Verbesserungsbedarf vorhanden« gegeben hatte, oder die nächsten zwei Wochen der Ungewissheit, die sich wie eine Ewigkeit anfühlen würden.

»Geht's dir gut?«, fragt Matt auf dem Heimweg.

»Ja. Ich habe irrsinnig Angst und glaube, die nächsten zwölf Tage werden die längsten meines Lebens ... aber ansonsten geht's mir gut.«

Zu Hause angekommen besteht Matt darauf, dass ich mich sofort ins Bett lege, als käme ich gerade von einer kritischen Operation zurück statt von einem Vorgang, der mehr von einem Abstrich hat. Ich gehorche, denn ich habe viel zu viel Angst, irgendetwas zu tun, was die kostbare Fracht direkt wieder ausstößt. Ich weiß, das würde ich mir nie verzeihen können. Dann hätte ich als Mutter versagt, bevor ich überhaupt eine bin.

Das erzähle ich Matt, als er mir einen Tee bringt, und mit besorgtem Blick setzt er sich zu mir aufs Bett.

»Milly, du bist zu streng mit dir. Das warst du schon immer.«

»Möglicherweise, aber wie sollte ich mich denn sonst fühlen?«

»Wenn es nicht klappt, soll es vielleicht einfach nicht sein.«

Diese Erklärung versetzt mir einen kleinen Stich. »Das glaubst du aber doch nicht wirklich, oder?«

Er seufzt. »Ich weiß nicht. Manchmal fühlt es sich so an, als würden wir es erzwingen, weißt du? Diese ganzen Eingriffe ...«

Jetzt fällt ihm das ein? »So viele Eingriffe sind es nicht, Matt«, widerspreche ich und bemühe mich um einen vernünftigen Ton. »Und wenn ich so schwanger werden kann, ist es das wert, meinst du nicht?«

Er lächelt müde. »Ja, natürlich.«

Aber sein Ton überzeugt mich nicht ganz, und das fühlt sich schon wieder nach einer neuen Sorge an.

Anna kommt abends vorbei, und sehr zu meiner Erleichterung wirkt sie wieder mehr wie sie selbst, klopft mir die Kissen auf und versorgt mich mit Klatschmagazinen und Promi-Blättchen, meinem heimlichen Laster.

»Du solltest kein schlechtes Gewissen haben, wenn du es entspannt angehen lässt«, ermahnt sie mich. »Dazu hast du jedes Recht.«

»Arbeiten muss ich aber trotzdem.«

Sie setzt sich auf die Bettkante und nimmt meine Hand, ihr Gesicht wird ernst. »Sei ein bisschen nachsichtig mit dir, Milly.«

»Schau mich doch an«, versuche ich zu scherzen. »Ich bin vollkommen entspannt ...«

»Ich meine nur, du kannst es nicht forcieren. Gib dir nicht die Schuld, wenn es nichts wird. Es liegt nicht allein bei dir.«

Ihre Worte erschüttern und berühren mich zugleich. »Das weiß ich«, sage ich, bin mir da aber nicht so sicher. Ich empfinde einen solchen Druck, denn es liegt sehr wohl allein bei mir.

Oder bei meinem Körper. Und es wäre nicht das erste Mal, dass mein Körper mich im Stich lässt.

Die nächsten zwölf Tage fühlen sich tatsächlich wie die längsten meines Lebens an. Ich schleiche auf Zehenspitzen herum, als trüge ich eine wertvolle Ming-Vase mit mir herum, die außer mir niemand sehen kann. Einmal piekst mir Seth, einer meiner Erstklässler, mit dem Finger in den Bauch, um meine Aufmerksamkeit zu gewinnen, und sofort ergreift mich Schrecken und Zorn darüber, dass er das winzige Leben in mir möglicherweise verletzt haben könnte.

Anna und ich hören fast täglich voneinander, sie ist beinahe genauso hoffnungsvoll, aufgeregt und ängstlich wie ich. Sie unterstützt mich an allen Ecken und Enden, bringt mir am Samstag Kaffee und Donuts vorbei und erkundigt sich, wie es mir geht. Die sonderbare Distanz, die ich an ihr wahrgenommen habe, ist verschwunden, wofür ich höchst dankbar bin.

An dem Tag, an dem ich für den Schwangerschaftstest zur Ärztin gehen soll, schickt Anna mir eine ganze Reihe von Emojis: Sekt, ein Baby, ein Kleeblatt und eine schwangere Frau. Ich schmunzle darüber, aber sie machen mir auch Angst. Ich will das so sehr, dass es sich so anfühlt, als könnte ich es gar nicht bekommen. Harte Arbeit und Entschlossenheit führen hier nicht mehr weiter. Genau wie Anna gesagt hat, ich kann es nicht forcieren, und das gefällt mir ganz und gar nicht. Ich möchte am liebsten alles unter Kontrolle haben.

Das Herz schlägt mir bis zum Hals, als ich ins Behandlungszimmer gebeten werde. Alicia, die Fachärztin, nimmt mir Blut ab und schlägt vor, auch einen Urintest zu machen, denn die Blutwerte sind zwar verlässlicher, werden dafür aber auch erst in ein paar Stunden verfügbar sein, und so könnte ich eventuell schon sofort Bescheid wissen.

Sofort. Der ersehnte, gefürchtete Moment. Ich glaube nicht, dass ich mit der Enttäuschung eines negativen Tests zurechtkäme. Ich fürchte mich vor der Heftigkeit meiner Reaktion, vor dem zerschmetternden Gefühl des Scheiterns, das mich überrollen würde.

Benommen vor Nervosität gehe ich auf die Toilette, packe mit zitternden Händen das Stäbchen aus, setze mich, pinkele, warte.

Es ist ein Augenblick, der alle Mütter vereint – der Test, der Anblick des Doppelstrichs oder des Plus-Zeichens, je nachdem. Ich habe gehört, wie die Mütter am Schultor darüber geredet haben. *Ich konnte es zuerst nicht glauben ... Ich habe fünf Tests gemacht ...*

Und hier sitze ich nun mit dem Stäbchen in der Hand und muss es nur umdrehen, um zu erfahren, ob ich ein Kind bekommen werde ... oder nicht.

Mach schon, Milly, ermutige ich mich, aber mir ist, als wäre ich körperlich nicht in der Lage dazu; meine Glieder sind schwer wie Blei, ich bin von Kopf bis Fuß gelähmt. Solange ich es nicht weiß, kann ich hoffen. In der Unwissenheit besteht immer noch die Möglichkeit. Aber wenn er negativ ist ...

Dann brummt auf meinem Handy eine Nachricht von Anna. *Was Neues?*

Aus einem Impuls heraus wische ich über den Bildschirm und rufe sie an. Beim ersten Klingeln nimmt sie ab, sie spricht mit gedämpfter Stimme, weil sie bei der Arbeit ist.

»Milly? Weißt du Bescheid?«

»Ich sitze bei der Ärztin auf dem Klo«, flüstere ich mit einem wackligen Lachen. »Ich hab den Test in der Hand.«

»Ist er ...«

»Keine Ahnung. Ich hab Angst zu gucken, Anna.« Ich muss noch mal lachen, weil es so verrückt ist. »Ich schaff es nicht.«

»Doch, du kriegst das hin. Wenn er negativ ist, kannst du es noch einmal versuchen. Einfach noch einmal ein paar Wochen mehr, und dann könntest du schon wieder da sitzen.«

»Ich weiß, aber trotzdem. Dann ginge es wieder ganz von vorne los. Und vielleicht klappt es nie. Vielleicht sind diese verfrühten Wechseljahre schon zu weit fortgeschritten.« Das ist meine größte Angst, und Anna hält sofort dagegen.

»Vielleicht auch nicht. Vielleicht sitzt du da gerade mit den besten Nachrichten deines Lebens in den Händen.«

Mir entflieht ein ungläubiges, kleines Kichern; ich wünsche mir so sehr, dass es diese Möglichkeit ist. »Sprich weiter«, fordere ich sie auf. Anna könnte mir genug Mut machen, um nachzusehen. Es herauszufinden.

»Du schaffst das, Milly. Nur so geht es weiter. Was willst du sonst tun? Du bist auf der Toilette, stimmt's? Da kannst du ja wohl kaum für den Rest deines Lebens bleiben.«

»Doch«, meine ich scherzhaft. »Ich habe hier Wasser und eine Toilette.«

»Aber keinen Fernseher.«

»Ich hab mein Handy, und die Praxis hat WLAN.«

»Was ist mit Essen?«

»Matt könnte mir welches vorbeibringen.« Dieses Gespräch ist völlig hirnrissig, aber es beruhigt mich.

»Wo willst du schlafen?«, fragt Anna, als müssten wir ernsthaft darüber nachdenken. »Ist da eine Badewanne? Das könnte nämlich funktionieren.« Ich muss laut lachen und höre das Lächeln in ihrer Stimme, als sie fortfährt: »Schau einfach drauf, Milly. Du möchtest es doch wissen. Du musst es wissen, egal, wie viele Striche es sind.«

»Ja, ich weiß.« Ich hole tief Luft, und Anna glaube ich auch. Und dann drehe ich den Test um.

Der Atem rauscht mir aus der Brust, ich sehe auf zwei knallpinke Striche hinab. *Zwei.* Ohne Zweifel, ohne Interpretationsspielraum, beide Striche sind da. Mir entfährt ein zittriges Lachen, das sich mehr wie ein Schluchzen anhört.

»Milly ...« Anna klingt besorgt, aber ich lache wieder, und dieses Mal ist das Geräusch pure Freude.

»Anna, ich bin schwanger.« Ich hauche die Worte, als wären sie heilig, und das sind sie auch. »Ich bin *schwanger*.«

»Oh, Milly.« Jetzt höre ich auch von Anna ein schluchzendes Lachen. »Ich freue mich so für dich. So, so sehr.«

Matt klopft an die Tür, wahrscheinlich fragt er sich schon, was in aller Welt ich hier drin mache. »Milly?« Er klingt besorgt.

»Ich muss auflegen«, sage ich Anna. »Ich ruf dich später an.«

»Herzlichen Glückwunsch, Milly. Das ist fantastisch.« In ihrer Stimme liegt so viel Wärme.

»Danke, Anna. Dir ist klar, das hätte alles nicht passieren können ...«

»Wenn ich nicht gewesen wäre. Ja, ja.« Sie lacht. »Ich weiß. Das hast du mir ja auch erst dreihundertmal gesagt.«

Ich lache auch, lege auf und schüttle ungläubig den Kopf. Ich lege mir die Hand auf den noch flachen Bauch. *Hallo, kleines Krümelchen. Schön, dass du da bist.* Dann wasche ich mir die Hände und drücke die Spülung, versuche mich zu sammeln, denn mir ist entweder danach, in Tränen auszubrechen oder ein Lied anzustimmen, ich weiß nicht genau, was von beidem.

Schließlich öffne ich die Tür und strahle Matt an, mit Tränen in den Augen. »Herzlichen Glückwunsch«, sage ich mit brüchiger Stimme. »Wir bekommen ein Baby.«

8

ANNA

In der Woche nach meiner Eizellspende treffe ich Sasha, die vor meiner Bürotür auf mich wartet. Ich konnte den Schwermut, der mich am Tag des Eingriffs erfasst hat, nur schwer abschütteln, und zwölf Stunden, nachdem ich Jack von meiner Abtreibung erzählt habe, erschaudere ich vor der Erinnerung und habe nicht die geringste Ahnung, warum ich es angemessen oder klug fand, das einem völlig Fremden auszuplaudern.

Gott sei Dank habe ich mich bei den Details auf ein absolutes Minimum beschränkt und habe keinen wirklichen Grund zur Annahme, dass ich Jack noch einmal wiedersehen werde, abgesehen von seiner Einladung, mit ihm auszugehen. Nachdem ich das alles bei ihm abgeladen habe, wird er sich so schnell wohl kaum melden, und ich rede mir ein, dass ich darüber erleichtert bin.

»Sasha.« Ich bemühe mich um einen warmen Tonfall, obwohl ich immer noch nicht wieder auf der Höhe bin. Ich habe nicht gut geschlafen und mich heute Morgen noch so mulmig gefühlt, dass ich das Joggen habe ausfallen lassen. »Es freut mich, dass Sie da sind. Kann ich Ihnen einen Kaffee anbieten? Oder Tee?«

Sie schüttelt den Kopf, ich schließe die Bürotür auf und bitte sie herein. »Büro« ist ein einigermaßen hochtrabendes Wort dafür: Mein Schreibtisch steht in Laras Empfangsbereich, zusammen mit ein paar Aktenschränken und einem Sofa, und so komme ich mir manchmal eher wie eine bessere Rezeptionistin vor als wie die stellvertretende Personalchefin, wozu ich vor vier Jahren befördert wurde.

Ich schließe die Tür hinter mir, während Sasha sich nervös auf einen Stuhl vor meinem Schreibtisch kauert.

»Es freut mich, dass Sie da sind«, wiederhole ich, setze mich und falte die Hände auf dem Tisch. »Ich hatte gehofft, dass Sie kommen würden.«

»Ich bin mir immer noch nicht sicher, ob ich überhaupt hier sein sollte ...«

»Aber jetzt sind Sie hier, also nur zu, erzählen Sie mir doch, was Sie bedrückt.«

»Ich glaube, ich wurde sexuell belästigt«, platzt Sasha heraus, und das Herz rutscht mir in die Hose. Das wird schwierig – sowohl für Sasha als auch für mich. Sexuelle Belästigung am Arbeitsplatz ist ein riesiges Problem, und in der aufgeladenen Atmosphäre heutzutage angemessen damit umzugehen eine ziemliche Herausforderung.

Und dann ist da noch Lara, die vor allem dafür, dass sie selbst eine Frau ist, bemerkenswert wenig Verständnis für die Fälle zeigt, von denen wir erfahren – unangemessene Bemerkungen, unerwünschte Berührungen, Worte oder Taten, von denen ein männlicher Kollege behauptet, dass sie nur ein bisschen harmloses Flirten waren, wenn überhaupt. Als Ermutigung aufgefasste Gesten oder unter Druck abgenötigte Einwilligungen lassen Lara bedauerlicherweise bloß die Augen verdrehen. In der Regel versucht sie die Beschwerden abzuschmettern, bevor sie überhaupt richtig aufkommen, und traurigerweise hat sie damit selbst in der heutigen Zeit meist Erfolg. Aber dieses Mal ist Sasha zu mir gekommen.

»Fangen Sie ganz von vorne an«, fordere ich sie auf.

»Ich habe im September bei Qi angefangen«, beginnt sie zögerlich. »Ich bin im Absolventenprogramm, in der IT-Abteilung. Und wir haben da wirklich eine tolle Atmosphäre ... Ich fand es von Anfang an klasse. Wir albern viel rum und haben Spaß, gehen nach der Arbeit zusammen in den Pub ... Von sowas träumt man ja, wenn man auf der Uni ist, stimmt's?«

»Ja, na klar«, murmle ich. Meine Erfahrungen sehen anders aus, aber ich war auch die einzige Auszubildende in einer kleinen Abteilung, und Lara nicht gerade die kumpelhafteste Chefin. Außerdem war ich noch nie sonderlich gesellig.

Die IT-Abteilung ist etwas anderes, auf nerdige Art cool – viele junge Mitarbeiter mit lustigen T-Shirts und auffälligen Brillen, und ein paar ältere in stilvollen Hemden, schmalen Krawatten und Jeans. Sie bezeichnen sich gern scherzhaft als die »IT der IT«, das Beste vom Besten, denn Qi Tech ist auf die Fehlerbehebung bei IT-Angelegenheiten anderer Unternehmen spezialisiert, von Datenbankverwaltung bis Telefonsystem-Management, und unsere IT-Abteilung kümmert sich auch um unsere eigenen IT-Probleme.

Sasha ist verstummt. Ich warte ab, doch da sie keine Anstalten macht, weiterzusprechen, versuche ich ihr einen kleinen Schubs zu geben. »Und was ist dann passiert, Sasha? Was ist falsch gelaufen?«

»Ich weiß nicht ...«

»Sie können es mir ruhig sagen.«

»Und es wird keine Konsequenzen geben?« Ihre Frage klingt so drängend, dass ich stutze. Sie wäre doch bestimmt nicht zu mir gekommen, wenn sie *keine* Konsequenzen wollte? Aber sie ist noch so jung, vielleicht um die zweiundzwanzig, und wahrscheinlich eine der wenigen Frauen in der Abteilung. Sie hat ihre ganze Karriere – ihr ganzes Leben – noch vor sich. Natürlich will sie nicht, dass diese Geschichte ihr Leben torpediert, oder auch nur ihren Job.

»Das kann ich nicht versprechen, Sasha, weil ich noch nicht weiß, was Sie mir gleich berichten. Aber ich kann versprechen, es niemand anderem weiterzuerzählen, sofern ich es nicht für moralisch oder rechtlich notwendig halte.« Ich lächle ihr ermutigend zu und warte.

Sasha atmet tief und schaudernd durch. »Ich weiß nicht, vielleicht bin ich auch selbst schuld«, sagt sie langsam. »Ich könnte die falschen Signale gesendet haben ...« Sie beißt sich auf die Lippe, und ich wünschte, ich könnte sie umarmen.

»Zuerst müssen wir klarstellen, was genau passiert ist. Gab es ein bestimmtes Ereignis – vielleicht ein Gespräch, oder ...« Ich lasse den Satz unvollendet in der Luft hängen und warte darauf, dass sie die unbehaglichen Lücken füllt.

»Es gab da ein paar Dinge ... hin und wieder ...«

Ich atme ganz langsam aus. Ich weiß immer noch nicht, um wen es sich handelt. »Okay ...«

»Aber ich weiß nicht.« Sie schaut mich kläglich an. »Ich möchte ihn nicht in Schwierigkeiten bringen.«

Ich fühle mich, als drehten wir uns um das Problem wie um das Auge eines Sturms – ein schwarzes Loch aus Anschuldigungen und Andeutungen. »Ich verstehe, dass Sie keinen Ärger machen wollen, Sasha, aber das ist nicht der Punkt. Wenn eine sexuelle Belästigung vorgefallen ist, muss Qi Tech das erfahren, damit wir uns entsprechend darum kümmern können. Es geht sozusagen nicht darum, ob Sie jemand anderem Schwierigkeiten bereiten – es geht um die Verantwortung, die das Unternehmen für alle seine Mitarbeiterinnen und Mitarbeiter hat.« So steht es im Firmenhandbuch, auch wenn ich meine Zweifel habe, dass Lara mir da zustimmen würde.

Während meiner vierzehn Jahre bei Qi Tech, allesamt unter Lara, gab es offiziell sechs Fälle von sexueller Belästigung. Vier wurden abgewiesen, einer von der Anklägerin zurückgezogen und einer ganz still abgehandelt, hinter verschlossenen Türen. Unterm Strich also alle unter den Teppich gekehrt.

Aber inzwischen ist die Lage eine andere, in meinen Augen eine bessere, auch wenn Lara das nicht so sieht, und wir beide wissen, dass wir sehr vorsichtig sein müssen.

Ich ziehe einen Notizblock zu mir herüber. »Ich muss dieses Treffen schriftlich festhalten. Sind Sie damit einverstanden?«

»Ja ...«

»Also noch mal von vorne. Sie haben von der Atmosphäre in der IT-Abteilung gesprochen, die so angenehm war. Locker und freundlich?«

»Ja ...«

»Aber dann hat sich etwas verändert?«

»Ja, als wir mit dem Dobson-Auftrag beschäftigt waren.«

Ich nicke, auch wenn ich nichts über den Dobson-Auftrag weiß. Ich weiß recht wenig darüber, was Qi Tech so tut, und mehr darüber, wie seine Angestellten bezahlt und behandelt werden. Ich weiß Bescheid über persönliche oder krankheitsbedingte Urlaubszeiten, Gehaltserhöhungen und Boni, wer mit wem nicht klarkommt und welche anderen vielleicht ein bisschen zu gut miteinander. Aber was die Arbeit selbst angeht?

»Wir haben Überstunden gemacht«, fährt Sasha zögernd fort, »weil wir das neue IT-System bis Ende des Jahres implementieren mussten.«

»Okay ...«

»Und an ein paar Abenden waren da nur ich ... und Mike.«

Mike. Mir wird ein bisschen anders. »Sprechen wir hier von Michael Jacobs?«

Sasha beißt sich auf die Lippe und nickt. Michael Jacobs ist der IT-Chef, ein umgänglicher Typ in den Vierzigern, mit einem dröhnenden Lachen und einem Schulterklopfen für jeden. Er ist zu allen freundlich, kennt die meisten beim Namen und arbeitet schon seit fünfzehn Jahren in der Firma. Seine Frau gibt ihm regelmäßig Brownies mit und seine zwei kleinen Kinder begleiten ihn jedes Jahr beim Nimm-dein-Kind-mit-zur-Arbeit-Tag. Er gehört hier zum Inventar, hat fast schon Kultstatus. Das wird nicht einfach.

Ich atme tief durch und lege die Hände flach auf den Tisch. »Sie und Michael Jacobs waren also abends noch bei der Arbeit – allein? Sonst war niemand da?«

»Manchmal schon, aber ein paarmal eben nicht.«

Ich nehme wieder den Stift zur Hand. »Und als Sie allein waren?«

»Am Anfang war gar nichts weiter ...«

Die Tür fliegt auf und Lara platzt herein, in ihrer üblichen Uniform aus schwarzem Power Suit und knalliger Seidenbluse, diesmal in Grüngelb. Die akkurate Kante ihres glänzenden, schwarzen Bobs schwingt ihr ums Kinn, ihre Augen verengen sich zu Schlitzen.

»Sasha, nicht wahr?«

Sasha ist bereits vom Stuhl aufgesprungen, wobei sie ihn fast umgerissen hat, nickt kurz und huscht auch schon Richtung Tür.

»Ich gehe besser an die Arbeit ...«, murmelt sie. Ich strecke die Hand aus, versuche erfolglos sie aufzuhalten.

»Führen wir dieses Gespräch doch ein andermal weiter, Sasha«, rufe ich ihr beinah verzweifelt hinterher. »Wie wär's nächste Woche?« Aber sie ist schon weg.

»Lassen Sie mich raten«, sagt Lara trocken, während sie Mantel und Blazer abstreift und auf Stilettoabsätzen in ihr Büro marschiert. »Sie wollte Ihnen was von sexueller Belästigung vorwinseln.«

Ich zucke zusammen, frage mich, ob Lara bewusst ist, wie beleidigend das klingt, wie viel Schwierigkeiten sie für solche Bemerkungen bekommen könnte. Vermutlich schon, und der CEO und die Abteilungsleiter des Unternehmens wohl auch – nur dass es keinen von ihnen besonders interessiert. Tech-Firmen sind eine ziemliche Männerwelt.

»Sie hatte eine Beschwerde wegen sexueller Belästigung, ja«, antworte ich, folge ihr ins Büro und schließe die Tür. »Ich habe ein paar Notizen gemacht, aber wir sind nicht sehr weit gekommen ...«

»Gut«, meint Lara. »mit sowas sollte man auch nicht zu weit gehen.«

»Da bin ich mir nicht so sicher, Lara ...«

»Sehr sicher schien Sasha auch nicht«, merkt sie an, setzt sich an den Schreibtisch und zieht ihren Laptop zu sich heran. »Konnte ja kaum ein vernünftiges Wort rausbringen. Meinen Sie, das war die Reue am Morgen danach?« Sie lächelt mich erwartungsvoll an, als würden wir gerade Personalstrategien besprechen und keinen potenziellen Fall von Belästigung, Übergriffigkeit oder Schlimmerem.

»Das glaube ich nicht, nein«, sage ich nach einer Pause.

»Und wer ist der Typ?«

Ich zögere, denn ich weiß genau, Lara wird darauf unschön reagieren.

Sie trommelt mit ihren Acrylnägeln auf den Tisch. »Anna?«

»Mike Jacobs«, rücke ich heraus, und Lara schnaubt.

»Das ist gar nicht gut. Nein, das können wir auf keinen Fall machen.«

»Lara, es geht nicht darum, was wir machen wollen, sondern was *er* gemacht hat«, widerspreche ich, und wie erwartet verdreht sie die Augen.

»Mike Jacobs? Kommen Sie schon, Anna. Er ist IT-Chef. Seit ewigen Zeiten bei uns. Er ist *verheiratet*.«

»Nichts davon hat irgendetwas damit zu tun, ob eine sexuelle Belästigung stattgefunden hat«, sage ich ruhig. Mein Herz fängt wild an zu klopfen, denn Lara mag Widerworte überhaupt nicht, auch wenn sie mit Bedacht kommen, und viel zu oft sage ich deshalb auch nichts. Aber ich habe Sashas geplagtes Gesicht vor Augen, ihre abgeknabberten Fingernägel, und etwas drängt mich dazu, ihre Fürsprecherin zu sein, nicht ihre Verräterin.

Lara legt den Kopf schief. »Wenn Sie sich nicht in der Lage fühlen, diesen Fall zu übernehmen, Anna, dann kann ich das gern für Sie übernehmen.«

Und Lara würde Sasha einfach so dem Erdboden gleichmachen.

»Ich meine ja nur«, sage ich so vorsichtig ich kann, »dass die Lage sich entscheidend verändert hat, seit wir die letzte Beschwerde hatten – war das 2016?« Sie nickt knapp. Wahrscheinlich hat sie sie alle in einer mentalen Rotationskartei abgespeichert. »Seit der #MeToo-Bewegung ...«

»Ach bitte!«, unterbricht Lara mit einem spöttischen Lachen, und ich bin bemüht, mir weder an der Stimme noch am Gesichtsausdruck etwas anmerken zu lassen.

»Lara, das ist ein Problem. Das wissen wir beide. Einen viralen Shitstorm kann Qi Tech noch sehr viel weniger gebrauchen als einen einzelnen Vorwurf der sexuellen Belästigung.«

Lara sieht mich ungerührt an. »Was schlagen Sie also vor? Mike den Wölfen zum Fraß vorzuwerfen?«

»Nein, ich schlage vor, wir halten uns an das korrekte Verfahren. Wir ermutigen Sasha, ihre Erlebnisse im Beisein eines Kollegen, Freundes oder Gewerkschaftsvertreters darzulegen. Machen genaue Notizen und wenn nötig eine Aufnahme von dem Gespräch. Bitten Mike um seine Sicht auf den Vorfall, ebenfalls in Anwesenheit einer Vertrauensperson. Und ziehen den Firmenanwalt hinzu, damit wir rechtlich auf der sicheren Seite sind.«

»Na schön.« Lara schnauft wieder und zuckt ungeduldig

die Schultern. »Dann halten wir uns an das Verfahren. Sagen Sie mir Bescheid, wenn das Treffen abgemacht ist.«

Ich bin mir nicht sicher, inwiefern das wirklich ein Erfolg war, aber als ich ihr Büro auf wackligen Beinen verlasse, beschließe ich, es als solchen zu verbuchen. Das wird mein erster Belästigungsfall als stellvertretende Personalchefin. Meine Erfahrungen bei den bisherigen Fällen beschränken sich darauf, Notizen abzutippen und tränenüberströmten Mitarbeiterinnen dabei zuzusehen, wie sie mit zerknäulten Taschentüchern in der Hand aus Laras Büro geschlichen kommen. Jetzt will ich auf jeden Fall alles richtig machen.

Natürlich kann ich nicht einfach voraussetzen, dass Mike schuldig ist, und das tue ich auch nicht. Ich verspüre sogar einen Anflug von Mitleid für ihn, denn was auch immer geschehen ist, er hat bestimmt nicht geglaubt, dass es so enden würde.

Einen Moment lang wandern meine Gedanken zurück in die Vergangenheit, als ich noch jünger war als Sasha jetzt, aber genauso verunsichert und ängstlich. Als ich nicht genau wusste, was richtig und falsch war, ob man jemandem die Schuld geben konnte und wenn ja, wem. Aber dann schiebe ich diesen Erinnerungen einen Riegel vor, weil ich so wenig wie möglich daran denken möchte.

Sasha kommt am nächsten Tag nicht wieder, am Tag danach auch nicht, und auf eine E-Mail von mir reagiert sie nicht. Ich beschließe, die Sache eine Weile ruhen zu lassen, schließlich möchte ich nicht als nächste eine Beschwerde bekommen, und vielleicht braucht sie ja einfach nur etwas Zeit, um ihren Mut zusammenzunehmen. Oder sie hat noch einmal über die ganze Situation nachgedacht und ist zu dem Schluss gekommen, dass die Lage doch nicht ganz so eindeutig ist. Als Lara nachhakt und ich ihr sage, dass von Sasha kein Ton mehr kam, lächelt sie zufrieden.

Am Montagabend rufe ich Milly an und erkundige mich

wegen ihres Embryotransfers, und sie erzählt, dass sie in zwölf Tagen Bescheid wissen wird, ob sie schwanger ist. Das hört sich nach einer langen Zeit an, aber in weniger als zwei Wochen könnte alles anders sein. Milly könnte schwanger sein. Und irgendwie wird es sich ein kleines bisschen auch wie meine Schwangerschaft anfühlen. Aber das sage ich ihr nicht. Darüber erlaube ich mir auch nicht viel nachzudenken, denn ich fühle mich schuldig dabei, als würde ich etwas Schlimmes tun.

Also überkompensiere ich die nächsten Tage ein wenig, bin die beste Unterstützung und Freundin überhaupt. Ich schreibe Milly Nachrichten, ich höre mir ihre Monologe über Scheinschwangerschaftssymptome an und darüber, ob es noch zu früh ist für Übelkeit/Müdigkeit/Schwindelgefühle, und am Samstag komme ich mit Donuts und Kaffee vorbei und wir lassen uns beides am Küchentisch schmecken, während Matt joggen ist.

»Ich hab mir ein Schwangerschaftsmagazin gekauft«, flüstert sie, als ginge es eigentlich um Pornos. »Ist das nicht furchtbar? Ich beschwöre das Unheil herauf ...«

»Milly, du bist doch sonst nicht so abergläubisch.«

»Aber es fühlt sich so ... anmaßend an. Man sollte das Schicksal oder Gott oder wen auch immer nicht herausfordern, glaubst du nicht?«

Ich denke einen Augenblick nach. »Nein, das sehe ich anders, es sei denn, das Schicksal ist ein wahnsinniges Miststück mit PMS und hat es auf dich abgesehen.«

Darüber muss Milly lächeln. »Das vielleicht nicht. Aber ich denke trotzdem, ich hätte es nicht kaufen sollen.«

»Warum nicht?«

»Weil da so ein Ausfaltteil in der Mitte ist ... wie eine Panoramaseite, allerdings von einer Frau bei der Geburt. Ernsthaft, Anna!«, fügt sie hinzu, weil ich angefangen habe zu lachen. »Sie halten mit der Kamera voll drauf, du weißt schon.

Und zwar schonungslos, der Kopf des Babys kommt gerade raus.«

»Wer will das denn bitte sehen?«

»Genau! Aber die stellen da gleich mehrere Fotos nebeneinander und ... ach du *Scheiße*.« Sie schaudert. »Über den Teil will ich gar nicht nachdenken.«

»Du könntest auch einen Kaiserschnitt machen lassen.«

»Nein, das würde ich auch nicht wollen.« Sie stützt das Kinn auf die Hand und klingt jetzt sehnsüchtig. »In Wirklichkeit möchte ich das ja schon erleben – die Wehen, das Pressen, alles, was dazugehört. Es ist mir egal, ob es wehtut oder mein Honigtopf danach nie mehr derselbe ist.«

Ich schaudere theatralisch. »Nicht doch, Milly ...«

»Ich mein's ernst, Anna. Ich will das alles erleben. Sie herauspressen, sie in den Armen halten.« Sie lächelt, ein bisschen verlegen wegen ihres Eifers. »Ich habe schon ein Mädchen im Kopf, dabei bin ich vielleicht nicht mal schwanger.«

»Vielleicht aber doch.« Ich drücke ihre Hand und ignoriere das Stechen, das ich in diesem Moment empfinde – ein Stechen, das ich nicht weiter erforschen oder benennen möchte. Ein Stechen, das ich so schnell unterdrücke, dass ich mir selbst einreden kann, es war nie da.

Am Abend vor Millys Testtermin bekomme ich eine Nachricht.

> *Matt hat mir deine Nummer gegeben. Wie sieht's mit unserem Drink aus? Jack*

Im ersten Moment bin ich nur überrascht, dann vorsichtig erfreut. Also hat sich Jack nicht von meiner tränenreichen Offenbarung vergraulen lassen? Ich hätte nicht gedacht, dass er sich noch mal meldet. Ich habe mir eingeredet, dass ich nicht damit rechnen sollte, und jetzt lese ich seine Worte und stelle fest, dass ich mich darüber freue. Ich möchte ihn wiedersehen. Zumindest glaube ich das.

Ich warte ein paar Minuten ab, denke gründlich nach, und dann tippe ich mit ganz leicht flatterndem Herzen eine Antwort.

Gern. Wann und wo?

9

MILLY

Ich bin schwanger. Ich bin tatsächlich schwanger. Ich drücke es wie ein Geheimnis an mich, auch wenn ein Teil von mir es jedem Fremden auf der Straße zurufen möchte. *Ich bin schwanger! Ich bin schwanger! Ich bekomme ein Kind! Ich!*

Stattdessen schwebe ich in dieser unsichtbaren Babyblase herum, hoffe zart, traue mich kaum zu träumen. Es ist noch so früh, es könnte noch so viel schiefgehen. Bis zur zwölften Woche betreut mich meine Fachärztin Alicia, dann bin ich aus der klassischen Risikophase heraus und wechsle zu einer normalen Hebamme.

Matt und ich sind uns einig, es bis dahin niemandem zu verraten – bis auf Anna und Jack, die beide ganz aus dem Häuschen waren. Es würde zu sehr wehtun, allen wieder davon erzählen zu müssen, wenn etwas schiefgehen sollte, was leider noch eine sehr reelle Möglichkeit ist.

Auch unseren Eltern sagen wir nichts, was in Matts Fall kein großes Problem ist, weil sie sich mitten auf einer viermonatigen Kreuzfahrt befinden, aber meine werden sicherlich enttäuscht sein. Meine Mom hat mich nach jedem Arzttermin angerufen, sich nach jeder neuen Entwicklung erkundigt. Bis vor ein paar Monaten habe ich ihr immer gerne erzählt, was es Neues gab, aber ich habe mich entschieden, ihr nichts von der Ovarialinsuffizienz oder der In-vitro-Fertilisation zu sagen. Ich wäre nicht mit ihren besorgten Nachfragen und dem endlosen Zerreden zurechtgekommen, es war auch so schon schlimm genug. Aber nun fühlt es sich so an, als hätte ich viel zu viel geheim gehalten, und jetzt auch noch meine Schwangerschaft.

In den letzten Wochen habe ich aber auch gar nichts von meinen Eltern gehört, was ihnen eigentlich gar nicht ähnlich sieht. Aber ich hatte so viel um die Ohren, dass ich es überhaupt nicht gemerkt habe, deshalb mache ich mir sowohl Sorgen als auch Vorwürfe.

Ich spreche ihnen auf den Anrufbeantworter und frage, ob wir uns am Wochenende treffen können, und am Samstagnachmittag fahren wir über die Severn-Brücke von Bristol nach Chepstow, wo ich aufgewachsen bin. Es ist Anfang April und alles fühlt sich frisch und zerbrechlich an, von den Narzissen, die in der noch immer kühlen Brise mit den Köpfen nicken, über das schimmernde Sonnenlicht auf dem Severn bis hin zu meinem erst ein ganz klein wenig angeschwollenen Bauch.

Ich bin erst in der achten Woche schwanger, die Übelkeit setzt langsam ein und der Hosenbund wird kaum merklich enger. Ich koste die Symptome voll aus, erzähle Anna von jedem einzelnen, denn sie fühlen sich wie Meilensteine an, wie große Erfolge. Sie ist genauso begeistert, es ist immer wieder aufs Neue wundervoll, das gemeinsam zu erleben. Wir machen das als Team, und das fühlt sich gut an. Vielleicht wird uns diese Schwangerschaft, dieses Baby, sogar noch enger zusammenschweißen.

Meine Eltern haben im Wintergarten hinten am Haus fürs Mittagessen gedeckt, wir überblicken den Garten, den ganzen Stolz meines Vaters. Er sieht nicht ganz so gepflegt aus wie sonst zu dieser Jahreszeit, normalerweise wären die Blumenrabatten schon umgegraben und die Hochbeete für das Gemüse frisch bestellt. Mit einem Stich muss ich daran denken, dass sie älter werden; meine Mutter wird dieses Jahr fünfundsiebzig, mein Vater siebenundsiebzig.

»Milly.« Als meine Mutter mich umarmt, fühlt auch sie sich zerbrechlich an. Meine Eltern sind beide groß und blond, wie Anna, nordische Riesen, während ich klein und dunkelhaarig bin wie eine Wald- und Wiesenelfe. Kein Wunder, dass Leute uns immer wieder auf unsere unterschiedlichen Erscheinungen ansprechen.

»Es tut mir leid, dass ich in letzter Zeit so wenig von mir habe hören lassen. Es war irre was los.« Ich setze mich und kann nicht recht verhindern, dass meine Hand an meinen Bauch huscht. Jetzt, da ich hier bin und meinen Eltern mit ihrem gutmütigen Lächeln und ihrem freundlichen Blick gegenübersitze, denke ich, ich sollte ihnen die Neuigkeiten nicht mehr länger vorenthalten. Ich *möchte* es ihnen erzählen, fürchte mich aber auch davor, es ist doch noch so früh und es könnte so viel passieren. Ich könnte ihre Enttäuschung, ihr Mitleid nicht mitertragen.

»Schon in Ordnung«, sagt meine Mutter leise. »In letzter Zeit waren wir auch nicht die Mitteilsamsten.« Mein Vater geht in die Küche, um das Essen zu holen, und ich bekomme das Gefühl, etwas Wichtiges verpasst zu haben, auch wenn ich keine Ahnung habe, was.

Mein Vater serviert verschiedene Käse- und Fleischstücke auf einem Holzbrett, dazu Baguette und einen Salat. Matt unterhält sich mit ihnen über die neueste Finanzierungskrise im Gesundheitssystem und ich höre nur mit einem Ohr zu, beobachte, wie meine Eltern uns nicht direkt in die Augen sehen und meine Mutter in ihrem Essen herumstochert.

Zuerst frage ich mich, ob ich sie damit verletzt habe, dass ich mich so lange nicht bei ihnen gemeldet habe. Vielleicht ist ihnen aufgegangen, dass etwas los sein muss und ich es ihnen nicht anvertraue. Meine Eltern wollten immer schon an jeder noch so kleinen Einzelheit meines Lebens teilhaben, was von Zeit zu Zeit auch etwas erdrückend war – die unaufhörlichen Fragen, das Beleuchten jeden Details, die übertriebene Sorge und Anteilnahme.

Sie hierbei, in den allerpersönlichsten Teil meines Lebens, nicht einzubinden, ist keine Kleinigkeit, und ich hätte es ihnen sagen sollen, aber ich war nicht in der Verfassung für die überschwängliche Besorgnis meiner Mutter, ihre bohrenden Fragen, die ich nicht hätte beantworten wollen.

Matt und ich wollten ihnen eigentlich erst in vier Wochen von meiner Schwangerschaft erzählen, aber ich bin mir nicht sicher, ob ich es das ganze Essen über aushalte, ohne mit der Wahrheit herauszuplatzen. Und ein Teil von mir – ein großer Teil – möchte, dass sie es wissen, dass sie strahlen und sich mit mir freuen.

Doch im weiteren Verlauf des Essens stelle ich mehr und mehr fest, dass ihre Stimmung nichts mit mir zu tun hat. Je länger ich meiner Mutter dabei zusehe, wie sie mit dem Essen spielt, desto klarer wird mir, dass es um *die beiden* geht. Und dann, als ich den Tisch abgeräumt habe und mein Vater den Wasserkocher anstellt, eröffnet meine Mutter es uns.

»Milly«, sagt sie. »Matt.« Sie zögert. Ich fühle mich wie versteinert, kann mich nicht bewegen, kaum atmen. »Wir haben uns die letzten Wochen so bedeckt gehalten, weil ... nun, dein Vater und ich haben ein paar Neuigkeiten erhalten, die wir erst einmal allein verarbeiten wollten.« Sie zieht ein trauriges, schiefes Lächeln, das mich erschreckt. Es schmerzt. »Tja, es sind keine guten Neuigkeiten, wie ihr euch bestimmt schon denken könnt.«

Dad kommt mit einem Tablett Tee und Kaffee herein und stellt es auf den Tisch, bevor er hinter meine Mom tritt und ihr eine Hand auf die Schulter legt. Sie umfasst die Hand und drückt sie fest. Ich muss schlucken.

»Ich habe Krebs«, sagt sie, immer noch mit diesem traurigen

Lächeln. »Vielleicht habt ihr schon geahnt, dass ich so etwas in der Art sagen würde.«

Das habe ich, auch wenn ich es mir nicht eingestehen wollte. Das ganze Mittagessen über habe ich so etwas geahnt. »Oh, Mom ...« Ich kriege nicht mehr heraus. Ich fühle mich schuldig dafür, nicht angerufen zu haben, viel zu sehr mit meinem eigenen kleinen Leben beschäftigt gewesen zu sein.

»Es ist Magenkrebs«, fährt sie fort. »Im dritten Stadium.«

»Was ...« Ich will es nicht ausformulieren. »Was bedeutet das, in Bezug auf die Behandlung und ... die Prognose? Haben sie etwas gesagt ...«

»Es könnte besser sein«, antwortet Mom mit einem kläglichen Lachen. »Sie hätten ihn früher entdecken können ...«

»Aber es ist nicht zu spät«, wirft mein Vater mit entschlossener Zuversicht ein. »Eine OP ist bei ihr aussichtsreich, in den nächsten Wochen wird ein Termin angesetzt und danach geht es natürlich mit Chemotherapie weiter.«

»Das ist gut.« Meine Stimme bebt, und Matt greift nach meiner Hand.

»Aber ich bin schon fast fünfundsiebzig«, erinnert uns Mom. »Ich hatte ein schönes Leben ...«

»Nicht doch, Mom.« Die Worte sind heraus, bevor ich sie aufhalten kann, und ein verletzter Ausdruck erscheint auf ihrem Gesicht. »Schreib dir noch keine Trauerrede, will ich damit nur sagen. Du stehst doch jetzt am Anfang deiner Behandlung, vor der OP ...«

Mom denkt einen Moment lang nach, bevor sie antwortet. »Ich weiß nicht, ob mir solche Anfänge gefallen. Oder wie viel da überhaupt anfängt. Milly, in meinem Alter können sie nicht mehr die richtig starken Chemos oder Bestrahlungen anwenden, die für jüngere Patienten eine Option wären. Die würde ich nicht überstehen.« Sie spricht ganz ruhig, aber es gibt mir trotzdem den Rest. Ich blinzle meine Tränen weg, ich will nicht weinen und mich damit in den Mittelpunkt stellen.

Jetzt will ich ihnen noch dringender von meiner Schwangerschaft erzählen, von etwas Gutem, das tatsächlich der Anfang von etwas Neuem ist. Aber in diesem Moment fühlt es sich nicht richtig an, es geht hier um ihre Neuigkeiten, nicht um unsere.

»Es tut mir so leid, Mom.« Ich rücke an sie heran und umarme sie, wieder kommt sie mir so zerbrechlich vor. Normalerweise ist sie wie ein Fels, aber jetzt scheint sie in meinen Armen zu zerfallen. Ich kämpfe gegen den Drang an, sie noch länger zu halten, ganz fest, als könnte ich uns beide irgendwie in diesem Augenblick verankern.

Kurz darauf fahren Matt und ich nach Hause, wir sitzen schweigend im Auto, bis wir die Brücke überqueren. »Hätten wir es ihnen sagen sollen, was meinst du?«, fragt Matt endlich.

»Ich habe darüber nachgedacht, aber ich wollte nicht davon ablenken, was sie zu erzählen hatten.« Ich lege mir die Hand auf den Bauch. Wird dieses Baby je meiner Mutter begegnen? »Vielleicht hätten wir es machen sollen. Vor allem meine Mutter würde es wissen wollen ...« Was, wenn ihre Zeit begrenzt ist? Mein Vater hat uns versichert, dass die Chancen gut stünden, dass die Fünfjahresüberlebensrate bei ihrem Krebsstadium bei über fünfzig Prozent liege, aber das klingt immer noch dürftig und ungewiss und verstärkt meinen Wunsch, es sie wissen zu lassen. Ihr mehr Zeit mit diesem Wissen zu schenken. »Das nächste Mal, wenn wir sie sehen, erzählen wir es ihnen«, beschließe ich.

Matt nimmt meine Hand. »Es tut mir leid, Milly.«

Ich schüttle den Kopf, in dem sich immer noch alles dreht. Mir war bewusst, dass meine Eltern nicht jünger werden – als sie mich adoptiert haben, waren sie vierzig und zweiundvierzig. Aber sie waren immer so gesund und munter, haben Wanderungen in den Chiltern Hills unternommen und viel Zeit im Garten verbracht. Natürlich haben sie sich auch schon mal über ihre Knie beklagt oder gelegentlich eine Gedächtnislücke gehabt, aber das hier kommt trotzdem wie ein Blitz aus heiterem Himmel und schlägt mit erschütternder Kraft ein.

Mir wird klar, wie sehr ich meine Eltern liebe. Wie sehr ich mich auf sie verlasse – wie selbstverständlich ich ihre Anwesenheit voraussetze. Die Anteilnahme meiner Mutter fand ich unangenehm, sogar lästig; ich verdrehte die Augen vor der heiteren Jovialität meines Vaters. Nun fühle ich mich wie eine selbstsüchtige Kuh, weil ich mich so aufgeführt habe, als würde das viele, was ich habe, nicht ausreichen. Weil ich dachte, meiner Familie würde etwas fehlen, dabei war das vielleicht gar nicht wahr. Ist in Familien jemals alles in bester Ordnung? Laufen sie jemals wirklich perfekt?

Ich lege die Hand wieder auf meinen nicht vorhandenen Babybauch. Unsere Familie wird anders, verspreche ich mir. Wir werden uns nicht als selbstverständlich betrachten. Wir werden uns nicht an kleinen Dingen stören. Wir werden jeden Moment auskosten, seinen Wert erkennen, auch wenn es schwerfallen sollte. Ich weiß selbst, dass niemand solche Versprechen halten kann, zumindest nicht vollständig, aber ich meine sie trotzdem ernst. Von ganzem Herzen.

Die nächsten Wochen vergehen wie hinter einem Schleier. Die Operation meiner Mutter wird für Ende Juni angesetzt, da werde ich in der fünfzehnten Woche schwanger sein. Als ich Anna von dem Krebs erzähle, fährt sie nach Chepstow und stattet meinen Eltern auch einen Besuch ab, übergibt ihnen einen riesigen Blumenstrauß und versorgt meine Mutter mit einem Stapel Taschenbücher fürs Krankenhaus. Das alles wäre meine Aufgabe gewesen, aber ich war noch zu gelähmt. Mir schickt Anna auch eine Karte und Blumen, und ihre Fürsorge rührt mich, denn diese Nachricht muss sie genauso hart getroffen haben wie mich.

In der zwölften Woche habe ich meinen ersten Ultraschalltermin, und es fühlt sich wie ein Wunder an. Matt und ich halten einander bei den Händen und sehen zu, wie die schwarzweißen Schnörkel und Linien zu einem Baby werden, mit Armen und Beinen, mit einem Herzschlag. *Unserem Baby.*

»Sieht rundum gesund aus«, meint der Arzt fröhlich. »Alles bestens. Soll ich Ihnen ein Foto ausdrucken?«

Am selben Abend treffe ich mich mit Anna zum Feiern auf einen Drink – Apfelschorle für mich, Sekt für sie. Es fühlt sich extravagant an, aber ich bin einfach so dankbar. Unendlich dankbar – mein Baby ist gesund, meine Mutter hat einen OP-Termin. Strapazen hin oder her, das Leben ist schön.

Anna kneift die Augen zusammen und verzieht unfreiwillig komisch das Gesicht vor Konzentration, als sie sich das Ultraschallfoto anschaut. »Ich sehe es!«, ruft sie schließlich, und ihre Stimme klingt so aufgeregt, dass ein paar Leute sich zu uns umdrehen. »Ich kann es erkennen. Ein richtiges Baby!«

»Tja, genau das ist es.« Annas Begeisterung bringt mich zum Lächeln. Sie sieht so glücklich aus, ihre Augen leuchten, das Strahlen zaubert ihr Grübchen auf die Wangen.

»Ja, aber trotzdem ... wie groß ist es jetzt? Das Baby?«

»Das weiß ich nicht genau.«

»Gucken wir mal nach.« Sie entsperrt ihr Handy und scrollt herum. »Zwölfte Woche, stimmt's?«

»Bald die dreizehnte.«

»›Ihr Baby hat die Größe einer Zitrone‹«, liest sie vom Handy ab, »›und wiegt knapp 30 Gramm.‹ 30 Gramm!« Sie sieht auf, ich lache über ihr erstauntes Gesicht, dann liest sie weiter. »Wow, hör dir das an. ›Ihr Baby entwickelt jetzt Reflexe, und wenn Sie Ihren Bauch mit dem Finger anstupsen, krümmt es sich zusammen, auch wenn Sie das noch nicht spüren können.‹ Ist das nicht der Wahnsinn?«

»Ja, allerdings.« Ich stelle mir mein Zitronenbaby vor, wie es in meinem Bauch am Daumen lutscht und mit den kleinen Beinchen tritt.

»Das ist so cool. Du lässt ein Baby in dir heranwachsen. Das ist wie ... wie ein Chia Pet, nur viel besser.«

»Ein Chia Pet? Sind das nicht diese Keramiktiere, denen man Gras auf den Rücken sät?« Ich gebe vor mich zu schütteln. »Ja, ein Baby ist wirklich *sehr* viel besser.« Wir lachen, und mich überrollt eine Welle der Liebe und Dankbarkeit dafür, dass ich dieses Erlebnis mit Anna teilen kann. Dass sie sich so mit mir freut, mich so gerne hierbei begleitet. »Was gibt's bei dir so zu erzählen, Anna?«, frage ich und nehme einen Schluck Apfelschorle. »Wir können nicht die ganze Zeit nur über das Baby reden.«

»Na klar können wir das.« Sie lächelt, und mir fällt wieder auf, wie glücklich sie aussieht. Sie trägt ein Top, das ich noch nicht kenne, hellrosa mit gerüschtem Rand. Es steht ihr gut.

»Gibt's was Neues?«

Anna schürzt die Lippen, denkt nach, und etwas zu meiner Überraschung wird mir klar, dass es da tatsächlich etwas geben muss. Das kommt unerwartet, weil Annas Leben normalerweise so unaufgeregt ist, in so gleichmäßigen Bahnen verläuft. Dann lacht sie und schüttelt den Kopf. »Nein, eigentlich nicht, abgesehen davon, dass Lara noch widerlicher als sonst ist.«

»Eines Tages wird sie gefeuert. Oder verklagt.«

»Wenn's nur so wäre.« Sie zuckt die Schultern. »Das Unternehmen schützt sie. Und so wird es wohl immer bleiben.«

»Und sonst nichts?« Ich bohre ein bisschen, weil ich nach wie vor etwas vermute und mich frage, warum sie es mir nicht erzählt.

»Nö.« Anna lächelt und sieht weg, und bei mir bleibt der Eindruck, dass sie ein Geheimnis hat – eines, das sie nicht mit mir teilen will.

Aber ich habe ja auch Geheimnisse, wenn auch nicht vor Anna.

· · ·

Am darauffolgenden Wochenende fahren Matt und ich nach Chepstow, um meinen Eltern von dem Baby zu erzählen. Erst als wir schon auf dem Weg sind, reden wir darüber, was genau wir sagen wollen.

»Sollen wir ihnen von der künstlichen Befruchtung erzählen?«, fragt Matt.

»Klar, warum nicht?«

»Und von der Eizell- und Samenspende?« Als ich zögere, nickt er, als hätte ich eine wichtige Antwort gegeben. »Genau. Ich möchte daraus nicht so eine große Sache machen. Ich möchte nicht andauernd mit allen darüber reden müssen.«

So wie ich es bei meiner Adoption immer musste. Nein, das will ich auch nicht, und doch fühlt es sich zu bedeutsam an, als dass man es einfach auslassen könnte. Als würde ich dann meinen ursprünglichen Wunsch verleugnen, die Entscheidung ganz offen und bewusst zu leben, wie in meiner Idealvorstellung, von der ich Anna erzählt habe. Trotzdem müssen wir es vielleicht nicht überall an die große Glocke hängen. Sowas würde man ja auch nicht bei Dinnerpartys herausposaunen. Andererseits geht es hier auch nicht um eine Dinnerparty.

»Ich weiß nicht«, zögere ich. »Mom und Dad würden es sicher verstehen, aber es ist auch etwas sehr Privates. Ich möchte nicht, dass es haufenweise Leute wissen, bevor wir es überhaupt unserem Kind erzählt haben.« Denn alle Bücher, die ich über Eizell- und Samenspende gelesen habe, raten dazu, dem Kind gegenüber von Anfang an offen mit seiner Abstammung umzugehen. Durch und durch ehrlich.

Und wenn ich genauso ehrlich zu mir selbst bin, gefällt mir diese Vorstellung auch nicht besonders. Mein rosarotes Idealbild war einmal, jetzt empfinde ich alles anders. Es wäre eine Belastung, unser Kind – und Matt und mich selbst – so viel Schmerz und Schwierigkeiten auszuliefern, so viel Fragen und Zweifeln und diesem ewigen Vorbehalt: *Das sind zwar meine Eltern, aber ...*

»Vielleicht hätten wir darüber früher nachdenken sollen«, sage ich, als Matt die Ausfahrt nach Chepstow nimmt. »Jetzt ist es wohl ein bisschen spät.«

»Wir müssen es nicht überstürzen. Zunächst einmal müssen wir deinen Eltern ja noch nicht alles erzählen. Und wie du gesagt hast, es ist etwas Privates. Wenn wir es ihnen heute nicht sagen, heißt das ja nicht, dass das nie passiert.«

In dem Moment klingt es ganz einfach, fast schon offensichtlich, aber als wir in die Einfahrt meiner Eltern einbiegen, wird mir klar, was für eine große Entscheidung wir damit getroffen haben, es geheim zu halten. Eine Entscheidung, die so im Voraus nicht abgesprochen war. Doch als Matt mir aus dem Auto hilft, fühlt es sich wie der richtige Weg an. Der einzig mögliche.

Als sie hört, dass ich schwanger bin, ist meine Mutter zugleich fassungslos und zu Tränen gerührt.

»Aber das ist ja wundervoll ... warum hast du es uns nicht früher erzählt?«

»Es tut mir leid, Mom, aber ich wollte keine zu großen Hoffnungen wecken, bis es etwas sicherer ist.« Ich umarme sie und entschuldige mich dann noch einmal, so läuft das oft mit meinen Eltern und mir. »Es tut mir leid. Wir wollten nichts vor euch verbergen ...«

»Nein, nein«, winkt sie etwas zerstreut ab und tätschelt mir den Rücken. »Das sind großartige Neuigkeiten. Wirklich großartig. Die Vorstellung, dass du ein *Baby* bekommst, Milly ...« Aber genau wie befürchtet weiß ich, dass es sie gekränkt hat, und ich fühle mich furchtbar.

»Sekt, würde ich sagen«, meint mein Vater gewichtig und zwinkert mir zu. »Außer für die werdende Mutter! Milly, ich kann gar nicht glauben, dass ich diese Worte sage.«

Ich lächle. »Ich auch nicht.«

»Wir freuen uns wahnsinnig, Schätzchen.«

Natürlich weiß ich, dass das stimmt, aber ich fühle mich trotzdem schuldig.

»Ich hätte es ihnen früher erzählen sollen«, sage ich auf der Rückfahrt zu Matt. »Für Mom ist es, als hätte ich es vor ihr geheim gehalten. Als hätte ich sie hintergangen.«

Matt schüttelt den Kopf. »Sie freuen sich, Milly.«

Er registriert die unterschwelligen Signale nicht so wie ich; er ist nicht so fein auf diese Frequenz eingestellt. In seinen Augen war der Nachmittag ein voller Erfolg: Wir haben auf das Baby angestoßen, mein Dad hat ihm die Hand geschüttelt, meine Mom uns beide umarmt, sie haben uns über Stichtage und mögliche Namen ausgefragt und den undeutlichen Ausdruck des Ultraschalls inspiziert, als studierten sie das Gemälde eines alten Meisters.

Aber für mich zogen sich bei aller Freude und Aufregung diese verschwindend kleinen Momente der Anspannung und Enttäuschung durch den Nachmittag. Die Blicke, die meine Mutter meinem Dad zuwarf, wie er als Antwort darauf leicht die Schultern zuckte, die etwas zu lange Stille, bevor ihr eine weitere Frage einfiel. Matt ist wie immer nichts davon aufgefallen.

»Wie dem auch sei«, sagt er sanft, als wir in unsere Straße einbiegen. »Denk daran, dass deine Mom Krebs hat. Wenn sie ein bisschen antriebslos wirkte, liegt es bestimmt daran.«

Ich gebe keine Antwort, denn dagegen kann ich nichts einwenden, und ich habe ihre Krankheit ja auch nicht vergessen. Aber ich weiß, dass heute mehr dahintersteckte. Ich vermute, mein Dad wird mich morgen anrufen und mir behutsam vom Kummer meiner Mom erzählen – ohne dass ich mich schlecht fühlen soll, was aber doch oft genug passiert.

Und natürlich geschieht genau das. Während meiner Mittagspause, als die Erstklässler draußen herumtoben und die Frühlingssonne genießen, erscheint die Nummer meines Dads auf meinem Handy.

»Milly.« Seine Stimme ist so warmherzig, dass ich mich direkt schuldig fühle, weil mir vor dem Anruf gegraut hat. »Ich rufe nur an, um dir noch einmal zu sagen, wie begeistert wir von deinen Neuigkeiten sind.«

»Danke, Dad.«

»Es überrascht uns nur ein bisschen, dass du es so lange für dich behalten hast«, fügt er nach einer kaum merklichen Pause hinzu. »Es bedeutet uns doch so viel, und wir wollten dich bei der Fruchtbarkeitsbehandlung ja immer unterstützen.«

»Es tut mir leid, Dad, aber ich habe euch doch erklärt, warum wir nichts gesagt haben.« Ich spreche so ruhig wie möglich. »Es wäre zu schwer gewesen, wenn etwas schiefgegangen wäre.« Was immer noch passieren könnte. Ich bin erst in der dreizehnten Woche, eine Fehlgeburt könnte also immer noch ein Thema werden.

»Ja, aber es geht doch um uns, Milly. Deine *Eltern*.« Er verleiht dem Wort die besondere Betonung, die meine Mutter und er ihm immer geben, als wären sie noch *mehr* Eltern, weil ich adoptiert bin. Ganz bestimmt haben sie mehr Engagement an den Tag gelegt, und dafür bin ich dankbar. Natürlich bin ich das.

»Ich weiß, Dad. Und es tut mir leid. Aber für uns schien das die richtige Entscheidung zu sein.« Beinahe ergänze ich noch, dass sie sich ja auch ein paar Wochen Zeit genommen haben, die folgenschweren Neuigkeiten meiner Mutter zu verarbeiten, aber das tue ich nicht. Das würde zu nichts führen.

»Na gut.« Mein Vater seufzt einlenkend, aber ich werde das Gefühl nicht los, dass das nur ein Punkt auf irgendeiner unsichtbaren Liste war. Der Eindruck ist so vage, dass ich mir nicht sicher bin, ob sich meine Eltern tatsächlich jeden Fehler und jede Enttäuschung merken. Vielleicht bilde ich mir das auch nur ein und fühle mich nur unzureichend, weil ich so lange ersehnt war und deshalb eine noch bessere Tochter, noch dankbarer, immer noch mehr sein muss. »Nun, wie gesagt,

Schätzchen, wir freuen uns wirklich wahnsinnig für dich. Wir sind ganz aus dem Häuschen.« Er hört sich so aufrichtig an, ich weiß, dass er es ernst meint. Mir steigen Tränen in die Augen, und ich drücke den Handrücken dagegen, um sie aufzuhalten.

»Ich weiß, Dad. Danke.«

Nach dem Anruf bin ich einen Moment lang hin- und hergerissen zwischen Schuldgefühlen, Trauer und dem Glück, das ich an mich drücke wie ein Versprechen, seit ich von meiner Schwangerschaft erfahren habe. Dann verbanne ich das ganze Gespräch in den Hinterkopf, wo schon tausende dieser Art um den begrenzten Platz streiten.

Jetzt nach meinem Ultraschall können wir es nach und nach allen erzählen – Freunden bei der Arbeit, in der Schule, Nachbarn. Wir wollen ein bisschen mit Anna und Jack feiern, etwas von der Vorstellung einfangen, die ich ihr vor all diesen Wochen anvertraut habe: Wir, wie wir gemeinsam dieses Kind großziehen – es kann immer noch wahr werden. Wir werden sie noch einmal zum Essen einladen, mit Kuchen und Sekt, um auf dieses wundersame Leben in mir anzustoßen – dieses Baby, das wir alle lieben werden, weil es uns alle betrifft. Daran glaube ich. Jetzt gerade *will* ich daran glauben.

10

ANNA

Als Milly anruft, um Jack und mich zum Essen einzuladen, gehen wir schon seit zwei Monaten miteinander aus – obwohl ich nicht sicher bin, ob ich das so ausdrücken kann oder sollte. Wir sind nicht im eigentlichen Sinne zusammen, oder überhaupt in irgendeinem Sinn. Denn im Grunde ist überhaupt nichts *passiert*.

Aber seit dem ersten Abend, an dem wir uns in einer stilvollen Bar in der Stadt auf einen Drink getroffen haben, sind wir noch ein paarmal ausgegangen. Noch mal Drinks, einmal Abendessen, und einmal zur Quiznacht im Pub mit ein paar Kumpels von Jack. Eigentlich nichts Großes, aber für mich und meinen grundlegenden Mangel an Dates fühlt es sich nach viel an.

Am ersten Abend war ich so nervös, dass ich mich vorher noch dreimal umgezogen habe, bevor ich mich am Ende für Jeans und eine lockere Bluse mit indischem Muster entschied. Ich wollte nicht aussehen, als hätte ich mir zu viel Mühe gegeben. Ich war ja nicht mal sicher, was Jack überhaupt wollte. War es ein freundschaftlicher Drink, weil wir diese besondere, merkwürdige Verbindung zueinander haben? Oder war es –

möglicherweise – mehr?

Ich war auch nicht sicher, ob ich das wollte, schließlich war ich ernsthaften Beziehungen – aus gutem Grund – lange Zeit aus dem Weg gegangen. Milly versuchte immer wieder, mich zu Dates zu bewegen, und manchmal tat ich ihr den Gefallen, aber im Allgemeinen fand ich nicht, dass in meinem Leben etwas fehlte. Einsam war ich nicht.

Und doch wollte ich mich mit Jack treffen.

Er wartete schon in der Bar, als ich dort ankam, hatte schon eine Flasche Wein bestellt und die Gläser auf dem Tisch bereitstehen, und als ich auf ihn zukam, stand er auf. Das gefiel mir, obwohl ich mich ermahnte, nicht zu viel auf solche Details zu geben. Ich war schlichtweg nicht daran gewöhnt.

»Anna. Schön, dich wiederzusehen.«

»Ebenso.« Ich setzte mich und hantierte mit meiner Jacke und Tasche herum, um nichts sagen zu müssen. Aber dann blamierte ich mich doch, indem ich herausplatzte: »Ich dachte, ich hätte dich vergrault.«

Jack machte kurz ein überraschtes Gesicht und lächelte dann. »Überhaupt nicht. Warum denn auch?«

Ich zuckte die Schultern und wich seinem Blick aus. »Ich bin ja etwas emotional geworden, und so bin ich normalerweise nicht. Ich tische Leuten, die ich kaum kenne, normalerweise auch nicht die dunklen Kapitel meiner Lebensgeschichte auf.« Ich spielte am Rand meines leeren Weinglases herum. »Eigentlich bin ich ziemlich zurückhaltend.«

»Es war eine emotionale Situation.« Er tat meine Worte ab und schenkte mir ein. »Das war völlig verständlich.«

»Okay.« Ich nahm einen Schluck von dem vollmundigen Rotwein und fühlte mich zugleich erleichtert und peinlich berührt, weil ich es schon wieder angesprochen hatte.

»Also«, setzte Jack reibungslos an. »Du meintest, du arbeitest in einer Personalabteilung?«

Von da an schnitten wir keine ernsten Themen mehr an –

ich erzählte ihm von meinem Job, er mir von seinen verschiedenen Hausprojekten, und so langsam fühlte sich alles richtig leicht an.

Das Gespräch wurde nur einmal etwas unangenehm, als er nach der Universität fragte. »Milly sagte, ihr zwei habt während des Studiums zusammen gewohnt?« Es war so eine harmlose Frage, aber sie ließ eine Welle dunkler Erinnerungen in mir aufsteigen, die nun schon seit Wochen am Rande meiner Gedanken entlangschwappte, seit ich an jenem Tag in der Klinik zum ersten Mal ihre kalte Berührung gespürt hatte.

»Das haben wir, aber ich bin nicht auf die Uni gegangen.« Obwohl ich es vorgehabt hatte. Jack sah mich fragend an, also erklärte ich zaghaft: »Ich habe die Abschlussprüfungen an der Schule vermasselt. Habe nicht die Noten bekommen, die ich gebraucht hätte.« Zweimal mit Ach und Krach bestanden und einmal durchgefallen – viel schlechter geht es nicht, und damit kommt man an keine Universität der Welt.

»Ah.« Er nickte verständnisvoll. »Was hast du stattdessen gemacht?«

»Erst habe ich ein bisschen gekellnert, aber dann habe ich einen Ausbildungsplatz bei Qi Tech bekommen, wo ich immer noch arbeite.« Ich erwähnte nicht, dass ich acht Monate lang abwechselnd betrunken oder bekifft und vollkommen verzweifelt war, oder dass meine Eltern, die nach einer verbitterten Scheidung eigentlich keine zwei Worte miteinander wechseln konnten, sich noch einmal verbündeten, um mir – wie sie es nannten – auf die Beine zu helfen, und mich zu Hause rauswarfen.

Ich sagte auch nichts von den zwei Wochen danach, in denen ich bei verschiedenen Leuten übernachtete, die ich besser nicht kennengelernt hätte, und wie Milly mich dann anrief, mich fand und mit zu sich nahm. Wenn sie das nicht getan hätte, weiß ich nicht, wo ich gelandet wäre, wie tief ich noch gefallen wäre. Nein, davon sagte ich ganz bestimmt nichts.

Am Ende des Abends hatten wir einen kleinen unbeholfenen Moment: Jack bestand darauf, mich zu meinem Auto zu begleiten, und dann lachte ich nervös, als wir ein paar sehr peinliche Sekunden lang mit den Köpfen hin- und herruckten, bevor er mich schließlich auf die Wange küsste. Seine kalten Lippen auf meiner Haut waren wie ein Schock, wie ein Sturz in eiskaltes Wasser. Ich konnte mich nicht daran erinnern, wann ich das letzte Mal geküsst worden war, wenn auch nur auf die Wange.

Ein paar Wochen vergingen, bevor ich wieder von ihm hörte; wir trafen uns in einer anderen Bar auf Drinks, und genau wie zuvor fiel uns die Unterhaltung nicht schwer. Langsam entspannte ich mich und drehte nicht mehr jedes Wort dreimal um.

»Wie geht's Milly?«, fragte er und schenkte mir noch etwas Wein nach. »Hat sie schon mit Übelkeit zu kämpfen? Damit geht es doch recht früh los, oder?«

Es überraschte mich, dass er selbst noch nichts gehört hatte – tauschte er sich nicht mit Matt aus? Ich schrieb fast jeden Tag mit Milly, kannte ihre Essensgelüste genauso wie die Dinge, die sie momentan überhaupt nicht ausstehen konnte: Sie stand auf Kiwis, und Parmesan war ihr zuwider. Erst gestern, als wir uns zum Kaffee getroffen hatten, hatte ich ihr einen Obstsalat mitgebracht.

Und während Milly mir alles mitgeteilt hatte, hatte ich ihr die ganze Sache mit Jack verschwiegen. Es hatte reichlich Gelegenheiten gegeben, ihr von unseren Dates zu erzählen – wenn sie das waren. Aber ich hatte kein Wort gesagt, hatte das Thema sogar bewusst umgangen, und ich wusste nicht genau, warum.

»Ja, ihr ist manchmal übel«, erzählte ich Jack. »Aber es ist nicht allzu schlimm.«

»Das sind aufregende Zeiten.«

»Ja ...«

»Bist du neugierig? Also auf das Baby? Wie es wohl

aussehen wird, ein bisschen von dir, ein bisschen von mir ...« Er rieb sich verlegen das Kinn, und mich durchfuhr der Gedanke, dass er über *unser* Baby sprach. Ich hatte mir immer Mühe gegeben, es nicht so zu betrachten, aber als ich dort so saß, mit einem zweiten Glas Wein in der Hand und Jacks warmherzigem Blick auf mir ... tat ich es doch. Es schickte eine Schockwelle durch meinen ganzen Körper, mit allen Sinnen und jedem Nerv nahm ich plötzlich überdeutlich wahr, was er da sagte, was es bedeutete, bis die Gefühle, die ich so sorgfältig unterdrückt hatte, in mir aufstiegen und mich völlig überwältigten. *Unser Baby.*

»Ich schätze schon«, antwortete ich nach einem Moment. »Manchmal.«

»Ich dachte nie, dass ich mal Kinder haben würde, also ist es schon komisch«, fuhr er fort, »mich zu fragen, wie es aussehen wird. Ob ich mich in ihm wiedererkennen werde ... oder dich.«

»Ich gehe davon aus, zumindest ein bisschen.« Meine Wangen waren etwas heiß geworden, denn die Situation fühlte sich seltsam intim an. *Unser Baby.* Nur dass es das nicht war. Ich hatte gedacht, ich müsste mich nicht daran erinnern, aber in diesem Augenblick war es nötig, und das jagte mir Angst ein.

Als Jack mir das nächste Mal schrieb, fragte er, ob ich mit ihm essen gehen wollte. Es kam mir wie ein großer Schritt vor, aber letztlich lief es genau wie die ersten Male, wir quatschten, lachten und am Ende des Abends gab es einen Kuss auf die Wange. Sehr zu meiner Überraschung entpuppte sich Jack als der reinste Gentleman. Oder vielleicht war er nach wie vor nur freundlich und ich war zu unerfahren, zu nervös, um das unterscheiden zu können. Ich hatte Milly immer noch nichts erzählt und redete mir ein, das läge bloß daran, dass ich nicht wusste, was ich sagen sollte. Wir gingen ja nicht wirklich miteinander aus, oder?

Aber wenn ich gar nichts sagte, vor allem, wenn sie mich direkt fragte, hielt ich etwas vor ihr geheim, und das fühlte sich nicht richtig an. Ich habe ein einziges Geheimnis vor Milly, und hätte nie damit gerechnet, noch eins zu haben. Ich wusste, wenn sie es herausfinden würde, wäre sie verletzt.

Am Tag vor dem Abendessen mit Milly und Matt ruft Jack an und fragt, ob wir zusammen hinfahren wollen, er könne mich mitnehmen. Ich erschrecke etwas, denn das klingt schon wie ein gewisses Statement, aber es ist auch einfach sinnvoll.

Als wir zeitgleich ankommen und klar wird, dass wir zusammen gefahren sind, wirkt Milly überrascht, sagt aber nichts. Ihr Blick schnellt zwischen Jack und mir hin und her, dann wendet sie sich ab und beschäftigt sich mit den Drinks.

»Wir wollten das Ende des ersten Trimesters feiern«, verkündet Matt, als er uns allen Sekt und für Milly eine Apfelschorle einschenkt. »Das bedeutet nämlich für gewöhnlich auch das Ende der Risikophase. Das ist schon eine massive Erleichterung.«

»Beschwör es nicht herauf«, widerspricht Milly, und ich werfe ihr ein ermutigendes Lächeln zu. Sie gibt es flüchtig zurück und sieht dann woanders hin. Dass ich ihr nicht von Jack erzählt habe, liegt auf mir wie ein bleiernes Gewicht.

»Jack, hast du das schon gesehen?« Matt zückt den Ausdruck des Ultraschalls, den Milly mir schon vor Wochen gezeigt hat. Jack nimmt ihn entgegen, ganz eindeutig ohne jede Ahnung, was er da vor sich hat. Ich beobachte sein Gesicht, als er das undeutliche Schwarzweißbild in Augenschein nimmt, sehe zu, wie die Verwirrung sich in seinen Blick legt und Falten auf seiner Stirn schlägt, bevor die Erkenntnis ihn trifft wie ein Donnerschlag und ihm die Kinnlade herunterfällt.

Er sieht zu mir auf. »Hast du das hier schon gesehen?« Man hört, dass er ein bisschen bewegt ist, und kaum merklich ändert sich die Stimmung, Spannung flimmert durch den Raum, als hätten wir alle gleichzeitig scharf die Luft eingezogen.

»Ja, aber ich will es mir noch mal anschauen.« Ich komme herüber und sehe es mir gemeinsam mit ihm an, studiere die Kurven und Linien auf dem Bild, versuche etwas wiederzuerkennen, etwas von mir selbst oder von Jack, doch da ist nichts. Aber als ich so neben Jack auf dem Sofa sitze, mit der Erinnerung an seine Lippen auf meiner Wange und bei den intensiven Emotionen, die sowohl bei ihm als auch bei mir spürbar sind, kann ich die heimtückische Stimme in mir nicht ignorieren, die mir zuflüstert, dass dieses Baby, zumindest ein ganz kleines bisschen , tatsächlich unseres ist.

Nein, streitet mein Kopf rigoros ab. *Es sind nur unsere Gene.*

»Ihr müsst ganz hin und weg sein«, sagt Jack nach einer langen Pause. Er gibt das Foto zurück. »Herzlichen Glückwunsch noch mal. Unglaubliche Neuigkeiten.«

Nach einer weiteren unbehaglichen Pause geht das Gespräch erneut los, Milly fragt Jack nach dem Haus, das er renoviert, Matt füllt unsere Gläser auf, und dann erkundige ich mich bei Milly nach Babynamen. Sie antwortet etwas knapp, als hätte ihr Glück einen Dämpfer bekommen, und ich fürchte, daran bin ich schuld.

»Alice, wenn es ein Mädchen wird, nach meiner Großmutter«, sagt sie. »William, wenn es ein Junge ist.«

»Das sind wunderschöne Namen.«

Sie nickt zustimmend, sieht mich aber nicht recht an.

Die Anspannung verstärkt sich, als Jack und ich aufbrechen wollen, offensichtlich zusammen, und Matt und Milly an der Tür stehen.

»Seid ihr im selben Auto gekommen?«, fragt Milly, obwohl ihr das längst klar sein muss.

»Ja, genau«, sagt Jack, und zu meinem Erschrecken legt er mir einen Arm um die Schultern. Ich stehe stocksteif da, fühle mich, als hätte er mich mit seinem Zeichen versehen oder so etwas, und bin nicht ganz sicher, ob es mir gefällt.

Matt sieht überrascht aus, Millys Augen weiten sich vor Schreck, und in diesem Moment weiß ich, warum ich ihr nichts von den Dates mit Jack erzählt habe. Mir war klar, dass sie es nicht gutheißen würde. Zwar möchte sich ein Teil von mir aus Jacks Arm befreien, aber ich tue es nicht. Ich rücke sogar noch ein Stück näher an ihn heran, sodass unsere Hüften sich berühren, und lächle. Das Schweigen zieht sich hin.

»Oh«, sagt Milly schließlich, und mehr scheint ihr erst mal nicht einzufallen. »Oh.«

»Danke für das fantastische Essen«, sagt Jack, beugt sich hinunter, um sie auf die Wange zu küssen, und schüttelt dann Matt die Hand. Wir verabschieden uns hastig, dann gehen Jack und ich in den milden Juniabend hinaus.

Ich möchte etwas sagen, weiß aber nicht, was, also schweigen wir, während Jack die Beifahrertür öffnet und ich einsteige. Erst auf halbem Weg zu meiner Wohnung spricht wieder jemand.

»Das war unglaublich, oder?«, sagt Jack, den Blick auf die Straße gerichtet. »Dieses Foto zu sehen. Dieses Baby ...« Er verstummt und schüttelt den Kopf. Ich traue mir selbst nicht mit einer Antwort über den Weg, also sage ich nichts. »Dieses Baby ... Es ist zur Hälfte du, zur Hälfte ich, Anna.« In mir wirbeln Gefühle durcheinander – Schuld und Verlegenheit, Sehnsucht und noch etwas, das ich nicht benennen will. Ich schaue aus dem Fenster und versuche die plötzliche Intimität abzuschütteln, die sich auf uns gelegt hat wie eine Seidendecke. »Es ist Millys Baby«, sage ich möglichst bestimmt. »Millys und Matts Baby. Milly hat dazu viel recherchiert«, betone ich, »sie gibt dem Baby sogar etwas von ihrer DNS weiter.« Oder so ähnlich. Ich kenne die Einzelheiten nicht genau, aber Milly hat mir von Studien erzählt, bei denen genetisches Material der Schwangeren bei den Babys nachgewiesen wurde, auch wenn es Leihmütter waren.

»Matt aber nicht«, meint Jack, und ich sehe ihn wachsam

an. Warum erwähnt er das? Warum lässt er es so klingen, als gäbe es hier etwas Fragwürdiges, in dem wir stöbern und schnüffeln könnten, das wir vielleicht sogar auseinandernehmen könnten? Da ist nichts. Absolut gar nichts.

»Nein, aber eure DNS überschneidet sich zu fünfzig Prozent«, gebe ich zurück. »Dieses Baby wird etwas – einiges – von Milly und Matt an sich haben, Jack, ganz zu schweigen vom Einfluss ihrer Erziehung.«

»Ich weiß«, sagt Jack, hört sich aber nicht überzeugt an, und mich ergreift eine merkwürdige Panik, denn ich kann nicht zulassen, dass er meine Gedanken in diese Richtung lenkt. Es fühlt sich betrügerisch an, gefährlich. Falsch. Es ist sinnlos, zwecklos, *hoffnungslos*.

»Milly ist adoptiert, weißt du. Sie versteht, was eine Mutter und einen Vater wirklich ausmacht, und sie und Matt werden fantastische Eltern«, sage ich bestimmt, fast schon aggressiv. »Wirklich großartige Eltern.«

»Ja, natürlich. Definitiv.« Er lacht ein bisschen und schüttelt den Kopf. »Da besteht gar kein Zweifel.« Es kommt mir vor, als wären wir auf einen unausgesprochenen Abgrund zugesteuert und hätten gerade noch mal das Ruder herumgerissen, im allerletzten Moment. Mein Herz rast noch immer, der nachträgliche Adrenalinschub sagt mir, dass wir gerade einer Gefahr entwischt sind.

Wir sagen nichts mehr, bis wir meine Wohnung erreichen. Die Straße ist ruhig, die Dämmerung senkt sich herab, die blühenden Kirschbäume laufen in ihrer Pracht bald über, die Blumenbeete bersten fast vor Tulpen. Die ganze Welt steht in erwartungsvoller Blüte. Jack dreht sich zu mir um.

»Anna ...«

Mir bleiben der Atem und das Herz stehen. Ein Teil von mir wusste, es würde passieren, nachdem wir uns heute Abend so nahe waren, und ich bin bereit. Durch und durch bereit. Er lächelt und lehnt sich zu mir vor. Seine Lippen auf meinen fühlen sich seltsam an, es ist so lange her. Habe ich vergessen, wie man küsst?

Er vergräbt die Hände in meinem Haar. Er rückt näher zu mir, oder vielleicht auch ich zu ihm. Ich fühle mich ungeschickt, überall Schultern und Ellbogen, ich muss über jede kleine Bewegung nachdenken, eine Hand hierhin, meine Hüfte dorthin, denn ich erinnere mich nicht daran, wie es funktioniert. Womöglich wusste ich es auch nie.

Jack aber schon, er weiß es ganz genau. Seine Lippen und Bewegungen sind bestimmt, vielleicht ein bisschen zu bestimmt. Er macht sich nicht die geringsten Gedanken um meine Reaktion, und ich sage mir, dass es mir nichts ausmacht. Wenigstens einer von uns beiden sollte wissen, was er tut.

Schließlich löst er sich von mir, lächelt, und ich lächle zurück. Zumindest glaube ich das. Ich bin bis ins Innerste erschüttert, als müsste ich mich komplett neu zusammenbauen, dabei war es nur ein Kuss. Er streicht mir eine Haarsträhne hinters Ohr.

»Wir sehen uns?« Es klingt nicht nach einer Frage. Ich nicke stumm und rutsche dann aus dem Auto. Ich fühle mich komisch, als würde ich gleichzeitig schweben und herabgedrückt werden. Ich lege die Finger an die Lippen.

Am nächsten Tag verfolgt mich der Kuss immer noch, ich warte auf einen Anruf von Jack, der aber nicht kommt. Dafür ruft Milly an, zweifellos will sie alle Einzelheiten über Jack und mich herausfinden.

»Also, was ist da los?«, fragt sie betont vergnügt, was sich etwas gekünstelt anhört.

»Eigentlich nicht viel.« Merkwürdigerweise bin ich sofort auf der Hut, dabei geht es doch um *Milly*.

»Seid ihr zusammen?«, fragt sie geradeheraus.

»Wir gehen miteinander aus«, gebe ich zu. »Es ist aber noch die ganz frühe Anfangsphase, Milly.«

»Warum hast du es mir nicht erzählt?« Sie klingt gekränkt, genau wie ich geahnt habe.

»Ich weiß nicht ... Ich dachte, du hättest vielleicht ... etwas dagegen.«

»Etwas dagegen?« Ihr Ton wird lauter. »Warum sollte ich was dagegen haben?«

»Keine Ahnung. Weil es etwas seltsam ist? Immerhin sind wir, du weißt schon ...«

»Seid ihr was?« Ihre Stimme klingt barsch, und mir ist, als wäre ich plötzlich in tiefes Wasser gefallen und würde jetzt hilflos mit den Armen rudern.

»Die Spender. Ich weiß auch nicht. Es scheint mir alles ein bisschen ...« Ich verstumme, kann es nicht in Worte fassen und wünschte, ich hätte nichts gesagt.

Milly antwortet nicht, und die Stille fühlt sich eisig an. »Warum sollte das seltsam sein?«, fragt sie endlich, und obwohl ihr Tonfall sachlich ist, spüre ich darunter etwas Dunkles umherstrudeln und weiche instinktiv davor zurück.

»Vielleicht ist es das gar nicht, nicht wirklich. Tut mir leid. Ich habe wohl nicht nachgedacht.«

»Es ist nur so, Jack ist ein kleiner Casanova, Anna«, fährt Milly nach einem angestrengten Moment des Schweigens fort. »Ich möchte nicht, dass er dir wehtut. Er hat viel mehr Erfahrung als du, und es kann gut sein, dass er das – was auch immer es ist – nicht ernst nimmt.«

»Danke für die Warnung.« Es trifft mich, und in meinem Kopf dreht sich alles. Noch schmerzhafter als ihre Worte über Jack ist die Tatsache, dass sie sie überhaupt gesagt hat. Milly und ich reden sonst nie so miteinander. Es ist kein richtiger Streit, aber irgendwie fühlt es sich noch schlimmer an.

Nach ihrem Anruf wähle ich Jacks Nummer, was sich etwas waghalsig anfühlt. Ich weiß nicht mal, ob wir schon in dieser Phase sind, bisher habe ich immer auf seine Anrufe gewartet, nicht andersrum.

»Ich glaube, Milly ist ein bisschen eingeschnappt«, platze ich heraus, sobald er drangeht.

»Warum?«

»Wegen- ... uns.« Er schweigt, und meine Hände werden feucht. Hätte ich nicht anrufen sollen? Hätte ich das nicht sagen sollen? Aber dann ärgere ich mich auf einmal. Ich bin vierunddreißig, keine sechzehn, und wenn Jack Spielchen spielt, will ich es wissen. »Gibt es ein ›uns‹, Jack?«, frage ich ruhig, und er lacht ein bisschen.

»Anna ...«

»Ich verlange keine Verpflichtungen, keinen Ring oder sowas, nur eine Klarstellung. Sind wir zusammen?«

Das Schweigen zieht sich noch ein paar fürchterliche Sekunden lang, dann antwortet Jack endlich: »Ja. Natürlich sind wir das.«

Ich beschließe ihm zu glauben, auch wenn ich dafür einen Preis zahlen muss: Milly ruft eine Woche lang nicht an und schreibt auch nicht, und ich melde mich genauso wenig. So lange herrschte noch nie Schweigen zwischen uns, und es fühlt sich grässlich an.

Aber ich nehme mir vor, mich nicht darum zu kümmern, und nach einem Weilchen fällt mir das erstaunlich leicht. Ich bin viel mit der Arbeit beschäftigt, und mit Jack, und als er mir einen Strauß blassrosa Tulpen ins Büro schickt, verfliegt jede Sorge wegen Milly. Ein einziges Mal dreht sich nicht alles in meinem Leben um die Freundschaft mit Milly. Ein einziges Mal gibt es jemand anderen, an den ich denke und der mir wichtig ist, und das fühlt sich sehr gut an.

Dann, noch mal zwei Wochen später, ruft sie an. Aus ihrer Stimme klingen die Tränen. »Anna«, wimmert sie, »Ich brauche dich.«

11

MILLY

Ich wusste, es war zu schön, um wahr zu sein. Tief in mir drin wusste ich das immer. Und als ich in der fünfzehnten Woche schwanger bin und alles schiefgeht, bin ich gleichzeitig am Boden zerstört und überhaupt nicht überrascht.

Es ist der Tag von Moms OP, also bin ich sowieso schon nervös. Über die vergangenen Wochen hinweg habe ich versucht, sie so oft wie möglich zu besuchen, und jedes Mal ergriff mich die Angst, dass sie sich bereits von mir entfernt. Mit jedem Mal wirkte sie blasser, dünner, *verminderter*. Ich sage mir, dass es durch die OP und die Chemotherapie besser werden wird, fürchte mich aber trotzdem. Es hängt viel am heutigen Tag.

Eine weitere Sorge, wenn auch ganz unten auf der Liste, sind Anna und Jack. Nach unserem Abendessen am Ende meines ersten Trimesters wirbelte ich zu Matt herum, sobald sie zur Tür hinaus waren.

»Was ist denn *da* los?«

Matt sah mich fragend an. »Was meinst du?«

»*Matt*. Du kannst doch unmöglich so blauäugig sein, dass du das nicht bemerkt hast?« Ich starrte ihn ungläubig an. »Sie sind zusammen hergekommen, im selben Auto. Er hat ihr den Arm um die Schultern gelegt ...«

»Na und?«

»Na und? Meinst du, sie gehen miteinander aus?«

Matt runzelte die Stirn und zuckte dann die Schultern. »Ich denke, das geht uns eigentlich nichts an.«

Aber es ging immerhin um Anna, meine beste Freundin, und Matts Bruder. Außerdem war da noch die nicht ganz unbedeutende Tatsache, dass die beiden unsere Spender sind. Also ging es uns sehr wohl etwas an.

Ich rief Anna am nächsten Tag an und fragte sie ganz direkt danach, und ihre gelassene Bestätigung, dass sie in der Tat miteinander ausgehen, brachte mich mehr aus dem Konzept, als es vielleicht sollte. Instinktiv schreckte ich vor der Vorstellung zurück, aber das konnte ich nicht sagen, ohne gemein oder paranoid zu klingen. Also tat ich so, als wäre es nicht seltsam, und doch wussten wir beide, dass es das sehr wohl war.

»Ich mache mir doch nur Sorgen um Anna«, erklärte ich Matt, nachdem er mich noch einmal daran erinnert hatte, dass es uns nichts anging. »Sie hat bisher so wenige Beziehungen gehabt ... Sie ist so unschuldig, Matt.«

»Milly, sie ist vierunddreißig.«

»Ich weiß, aber hat sie jemals einen richtigen Freund gehabt?«

Matt zuckte die Schultern. »Sie war schon mit ein paar Typen zusammen, oder? Und auf mich wirkte sie immer zufrieden damit. Manche Leute sind so. Jack ja auch.«

»Matt, du musst zugeben, dass Jack ...« Ich zögerte, denn auch nach zehn Jahren Ehe war ich mir noch nicht so sicher, was Matts Verhältnis zu seinem Bruder betrifft. Sie gehen freundlich miteinander um, ohne sich jedoch besonders nahezustehen, so läuft es in seiner gesamten Familie. Distanziert, ohne das groß zur Kenntnis zu nehmen oder zu denken, es fehle irgendetwas, ganz anders als in meiner eigenen eng verbundenen Familie. »Er ist schon irgendwie ein Aufreißer«, sagte ich schließlich.

»Ein *Aufreißer*?«

»Dann eben Serien-Dater.«

»Ich kann nichts zu den Details seines Liebeslebens sagen«, gab Matt zurück, »aber sowohl er als auch Anna können ihre eigenen Entscheidungen treffen. Wenn sie miteinander ausgehen wollen, können wir sie nicht davon abhalten.«

Ich verstummte, denn etwas an Matts resolutem Ton ließ mich ahnen, dass ihm diese Vorstellung fast so unangenehm war wie mir. Aber er hatte recht, wir konnten sie nicht davon abhalten – nicht, dass ich das je versuchen würde. Oder doch?

Am Tag der Operation dachte ich jedenfalls nicht an Anna und Jack. Den ganzen Tag lang war ich angespannt wie eine Feder, kurz vor dem Durchdrehen. Ich hatte auch Krämpfe, was mich noch gereizter und beklommener machte, und dann rief am Nachmittag mein Vater auf dem Handy an.

Auch wenn ich das eigentlich nicht sollte, erklärte ich meinen achtundzwanzig Kindern, dass sie ihr Rechenblatt ohne Gerede fertigstellen sollten, und verließ das Klassenzimmer.

»Dad?«, flüsterte ich eindringlich und hielt den Blick durch die angelehnte Klassentür scharf auf die Schüler gerichtet. »Hat Mom die OP hinter sich?«

»Ja.« Er klang so müde. »Sie ist gut verlaufen.«

»Ja?« An meinem überraschten Tonfall merkte ich erst, dass ich mit schlechten Nachrichten gerechnet hatte, und es dauerte einen Moment, bis die Erleichterung bei mir ankam. »Es geht ihr gut? Sie konnten den Tumor entfernen?«

»Ja, sie meinen, sie haben vermutlich alles erwischt, obwohl das schwer zu beurteilen sein kann. Sie muss sich ein paar Wochen lang erholen, und dann kann sie hoffentlich mit der Chemo anfangen.«

»Das sind großartige Neuigkeiten.« Ich höre mich immer noch baff an. »Wunderbar, Dad.«

»Ja, es ist eine Erleichterung, Schätzchen. Aber jetzt muss ich auflegen. Sie wird bald aufwachen, und ich will bei ihr sein.«

»Ich komme so schnell wie möglich nach der Arbeit.« Ich warf noch einen Blick auf meine Klasse, alle hatten die Köpfe noch über die Blätter gebeugt, und gerade, als mein Dad auflegte, spürte ich es – ein plötzlicher Krampf, der durch meinen Bauch zuckte, und dann ein Schwall Flüssigkeit. Der Schock nagelte mich an Ort und Stelle fest. *Nein* ...

Ich eilte auf die Lehrertoilette und konnte einen Aufschrei nicht unterdrücken, als ich die Blutflecken auf meiner Unterwäsche und Strumpfhose sah. Nein ... *nein*. Nicht das. Nicht nach allem, was es gebraucht hat. Nicht, nachdem es endlich aufwärts zu gehen schien.

Ich stand auf. Meine Gedanken rasten in schwindelerregender Panik, ich zitterte am ganzen Körper. Ich musste meine Ärztin anrufen. Ich musste Matt anrufen.

Matt ging nicht dran, ich landete direkt auf der Mailbox, und dann fiel mir ein, dass er den ganzen Nachmittag bei einem Meeting war. Mein Bauch verkrampfte sich schon wieder. Ich sah auf mein Handy und rief die Person an, auf die ich mich immer verlassen hatte, die ich jetzt brauchte. Ich rief Anna an.

»Was ist passiert? Wo bist du?« Ihre Fragen klangen ruhig und sachlich, sie gaben mir Halt.

»Ich bin in der Schule. Ich muss zur Klasse zurück.«

»Du musst in die Notaufnahme, Milly. Sag irgendwem, dass du einen medizinischen Notfall hast. Ich komme zu dir ins Krankenhaus.«

»Du musst doch arbeiten ...«

»Das ist egal. Ich hatte sowieso noch keine Mittagspause. Na los, Milly. Ich bin gleich da.«

Die nächste Stunde verschwamm zu einem Nebel, ich rief Alicia an, hinterließ Matt eine Nachricht, organisierte eine

Vertretung für meine Klasse und fuhr in die Notaufnahme, starr vor Angst. Entsetzlicher Angst.

Anna wartete am Haupteingang auf mich und zog mich in eine wortlose Umarmung, sobald sie mich sah. Die Wochen des Schweigens, die Spannungen wegen Jack, waren in diesem Moment zum Glück vollkommen vergessen. Ich wusste nur, dass ich meine beste Freundin brauchte. Ich werde sie immer brauchen.

Jetzt bin ich hier, warte auf eine Untersuchung, auf einen Ultraschall, auf irgendetwas, das den Ärzten Klarheit darüber verschafft, was hier vor sich geht, obwohl ich befürchte, die Antwort schon zu kennen. Anna sitzt neben mir, ruhig und unerschütterlich, wie mein Anker. Sie ist es, die beim Empfang nachfragt, wann sich etwas tun wird, die mir eine Flasche Wasser besorgt und aus einem Stapel die besten Zeitschriften für mich heraussucht, obwohl ich mich gar nicht genug konzentrieren kann, um sie zu lesen. Ich bin zu zappelig, wippe ständig mit dem Knie und habe die Arme um den Körper geschlungen, um nicht vor und zurück zu schaukeln.

Dann werde ich endlich aufgerufen und Anna und ich eilen in die Kabine, wo eine Krankenschwester uns in Empfang nimmt. Ich bin kaum in der Lage, meine Geschichte herauszustottern – IVF, das Blut, die Krämpfe. Man bittet uns zum Ultraschall, ich lege mich hin und schiebe mein Oberteil hoch, das Herz pocht mir schmerzhaft, während ich auf das Urteil warte.

Die Ärztin fährt mir langsam mit der Sonde über den Bauch, und die Bilder auf dem Monitor springen und verschwimmen. Ich halte den Atem an. Dann sehe ich es, ein schlagendes Herz, und mir entfährt ein ungläubiges Lachen. Darin liegen sowohl Hoffnung als auch Furcht, aber das muss doch gut sein, oder? Mein Baby lebt noch. Anna lächelt und drückt meine Hand.

»Sie hatten eine kleine Blutung«, sagt die Ärztin. »Aber das

Kleine sieht nach wie vor gesund aus. Der Facharzt erzählt Ihnen gleich mehr.«

Und so erfahre ich, dass es meinem Baby zwar gut geht, die Blutung und die Krämpfe meine Schwangerschaft aber riskanter gemacht haben, und man rät mir, mindestens eine Woche Bettruhe einzuhalten und häufigere Untersuchungen durchführen zu lassen, um die Gefahr von Frühwehen auszuschließen.

»Aber es besteht kein Grund zur Sorge?«, hake ich nervös nach. »Das Baby ist gesund?« Ich möchte eine Garantie hören, aber natürlich können sie mir die nicht geben.

»Das Ziel ist«, erklärt mir der Arzt mit einem mitfühlenden Lächeln, »die Dauer Ihrer Schwangerschaft so nah wie möglich an die normalen vierzig Wochen heranzubringen.« In Anbetracht der Tatsache, dass ich noch nicht einmal auf der Hälfte bin, ist das nicht gerade der beruhigendste Gedanke. Die nächsten fünfeinhalb Monate werden sich bestimmt ewig hinziehen – oder eben nicht.

Anna begleitet mich nach Hause und umsorgt mich, macht mir meinen Lieblingskräutertee und besteht darauf, dass ich auf dem Sofa bleibe, die Füße hochlege und mich zudecke.

»Eine Woche Bettruhe ist nicht das Schlechteste«, sagt sie, »obwohl es so einer Arbeitsbiene wie dir bestimmt wie Folter vorkommt.«

Ich bin drauf und dran, eine schlagfertige Bemerkung zurückzugeben, aber dann kommen mir stattdessen die Tränen. »Anna«, stoße ich hervor, »es tut mir leid. Die ganze Sache mit Jack ... Ich hab mich deswegen so komisch benommen, das hätte ich nicht tun sollen. Es tut mir leid.« Und dann fange ich an zu weinen, alles überwältigt mich – die OP meiner Mom, der Schock, Anna und ich.

»Oh Milly, mir tut es auch leid.« Sie nimmt mich in die Arme und ich drücke die Wange an ihre Schulter. »Ich hätte nie gedacht, dass wir uns wegen eines *Kerls* zerstreiten.«

»Wir haben uns doch nicht zerstritten, oder?« Ich lehne mich zurück und sehe sie unsicher an. »Ich will mich niemals mit dir zerstreiten.«

»Das werden wir auch nicht«, sagt Anna bestimmt. »Diese Sache mit Jack ... das ist sowieso nichts Ernstes.«

»Aber selbst wenn es das wäre ...« Ich taste mich durch die Worte. »Anna, es ist dein gutes Recht, zusammen zu sein, mit wem du willst. Zu lieben, wen du willst. Zu heiraten, ...« Meine Gedanken überschlagen sich. Wenn Anna und Jack heiraten, wenn sie *Kinder* kriegen ... dann wären ihre Kinder Vollgeschwister von meinen. Das *ist* seltsam.

Als hätte sie meine Gedanken gelesen, lächelt Anna und meint sanft: »Nur, weil das alles etwas merkwürdig ist, muss es nicht falsch sein. Unsere Situation ist speziell, Milly. Für uns alle. Und das war uns von Anfang an bewusst. Aber das muss uns nichts ausmachen oder etwas ändern. Ich bereue es nicht, und das solltest du auch nicht.«

»Tue ich auch nicht«, sage ich. »Wirklich nicht.« Ich drücke ihre Hand und sie lächelt erneut. Ich bin so dankbar dafür, schwanger zu sein. Ich bin Anna so dankbar, weil sie es möglich gemacht hat, zusammen mit Jack. Und doch ... hat sie recht. Die Situation ist schon speziell, und ihre Beziehung mit Jack macht alles unweigerlich noch komplizierter. Etwas an dieser Situation geht gegen unser Bauchgefühl, gegen unseren Instinkt. Das ist unbestreitbar und unangenehm, aber wir können damit klarkommen. Damit leben.

Wie Anna gesagt hat, nur weil es etwas merkwürdig ist, muss es nichts ändern. Ich klammere mich daran fest, als wäre es ein Versprechen, ein Schwur an mich selbst und Anna, auch wenn ich später einmal alles infrage stellen und so viel bereuen werde. Auch wenn wir beide diese Versprechen immer wieder brechen werden.

12

ANNA

Ein paar Wochen nach Millys Schockmoment sind wir über die holprige Unbehaglichkeit hinweg und wieder bei unserem üblichen Rhythmus, uns zu schreiben und alle paar Tage zu sehen. Milly schont sich immer noch und Matt packt sie – zu Recht – in Watte, aber wir gehen das eine oder andere Mal etwas trinken und legen sogar einen Shoppingtag ein, an dem wir uns nach Umstandskleidung umsehen. Sie ist jetzt fast auf der Hälfte und man sieht es ihr endlich an.

Wir verbringen einen sonnigen Samstagnachmittag in den Boutiquen der umwerfenden georgianischen Bauten von Clifton Village. Es ist ein warmer Julitag, und alle genießen draußen das Wetter.

»Ich möchte nichts zu Aufwändiges«, erklärt Milly, während sie durch eine Reihe Stretchtops stöbert. »Keine Schleifen oder Knöpfe oder so. Das wäre mir zu viel.«

»Wie wär's hiermit?« Ich zeige ihr ein kurzärmliges Baumwollkleid in Hellblau, und Milly beäugt es eingehend.

»Ja, das könnte etwas sein.«

Wir arbeiten uns weiter die Stangen entlang, bis Milly einen großen Stapel Outfits in den Armen hat.

»Wie läuft's so mit Jack?«, fragt sie in bewusst lässigem Tonfall, als wir Richtung Umkleidekabine steuern.

Wir haben seit Wochen nicht mehr über Jack gesprochen, und ich weiß, es fällt ihr nicht leicht, nach ihm zu fragen. »Gut«, antworte ich, denn ich weiß nicht recht, was ich ansonsten sagen soll, wie viele Einzelheiten ich erzählen soll. Jack und ich treffen uns etwa einmal pro Woche, entweder zum Essen oder auf Drinks, und es macht auch Spaß, hat sich aber nicht auf die Weise weiterentwickelt, auf die ich gehofft habe. Etwas an ihm scheint verschlossen und unzugänglich, als wäre er zufrieden damit, die Dinge für immer so zu belassen, wie sie momentan sind, und vielleicht ist er das auch. Vielleicht sollte ich das auch sein.

»Ist es ... was Ernstes?« Sie versucht sich an einem Lächeln, was ihr auch beinahe gelingt.

»Nein, nicht wirklich.« Ich zucke die Schultern. »Ich weiß nicht, ob Jack an was Ernstem interessiert ist.«

»Und du?«

Noch ein Schulterzucken. Ich weiß eigentlich gar nicht, was ich will. Wenn ich bei Jack bin, fühle ich mich glücklich, aber auch nervös. Beziehungen bedeuten harte Arbeit, sich immer zu fragen, was der andere denkt oder empfindet, es richtig machen zu wollen, Angst zu haben, man sei vielleicht zu anhänglich, zu still, zu langweilig oder was auch immer. Möglich, dass es eigentlich anders laufen sollte, aber so ist es für mich, und ich bin mir nicht sicher, ob ich es anders hinbekomme.

»Nun, pass auf dich auf«, sagt Milly und legt mir die Hand auf den Arm. »Dir zuliebe, Anna. Ich will dich nicht mit gebrochenem Herzen sehen.«

Ja, und du willst mich auch nicht mit Jack sehen. Ich spreche es natürlich nicht laut aus und fühle mich schuldig dafür, es auch nur zu denken. Aber ich weiß, es wäre Milly lieber, wenn Jack und ich nicht miteinander ausgehen würden, und ein stückweit kann ich das auch verstehen. Nicht nur wegen des Babys, sondern auch, weil sie immer meine ungeteilte Aufmerksamkeit hatte, meine felsenfeste Unterstützung. Ich brauchte nie großartig ein eigenes Leben, weil ich Milly immer mit ihrem helfen konnte.

Was, wenn ich nun diejenige wäre, die heiratet, ein Kind bekommt? Beides scheint unerreichbar, wie Berge, die ich nur aus der Ferne sehnsüchtig betrachten, aber ohne Ausrüstung nicht erklimmen kann. Zum ersten Mal wage ich es, ein bisschen über solche Dinge nachzudenken, mir vorzustellen, sie zu wollen.

Einige Wochen später, das Wetter ist jetzt schwül und wolkenverhangen, kommt Sasha noch mal in mein Büro, um ihre Beschwerde wegen sexueller Belästigung offiziell zu besprechen, fast fünf Monate, nachdem sie den Kopf zum ersten Mal durch meine Tür gesteckt hat. Es ist so lange her, dass ich sie ganz vergessen habe. Voller Gewissensbisse gestehe ich mir ein, dass ich das ganz bequem habe geschehen lassen. Ich hätte mich mehr darum bemühen müssen, dass sie ihre Geschichte erzählt. Nun versuche ich sie freundlich willkommen zu heißen, biete Kaffee an, rücke ihr einen Stuhl zurecht.

Sie hat ihre Freundin Leanne als Unterstützung mitgebracht, wie Lara mir mitteilt, die ebenfalls bei dem Gespräch anwesend sein wird. Es muss alles genau nach Vorschrift ablaufen, alles notiert und aufgezeichnet werden.

»Also, Sasha«, beginne ich mit einem ermutigenden Lächeln. »Führen Sie uns einmal durch den Vorfall, den Sie erwähnt haben, so detailliert wie möglich. Hoffentlich macht es Ihnen nichts aus, wenn ich ab und zu Zwischenfragen stelle, um Einzelheiten zu klären. Und sollten Sie einen Moment für sich oder eine Pause benötigen, können wir das selbstverständlich einrichten.«

»Okay.« Sasha schluckt, sie sieht ängstlich aus. »Wie ich

Ihnen gesagt habe, es fing Ende letzten Jahres an ...« Sie berichtet wieder von dem Dobson-Auftrag, den langen Arbeitstagen, und erwähnt dann einen Abend, an dem sie und Mike allein im Büro waren.

»Wissen Sie noch, wann das war? Wir bräuchten eine möglichst genaue Angabe.«

»Ähm ... kurz vor Weihnachten. Vor der Weihnachtsfeier ...«

Qi Tech veranstaltet jedes Jahr eine Weihnachtsfeier für die ganze Firma, auf der ich gemeinhin nicht länger als eine Stunde bleibe. Es wird dort gerne etwas turbulent, und das ist nicht wirklich was für mich. »Okay.« Ich mache eine Notiz. »Und was ist an diesem Abend passiert, Sasha?«

»Am Anfang schien es noch ganz harmlos«, meint Sasha, und von Lara kommt ein kaum hörbares Schnauben, das mich die Zähne zusammenbeißen lässt. »Wir waren beide müde, wir waren schon lange bei der Arbeit. Er hat sich hinter mich gestellt und mir die Schultern massiert.«

»Und das war Ihnen unangenehm?«

»Na ja, es hat sich schon gut angefühlt«, sagt Sasha unsicher, »aber es hat mich auch erschreckt, weil es, nun ja, unangebracht wirkte, wissen Sie?«

Ich mache noch eine Notiz. »Haben Sie ihm gesagt, dass es Ihnen unangenehm war?«

»Nein ... Ich dachte, dann würde es peinlich werden. Ich bin nach einer Weile einfach ein Stück weggegangen.«

»In Ordnung.« Ich kann es mir problemlos vorstellen – das gedämpfte Licht, die achtlos liegen gelassenen Kartons vom Lieferservice, die Uhr, die Richtung Mitternacht tickt. Er taucht hinter ihr auf, legt ihr die Hände auf die Schultern. Sein Atem streift ihr Ohr.

Du hast so hart gearbeitet ...

Schlagartig wird mir klar, dass ich mir gar nicht die IT-Abteilung mit Sasha und Mike vorstelle, sondern etwas völlig anderes. Ich habe meine eigene Geschichte im Kopf, die ich unbedingt begraben wollte, die Erinnerungen, die ich mit aller Macht vergessen will, weil mich die Scham dabei zerfrisst. Einen Moment lang kann ich nicht denken, nicht atmen; mir ist, als würde mein Leben vor mir auf eine riesige Leinwand projiziert und ich müsste mir die schlimmsten Passagen daraus ansehen.

»Soll ich weitermachen?«, fragt Sasha nach ein paar Sekunden, und ich zwinge mich zu nicken.

»Ja, bitte.« Meine Stimme kommt als Krächzen heraus, und ich räuspere mich. »Was ist als nächstes passiert?«

»Ich bemerkte, wie er mich immer wieder zufällig berührte. Nur ganz leicht, eine Hand auf meiner Schulter, seine Hüfte an meiner, wenn wir nebeneinander standen. Ich dachte, dass ich eine zu große Sache daraus mache, dass ich mir das einbilde.«

Dass du dir lächerlich dabei vorkämst, etwas zu sagen. Die Leute würden die Augen verdrehen, dich auslachen und spotten: Ist das dein Ernst, Anna?

Ich schlucke schwer. »Haben Sie ihm irgendetwas dazu gesagt, wie Sie sich gefühlt haben?«

»Nein.« Sie beißt sich auf die Lippe. »Ich sah dazu keine Möglichkeit. Es musste ja keine Absicht gewesen sein. Und dann hätte ich uns in so eine unbehagliche Lage gebracht ...«

Ja, genau. Genau aus diesem Grund sagst auch du nichts, nur dass es da einen Teil von dir gibt, dem die Aufmerksamkeit gefällt, auch wenn sie dir gleichzeitig Übelkeit bereitet. Ein Teil von dir wird sich immer schuldig fühlen und schämen, als gäbe es einen unauslöschlichen Schmutzfleck auf deiner Seele.

»Ja, ich kann verstehen, warum Sie sich so gefühlt haben.« Ich versuche noch ein ermutigendes Lächeln, aber mir dreht sich der Magen um, als die Erinnerungen stoßweise hochkommen – der dunkle Raum, das schmuddelige Badezimmer, das Auto. Sein Atem. *Ich hab immer gewusst, dass du es willst.*

Aber ich wollte es überhaupt nicht, wollte ich schreien. *Es kam mir nicht mal in den Sinn, bevor du mich angefasst hast.*

Ich räuspere mich noch einmal und wische mir die Handflächen am Rock ab. Mein Atem hört sich unregelmäßig an. »Was ist dann passiert?«

»An dem Abend nichts mehr. Aber ein paar Tage später war ich im Pausenraum, und er ... er kam herein und stellte sich hinter mich. Ganz nah.« Sie errötet und schluckt. »Und ich konnte seine, nun ja, Sie wissen schon, seine Erektion spüren.« Sie wendet den Blick ab, und ich ringe um einen neutralen Gesichtsausdruck.

»Okay«, sage ich nach einem Zögern. »Das muss sehr verstörend für Sie gewesen sein.« Lara macht ein Tss-Geräusch, das ich ignoriere.

»Ja, allerdings.«

»Hat er dann etwas zu Ihnen gesagt?«

»Nein. Er ... atmete mir ans Ohr. Etwas schwer, wissen Sie? Und ich ... stand eigentlich nur da. Ich wusste nicht, was ich tun sollte. Irgendwie ... rieb er sich auch an mir, ein bisschen.« Sie schaut auf ihre geballten Fäuste hinab, versucht sich zusammenzunehmen. »Und dann kam jemand herein und er ging weg.«

»Okay.« Mit zittriger Hand mache ich noch ein paar Notizen. »Danke, dass Sie uns das alles mitgeteilt haben, Sasha. Das war bestimmt nicht einfach.« Sie nickt und wischt sich die Augen. »Ist noch irgendetwas anderes vorgefallen?«, frage ich, als sie die Beherrschung wiedergefunden hat. An meine eigene klammere ich mich wie an einen seidenen Faden; es fühlt sich so schonungslos an, so *real*. Ich kämpfe gegen den Drang an, aufzuspringen und den Raum zu verlassen, meinen Kopf zu verlassen, wenn ich nur könnte.

Sasha schluckt und schüttelt den Kopf. »Nein, danach hat er sich zurückgehalten. Aber ein paar Wochen danach wurde ich bei einem Projekt nicht berücksichtigt, das hat mich gewundert. Das gleiche passierte noch mal … Seit dem Tag im Pausenraum bekomme ich nur noch belanglose Aufgaben.« Sie hebt das Kinn. »Und damit geht es nicht mehr nur um Belästigung, sondern auch um Diskriminierung.«

Einen Moment lang suche ich nach den passenden Worten. Mir ist bewusst, dass Mikes Stellungnahme noch aussteht. Genauso ist mir bewusst, wie meine eigenen Erinnerungen auf mich einprasseln und alles andere aus meinem Kopf verdrängen. »Ich weiß wirklich zu schätzen, dass Sie mir das alles mitgeteilt haben«, sage ich schließlich. »Ich werde einen offiziellen Bericht anfertigen, dann müssen wir natürlich auch noch mit Mike sprechen, um seine …« Ich beende den Satz nicht, denn ich bekomme *Version der Ereignisse* nicht heraus. Das klingt, als würde ich ihr nicht glauben, doch das tue ich. Ganz eindeutig. »Und dann setzen wir uns zu einem vermittelnden Gespräch zusammen.«

»Ich möchte das außerhalb des Unternehmens klären«, sagt Sasha und reckt das Kinn. Ihre plötzliche Kühnheit überrascht mich. »Ich habe es online nachgeschaut, ich kann mit dem Fall an ein externes Komitee herantreten, wenn er in meinen Augen nicht fair abgehandelt wird.«

Das erschreckt mich und verletzt mich auch ein bisschen. »Sasha, ich versichere Ihnen, ich werde alles tun, was in meiner Macht steht, damit es sowohl Ihnen als auch Mike gegenüber gerecht abläuft.«

»Mike?«, gibt sie verächtlich zurück, und ich werde rot. Hörte sich das so an, als hätte ich einen guten Draht zu ihm? Als wäre ich voreingenommen? Wenn überhaupt, bin ich zu Sashas Gunsten voreingenommen. Ich teile ihren Schmerz und ihre Verwirrung. Aber da ist ja auch noch Lara.

»Keine Chance«, sagt diese, nachdem Sasha und Leanne gegangen sind, und ich sehe sie wachsam an. Das Gespräch und der Kampf mit mir selbst haben mich ausgelaugt. Ich möchte mich nur noch in einem dunklen Zimmer hinlegen und schlafen. Alles vergessen, was gerade aufgewirbelt wurde.

»Inwiefern?«

»Wollen Sie mir sagen, Sie nehmen das ernst?«, poltert Lara, jetzt genauso verächtlich wie Sasha. »Sie ist nun mal ein hübsches junges Mädchen. Haben Sie gesehen, was sie anhatte?«

»Lara, das hat wirklich überhaupt nichts damit zu tun ...«

»Ihr Rock ging kaum über den Hintern, und sie geht hier ja nicht feiern. Also gut, Mike hat es vielleicht etwas übertrieben, das kann ich so hinnehmen. Aber hat sie irgendwann einmal *nein* gesagt? Irgendwem davon erzählt? Oder hat sie mitgemacht und es später bereut?«

Mir kommt die Galle hoch. Laras Reaktion ist genau der Grund, warum ich vor so langer Zeit den Mund gehalten habe. Aber ich bemühe mich um einen vernünftigen Ton, obwohl ein Teil von mir am liebsten schreiend an die Decke gehen würde. »Es besteht kein Grund zur Annahme ...«

»Lassen Sie uns mit Mike sprechen«, unterbricht mich Lara kategorisch. »Nicht, dass ich es auch nur so weit kommen lassen wollte, Mike ist ein guter Mitarbeiter und seine Frau schwanger. Das ist das Letzte, was die beiden brauchen. Aber wir gehen brav die Liste durch. Was das externe Komitee angeht ...« Sie schüttelt den Kopf. »Das wird nichts.«

»Nein, wird es wohl nicht.« Mir wird bitter bewusst, dass der Vorfall über drei Monate zurückliegt. Durch Sashas langes Herumdrucksen, aber auch meine mutwillige Nachlässigkeit sind mehr als die festgeschriebenen drei Monate vergangen, seit es passiert ist. Sie kann sich also nicht mehr an ein Komitee wenden, und das ist meine Schuld, ich hätte die Sache weiterverfolgen müssen. Ich hätte sie nach ihrer ersten Kontaktaufnahme im Februar dazu ermutigen müssen, zurückzukommen, aber es war einfacher, das Thema ruhen zu lassen.

»Offensichtlich hat sie *das* nicht online nachgelesen«, meint Lara, und einen Moment lang denke ich, ich müsse mich übergeben. Mir dreht sich der Magen um und mein Sichtfeld verschwimmt, alles drückt mich nieder – Sashas Geschichte und meine eigene. Es ist zu viel. »Nehmen Sie es sich besser nicht so zu Herzen, Anna«, rügt mich Lara. »Sonst halten Sie in dem Job nicht lange durch.«

»Ihnen muss ich diesen Rat wohl kaum geben«, kriege ich heraus, bevor ich das Büro verlasse, zur Toilette eile, dort die Arme auf ein Waschbecken stütze und mehrmals tief durchatme, in der Hoffnung, dass mein Kopf und meine Sicht wieder klarer werden.

Aber es nützt nichts, denn ich stehe zwar am Waschbecken und starre mich im Spiegel an, sehe aber etwas völlig anderes. Ich sehe mich selbst mit siebzehn Jahren, in einem abgedunkelten Raum. Ich höre eine leise, hartnäckige Stimme, rieche billiges Aftershave und alten Rauch. *Du willst es doch, Anna ...*

Ich wollte es überhaupt nicht, schreie ich stumm. *Ich habe nur so getan, weil ich so einsam war und Angst hatte.*

Und sechzehn Jahre später fühle ich mich immer noch wie dieses verängstigte junge Mädchen, das Mädchen, das ich versuche zu verstecken. Das allein lebt, nicht mit Beziehungen klarkommt, eine Eizelle spendet, weil sie zu viel Angst davor hat, selbst ein Kind – ein *Leben* – zu haben.

Ich trete vom Waschbecken zurück, mir ist schwindlig, aber ich richte mich auf und verlasse den Toilettenraum. Ich halte es nicht aus, mich mit diesen Gedanken zu beschäftigen, also tue ich mein Bestes, sie auszublenden, doch dieses eine Mal schaffe ich es nicht. Nun endlich machen sie sich Luft, wollen gehört und anerkannt werden, aber wenn ich das zulasse, breche ich vielleicht völlig auseinander und kann mich nicht mehr wieder zusammensetzen.

An diesem Abend sitze ich im Auto und gucke starr geradeaus, zu müde, um auch nur den Zündschlüssel zu drehen.

Ich habe mit Milly verabredet, dass ich heute Abend mit einem Auflauf vorbeikomme – seit dem Schock mit ihrer Blutung habe ich ihnen ein- oder zweimal pro Woche das Abendessen abgenommen. Der Shepherd's Pie wartet auf dem Beifahrersitz, aber ich will nicht hinfahren. Ich fühle mich ungeschützt, alle meine Wunden klaffen auf und bluten. Und doch zwinge ich mich dazu, nach Redland zu fahren, denn vielleicht fühle ich mich ja wieder normal, wenn ich mich normal verhalte, und dann vergesse ich wieder, was in meinem Kopf tobt.

Auch Milly ist nervös, als ich bei ihnen ankomme – sie hatte ein paar leichte Krämpfe, also hütet sie noch einmal eine Woche das Bett.

»Ich bekomme immer gesagt, sie können da nichts machen, aber das glaube ich nicht«, sagt sie, während ich den Auflauf in den Ofen schiebe und anfange, die Spülmaschine einzuräumen. Sie sitzt auf dem Sofa, hat die Füße auf den Wohnzimmertisch gelegt und die Arme um den Körper geschlungen.

»Aber sie würden doch etwas unternehmen, wenn sie könnten.«

»Es gibt da so ein Medikament, da bin ich mir sicher. Terbirgendwas.« Sie greift nach ihrem Handy und schaut nach. »Terbutalin. Es stoppt Wehen für Stunden oder sogar Tage.«

»Aber du hast keine Wehen, Milly«, erinnere ich sie mit ein klein wenig Strenge in der Stimme. »Es sind nur leichte Krämpfe. Wenn sie dir sagen, sie können nichts machen, warum glaubst du ihnen dann nicht?« Meinen aggressiven Tonfall bemerke ich zu spät.

Milly blinzelt. »Was ist dir denn für eine Laus über die Leber gelaufen?«

Laus über die Leber? »Es ist nichts. Ich bin nur müde.«

»Wenn du müde bist, hättest du nicht kommen müssen.«

Sie meint es lieb, aber es wurmt mich trotzdem. Ich habe keine Geduld und Kraft mehr übrig, um Milly wieder zur

Hauptperson zu machen. »Das hätte ich vielleicht auch nicht tun sollen«, stimme ich zu, »habe ich aber.«

Milly runzelt die Stirn. »Anna ... was ist los?«

Ich sehe sie an und frage mich, ob ich es ihr auch nur ansatzweise erklären könnte. *Weißt du noch, vor sechzehn Jahren?*

Aber dann denke ich daran, wie sie damals keinerlei Fragen gestellt hat, weder zu meinen Abschlussprüfungen oder was da so furchtbar schiefgelaufen ist, noch dazu, was Monate später passierte, als sie mich in der schäbigen Bude irgendeines Fremden fand. Mein Leben war aus den Fugen geraten und wir redeten monatelang nicht richtig miteinander, Milly war so beschäftigt mit ihrem neuen Leben an der Uni. Ich habe mir immer gesagt, ich sei dankbar dafür, dass sie nicht nachbohrte, aber jetzt frage ich mich, warum sie es niemals auch nur versuchte.

»Nur etwas Ärger auf der Arbeit«, sage ich nach langem Zögern. »Es tut mir leid, dass ich deswegen schlecht drauf bin.«

Das war offenbar die richtige Antwort, denn Milly lächelt verständnisvoll und wendet sich schon wieder halb dem Handy zu. »Schon okay, Anna. Du tust so viel für uns. Du musst auch mal an dich denken.« Sie fängt an, durch Facebook zu scrollen, und ich muss fast lachen.

Beinahe sage ich: *Ernsthaft? Ich soll an mich selbst denken? Ich dachte, ich soll mich immer nur mit dir beschäftigen.*

Aber ist das nicht unfair? Milly war so gut zu mir. Dieser Gedanke zieht sich durch unsere ganze Freundschaft, aber jetzt gerade hinterfrage ich ihn. Zum ersten Mal frage ich mich, ob die Wahrheit nicht anders aussieht, und doch sage ich immer noch nichts. Ich räume weiter die Küche auf, mache einen Salat und stelle ihn in den Kühlschrank, und ich verspreche Milly, nächste Woche vorbeizuschauen, nach ihrem nächsten Ultraschall.

Wenn es einen Moment für mich gab, die Wahrheit zu

sagen, mich zur Hauptperson zu machen, dann ist er vorbei. Ich denke, er ist seit sechzehn Jahren vorbei.

Als ich das Haus verlasse, bricht eine Welle der Traurigkeit über mir zusammen, denn ich glaube, etwas zwischen uns hat sich verändert, vielleicht für immer, und Milly ahnt es noch nicht einmal.

13

MILLY

Als ich Anna zu Beginn der weiterführenden Schule kennenlernte, sah sie aus, als könnte sie das beliebteste Mädchen des ganzen Jahrgangs werden – groß, blond, ein bisschen unnahbar ... Aber irgendwie wusste man einfach, dass sie das nicht sein würde. Wenn ich nicht gewesen wäre, bin ich mir nicht sicher, ob Anna überhaupt irgendwelche Freunde gefunden hätte. Sie hatte immer etwas von einem einsamen Wolf, zurückgezogen und in Schweigen gehüllt.

Bei solchen Eltern kann ich ihr das auch nicht verübeln. Ihre Mutter trank zu viel, ihr Vater jagte den Frauen hinterher, und ihre Probleme trugen sie auf der Bühne der gesamten Nachbarschaft aus. In unserer Kleinstadt war das – milde ausgedrückt – ungünstig.

Zum Glück ergriffen Mom und Dad die Initiative und verhielten sich ihr gegenüber wie richtige Eltern. Für eine Weile unterschrieben sie sogar ihre Einverständniserklärungen und gingen zu Elternabenden, als Annas Vater nach London gezogen war und ihre Mutter beschlossen hatte, dass sie für ein paar Monate zur Selbstfindung nach Bali musste. Anna hat kaum noch Kontakt zu den beiden, obwohl zumindest ihre Mutter keine Stunde entfernt wohnt.

Gegen Ende der Schulzeit sah es so aus, als würde sich alles fügen: Wir bekamen beide Studienplätze in Bristol und hatten vor, für die kompletten drei Unijahre zusammenzuwohnen. Aber zum Ende des Abschlussjahrs hin wurde Anna seltsam und noch stiller als sonst, und als wir unsere Prüfungsergebnisse bekamen und sich herausstellte, dass sie durchgefallen war, schien sie das nicht einmal zu schockieren. Sie verhielt sich, als wäre es ihr egal.

Heute denke ich an diese Zeit zurück und frage mich, ob ich mehr hätte tun oder sagen sollen, nachhaken, was mit ihr los war, denn irgendetwas musste ja passiert sein. Im Rückblick war ich zu streng mit ihr; ich verstand nicht, warum sie unbedingt ihre Zukunft in den Sand setzen und unsere Pläne kaputt machen musste. Ein Teil von mir war auch gekränkt, als ginge es gegen mich. *Nach allem, was ich für dich getan habe ...*

Wenn ich innerlich noch einmal die Jahre durchgehe, war ich damals vielleicht doch keine ganz so gute Freundin. Über all das denke ich nach, nachdem Anna gegangen ist, ohne mir anzuvertrauen, was sie so offensichtlich bedrückt. Aber mir fällt auch ein, dass Anna mir noch nie gerne Dinge anvertraut hat. Ich bohre schon seit Jahren nicht mehr nach Details, weil sie so widerwillig damit herausrückt, und für gewöhnlich ist das auch okay. So war unsere Freundschaft immer schon – ich presche vorwärts, Anna hält sich zurück. Das hat immer funktioniert, und das kann es auch jetzt.

Also beschließe ich, es auf sich beruhen zu lassen. Es gibt zu viel anderes, worüber ich mir Sorgen mache – meine Mutter, mein Baby – und wenn Anna es mir wirklich erzählen wollte, würde sie es tun. Das habe ich mir immer schon gedacht, aber zum ersten Mal komme ich mir bei dem Gedanken selbstsüchtig und sogar gemein vor.

Doch was immer sie belastet hat, scheint sich zu erledigen –

in der darauffolgenden Woche kommt sie wieder vorbei, wir trinken Kaffee und unterhalten uns ganz normal. Ich erkundige mich sogar nach Jack, aber sie sagt nicht viel, worüber ich ein bisschen erleichtert bin. Ich möchte die Einzelheiten ja eigentlich gar nicht wissen.

Ende Juli habe ich meinen Ultraschalltermin zur Mitte der Schwangerschaft. Instinktiv wappne ich mich für schlechte Neuigkeiten, aber ausnahmsweise gibt es mal keine. Das Baby ist gesund, perfekt, ein kleines Mädchen. Ich bekomme eine Tochter. Ich habe rosa Schleifen im Kopf, Rüschenkleider, Spitzengardinen. Aber natürlich wird sie auch taff sein: Matt wird mit ihr Fußball spielen, sie wird sich die Knie aufschlagen und sofort wieder losrennen. Nichts wird sie aufhalten können. Dafür werden wir sorgen. *Alice.* Es ist, als würde ich sie bereits kennen. Sie wartet nur darauf, dass ich ihr hallo sage.

Ich rufe Anna an, um ihr die Neuigkeiten zu erzählen, und zur Feier des Tages bringt sie einen Kuchen vorbei. Jack kommt auch dazu, und wir stoßen auf Alice an, die Gläser hoch in die Luft erhoben. Alle sind glücklich, alle lächeln. So habe ich es mir vorgestellt, so soll es sein. So *ist* es. Was für namenlose Zweifel und Ängste mir meine Unsicherheit auch in den Kopf gesetzt hat, jetzt schiebe ich sie beiseite und schaffe Platz für diese Wirklichkeit. *Meine Tochter.*

Die Wochen gehen ins Land. Matt und ich kaufen ein Gitterbett, einen Hochstuhl, Babykleidung, und mit jedem Kauf nimmt der Traum ein stückweit mehr Gestalt an. Anna hilft dabei, das Kinderzimmer zu streichen, meine Kollegen veranstalten eine Babyparty für mich. Die zwischenzeitlichen Krämpfe haben größtenteils aufgehört, und langsam fühle ich mich nicht bloß zuversichtlich, sondern sicher. *Ich werde Mutter sein.*

Ende August fahren Matt und ich in den Urlaub, unserem letzten zu zweit, zwei Wochen am Strand in Cornwall. Lange, faule Tage, an denen wir lesen und uns entspannen und uns ausmalen, im nächsten Jahr mit einem acht Monate alten Baby wiederzukommen, das neben uns auf der Decke gluckst.

Im September, zu Beginn des neuen Schuljahres, kommt meine Mutter zu Besuch; seit ihrer Diagnose ist etwa ein halbes Jahr vergangen und sie spricht erstaunlich gut auf die Chemotherapie an, auch wenn die sie niemals vollständig heilen und ihr lediglich mehr Zeit verschaffen kann. Wie viel, kann keiner sagen, aber ich versuche, jeden Moment mit ihr zu genießen, auch wenn es bei den ganzen Beschwerden auf ihrer wie auf meiner Seite nicht so viele gab, wie ich gerne hätte.

»Du siehst so gut aus, Milly.« Sie lächelt und scheint beim Anblick von mir und meinem Babybauch den Tränen nahe. »Du strahlst förmlich. Blühst richtig auf.«

»So fühle ich mich auch.« Ich muss lachen. »Wird auch Zeit, nach den ganzen Wochen als Schluck Wasser in der Kurve.« Ich nehme ihre Hand, sie fühlt sich zerbrechlich an, als wären ihre Knochen so hohl wie die eines Vogels. »Wie geht es dir, Mom?«

»Es geht schon. Ich versuche, jeden Augenblick auszukosten.« Sie seufzt und drückt leicht meine Hand, kaum spürbar. »Ich möchte meine Enkelin kennenlernen. Mitbekommen, wie sie groß wird.«

Tränen stechen mir in den Augen und ich blinzle sie zurück. »Das wirst du auch«, verspreche ich, aber mir wird das Herz schwer bei dem Gedanken daran, was sie vielleicht nicht mitbekommen wird – die ersten Schritte meiner Tochter, vielleicht sogar ihr erstes Lächeln. Es tut zu weh, noch weiter darüber nachzudenken.

»Ich freue mich so sehr für dich«, sagt Mom zögerlich, die Hand noch immer in meiner. »Ich hoffe, das weißt du.«

»Natürlich.« Ihr steht ein eigenartiges Bedauern im Gesicht, das ich nicht verstehe.

»Ich glaube, ich war keine so große Unterstützung, wie ich hätte sein können oder sollen«, meint sie ruhig.

»Mom, du hattest doch deine eigenen Sorgen. Ich weiß, dass ...«

»Ja, aber es liegt nicht nur daran. Am Krebs.« Sie bleibt einen Moment lang still, und ich warte ab. So habe ich meine Mutter noch nie gesehen, noch nie gehört. Sie schaut auf unsere verschränkten Hände hinab, während sie ihre Gedanken ordnet. »Ich habe bisher nicht viel darüber gesprochen, wie es war, als dein Vater und ich selbst versucht haben, ein Kind zu bekommen.«

Das hat sie tatsächlich nicht, kein einziges Mal, bis auf ein »Es hat nicht geklappt« in einem Tonfall, der mir andeutete, besser keine weiteren Fragen zu stellen, also tat ich das auch nicht.

»Es war wirklich schwer«, sagt Mom. »Jahrelang immer wieder erst Hoffnung, dann Enttäuschung – nun, du weißt ja, wie das ist.«

»Ja ...« Nur zu gut.

»Und vor vierzig Jahren gab es noch keine künstliche Befruchtung.« Sie lächelt gequält. »Da steckte die Forschung noch in den Kinderschuhen.«

»So war es wohl.«

»Und das Schlimmste, also mit am schlimmsten, war, dass es gar keine richtige Ursache gab. Ungeklärte Unfruchtbarkeit, so haben sie es genannt. Sie haben uns immer nur die Hände getätschelt und den Vortrag abgespult, es gebe keinen Grund zur Annahme, dass wir keine gesunde Schwangerschaft haben könnten, kein normales Baby, und doch ist es nie passiert. Wie dem auch sei ...« Die Worte trudeln aus, und ich warte wieder, ahne, dass noch mehr kommt, aber nicht, was.

»Adoption war nicht meine erste Wahl«, sagt sie schließlich. »Natürlich nicht. Aber ich habe mich immer schuldig dafür gefühlt, sobald wir uns dann doch für diesen Weg entschieden hatten. Ich wollte nicht, dass du dich wie die zweite Wahl hinter einem leiblichen Kind fühlst.«

»Habe ich auch nicht«, sage ich, muss aber an das Leitmotiv meiner Lebensgeschichte denken: *Ich bin adoptiert, aber* ... Wie viel davon fand in meinem Kopf statt, wie viel in dem meiner Mutter?

»Wir haben dich nämlich so, so sehr gewollt, Milly. Wirklich.«

»Ich weiß.« Das hat sie mir bei jeder Gelegenheit versichert, aber vielleicht war gerade das Teil des Problems. Wenn jemand etwas zu beharrlich behauptet, fängt man an, es anzuzweifeln.

»Und als du dann selbst Probleme hattest, schwanger zu werden ...«, fährt Mom langsam fort, »war es so komisch. Es hat mich natürlich traurig gemacht, dass du den gleichen Kummer erfährst wie ich damals, aber als du dann schwanger geworden bist, war ich ... neidisch. Ein bisschen. Und das ist doch lächerlich.« Sie beißt sich beschämt auf die Lippe.

»Das ist nicht lächerlich, Mom.«

»Und nicht nur neidisch«, setzt sie mit einer stählernen Entschlossenheit nach, die mich an mich selbst erinnert. Sie wird das hier loswerden, komme was da wolle. Egal, wie sehr es wehtut. »Ich habe mich ... bedroht gefühlt. Weil dieses Baby dir auf gewisse Weise näher sein wird als ich. Dein Fleisch und Blut, auf eine Weise, wie ich es nie sein kann, und das ... das ist schwer für mich.«

Ich erstarre, in mir überschlägt sich, was das bedeutet. Wir haben meinen Eltern immer noch nicht von der Eizell- und Samenspende erzählt. Wir schieben es immer wieder auf, sagen uns, dass dafür später einmal noch Zeit sei, wenn wir überhaupt etwas sagen müssen. Es ist immerhin sehr persönlich, auch wenn wir es für uns anerkennen und wertschätzen.

Zu meinem unausgesprochenen Vertrauensbruch kommt der meiner Mutter. Was will sie mir sagen? Ich bin nicht ihr Fleisch und Blut? Trotz all der Beteuerungen, dass ich etwas Besonderes, auserwählt, gewollt, was auch immer sei, soll da eine bleibende Distanz zwischen uns sein, die wir niemals überbrücken können?

»Ich weiß, dass ich es nicht so empfinden sollte«, sagt sie, die Hand immer noch auf meiner. »Ich weiß, dass es darauf nicht ankommt.«

Ich starre sie hilflos an, verloren. Das muss jetzt der richtige Augenblick sein, um ihr die Wahrheit zu sagen. Ihr zu gestehen, dass ich tatsächlich genau wie sie bin, und dass es auf das andere in der Tat nicht ankommt. Gene sind nur Gene – rein wissenschaftlich, abstrakt, fast schon theoretisch. Auf Beziehungen kommt es an. Das weiß ich, und doch ...

Wenn das so ist, warum führen wir dann überhaupt dieses Gespräch? Warum störte mich die Tatsache, dass ich adoptiert bin? Warum stört mich Annas Rolle bei der Empfängnis meiner Tochter? Denn sie stört mich tatsächlich. Egal, wie sehr ich mich dagegen wehre, weiß ich in diesem Moment, dass es so ist. Also schweige ich. Ich sehe das traurige Lächeln meiner Mutter, spüre, wie sie meine Hand drückt und sage kein Wort.

»Es tut mir leid«, sagt Mom und schüttelt langsam den Kopf. »Ich weiß nicht, warum ich dir das alles jetzt erzähle. Ich wollte bloß ehrlich sein. Meine ... Diagnose ... gibt mir das Gefühl, alle Gelegenheiten nutzen zu müssen.«

»Das verstehe ich.« Aber ich nutze diese hier nicht.

»Vor allem«, fährt Mom fort, »möchte ich dir aber sagen, wie sehr ich dich liebhabe. Wie sehr ich dich immer geliebt habe.«

Mein Herz zieht sich zusammen. »Ich weiß, Mom. Ich hab dich auch lieb.« Das habe ich nie bezweifelt, wie sehr mich andere Fragen auch umgetrieben haben. Liebe ist vielleicht nicht einfach oder unkompliziert, aber sie ist *da*. Da bin ich mir sicher und war es auch jederzeit.

Mom lässt meine Hand los, stößt einen kleinen Seufzer aus und lächelt. »Wie geht's Anna?«, fragt sie nach einem Moment.

»Vor ein paar Wochen war sie da und hat uns hübsche Blumen mitgebracht, aber seitdem habe ich sie nicht mehr gesehen.«

»Ich denke, es geht ihr gut.« Ich wähle meine Worte mit Bedacht, weil ich Anna in letzter Zeit auch nicht viel zu Gesicht bekommen habe. Wir schreiben uns eher, und auch da sind die Pausen länger geworden. Es war irgendwie leichter, etwas Abstand zu wahren.

»Sie hat so etwas von ihrer Arbeit gesagt ...« Mom runzelt nachdenklich die Stirn. »Von wegen, sie wollte sich eine Auszeit nehmen?«

»Eine Auszeit?« Das klingt nicht nach Anna. »Davon hat sie mir nichts gesagt.« Ich frage mich, warum. Wenn etwas Bedeutsames passiert wäre, hätte sie es mir doch sicher erzählt? Vielleicht aber auch nicht, und ich habe auch keine Fragen in die Richtung gestellt. Früher gab es dieses angespannte Schweigen in unserer Freundschaft nicht.

»Vielleicht hätte ich es nicht ansprechen sollen. Sie redet ja nicht gern über sich.«

»Ich weiß. Ich werde mal mit ihr telefonieren.«

Aber als ich anrufe, geht sie nicht dran, also hinterlasse ich ihr eine unbeholfene Nachricht. »Hey Anna, ich bin's, Milly. Der letzte Anruf ist ein bisschen her. Das tut mir leid.« Ich stocke, puste die Luft aus, suche nach Worten. »Ich hoffe, dir geht's gut.« Das klingt, als würde ich das Gegenteil annehmen, aber für eine Erklärung ist es zu spät, ich habe schon aufgelegt.

Ich warte auf einen Rückruf, aber er kommt nicht. Ein paar Tage später schreibt sie mir eine Nachricht, meint nur knapp, es gehe ihr gut und sie habe viel zu tun. Es wirkt etwas, als würde sie mich abwimmeln, und ich frage mich, ob etwas los ist und wenn ja, was. Ich frage mich, ob ich das wissen will.

»Warum lädst du sie nicht zu uns ein?«, fragt Matt, als ich ihm von meinen unterschwelligen Befürchtungen erzähle, dass etwas nicht stimmen könnte. »Sie und Jack könnten zum Abendessen kommen.«

»Ich weiß gar nicht, ob sie noch zusammen sind.«

»Nicht?« Matt sieht überrascht aus. »Das sind sie definitiv, Milly. Jack hat mir letztens erzählt, dass er ihr das Haus in Stroud gezeigt hat. Es ist fast fertig.«

»Ach, echt?« Ich versuche lässig zu klingen, bin aber erschüttert. Warum erzählt Anna mir so etwas nicht? Weil sie weiß, dass ihre Beziehung mit Jack mir Unbehagen bereitet? Oder, wie mir immer mehr klar wird, weil sie mir nie etwas erzählt? »Okay, ich werde die beiden einladen.«

Eine Woche später sitzen sie in meiner Küche am Tisch, und mir ist unwohl zumute. Anna macht einen verliebten Eindruck, und sie halten unter dem Tisch Händchen. Warum stört mich das? Habe ich so wenig Selbstbewusstsein, bin ich so *egoistisch*, dass ich meiner besten Freundin ihr Glück nicht gönne?

»Also läuft es gut mit Jack?«, frage ich leichthin, während Anna und ich abräumen und Matt und Jack draußen auf der Terrasse stehen.

»Ja, würde ich sagen.« Sie lächelt still in sich hinein, als hätte sie ein Geheimnis. Ich fühle mich ausgeschlossen, obwohl sie direkt neben mir steht und mit mir Teller in die Spülmaschine räumt.

»Das ist schön.« Ich weiß nicht, was ich sagen soll. Anna kommt mir inzwischen ein wenig wie eine Fremde vor, und mir wird klar, dass das über eine längere Zeit hinweg passiert ist. Die Sicherheit und Stabilität, die ich für selbstverständlich gehalten hatte, ist Stück für Stück gebröckelt, bis wir beide nur noch ankerlos dahertrieben. »Mom sagte etwas über deinen Job? Ist da alles okay?«

Sie zögert und zuckt dann die Schultern. »Lara macht etwas Ärger. Im Grunde genau wie immer.«

»Okay.« Und dann, vielleicht zum ersten Mal in unserem Leben, haben wir einander nichts mehr zu sagen.

»Das ist doch gut gelaufen, oder?«, fragt Matt, als sie

gegangen sind und wir auf dem Sofa sitzen, ich mit den Füßen auf seinem Schoß.

»Schätze schon.« Ich weiß, er würde nur die Augen verdrehen über mein schwammiges Gefühl, dass etwas zwischen uns nicht stimmt, die wachsende Befürchtung, dass das vielleicht immer so war und es erst dieses Baby, diese Situation gebraucht hat, damit ich das merke.

»Mach dir nicht so viele Sorgen, Mills. Du bist fast auf der Zielgeraden.« Er tätschelt liebevoll meinen Bauch. »Es sind schon dreißig Wochen.«

»Ich weiß.«

»Sobald das Baby da ist, bekommst du eine ganz andere Perspektive auf diese kleinen Höhen und Tiefen.« Er meint das als Ermutigung, aber für mich hört es sich herablassend an.

»Diese kleinen Höhen und Tiefen sind gar nicht so klein, Matt. Anna ist mir wichtig. Wir sind seit über zwanzig Jahren beste Freundinnen.«

»Und es läuft doch eigentlich auch nichts verkehrt zwischen euch, oder?«

»Ja.« Ich kann es ihm nicht erklären, nicht auf eine Weise, die er verstehen würde. Was sollte ich überhaupt sagen? Dass es sich etwas seltsam anfühlt? Anna hat selbst gesagt, dass das wohl unvermeidlich ist, und vielleicht hat Matt recht. Wenn ich erst einmal Alice habe, wird alles anders. Dann ergibt alles Sinn. Dann wird es das alles wert sein.

Ich bete mir diese Versprechen immer wieder vor, als könnte ich mich so dazu bringen, daran zu glauben, und es gelingt mir auch beinahe.

14

ANNA

Nachdem ich so lange so viele Geheimnisse hatte, habe ich Jack schließlich das größte anvertraut, und das war gleichzeitig das Furchteinflößendste und das Wunderbarste, was ich je getan habe.

Als er anrief, was jetzt schon Monate zurückliegt, und ich ihn bat, vorbeizukommen, machte er sich sofort auf den Weg. Er hielt mich fest im Arm und ließ mich einfach sprechen, die Worte sprudelten aus mir hervor und befreiten mich.

»Ich habe im Büro mit einem Fall von sexueller Belästigung zu tun«, fing ich an. Es fühlte sich an, als würde ich den Finger von einem Loch im Staudamm nehmen. »Und das hat Erinnerungen geweckt …«

»Meinst du die Beziehung, die du mit achtzehn Jahren hattest?«, fragte Jack behutsam.

»Ja.« Ich wischte mir die Augen, die nicht aufhören wollten überzuquellen. »Ja. Genau die. Eine der Auszubildenden bei der Arbeit wurde von ihrem Vorgesetzten … angegraben, könnte man sagen.« Das sollte ich ihm eigentlich gar nicht erzählen, aber für den Kontext war das nötig. Denn ich musste ihm von mir erzählen. »Das hat mich daran erinnert … als ich achtzehn war. Nun ja, am Anfang noch siebzehn ...« Ich brach ab, und Jack schlang die Arme um mich.

»Du kannst es mir sagen, Anna.«

Ich holte tief Luft, wappnete mich dafür, etwas ans Licht zu bringen, was ich noch niemandem erzählt hatte. Niemals. »Der Mann, mit dem ich diese Beziehung hatte ... obwohl ich das gar nicht so nennen sollte ... war mein Lehrer. Er hat Geschichte unterrichtet.« Als wäre das wichtig. Das Seltsame daran, oder zumindest einer der seltsamen Umstände, war, dass Mr Rees nicht einmal jung oder witzig oder sonderlich gutaussehend war, wie man das bei Affären zwischen Schülerinnen und Lehrern vermutet. Er war fünfundvierzig, neigte zur Glatze, sah für sein Alter ganz in Ordnung aus, war aber ganz bestimmt nichts Besonderes. Im Rückblick kann ich es mir selbst nicht erklären, außer vielleicht damit, dass ich nach der Scheidung meiner Eltern einsam war, und dass mir jemand seine Aufmerksamkeit schenkte – und dann auch noch ein Mann wie mein Vater –, gab mir ein gutes Gefühl, so krank und traurig es war und so furchtbar es sich auch gleichzeitig anfühlte.

»Was ist passiert?«, fragte Jack schließlich.

»Das, was man erwarten würde. Einen Nachmittag blieb ich länger da, weil er mir bei einem Aufsatz helfen wollte ...« Und genau wie Mike Jacobs stellte er sich hinter mich, sodass ich seinen Atem an meinem Ohr spüren konnte, seinen Körper dicht an meinem. Ich erinnerte mich daran, mich wie versteinert zu fühlen, und dann törichterweise, armseligerweise geschmeichelt.

»Hast du es jemandem erzählt?«, fragte Jack mit Nachdruck. »Du hättest ihn irgendwo melden sollen.«

Ich schüttelte den Kopf. »Nein, das habe ich nie getan.« Das Ende war vorhersehbar: ein paar schäbige Rendezvous in der Schule, ein Treffen hinter einem Pub spät abends, nach dem ich mich schmutziger fühlte als jemals zuvor. Dann wurde ich schwanger, und Mr Rees gab mir dreihundert Pfund, um mich darum zu kümmern, danach wechselten wir kein Wort mehr. Er hatte wahrscheinlich Angst, ich würde ihn öffentlich beschuldigen, aber ich kam nicht einmal auf den Gedanken, sei es aus Scham oder Ekel oder nur aus Erleichterung darüber, dass es vorbei war. Es fiel mir überhaupt nicht ein.

»Das tut mir leid«, sagte er nach einem Moment. »Ich kann mir nicht mal ansatzweise vorstellen ...«

»Schon okay.« Ich schniefte, versuchte mich zu sammeln. »Ich habe das noch nie jemandem verraten. Und heute ... nach all dem ... musste ich es irgendwem erzählen.«

»Ich bin froh, dass ich derjenige war.« Er küsste mich sanft, und etwas in mir löste sich, ließ mich los. Er war nicht angewidert; er wich nicht vor mir zurück, wie ich befürchtet hatte. »Was dir zugestoßen ist, Anna, war falsch. Ich hoffe, das weißt du.«

»So langsam begreife ich es. Als ich Sashas Geschichte gehört habe ... hat mir das gezeigt, wie sehr ich mir selbst misstraut habe. Dass ich dachte, ich wäre selbst schuld gewesen ...«

»Das warst du nicht.«

»Danke.« Ich versuchte ein Lächeln. »Das bedeutet mir viel.«

Es Jack anzuvertrauen war eine Befreiung, aber es reichte nicht, um es auch Milly zu erzählen. Manchmal dachte ich darüber nach, wenn wir zusammen ausgingen, obwohl das inzwischen weniger häufig passierte. Ich überlegte, mich mit ihr hinzusetzen und alles herauszulassen. Aber es fühlte sich wie so eine große Sache an, die größte meines Lebens, und ich wusste nicht, wo ich anfangen sollte, schreckte vor den Warum-hast-du-mir-nichts-gesagt-Gesprächen zurück, die noch einmal eine ganz neue Kiste Leid öffnen würden.

Ein Teil von mir fragte sich, ob Milly es vielleicht gar nicht wissen wollte. Hatte sie deswegen nie nachgefragt, weder damals noch heute? Deswegen nie ein Wort gesagt?

In meinen fieseren Momenten frage ich mich, ob das immer

schon die wahre Natur unserer Freundschaft war. Von Anfang an wurde mir die Nebenrolle zugewiesen, der Sidekick, und es hat mir nie etwas ausgemacht. Ich war einfach so dankbar, Milly und ihre leidenschaftliche, unerschütterliche Loyalität überhaupt zu haben – und jetzt merke ich, dass die ihren Preis hat, auch wenn ich den all die Jahre gerne gezahlt habe.

Auch jetzt zahle ich ihn gerne, nicht nur, weil Milly ein wichtiger Teil meines Lebens ist, weil sie schwanger ist und mich braucht, sondern vor allem auch wegen *Alice*. Ich möchte Teil von Alices Leben sein. Ich möchte zumindest ein bisschen von dieser Vision erleben, die Milly mir in den Kopf gesetzt hat, vor langer Zeit.

Also schreibe ich ihr weiterhin Nachrichten, treffe mich ab und an auf einen Kaffee mit ihr, höre mir ihre Klagen über geschwollene Knöchel und Schwangerschaftsstreifen an, schwärme von der Einrichtung des Kinderzimmers, den blassvioletten Wänden, den gerahmten Blumendrucken, dem Stillsessel mit dem cremefarbenen Samtpolster. Aber etwas wächst in mir heran und beginnt mit stiller Grausamkeit, das alles satt zu haben, *sie* satt zu haben, und das ist zugleich befriedigend und erschreckend. Wie kann ich mich nur so fühlen? Und wie könnte es anders sein?

Dann erfahre ich, dass ich gefeuert wurde.

Zunächst einmal traf Lara sich allein mit Mike Jacobs und bekam Sasha dazu, die Beschwerde fallen zu lassen, vermutlich durch Einschüchterung. Das überraschte mich nicht einmal, aber dieses eine Mal wollte ich es nicht einfach so hinnehmen.

»Ich hätte bei diesem Termin anwesend sein sollen«, sagte ich ihr und bemühte mich, das Zittern in meiner Stimme zu kontrollieren. »Ich war für diesen Fall verantwortlich ...«

»Um ehrlich zu sein, Anna, schienen Sie ihn ein bisschen zu persönlich zu nehmen.« Sie saß hinter ihrem Schreibtisch und sah mich kühl an. »Also habe ich beschlossen, ihn besser selbst zu übernehmen.«

Ich bohrte die Fingernägel in die Handflächen. »Und jetzt wurde er fallen gelassen?«

»Das ist besser für alle, und ganz bestimmt besser für Qi Tech. Sasha sieht das ein. Sie war schon ein kleines Dummerchen.« Lara lächelte mir fast schon mitleidig zu, als hegte sie den Verdacht, dass ich irgendwann einmal ebenfalls ein Dummerchen war.

Einen Moment lang starrte ich sie nur an, dann hörte ich mich sagen: »Sie war *nicht* dumm, Lara. Und es war falsch von Ihnen, sie unter Druck zu setzen, damit sie die Beschwerde zurückzieht.«

Lara verengte die Augen. »Dann ist es ja gut, dass ich zuständig bin und nicht Sie.«

Die Spannung schien zwischen uns in der Luft zu flimmern. Ich hatte Laras Mist fast fünfzehn Jahre lang geduldet. Ich hatte weggesehen, den Mund gehalten, all ihre unverschämten, rassistischen, abfälligen Bemerkungen ignoriert, weil sie mein Boss war und ich trotz allem, trotz *ihr*, meinen Job liebte.

Aber jetzt hatte sie eine Grenze überschritten. Denn Sasha war wie ich, und ich konnte nicht zulassen, dass sie sich genauso so fühlte wie ich all die Jahre lang. Ich hätte nicht mehr in den Spiegel sehen können, wo ich den Schmerz und das Schamgefühl doch so genau kannte. Wusste, wie es auch anderthalb Jahrzehnte später noch an einem nagt, bis man sich völlig ausgelaugt fühlt.

»Ist Ihnen klar, wie viel ich über Sie weiß?«, sagte ich, und Lara sah verwundert aus. Meine Stimme klang ruhig und fest, was mich überraschte, denn ich hatte unheimliche Angst. »Für wie viel von dem, was Sie zu mir gesagt haben, könnte man Sie wohl feuern?«

Sie schnaubte verächtlich. »Im Ernst, Anna?«

»Im Ernst.« Ich erwiderte ihren Blick, mein Herz raste. »Schon klar, Sie haben einen Namen bei Qi Tech, Lara. Sie machen Ihr eigenes Ding, also finden sich alle mit Ihnen ab.

Aber in der heutigen Zeit? Im Zeitalter der Social Media? Ich könnte Sie rausschmeißen lassen.« Die Worte klangen leise, bedrohlich und todernst.

Sie sah mich lange an, die Augen zu dunklen Schlitzen verengt, die blutroten Lippen geschürzt. »Wenn hier jemand rausgeschmissen wird«, sagte sie in trügerisch freundlichem Tonfall, »dann versichere ich Ihnen, dass Sie es sind.«

Ich schüttelte den Kopf. »Das glaube ich nicht, Lara. An Ihrer Stelle würde ich sehr sorgfältig mit dieser Beschwerde umgehen. Denn Sasha wird es nicht an den Kragen gehen, wenn das alles herauskommt, wenn die Medien es in die Finger bekommen. Sondern Ihnen.« Dann drehte ich mich um, ließ meine Chefin sitzen und ging zur Toilette, wo ich mich vor lauter Aufregung prompt übergab.

Mir war klar, dass es von meiner Seite aus ein reiner Bluff war. Ich konnte Lara nicht feuern lassen. Viel eher hatte ich mich selbst gefeuert, und der Donnerschlag folgte zwei Wochen später, als Lara mich zu einem Meeting mit dem CEO von Qi Tech zitierte. Das Unternehmen strukturiere sich um, und meine Stelle brauche man nicht mehr. Sie boten mir eine Standardabfindung, immerhin genug für ein paar Monate. Lara legte mir nahe, meinen Schreibtisch sofort zu räumen, »um es weniger kompliziert zu machen«.

»Also wird die ganze Firma umstrukturiert?«, fragte ich sie, als ich das Foto von Milly und mir einpackte, und das andere von ihren Eltern. »Oder bloß die Personalabteilung?«

Lara sah mich für die Antwort nicht einmal an. »Sie wussten, was kommen würde, Anna. Sie können mich nicht bedrohen und glauben, Sie würden Ihren Job behalten.«

»Nein, Sie sind hier die Einzige, die Leute bedrohen kann.« Ich war zu erschöpft, um den Kampf weiterzuführen.

Ein paar Tage später treffe ich mich mit Milly, und während wir bei ihr im Wohnzimmer sitzen und Kräutertee trinken, fällt mir auf, dass ich ihr nicht sofort eine Nachricht geschrieben habe, als ich gefeuert wurde, so wie ich es früher getan hätte. Zumindest nehme ich an, ich hätte das getan, aber ich bin mir bei nichts mehr sicher. Habe ich Milly jemals wirklich erzählt, was in meinem Leben vor sich geht? Hat es sie jemals interessiert?

»Du hast *gekündigt*?« Sie schaut mich mit großen Augen an, die Hände über ihrem schönen dicken Bauch verschränkt. »Warum?«

»Nun ja, streng genommen wurde ich gefeuert.«

»Gefeuert? Oh, Anna ...«

»Es ging um einen Fall von sexueller Belästigung. Ich war nicht bereit, ihn unter den Tisch fallen zu lassen.« Ich halte inne und warte darauf, ob sie nachfragt. *Warum nicht, Anna? Was ist passiert? Willst du mir mehr erzählen? Wie kann ich helfen?*

Aber sie schüttelt nur langsam den Kopf und fragt: »Was machst du jetzt?«

»Meinen Lebenslauf aktualisieren, schätze ich. Vielleicht lasse ich mich umschulen. Wenigstens habe ich eine recht gute Abfindung bekommen. Wer weiß?«

»Die Abfindung gibt dir zumindest etwas Zeit.« Milly seufzt und streckt die Arme über dem Kopf aus. »Ist das zu fassen, wie dick ich bin? Ich fühle mich wie ein Wal.«

Einen Moment lang starre ich sie nur an, bin erstaunt darüber, wie meine Neuigkeiten so schnell abgehakt werden konnten. Ich wurde *gefeuert*, und das ist nur zwei Minuten Gesprächszeit wert. Aber vielleicht war es immer schon so und ich habe mich nur nie daran gestört. Vielleicht ist es nicht fair von mir, jetzt auf einmal damit anzufangen. Und so sage ich ihr, dass sie wunderschön aussieht, frage sie nach ihrem Geburtsvorbereitungskurs, nicke, lächle, trinke meinen Tee. Aber innerlich bin ich meilenweit weg. Ich höre kaum zu.

Jetzt, da ich mehr Zeit habe, verbringe ich auch mehr davon mit Jack. Ich helfe ihm dabei, das Obergeschoss des Hauses in

Stroud zu streichen und sitze danach mit ihm im leeren Wohnzimmer, trinke Wein, lasse mir das Lieferessen schmecken und bekomme die verführerische Vorstellung nicht abgeschüttelt, wie es wohl wäre, wenn das hier unser Haus wäre, unser Leben. Ich versuche, es mir nicht zu sehr zu wünschen, denn so toll Jack auch ist, bin ich mir immer noch nicht sicher, wie ernst er es mit mir meint. Er hat nie etwas gesagt, und erwartungsgemäß habe ich auch nie gefragt.

Aus Oktober wird November, die Tage werden kalt und dunkel und leer. Jack kehrt für ein paar Wochen nach Frankreich zurück, und da er nicht fragt, ob ich ihn begleiten möchte – ich habe ein kleines bisschen darauf gehofft – bleibe ich hier und arbeite an meinem Lebenslauf.

Ich schaue bei Milly vorbei, höre mir ihre Vorträge über Braxton-Hicks-Kontraktionen und Atemübungen nach der Bradley-Methode während der Wehen an. Ich erfahre so viel über Schwangerschaften und Geburten, dass ich ein Handbuch darüber verfassen könnte. »Schwangerschaftsratgeber für beste Freundinnen« – das wäre bestimmt ein Bestseller.

Ich schreibe Bewerbungen und bekomme keinerlei Rückmeldungen, und Jack sagt, dass er noch eine Woche länger in Frankreich bleiben muss. Ich fühle mich, als würde ich darauf warten, dass mein Leben beginnt, mein richtiges Leben, das ich all die Zeit über verpasst habe, aber ich weiß nicht, woraus das besteht. Worauf warte ich? Auf einen Job? Einen Ehemann? Ein Baby?

Dann, eines Morgens, als der Regen endlich aufhört und die Wintersonne auf dem gefrorenen Rasen funkelt, ruft Milly mich an.

»Anna?« Sie klingt nervös. »Ich habe Wehen. Meine Fruchtblase ist geplatzt und Matt ist auf einer Schulung in Gloucester.« Ihre Stimme bebt. »Kannst du bitte kommen?«

15

MILLY

Es ist komisch und wundervoll zugleich: Wenn es darauf ankommt, sind deine Freunde immer für dich da. Auch wenn die Stimmung zuvor unbeholfen und gezwungen war. Auch wenn du das Gefühl hast, dich entschuldigen zu müssen, wofür auch immer.

Als die ersten Wehen meinen Bauch mit unfassbaren Schmerzen zusammenziehen und ich sofort darauf einen Schwall Flüssigkeit spüre, weiß ich zwei Dinge ganz sicher: Ich brauche Anna, und sie wird kommen.

»Hast du Matt schon angerufen?«, fragt sie, als wir Richtung Krankenhaus fahren.

»Ich hab ihm dreimal auf die Mailbox gesprochen, aber sein Handy ist wohl aus.« Meine Stimme ist vor Panik ganz hoch und dünn. »Ich dachte, das Risiko von vorzeitigen Wehen wäre vorbei. Ich hab nicht damit gerechnet, dass es so früh passiert ...« *Zu früh.* Sechs Wochen vor dem Stichtag – eine Frühgeburt, eventuell sogar eine gefährliche, aber daran kann ich jetzt nicht denken.

»Meinst du, sie geben dir dieses Medikament, um die Wehen zu stoppen?«

»Hoffentlich.« Aber die Wehen kommen mit hartnäckiger Regelmäßigkeit, und das jetzt schon seit über einer Stunde. Was, wenn sie sie nicht aufhalten können? »Wenn Matt nur das Handy anhätte ...«

»Er schaut bestimmt bald drauf«, versichert mir Anna.

»Der Muttermund ist schon drei Zentimeter geöffnet«, teilt die Fachärztin mir nach der Untersuchung mit. Matt hat sich immer noch nicht gemeldet. »Zu diesem Zeitpunkt der Schwangerschaft würden wir normalerweise versuchen, die Wehen noch weiter aufzuhalten, aber in diesem Fall wird das nicht möglich sein.«

»Aber ist sie nicht noch zu klein?« Meine Stimme bebt. »Es ist sechs Wochen zu früh ...«

»Vierunddreißig Wochen sind schon ziemlich gut«, beruhigt mich die Ärztin und tätschelt mir den Arm. »Und sowohl Ihr Körper als auch Ihr Baby sagen Ihnen, sie soll jetzt herauskommen, also wird genau das passieren.«

Aber ich bin noch nicht bereit. *Sie* ist noch nicht bereit. Was, wenn sie zu schwach ist? Wenn sie es nicht schafft oder bleibende Gesundheitsschäden davonträgt? *Und warum ist Matt nicht hier?*

»Milly.« Anna spricht ganz ruhig, sieht mir direkt in die Augen, und die unausgesprochenen Spannungen zwischen uns verpuffen, als wären sie nie da gewesen. »Alles wird gut.«

»Woher weißt du das?«

»Die Ärztin hat es gesagt. Ihr habt euch dieses Baby so sehr gewünscht, es wird jetzt schon so sehr geliebt. Ich glaube daran, und das musst du auch. Das braucht Alice jetzt.«

»Okay.« Ich bekomme ein kleines, zittriges Lächeln hin. »Alles wird gut.«

Sie bringen mich in einen Kreißsaal. Eine Hebamme

kommt in regelmäßigen Abständen herein und überprüft meinen Blutdruck und den Herzschlag des Babys.

»Das geht alles so viel schneller, als ich dachte«, sage ich, während Anna die Jalousien am Fenster verstellt, das zum Parkplatz hinaus führt. Die Wintersonne strömt herein und taucht den Raum in gläsernes Licht. Ich liege im Bett, trage bereits ein Krankenhaushemd und komme mir vor, als würde ich bloß eine Rolle spielen, obwohl ich das Anspannen und Lösen meiner Bauchmuskeln spüren kann. Es tut weh, ist aber nicht wirklich unangenehm. Zumindest noch nicht.

»Aber das ist doch auch gut«, gibt sie zurück. »Du hattest das Warten doch satt, oder? Jetzt ist es vorbei.«

»Ja, aber jetzt gerade würde ich lieber doch noch etwas warten.«

Anna lächelt und setzt sich zu mir ans Bett. »Man will wohl immer, was man nicht haben kann.« Einen Moment lang überlege ich, ob ich sie nach den letzten paar Monaten fragen soll, nach der stummen Spannung zwischen uns, aber die Worte sinken still wieder in mir herab, bevor ich sie mir richtig zurechtlegen kann – *Warum? Es tut mir leid. Ist jetzt alles okay bei uns?*

Sie tätschelt mir den Arm. »Konzentrier dich jetzt auf dein Baby«, ermahnt sie mich, als hätte sie diese stillen Worte gehört. »Konzentrier dich auf Alice.«

Alice. In ein paar Stunden könnte ich sie im Arm halten. Die Aussicht erfüllt mich gleichermaßen mit Angst und Freude. Mein Handy klingelt, ich schnappe es mir sofort und stelle erleichtert fest, dass es Matt ist.

»Matt!«

»Milly?« Seine Stimme klingt schrill. »Geht es dir gut? Das Baby – unsere Kleine ...«

»Ich bin im Krankenhaus. Die Wehen haben eingesetzt. Die Kleine ist unterwegs.«

Er flucht, was ihm gar nicht ähnlich sieht. »Ich stehe hier

auf der M5 im Stau. Keine Ahnung, wie lange das noch dauert. Vielleicht eine Stunde ...«

»Komm einfach, so schnell es geht. Anna ist hier.«

»Anna? Oh, das ist gut. Das ist gut.«

Ich lächle sie an, und sie lächelt zurück. Was auch immer noch an Ungeklärtem zwischen uns hängt, ich bin froh, dass sie da ist. Ich brauche sie mehr als jemals zuvor.

Die Hebamme kommt wieder herein, also beende ich das Gespräch mit Matt, und als sie mich durchcheckt, runzelt sie die Stirn, was mir sofort Panik einjagt.

»Ist alles in Ordnung?«

»Jaaa, aber die Herzfrequenz des Babys ist ein bisschen höher, als mir lieb ist. Das sollten wir im Auge behalten.«

Ein paar Minuten später beobachte ich die Grafik auf einem Bildschirm, sehe die gezackte Linie hoch und runter zucken. Ich bekomme langsam wirklich Angst.

»Versuchen Sie, sich keine Sorgen zu machen«, sagt die Hebamme. »Ich werde aber die Ärztin holen, damit sie nach Ihnen sieht, nur für alle Fälle.«

Nachdem sie gegangen ist, legt Anna mir eine Hand auf die Schulter. »Darüber musst du nicht in Panik geraten, Milly. Glaub mir. Sie würden dir schon sagen, wenn es etwas Ernstes wäre.« Ich nicke, will ihr unbedingt glauben, habe aber meine Zweifel. »Wie wär's mit ein bisschen Musik? Ich habe meinen Bluetooth-Lautsprecher dabei. Etwas entspannter Jazz beruhigt doch sicher den Puls, auch den von Alice.«

Sie stellt den Lautsprecher auf, und dann driften die souligen Saxofontöne eines Jazzstücks daraus hervor. Die Musik beruhigt mich, aber nicht genug. Ich starre die gezackten Linien auf dem Bildschirm an, wünschte, ich könnte sie deuten und bin doch halb erleichtert darüber, dass ich es nicht kann.

»Na also, so ist es doch gar nicht so schlecht«, sagt Anna und setzt sich wieder. »Und Matt wird auch bald hier sein.«

Ich nicke, aber ein paar Minuten später bricht alles in sich zusammen. Die Ärztin sieht nach mir, und was auch immer sie auf dem Bildschirm erkennt, gefällt ihr gar nicht, denn sie ruft einer Krankenschwester etwas zu und erklärt mir dann, das Baby leide an fetalem Distress und müsse schnell herausgeholt werden.

»Ihr Puls ist zu hoch«, erklärt sie mir ruhig, aber knapp. »Die beste Vorgehensweise wäre jetzt ein Notkaiserschnitt.«

Ich starre sie an, spüre meinen Herzschlag, der bestimmt genauso schnell geht wie der meiner Tochter. »Aber ...«

Anna drückt meine Hand. »So ist es am besten, Milly.«

Das *weiß* ich, aber das bedeutet nicht, dass es mir gefällt, und mich ergreift die eisige Schreckensvorstellung, dass im allerletzten Moment alles furchtbar schiefgehen könnte. Man rollt mich in den OP und bereitet mich vor, während Anna draußen an der Tür wartet. Ich bin allein, umgeben von gesichtslosen Chirurgen in grünen Kitteln, und sie laufen alle so schnell herum, dass ich weiß, es muss ein Notfall sein.

»Bald haben Sie Ihr Baby im Arm, Milly«, sagt die Ärztin freundlich, und ich klammere mich an den Worten fest, als sie mir die Betäubungsmaske aufsetzen und mich bitten, von zehn rückwärtszuzählen. Bevor ich bei acht bin, versinkt die Welt in Dunkelheit.

16

ANNA

Ich stehe vor der OP-Tür und höre die diversen Krankenhausgeräusche um mich herum – ein piepsender Monitor, eine Frau in den Wehen, das Quietschen eines Rollwagens. Die letzten Minuten sind nur so vorbeigerast, während sie Milly aus dem Kreißsaal und in den OP gebracht haben. So ruhig ich um ihretwillen auch bleiben wollte, zerfrisst mich doch innerlich die Angst.

Sie darf dieses Baby nicht verlieren. *Ihre Tochter.*

»Warum warten Sie nicht im Besucherzimmer?«, fragt mich eine Krankenschwester freundlich, aber es ist mehr eine Anweisung als ein Vorschlag. »Da hätten Sie es bequemer, und wir sorgen dafür, dass Sie sofort erfahren, wenn es etwas Neues gibt.«

»Millys Mann ist auf dem Weg ...«

»Wenn er da ist, bringe ich ihn auch ins Besucherzimmer.«

Ich finde mich in einem einfachen kleinen Raum wieder, mit einem Sofa und Stühlen, einem Tischchen und ein paar Zeitschriften, die schon seit einem Jahr nicht mehr aktuell sind. Ich tigere auf dem begrenzten Platz hin und her, zu rastlos zum Sitzen. Wie lange dauert so ein Kaiserschnitt?

Wann erfahre ich, wie es Milly und ihrem Baby geht? Was, wenn ...?

Aber ich lasse meine Gedanken nicht in diese Richtung wandern. Das darf ich Milly und auch mir selbst zuliebe nicht. Ich kann mir kein Leben ohne Alice vorstellen, und sie ist noch nicht einmal geboren.

Eine qualvoll langsame halbe Stunde vergeht, ohne dass jemand kommt. Ich blättere durch eine *Woman's Weekly*, meine Gedanken schwirren hierhin und dorthin wie ein Schmetterling, können nie lange an einem Ort bleiben.

Draußen auf dem Korridor sehe ich einen Mann mit glitzernden blauen Luftballons vorbeilaufen. Ein paar Minuten später folgt eine schlurfende Schwangere, offenbar in der Frühphase der Wehen, eine Hand in den Rücken gepresst und gestützt von ihrem Mann. Dann ein Großelternpaar mit einem kleinen Mädchen, vielleicht drei oder vier Jahre alt, das eine neue Babypuppe im Arm hält. Das hier ist ein Ort der neuen Anfänge und Happy Ends. So muss es auch für Milly sein.

Dann denke ich an meine eigene Schwangerschaft zurück. Sie endete in der siebzehnten Woche. Ich hatte schon die ersten kleinen Bewegungen gespürt. Noch heute tut es weh, mich an diese Schmetterlingstritte zu erinnern. Es gibt zwar keine schlimmere Selbstquälerei, aber ich beginne trotzdem, mir ein rosiges Was-wäre-wenn-Szenario auszumalen. Das habe ich bisher nie zugelassen, weil es zu schmerzhaft gewesen wäre. Doch jetzt stelle ich mir vor, ich hätte mein Baby behalten, ich hätte es meinen Eltern erzählt und sie hätten mich unterstützt, anstatt mich rauszuschmeißen.

Kaum habe ich dieses flauschig-warme Szenario heraufbeschworen, fällt es auch schon wieder in sich zusammen. Ich war achtzehn Jahre alt, stolperte durch mein letztes Halbjahr auf der Schule, saß in den Prüfungen, ohne viel mehr als meinen Namen auf das Blatt zu schreiben. Meine Schwangerschaft war erst zwei Wochen zuvor zu Ende gegangen. Hätte ich mit dem

Baby bestanden? Wäre ich überhaupt zur Prüfung angetreten? Und was wäre danach gekommen?

Ich hätte nicht zur Universität gehen können; ich hätte weiter zu Hause wohnen und mir irgendeinen schlecht bezahlten Job suchen müssen. Bei der Betreuung des Babys hätte ich mich auf meine mürrische, verbitterte Mutter verlassen müssen. Alles andere als eine Traumvorstellung, und doch hätte ich mein Baby gehabt. Einen Jungen. Das haben sie mir hinterher verraten – auch wenn sie es erst nicht wollten –, weil ich darauf bestanden habe. Ich musste es wissen, auch wenn es weh tat.

Ich stoße den Atem aus, die Hände habe ich im Schoß so fest zu Fäusten geballt, dass meine Fingernägel halbmondförmige Abdrücke in den Handflächen hinterlassen haben. Ich darf jetzt nicht an all das denken. Ich muss mich auf Milly konzentrieren. Die Tür des Besucherraums öffnet sich und eine Krankenschwester lächelt mir zu, es ist dieselbe, die mich auch hierhin verwiesen hat.

»Anna? Millys OP ist vorbei, und ihr und dem Baby geht es gut.«

»Oh ...« Eine Welle der Erleichterung überrollt mich, ich komme fast ins Wanken. »Das ist wundervoll.«

»Möchten Sie sie gerne sehen?«

»Milly?«

»Nein.« Sie lächelt sanft und entschuldigend. »Milly ist noch nicht wieder wach. Wegen der Dringlichkeit des Eingriffs musste sie eine Vollnarkose bekommen, sie wird bestimmt erst in einer Stunde bereit für Besuch sein.«

»Ach so ...«

»Ich meinte das Baby.«

»Oh!« Sollte ich diejenige sein, die als Erste Millys und Matts Baby zu Gesicht bekommt, noch vor den beiden selbst? Aber ich kann ja schlecht nein sagen, oder? Und das will ich auch nicht. »Ja«, antworte ich. »Sehr gern.«

Ich folge ihr einen hellen Flur entlang Richtung Säuglingszimmer. »Für vierunddreißig Wochen hat sie ein gutes Gewicht«, berichtet sie mir über die Schulter, während sie mit strammen Schritten vorwegmarschiert. »2350 Gramm.«

»Das ist toll.« Ich habe keine Ahnung, was ein gutes Gewicht wäre, aber es hört sich verschwindend gering an.

»Und gesund ist sie. Hat sich die Lunge aus dem Leib geschrien, als wir sie herausgeholt haben. Da ist sie.« Sie bleibt vor dem Säuglingszimmer stehen und tippt ans Fenster. »Sie liegt da links, die mit dem gestreiften Mützchen.«

Ich beuge mich vor, sodass ich mit der Nase fast das Glas berühre, und sauge den Anblick des klitzekleinen, ganz in Weiß eingepackten Babys in mich auf. Das rosa-blau gestreifte Mützchen geht ihr fast über die Augen, die behandschuhten Fäustchen liegen neben ihrem Gesicht.

Sie ist *winzig*, ihre Haut hat einen pfirsichfarbenen Gelbstich. Die Krankenschwester erklärt mir, das sei Gelbsucht. »Aber nach ein paar Sitzungen unter der Wärmelampe legt sich das.« Sie klopft mir auf die Schulter. »Ich lasse Sie dann mal allein.«

Ich kann den Blick nicht von diesen tiefblauen Augen lösen, den runden Wangen, den vollen Lippen, die in einem perfekten Amorbogen geschwungen sind. Unbewusst suche ich nach vertrauten Merkmalen, die mir meine Gene zeigen, aber noch kann ich nichts ausmachen.

Und dann lächelt sie oder verzieht vielleicht eher das Gesicht, und mir bleibt die Luft weg – denn sie hat Grübchen, eins auf jeder Wange. Genau wie ich. Weder Matt noch Milly haben Grübchen, auch Jack nicht. Die hat sie von mir. Allein von mir.

»Anna!«

Erschrocken wirbele ich herum und fühle mich ein bisschen schuldig, als ich Matt den Korridor herabeilen sehe.

»Gott sei Dank habe ich dich gefunden. Sie haben mir gesagt, ich kann Milly noch nicht sehen, sie erholt sich noch ...«

»Es geht ihr gut, Matt, und deiner Tochter auch.«

Matt dreht sich zum Fenster um, sucht begierig die Plastikbettchen und ihre kleinen Bewohner ab. »Welche ist sie?«

Es kommt mir so merkwürdig vor, so untragbar, dass ich weiß, wer seine Tochter ist, und er nicht. Und noch nicht mal Milly hat sie gesehen. Alles läuft falsch herum, und doch fühlt sich etwas daran richtig an, und das ist genauso erschreckend.

»Da links«, sage ich leise, »mit der gestreiften Mütze.«

»Oh ...« Mit angehaltenem Atem betrachtet er seine Tochter. *Seine Tochter.* Das muss ich mir einprägen, nun mehr denn je, da meine eigenen Gefühle so schutzlos und offen daliegen, da Erinnerungen und Sehnsüchte immer wieder hochkommen und mich bei der Kehle packen.

Ich sehe zu, wie Matt die Hand an die Scheibe legt, völlig gebannt vom Anblick seines Kindes. »Kann ich zu ihr?«, fragt er mich, als hätte ich hier etwas zu sagen. »Kann ich sie auf den Arm nehmen?«

»Ich weiß nicht.« Die Schwester hat es mir nicht angeboten, und ich habe keine Ahnung, wie ich reagiert hätte, wenn sie es getan hätte.

»Ich sollte auf Milly warten«, murmelt er. »Es ist unglaublich ... sie ist *da.*« Er lacht, daraus klingt die pure Freude.

»Haben die Ärzte dir gesagt, wann Milly wohl aufwacht?«

»Bald, meinten sie, und sie wollten mir Bescheid sagen ... Ich sollte wohl zurückgehen.« Widerwillig löst er sich vom Fenster. »Sie wird so aufgeregt sein.« Er greift nach meinem Arm, sein Gesicht strahlt wie ein Feuerwerk. »Ist das nicht der Wahnsinn, Anna? Das ist meine Tochter!«

Ich lache, ich kann gar nicht anders, seine Freude ist so ansteckend. »Das ist wirklich der Wahnsinn, Matt.«

Plötzlich wird sein Gesicht ernst, aus seinen Augen

leuchtet die Rührung. »Ohne dich wäre das nicht möglich gewesen, Anna ...«

Ich kann seinen herzlichen Dank jetzt nicht hören. Also lächle ich nur, nicke und löse den Arm aus seinem überschwänglichen Griff. »Du solltest nach Milly sehen, Matt.«

Prompt kommt uns auf dem Rückweg zum Besucherraum eine Krankenschwester entgegen und informiert uns, dass Milly langsam aufwacht und in ein eigenes Zimmer gebracht wurde. Er schaut mich entschuldigend an und ich scheuche ihn mit einem Winken davon.

»Na los.«

»Sie möchte dich sicher bald sehen ...«

»Ihr braucht erst einmal Zeit für euch. Ich komme zurecht. Ich könnte sowieso einen Happen zu essen gebrauchen.«

»Okay.« Matt nimmt meine Hand. »Danke, Anna – für alles.«

Ich warte ab, bis er um die Ecke verschwunden ist, und verlasse dann die Entbindungsstation Richtung Café. Ich fühle mich auf beunruhigende Weise einsam, als würde etwas fehlen, obwohl ich doch weiß, dass das nicht der Fall ist. Nicht der Fall sein sollte.

Ich hole mir einen Kaffee und setze mich an einen Tisch nahe des Krankenhauseingangs, von dem aus ich die verschiedensten Leute ein- und ausgehen sehe – manche im Rollstuhl, manche mit forschem Schritt, manche Arm in Arm in Sorge oder Trauer, andere voller Entschlossenheit oder Freude. So viele verschiedene Gründe, ins Krankenhaus zu kommen oder es zu verlassen, und alles spielt sich direkt vor mir an der automatischen Doppelschiebetür ab.

Ich verbringe eine Stunde mit meinem immer kälteren Kaffee, den Blick fest auf den steten Menschenstrom gerichtet. Mein Kopf bleibt dankenswerterweise leer, obwohl meine Gedanken immer wieder zurückwollen zu dem winzigen Bündel in dem Bettchen, zu diesen Grübchen.

Dann sehe ich eine bekannte Gestalt durch die Tür kommen, erkenne seinen langbeinigen, unbeschwerten Gang, und stehe auf.

»Jack ...«

»Anna!« Er umarmt mich kurz und tritt dann einen Schritt zurück. »Ich bin seit letzter Nacht wieder da, und heute Nachmittag hat Matt mir geschrieben.« Er spricht schnell, es soll wohl eine Entschuldigung dafür sein, dass er sich nicht gemeldet hat, und ich beschließe, es gut sein zu lassen.

»Milly und Matt sind oben. Alice geht es gut.«

»Das ist großartig. Wollen wir hoch zu ihnen?«

»Ja, okay.« Als wir auf die Aufzüge zusteuern, macht Jack am Geschenkeladen Halt, der voll kitschigem Plunder steckt, Glitzerluftballons und billige Teddybären, wohin man schaut.

»Ich sollte ihnen etwas mitbringen ...« Ich warte, bis er einen großen rosa Ballon und einen passenden Teddy mit steifem Grinsen und Stoffherz in den Armen ausgesucht hat. Milly fände das normalerweise beides abscheulich, aber vielleicht gefällt es ihr zu diesem Anlass. Ich stelle sie mir vor, wie sie ihre Tochter da oben im Arm hält, möglicherweise auch schon versucht, sie zu füttern. Müttern wird geraten, direkt mit dem Stillen anzufangen, erinnere ich mich an Millys Worte.

»Ich weiß gar nicht genau, wo Millys Zimmer ist«, sage ich und bin schon drauf und dran, an der Rezeption der Entbindungsstation nachzufragen, als Jack mich aufhält.

»Matt hat gesagt, es ist Zimmer sechs.«

Wir machen uns auf den Weg, kommen an einigen halboffenen Türen vorbei, durch die wir kurze Blicke auf Eltern und Babys erhaschen, Schnappschüsse des Glücks. Eine stillende Mutter. Ein Vater, der ein Foto macht. Ein Kleinkind, das aufs Bett klettern will.

Dann erreichen wir Zimmer sechs, und die Tür ist fest geschlossen. Wir zögern beide, dann klopft Jack vorsichtig an. Es vergeht ein Moment, und wir schauen uns unsicher an.

Dann öffnet Matt die Tür, er sieht etwas benommen aus, sein Haar ist zerzaust, als wäre er mehr als einmal mit der Hand hindurchgefahren.

»Hey, Mann!« Jack klopft ihm auf die Schulter. »Herzlichen Glückwunsch!«

»Danke.« Er kommt aus dem Zimmer und schließt die Tür hinter sich. »Tut mir leid. Milly soll ein bisschen für sich sein.«

»Für sich?«, wiederhole ich. Was ist los? Was stimmt nicht?

»Sie ... hat ein bisschen Schwierigkeiten, sich auf die Situation einzustellen. Es ist alles so schnell gegangen, schätze ich ... und sie ist auch noch etwas neben der Spur von der Narkose.« Er klingt, als wolle er sich selbst von etwas überzeugen.

»Was meinst du damit, Matt?«

Er senkt die Stimme zu einem Flüstern, zu einem Geständnis. »Sie möchte Alice nicht im Arm halten«, erklärt er kläglich. »Sie möchte sie nicht einmal sehen.«

17

MILLY

Ich wache mit Schmerzen auf, die ganze Welt ist gedämpft und verschwommen. Meine Hand wandert an meinen Babybauch, aber der ist nicht mehr da. Ich bin hohl und schlaff, mein Bauch ist ein leerer Ballon. Panik macht sich in mir breit, ich habe einen metallischen Geschmack im Mund.

»Was ... wo ...« Ich rapple mich mühsam auf, obwohl mir dabei ein heißer Schmerz durch die Körpermitte zuckt. Ich bekomme den Kopf sowieso kaum vom Kissen, egal wie sehr ich mich anstrenge.

»Milly. *Milly.*« Matt legt mir die Hände auf die Schultern und drückt mich zurück aufs Bett. »Alles okay. Du bist im Krankenhaus. Du hattest einen Notkaiserschnitt. Unserer Tochter geht es gut. Sie ist wunderschön, Milly. Einfach wunderschön.«

Ich starre ihn an, blinzle langsam, versuche die Worte zu verarbeiten. Es ging alles so schnell. Ich will meine Erinnerungen zusammensetzen, aber sie sind wie kaputte Puzzleteile, die nicht passen, egal wie sehr ich mich abmühe, sie aneinanderzudrücken. Meine Fruchtblase ist geplatzt, Anna war da, die Herzfrequenz meiner Tochter war zu hoch. Die

Ärztin sah besorgt aus. Sie sagte etwas von zu wenig Zeit, bevor ich eine Maske aufs Gesicht bekam. Und dann ... nichts mehr.

»Milly?« Matt schaut mich hoffnungsvoll an. »Möchtest du sie sehen?«

Sie? Ich blinzle. Meine Gedanken sind noch benebelt und mein Mund ist schrecklich trocken. Mein leerer Bauch brennt vor Schmerz.

»Ich ...« Viel mehr bringe ich nicht heraus. Mir fallen die Augen zu. Es ist alles zu viel. Ich schlafe ein.

Als ich wieder aufwache, bin ich mehr bei mir. Die scheinbar so zusammenhanglosen, seltsamen Erinnerungen fügen sich zu einem beunruhigenden Ganzen zusammen. Ich habe alles verpasst – alles, worauf ich mich gefreut und wonach ich mich gesehnt hatte – die Wehen, die Geburt, wie mir mein herzallerliebstes, brüllendes Neugeborenes auf die Brust gelegt wird, den wichtigen Hautkontakt, von dem ich gelesen habe, auf der Stelle mit dem Stillen anfangen, wie es empfohlen wird ... Wie lange ist es eigentlich her? Ich drehe den Kopf und sehe, dass es draußen dunkel ist.

»Milly, du bist wach.« Ich will etwas sagen, aber aus meinem Mund kommt bloß ein Krächzen. »Ich hole dir etwas Wasser.«

Matt füllt schnell ein Glas aus dem Krug neben meinem Bett und hält es mir an die Lippen. Ich versuche zu schlucken, aber das meiste läuft mir das Kinn herab. Ich fühle mich komplett hilflos.

»Wie fühlst du dich?« Matts Augen strahlen, er sieht aufgeregt aus. Ich bringe nicht einmal ein Millionstel seiner Gefühle auf, ich schaffe es kaum, den Kopf zu schütteln. »Möchtest du sie sehen, Milly? Alice. Unsere Tochter. Sie ist wunderschön.«

Alice. Den Namen haben wir ausgesucht, aber aus irgendeinem Grund fühlt er sich jetzt fremdartig an. Genau wie alles andere. Ich bin desorientiert, als hätte sich mein Hirn von meinem Körper getrennt. Ich weiß gar nicht mehr, wer ich bin. Und ganz bestimmt weiß ich nicht, wer Alice ist.

»Wie ... spät ist es?«, kriege ich heraus. Ich weiß nicht, warum ich das als Erstes frage. Vielleicht brauche ich einen Anhaltspunkt, um mich in dieser Wirklichkeit hier zu verorten.

Matt sieht überrascht aus, dann ein bisschen enttäuscht. Er schaut auf die Uhr. »Fast sieben.«

Sieben. Es ist acht Stunden her, dass ich wach und bei Anna war, die Hände auf dem Bauch liegen hatte und mich für das gewappnet habe, was vor mir lag. Es fühlt sich wie eine Ewigkeit an. »Wo ist Anna?«

Matt sieht jetzt noch verwirrter aus, als könnte er nicht verstehen, was ich ihn frage, warum ich mich an alles erinnern muss. »Ich ... weiß nicht. Sie wollte sich vor einer ganzen Weile etwas zu essen besorgen. Uns etwas Zeit für uns lassen.« Ich nicke langsam. »Ich habe auch Jack geschrieben, er ist aus Frankreich zurück, und natürlich unseren Eltern. Er will später vorbeikommen, und deine Mom und Dad hoffen, dass sie es morgen früh schaffen ...«

Ich sehe ihn nur an, immer noch wie betäubt, sogar der immer noch rasende Schmerz macht mir nichts aus. Es ist alles schon vorbei und ich hatte keinen Anteil daran, nicht einmal an der Geburt meines Babys. *Mein Baby.* Die Worte rollen in meinem Kopf herum wie Murmeln. Habe ich wirklich ein Baby?

»Milly ...« Jetzt liegt eine Spur Ungeduld in seiner Stimme. »Möchtest du Alice nicht sehen?«

Ich weiß nicht, ob ich etwas anderes antworten kann, also nicke ich. Natürlich will ich sie sehen, aber ich habe auch Angst. Nichts ist wie erwartet, am allerwenigsten meine Gefühlswelt.

»Ich bitte die Krankenschwester, sie herzubringen«, sagt Matt.

Ich muss eingenickt sein, denn als Matt mit einer Schwester

und einem rollenden Plastikbettchen zurückkommt, wache ich mit einem Schreck auf.

»Schön, dass Sie wach sind, Milly«, sagt die Schwester, aber ich erkenne sie nicht. Woher kennt sie meinen Namen? Ich fühle mich, als wäre ich in einer Art dystopischer Parallelwelt gelandet, und obwohl ich mich größtenteils an den Tagesabschnitt vor der Narkose erinnern kann, kommt er mir weit weg vor, ohne Verbindung zu mir, zu meiner Gegenwart.

»Hier ist sie«, sagt die Krankenschwester fröhlich und schiebt das Bettchen zu mir heran. Es liegt ein Baby darin.

»Ist sie nicht atemberaubend, Mills?«, flüstert Matt, ganz verzaubert von der kleinen, weiß eingewickelten Kreatur, die schrumpelig und rot und *komisch* aussieht.

Ich blinzle sie an, weiß genau, ich sollte etwas fühlen. Ich *will* etwas fühlen. Freude, oder zumindest Erleichterung. Aber ich fühle nur Taubheit, und darunter, wie frostiges Wasser unter schwarzem Eis, wirbelt etwas Dunkles herum – ist es Angst, oder etwas Schlimmeres?

»Ich lasse Sie mal für ein Weilchen allein«, sagt die Krankenschwester. »Dann können Sie sich kennenlernen.«

Sie schleicht hinaus und wir zwei starren das Baby an. Was soll ich jetzt sagen? Was soll ich fühlen? Auf entfernte, abstrakte Weise weiß ich, welche Gefühle vorgesehen sind, was ich in etwa sagen sollte, aber das ist weit weg. Ich kann nicht mal so tun, als ob.

»Milly«, fragt Matt zärtlich. »Möchtest du sie mal auf den Arm nehmen?«

»Ich weiß nicht, ob ich das kann.« Ich zeige auf meine Naht. »Ich kann gar nichts machen, Matt.«

»Dann halte ich sie dir hin«, sagt er und nimmt das Baby unerfahren, aber vorsichtig aus der Wiege. An der Art, wie er den Kopf hält, merke ich, dass er das schon einmal gemacht hat. Wie oft hat er sie schon auf dem Arm gehabt? Hatte Anna sie schon auf dem Arm? Oder sogar Jack? Ich komme als Letzte auf dieser Party an, fühle mich wie eine Hochstaplerin. *Schau dich an. Du bist keine echte Mutter. Egal, wie sehr du es versucht hast.*

Matt rückt an mein Bett, hält Alice über mich. Sie schläft, rührt sich aber ein bisschen, als er sie bewegt. Es ist eine umständliche Haltung, und nach einem Moment stößt sie einen kleinen, wimmernden Protestschrei aus. Matt legt sie schnell zurück in das Bettchen.

»Tut mir leid, das war nicht so gut«, murmelt er. »Aber du kannst sie sicher schon selbst halten. Das hat die Schwester zumindest gesagt ...«

»Schon gut.« Ich wende mich ein bisschen ab. »Ich möchte nicht.« Sobald die Worte heraus sind, weiß ich, ich hätte sie nicht aussprechen sollen. Ich hätte sie nicht *denken* sollen. »Ich stehe nur noch ein bisschen neben mir«, sage ich und schließe die Augen, denn dann stellt mir Matt vielleicht keine Fragen.

Ich muss wohl wieder eingeschlafen sein, denn etwas später wache ich auf und bin allein im Zimmer. Kein Matt. Kein Baby. Der Himmel draußen ist schwarz und sternenlos, und die Station wirkt ruhig. Sogar vollkommen still. Ich höre überhaupt nichts, nicht einmal gedämpfte Stimmen in der Ferne, und plötzlich ergreift mich wilde Panik. Hat Matt mich hier zurückgelassen? Hat er sich Alice geschnappt und ist verschwunden?

Ich mühe mich ab und schaffe es trotz dem Brennen in der Bauchgegend, mich aufzusetzen. Ich glaube nicht, dass ich laufen kann, nicht ohne Hilfe, aber ich versuche es trotzdem, schwinge die Beine aus dem Bett, stelle die Füße auf die kalten Bodenfliesen. Ich ächze, kalter Schweiß kribbelt mir auf der Stirn und zwischen den Schulterblättern. Ich schaffe das ...

Aber natürlich schaffe ich es nicht. Als ich vom Bett aufstehen will, schwanke ich und plumpse wieder zurück. Ich schreie auf, als der Schmerz mich durchzuckt. Die Tür geht auf und Matt eilt auf mich zu.

»Milly, *Milly*. Was machst du denn da?«

»Wo warst du?«, rufe ich, meine Stimme klingt gebrochen.

Matt blinzelt und drückt mich sanft wieder aufs Bett zurück. »Ich war bei Alice.«

Alice, Alice. Er sagt ihren Namen so, als wäre sie jemand, den wir kennen, aber das ist sie nicht. *Ich* kenne sie nicht. Ich zucke vor ihm zurück, und er blinzelt erneut.

»Milly ...«

»Ich will mich nicht hinlegen. Ich will sitzen.«

»Okay, ich helfe dir.«

Ich will auch keine Hilfe, brauche sie aber. Ich leide still, während er mich herumbewegt, meine Glieder in Position bringt, als wäre ich eine Marionette. Er tritt einen Schritt zurück und sieht mich besorgt an.

»Milly, mir ist klar, dass das eine Herausforderung ist«, beginnt er zögerlich. »Es ist nicht so gelaufen, wie wir beide es gern gehabt hätten, aber wir haben es geschafft, du bist gesund und unsere Tochter auch.« Ich weiß nicht genau, worauf er hinauswill, also sehe ich ihn nur wortlos an. »Die Schwester sagte schon, es könnte für dich anfangs ... schwer sein, wegen des Notkaiserschnitts, weil du bei der Geburt nicht wach warst, dich noch erholen musst und so weiter ...«

»Habt ihr viel über mich geredet, als ich nicht dabei war?«

»So ist es doch gar nicht«, protestiert Matt. »Meine Güte, Milly ...« Er verstummt, wahrscheinlich ist ihm klargeworden, dass er so auch nicht weiterkommt.

»Ich weiß.« Alles in mir sackt in sich zusammen. »Es tut mir leid«, stoße ich hervor. »Ich fühle mich nur so ...« Ich kann es nicht erklären, es ist, als würde ich ersticken. Als wäre die Realität, die ich mir gewünscht habe, nun unerträglich, und ich verstehe nicht einmal, warum. »Matt, bringst du sie zu mir? Ich will sie halten.«

»Sicher?«

Sein Zweifel trifft mich, aber ich zwinge mich dazu, ihn zu ignorieren. »Ja, ganz sicher.«

Er verlässt das Zimmer und kommt ein paar Minuten später mit dem Plastikbettchen zurück, Alice liegt eingewickelt darin. Matt hebt sie fast schon ehrfürchtig hoch und ich strecke die Arme aus, sie zittern vor Anstrengung.

»Da ist sie.« Matt legt mir Alice sanft in die Arme.

Sie ist wunderschön, die goldenen Wimpern schmiegen sich an ihre Wangen, ihre winzigen Herzlippen sind gespitzt, die behandschuhten Fäustchen hält sie dicht ans Gesicht. Sie ist perfekt. Und doch fühlt es sich so an, als könnte ich hier gerade das Baby von sonst wem im Arm halten, oder sogar eine Puppe. Sie fühlt sich nicht nach meiner Tochter an. Die Flutwelle von Mutterliebe, die ich in diesem Moment erwartet hatte, die ich so lange aufgebaut habe, fehlt komplett, und das macht mir Angst. Ich möchte nicht, dass Matt oder irgendwer sonst das erfährt, aber ich fürchte, man sieht es mir am Gesicht an, an der Art, wie ich sie halte, wie ein sperriges Paket.

»Milly ...«

»Sie ist entzückend.« Die Worte hören sich hölzern an. »Entzückend.«

»Möchtest du versuchen, sie zu stillen?«

Die Vorstellung lässt mich zurückzucken. »Morgen«, sage ich und bedeute ihm, sie wieder zu nehmen. »Ich bin noch so müde.«

»In Ordnung.« Matt sieht besorgt aus, und ich weiß, ich reagiere hier nicht richtig. Das Problem ist, dass die richtigen Worte, die richtigen Gefühle, rettungslos fremdartig und unmöglich erscheinen.

Ich lege mich auf die Seite, drehe mich von ihm weg, aus Angst davor, was er in meinem Gesicht sehen könnte. Ich muss verstecken, was ich fühle, was ich *nicht* fühle, und ich weiß nicht, ob ich das hinbekomme.

Was ist mein Problem? Oder habe ich gar kein Problem, und jetzt kommt nur endlich ans Licht, was ich immer gewusst habe – dass Alice gar nicht wirklich mein Kind ist?

. . .

Am nächsten Morgen wache ich auf in der Hoffnung, dass ich mich anders fühle, besser. Aber ich fühle mich genauso oder eher noch schlimmer, weil ich dachte, diese dunkle Wolke würde sich über Nacht verziehen. Aber sie ist immer noch dick und schwarz und bedeckt mich komplett. Und das will ich weder Matt noch sonst irgendwem verraten.

Wenigstens fühle ich mich körperlich etwas besser; mit Matts Hilfe kann ich in meinem schlabbrigen Krankenhaushemd schon den Korridor entlangschlurfen wie eine alte Frau.

Nach einer Dusche und nachdem ich mühsam meine eigenen, gemütlicheren Sachen angezogen habe, fragt mich Matt mit zögerlicher Stimme, ob ich Alice noch mal sehen und vielleicht einen Stillversuch unternehmen möchte.

»Ja, okay«, sage ich und schenke ihm ein kleines Lächeln. Ich schauspielere, aber wenn ich in der Rolle bleibe, beginne ich ja vielleicht etwas zu fühlen. Mein fehlender Instinkt könnte sich doch endlich melden.

Matt geht Alice holen, und ich hocke auf der Bettkante, mein Herz rast. Ich schaffe das. Ich muss es schaffen. Ich will es schaffen, aber ich glaube nicht daran.

Nach ein paar Minuten kommt Matt herein, wieder mit diesem Plastikbettchen. »Da sind wir«, flötet er ein bisschen zu heiter.

Ich versuche zu lächeln, als er Alice aus dem Bettchen hebt. *Alice.* Ich sage mir ihren Namen innerlich immer wieder vor, versuche mich daran zu gewöhnen. Wir haben ihn schon vor Monaten ausgesucht und sie auch immer so genannt, sobald wir wussten, dass es ein Mädchen wird. Warum wirkt der Name jetzt so komisch, fast als hätte ich ihn nie ausgewählt?

Ich strecke die Arme aus und Matt legt sie mir sanft hinein. Ich halte den Atem an, warte auf das Anrauschen von Mutterliebe, das Gefühl, dass endlich alles passt. Ich mache mir solche

Hoffnungen, glaube so verzweifelt daran, dass dieser Moment es endlich auslösen wird.

Aber wieder passiert nichts. Und als Matt wieder Stillen vorschlägt, rüste ich mich für einen Versuch, der eine einzige umständliche Katastrophe wird und darin endet, dass Alice kläglich wimmert und ich sie von mir weghalte, zurück zu Matt.

»Nimm sie«, bitte ich entmutigt. Matt nimmt sie hoch und sieht dabei schon wie ein Fachmann aus, während ich mich abstrampeln kann, so viel ich will.

»Milly, es wird schon irgendwann besser werden.«

Ich nicke, denn das muss es einfach. Der Gedanke, was andernfalls wäre, ist unerträglich.

18

ANNA

»Ach, Anna.« Millys Mutter Claire schließt mich in die Arme, die Sorge steht ihr ins Gesicht geschrieben. Die Geburt ist jetzt vier Tage her und soweit ich weiß, hat Milly Alice bisher kaum angesehen und sie nur sporadisch mal auf dem Arm gehabt, jedes Mal war es schwierig. Heute kommt sie aus dem Krankenhaus nach Hause, deshalb sind ihre Eltern auch hier, aber Matt beunruhigt die Vorstellung eindeutig. Er muss Ende der Woche wieder zur Arbeit, und Milly möchte ihr Kind nicht einmal ansehen.

Immerhin hatte er durch die Hebammen und Ärzte etwas Hilfe, hauptsächlich in Form von Broschüren über die Genesung nach dem Kaiserschnitt und Mutter-Kind-Bonding, aber auch der Begriff *postpartale Depression* ist gefallen. Eine Gesundheitsberaterin soll morgen vorbeikommen, außerdem besteht die Möglichkeit, mit dem Hausarzt über Antidepressiva zu sprechen, aber Matt hofft, dass es so weit nicht kommt.

»Wir werden das durchstehen«, sagte er gestern Abend und hielt das Kinn dabei stur gereckt, was mich an Milly erinnerte. Ich war ins Krankenhaus gekommen, um sie beide zu besuchen, aber Milly schlief – oder gab es zumindest vor. Einmal habe ich mit ihr gesprochen, und es war unangenehm und komisch, sie konnte mir kaum in die Augen sehen. Der wahre Grund, warum ich gekommen war, war aber sowieso Alice.

Ich hatte sie nun schon zweimal auf dem Arm, habe sie dicht an mich gedrückt, ihren warmen, pudrigen Duft eingeatmet und mich sowohl schuldig als auch rebellisch dabei gefühlt, sie überhaupt auf dem Arm zu halten. Aber Milly wollte ja nicht, und Alice brauchte Liebkosungen. Ich hatte online gelesen, wie wichtig Hautkontakt in den ersten Tagen und Wochen im Leben eines Babys ist. Also drückte ich meine Wange an ihre und übergoss sie mit meiner Zärtlichkeit, meiner Liebe, da Milly es nicht tat.

Ich löse mich aus Claires Umarmung und lächle sie und ihren Mann Simon mitfühlend an. Matt hat ihnen erzählt, dass Milly sich schwertut, ohne auf die schmerzlichen Einzelheiten einzugehen.

Heute Morgen bin ich zu Milly und Matt gekommen, um ein bisschen sauber zu machen; ich habe auch Bananenbrot mitgebracht, das gerade im Ofen warm wird, und einen Auflauf für das Abendessen später. Ich habe alle Betten frisch bezogen, genau wie das Moses-Körbchen auf Millys Seite des Betts, habe die weiche Wolldecke hineingelegt und mir vorgestellt, wie Alice sich darin einkuschelt.

Auf Matts Bitte hin habe ich auch ein paar Flaschen Milchnahrung bereit gemacht, denn obwohl ihre Milch nun eingeschossen ist, möchte Milly es immer noch nicht mit dem Stillen probieren.

Die Vorstellung, dass sie sich weigert, die Mutter zu sein, die sie immer sein wollte, ist so eigenartig. Das hätte ich mir in einer Million Jahren nie träumen lassen. Ich warte die ganze Zeit darauf, dass sie es plötzlich überwindet, dass Matt lacht, den Kopf schüttelt und erklärt: »Ach, das? Das war nur ein schlechter Start. Jetzt läuft alles bestens.« Aber jedes Mal, wenn ich ihn die letzten Tage gesehen habe, sah er mitgenommen und verwirrt aus, als könnte er es auch nicht glauben.

»Wie geht es ihr, Anna?«, fragt Claire und nimmt meinen Arm. »Ist es besser geworden?«

»Ich habe Milly zuletzt auch nicht gesehen, Claire.« Ich sehe sie mitfühlend an. »Gestern Abend habe ich mit Matt gesprochen, da schien die Lage ... unverändert.« Die Worte fühlen sich schlimm an. »Aber vielleicht wird es besser, wenn sie erst einmal zu Hause ist, in der vertrauten Umgebung, und nicht mehr von Schwestern und Ärzten umgeben.«

»Ja ...« Aber Claire wirkt nicht überzeugt. »Sollte man da jemanden einschalten? Ihr Medikamente verschreiben lassen? Man hört ja von sowas ...«

»Ich glaube, Matt will noch ein paar Tage abwarten und erstmal schauen, ob es sich von selbst einrenkt.« Ich bin keine Ärztin, aber ich an Matts Stelle wäre auch für die Medikamente.

»Alles klar.« Claire geht ins Wohnzimmer und sinkt mit einem müden Seufzer aufs Sofa. Im Vergleich zu unserem letzten Treffen sieht sie um zehn Jahre gealtert aus, ihre Haut ist trocken und blass, ihre Hände erinnern mich an Klauen. Von Milly weiß ich, dass die Chemo anschlägt, aber sie fordert offensichtlich auch ihren Tribut. »Ich wünschte, wir könnten da mehr tun«, sagt sie und runzelt unglücklich die Stirn.

Simon, Millys Vater, setzt sich zu ihr aufs Sofa und tätschelt ihr die Hand. »Du darfst dir nicht zu viel abverlangen, Liebling, und viel können wir vermutlich sowieso nicht tun.«

»Aber das Baby ... die arme kleine Alice ...«

»Sie hat ja Matt.« Simon lächelt mir zu. »Und Anna.«

Ich lächle verlegen zurück. Ich bin mir nicht sicher, ob sie von der Eizellspende wissen. Mein Gefühl sagt mir, dass es nicht so ist, aber ansprechen würde ich es ohnehin nicht. Das Wissen liegt mir auf der Brust wie ein Gewicht, es fällt mir schwer, irgendetwas zu sagen.

»Trotzdem.« Claire seufzt und Simon legt den Arm um sie.

»Du musst auch an dich selbst denken, Claire.«

»Ich bin Mutter«, widerspricht sie. »Wann denke ich denn je an mich selbst?«

Die Frage hallt in mir nach, als ich in die Küche gehe, um den Wasserkocher anzustellen. *Ich bin Mutter.* Entsteht dieser Instinkt immer ganz von selbst? War es bei Claire so, auch wenn sie Milly nicht selbst zur Welt gebracht hat? Wird es bei Milly passieren?

Und wie ist das bei mir?

Ich bin Mutter. Kann ich das von mir behaupten, obwohl ich die Entscheidung getroffen habe, das Leben meines eigenen Kindes zu beenden? Obwohl das Baby, das heute nach Hause kommt, außer meinen Genen nichts von mir hat? *Aber ich habe sie im Arm gehalten. Ich habe ihren Duft eingeatmet. Sie hat Grübchen.*

Ich fühle mich durcheinander und schuldig. Mir tut Milly leid wegen dem, was sie durchmacht, aber ich tue mir auch selbst leid. Es fühlt sich viel, viel komplizierter an, als es sein sollte, als ich es selbst in den dunkelsten und schwierigsten Momenten während Millys Schwangerschaft für möglich gehalten hätte. Es ist jetzt so real, mit einem echten Baby, das ich geknuddelt und geküsst habe, einem Baby, das aussieht wie ich – und mein Freund.

Ich glaube, mir würde etwas Abstand guttun, aber ich weiß genau, dass ich das nicht über mich bringen würde. Ich werde so nah bei Alice bleiben, wie ich kann, auch wenn es wehtut. Es fühlt sich an, als hätte ich gar keine andere Wahl.

Ich habe gerade ein Tablett mit Tee und Kaffee ins Wohnzimmer gebracht, als sich die Haustür öffnet und Matt hereinkommt, mit einem Arm um Milly und einem Kindersitz im anderen.

»Wartet, ich helfe euch.« Ich stelle das Tablett ab und eile zu ihnen, unsicher, ob ich Milly stützen oder den Kindersitz nehmen soll. Matt nimmt mir die Entscheidung ab und drückt mir den Kindersitz in die Hand. Ich sehe auf Alice hinab, die in einem flauschigen rosa Overall steckt und tief schläft, die goldenen Wimpern auf den rosigen Wangen. Sie ist so klitzeklein, und sie ist perfekt.

»Milly.« Claires Stimme läuft über vor Ergriffenheit. Sie konnten wegen des Infektionsrisikos für Claire nicht ins Krankenhaus kommen, also ist es das erste Mal, dass sie ihre Tochter – und natürlich ihre Enkelin – nach der Geburt sehen. »Ich freue mich so, dich zu sehen, Schätzchen.«

Claire geht zu ihr und schließt sie in die Arme, und Milly erwidert die Umarmung, hält sich einen Moment an ihr fest, bevor sie zurücktritt.

»Milly sollte sich hinlegen«, erklärt Matt resolut. »Die ganzen Untersuchungen heute Morgen waren sehr anstrengend, und dann noch der Aufbruch aus dem Krankenhaus.«

»Natürlich.« Ich stelle den Kindersitz vorsichtig ab. »Soll ich dir eine Tasse Tee machen, Milly? Wie wär's mit Chai …«

»Ich brauche nichts.« Ihre Stimme ist nur ein Flüstern.

Matt wirft mir einen entschuldigenden Blick zu, dann hilft er Milly die Treppe hoch.

Claire, Simon und ich schauen einander etwas ratlos an. Was nun?

»Kann ich sie mal halten?«, wispert Claire, als Milly nach oben gegangen ist, und ich sehe zu Alice.

»Na klar, sicher …« Ich fummle am komplizierten Verschluss des Kindersitzes herum und hebe Alice behutsam heraus. In ihrer dicken Kleidung wirkt sie wie ein Mini-Schneemann, und sie schläft so fest, dass sie sich kein bisschen rührt, als ich sie Claire übergebe.

Claire hält sie zärtlich in den Armen, ihr Gesicht ist völlig erfüllt von Liebe. »Meine Enkeltochter«, murmelt sie, und mir fällt auf, wie merkwürdig die Situation auf so vielen Ebenen ist. Wird Claire die Ähnlichkeiten mit mir bemerken? Wird sie es ahnen? Ich schüttle leicht den Kopf, als müsste ich ihn freibekommen. Ich muss aufhören, so zu denken. Das hilft niemandem, mir selbst am allerwenigsten.

Ein bisschen später kommt Matt wieder herunter, er sieht erschöpft aus. »Sie schläft«, sagt er, dann übernimmt er Alice von Claire und setzt ihr mit geschlossenen Augen einen Kuss auf den Kopf. Er tut mir ebenfalls leid.

»Matt, wie kommst du zurecht?«, fragt Claire im Flüsterton. »Das kommt alles so unerwartet ...«

»So haben wir es uns nicht vorgestellt, aber wir werden es hinbekommen.« Er setzt sich mit Alice auf dem Arm hin. »Milly braucht nur etwas Zeit.«

»Bist du sicher, dass es damit getan ist? Meinst du nicht, sie sollte zu einem Arzt gehen?«

»Die Expertin kommt morgen. Milly hat viel durchgemacht. Gebt ihr die Chance, sich zu erholen. Wenn sich herausstellt, dass sie ... noch etwas braucht, werden wir uns schon darum kümmern. Ich werde für meine Frau und meine Tochter sorgen.« Er klingt eisern. »Darauf könnt ihr ruhig vertrauen.«

»Natürlich vertrauen wir dir.« Claire sieht aus, als wäre sie den Tränen nah. »Und was ist mit der kleinen Alice? Sie ist so winzig. Ist es nicht riskant, wenn sie schon so früh nach Hause kommt?«

»Nein, sie soll nur so viel Sonne wie möglich abbekommen, und ein paarmal pro Woche bringen wir sie wegen der Gelbsucht zur Lichtbehandlung.« Er drückt sie dichter an sich. »Aber für ihr geringes Gewicht schlägt sie sich prächtig. Wir müssen nur ihre Ernährung auf die Reihe kriegen.«

»Wird Milly ...«

»Sie bekommt das schon hin.« Sein Ton ist hart geworden, und wir verstummen allesamt.

»Wie kann ich helfen, Matt?«, frage ich schließlich. »Sag mir, was ich tun kann.«

»Ich habe nicht den blassesten Schimmer.« Er zuckt die

Schultern, sieht einen Moment lang geschlagen aus, fängt sich dann aber wieder. »Deine Hilfe ist unglaublich, Anna. Das Essen und Putzen und alles. Aber wenn du dich mit Milly unterhalten könntest, wäre das klasse. Einfach über Normales. Ich will nicht, dass sich alles nur um das Baby dreht.«

»Okay.« Selbstverständlich werde ich das tun, aber ich bin nervös. Milly kommt mir gerade wie eine Fremde vor.

Ihre Eltern brechen wenig später auf, denn Claire ist sichtlich erschöpft. Dann wacht Milly auf, und nachdem Matt nach ihr gesehen hat, schickt er mich zu ihr.

Mit klopfendem Herzen gehe ich die Treppe hoch. Es fühlt sich wie ein wichtiges Gespräch an, dabei habe ich keine Ahnung, was ich sagen soll.

»Hey, Milly.« Ich bleibe unentschlossen an der Tür stehen. Sie hat sich im Bett aufgesetzt und sieht wieder ein bisschen mehr nach sich selbst aus. Ihr Gesicht ist blass, aber ihre Haare sind gekämmt. Sie reagiert nicht.

Ich mache einen Schritt ins Zimmer und setze mich auf die Bettkante, auch wenn ich mir ein bisschen wie ein Eindringling vorkomme.

»Wie fühlst du dich?« Sie zuckt die Schultern, beißt sich auf die Lippe. »Das kann nicht einfach sein«, setze ich vorsichtig an. »Durch den Notkaiserschnitt war alles so übereilt und seltsam ...«

»Stimmt.« Ihr stockt die Stimme, und sie nimmt einen zitternden Atemzug. »Anna, ich habe Angst.«

»Angst? Warum?«

»Weil alles anders ist. *Ich* bin anders.«

»Es ist ganz normal, sich so zu fühlen, Milly ...«

»Nein, ist es nicht. Nicht so.« Sie schüttelt den Kopf. »Ich fühle mich ... wie eine Hochstaplerin.« Sie wendet sich ab, als würde sie das Geständnis bereuen.

»Aber das bist du nicht«, erinnere ich sie, wenn auch voller

Scham, denn die Worte tun ein bisschen weh. »Alice ist deine Tochter.« Das tut noch mehr weh.

»Hattest du sie schon mal auf dem Arm?«

Ich zögere. »Ja, ein paarmal.« Darauf erwidert sie nichts und ich versuche, ihr noch etwas Mut zu machen. »Ich könnte sie ja mal herholen. Ihr könntet ein bisschen schmusen ...«

»Nein, sie schläft, und ich bin müde.« Sie sieht weg. »Ich hätte nichts sagen sollen.«

»Es wird bald besser, Milly ...«

»Ja, das weiß ich.« Sie klingt monoton. »Ich ruhe mich noch etwas aus.« Das soll ganz klar eine Verabschiedung sein.

»Kann ich noch etwas für dich tun? Soll ich dir einen Tee machen, oder ...«

»Nein, danke.« Sie hört sich erschreckend höflich an. Nach ein paar zögerlichen Sekunden gehe ich, es fühlt sich wie ein Scheitern an.

Unten sehe ich nach Alice, hole sie aus ihrem Overall und wickle sie stattdessen in eine weiche Decke, während Matt zu Milly hochgeht. Ich halte sie an mich gedrückt und laufe im Zimmer auf und ab, frage mich, wie ernst es um Milly steht. Sind solche Ängste am Anfang ganz normal oder geht es hier um mehr? Und welche Rolle spiele ich dabei?

Nach einem Weilchen fängt Alice an zu quengeln, also nehme ich eines der Fläschchen aus dem Kühlschrank und wärme es auf. Ich flöße ihr ein wenig ein, auch wenn das Ewigkeiten dauert, dann schläft sie auf meinem Arm ein. Ich halte vollkommen still, präge mir ihr Gesicht ein, koste die beruhigende Wärme in meinen Armen aus. Nach etwa einer Stunde kommt Matt schließlich wieder herunter.

»Danke, Anna.«

»Wie geht es ihr?«

»Nichts Neues.« Er seufzt und schüttelt den Kopf. »Damit hätte ich niemals gerechnet.«

»Wir alle nicht.«

»Ich nehme mir den Rest der Woche frei, aber dann muss ich wieder zur Arbeit.« Er runzelt die Stirn. »Ich hatte meine Elternzeit erst in fünf Wochen beantragt.«

Ich zögere, dann platze ich heraus: »Ich könnte ja einspringen.« Die Sorgenfalten auf Matts Stirn werden tiefer. »Wenn Milly mich braucht. Momentan arbeite ich ja nicht ... Ich komme sehr gern vorbei und unterstütze sie, helfe ihr mit Alice.« Ich lächle und versuche gleichzeitig gelassen und aufrichtig zu klingen, nur nicht so, wie ich mich in Wirklichkeit fühle, nämlich verzweifelt. Ich will es unbedingt. Mehr als ich sollte.

»Das ist wirklich lieb von dir, Anna ...«

»Es ist gar kein Problem, Matt. Wenn du denkst, Milly könnte die Unterstützung gebrauchen ... Wirklich kein Problem.«

»Ich werde sie mal fragen«, sagt er, und ich überlege, was Milly wohl sagen wird – was sie denken wird. Wird sie einverstanden sein? Ich weiß es nicht, aber als ich auf Alices winziges Gesicht herabsehe, wird mir klar, wie sehr ich es mir wünsche. Mehr, als ich mir je etwas im Leben gewünscht habe.

19

MILLY

Ich nehme mir vor, es zu versuchen. Ich fühle mich zwar, als würde ich unter Wasser leben – alles wirkt gedämpft und fern und die einfachsten Aufgaben erscheinen unmöglich. Aber versuchen kann ich es ja. Also stehe ich am nächsten Morgen auf, dusche, ziehe mich an und gehe zu meiner Tochter.

Sie ist unten bei Matt; sie liegt in seiner Armbeuge und er gibt ihr ein Fläschchen. Er war auch derjenige, der nachts mit ihr aufgestanden ist; ich habe ihr leises Schreien und das Rascheln der Bettdecke gehört, aber mich nicht gerührt. Ich konnte nicht. Das Bett fühlte sich an wie aus flüssigem Beton, und ich war darin eingeschlossen. Es hätte genauso gut mein eigenes Grab sein können.

Aber das war unter dem ausgezehrten Schleier einer sorgenschweren Nacht, und jetzt ist es Morgen, ein heller Wintertag. Jetzt soll es anders werden. *Ich* soll anders werden. Alice ist sechs Tage alt und ich werde endlich anfangen, die Mutter zu sein, die ich sein möchte und muss, die Mutter, die ich immer vorhatte zu werden.

»Warum gebe ich ihr nicht das Fläschchen?«, biete ich an. Matt hat das Stillen nicht erneut angesprochen und ich schlage es auch nicht vor, obwohl meine Milch eingeschossen ist und sich meine Brüste schwer und schmerzhaft anfühlen.

»Na klar.« Er klopft neben sich aufs Sofa und ich setze mich. Sachte übergibt er mir Alice und ich sehe auf sie herab, dränge mich dazu, dieses warme Gefühl von Liebe zu empfinden. Und eine Sekunde lang tue ich das auch – zumindest einen leisen Anflug davon, wie die Erinnerung eines Gefühls. Aber bevor ich es richtig greifen kann, ist es schon wieder weg.

Matt reicht mir die Flasche und ich bugsiere sie in Alices kleinen Mund, ihre Lippen schließen sich erwartungsvoll darum. Es sollte ganz leicht sein, aber das ist es nicht.

»Vorsicht«, sagt er, als zu viel Milch auf einmal herauskommt und Alice sich verschluckt und bekleckert. »Sie schafft nur ganz wenig auf einmal. Wenn du die Flasche weniger steil hältst ...«

Ich halte sie anders, aber schon ein paar Sekunden später dreht sie den Kopf weg, knautscht das Gesicht zusammen und schreit weinerlichen Protest heraus. Nicht mal das kriege ich hin.

»Versuch's noch mal, Mills«, treibt Matt mich an. Ich hole tief Luft. Nein, ich werde nicht direkt aufgeben.

»Komm schon, Alice«, sage ich, und obwohl ich einen ermutigenden Tonfall im Kopf hatte, höre ich die Anspannung in meiner Stimme. Ich versuche ihr die Flasche in den Mund zu stecken, aber davon will sie nichts mehr wissen. Ihre Fäuste fliegen wild umher und ihr Gesicht wird rot, als sich ihr Quengeln zu einem markerschütternden Schreien hochschraubt, das mich von Kopf bis Fuß erstarren lässt. Ich schiebe sie rasch zu Matt zurück. »Mach du das.«

»Wenn du es nur noch einmal versuchst, Milly ...«

»Sie ist stinkig. Das wird nicht funktionieren.« Ich stehe vom Sofa auf, ohne ihn oder Alice anzusehen. »Ich mache uns Kaffee.«

Als ich einen Blick zurückwerfe, hält Matt Alice im Arm

und gibt ihr entspannt das Fläschchen. Meine Augen stechen und brennen und ich konzentriere mich auf den Wasserkocher, die Kaffeedose. Dabei weiß ich zumindest, was ich tun muss.

»Die Gesundheitsberaterin kommt heute«, sagt Matt, als ich mich mit der Tasse in den Händen an den Tisch setze. Er hat Alice fertig gefüttert und sie in den Kindersitz geschnallt, dösig und zufrieden macht sie mit den Lippen eine Milchblase.

»Alles klar.«

»Ich hab mir gedacht ... Vielleicht solltest du mit ihr reden. Über ... das hier.«

Ich drehe mich langsam zu ihm um. »Das hier?«

»Nur darüber, dass es schwer ist, Milly, schwerer, als wir dachten ...«

»Für dich ist es aber nicht schwer.« Mein Ton besteht zu gleichen Teilen aus Wut und Selbstmitleid.

»Ich meine ja nur, es ist keine Schande zuzugeben, wenn du Schwierigkeiten hast. Vielleicht kann sie dir sogar etwas dagegen geben.«

»Meinst du Tabletten? Du findest, ich brauche Medikamente?«

Ich fühle mich beleidigt, bin aber nicht sicher, warum. Ganz eindeutig stimmt etwas nicht mit mir. Das kann sogar ich mir eingestehen.

»Keine Schande«, wiederholt Matt kleinlaut.

Ich mache ein verächtliches Geräusch, aber es ist an mich selbst gerichtet. Das ist sehr wohl eine Schande. Was für eine Mutter kann ihr eigenes Kind nicht füttern? Was für eine Mutter will es nicht einmal?

»Anna hat gesagt, sie könnte auch herkommen, wenn du möchtest«, fährt er nach einem Moment fort. »Dir ein bisschen unter die Arme greifen.«

»Ach ja?« Ich höre die Verbitterung in meiner Stimme und wundere mich darüber. Ich brauche Anna jetzt, denn ich weiß, ich kann mich nicht allein um Alice kümmern, und Matt weiß das offensichtlich auch. In ein paar Tagen geht er wieder zur Arbeit. »Das ist nett von ihr.«

»Sie will nur helfen. Was immer du brauchst ...«

Aber ich weiß nicht, was ich brauche. Mir ist, als könnte ich mir die eigene Haut vom Körper kratzen, innerlich schreien, doch nichts hilft. Anna bestimmt auch nicht. Trotzdem sage ich, was ich sagen muss, weil ich keine Wahl habe. »Das ist prima. Es wird schön, sie hier zu haben.« Mir ist klar, dass Matt mir das nicht abkauft, er tut nur so. Wir werden langsam beide richtig gut in diesem Maskenspiel.

Man hat der Gesundheitsberaterin eindeutig vorher Bescheid gesagt, denn sie drückt mir mitfühlend den Arm, als sie sich zu mir aufs Sofa setzt. Alice schläft zu unseren Füßen in ihrem Kindersitz. »Wie kommen Sie zurecht, Milly? Ihr Partner sagte, die ersten Tage waren etwas schwierig?«

Ich zucke die Schultern, kann es nicht in Worte fassen. Wenn ich es versuche, werde ich zusammenbrechen. In tausend Scherben zersplittern.

»Ein Babyblues ist in dieser Phase etwas ganz Normales«, fährt sie fort. »Vor allem bei einer traumatischen Geburt wie Ihrer. Wie geht es Ihnen körperlich?«

»Ganz in Ordnung.« Meine Naht tut weh, genau wie meine Brüste, aber das ist nichts im Vergleich zu diesem schwarzen Loch in mir, das all meine Gefühle wegsaugt.

»Es ist wichtig, dass Sie sich Zeit für sich nehmen«, sagt die Beraterin ernst. »Sie müssen darauf achten, vernünftig zu essen und zu schlafen, wobei mir natürlich bewusst ist, dass das mit so einer Kleinen schwierig ist.« Ja klar. Als ob irgendetwas davon helfen würde. »Und haben Sie keine Bedenken, um Hilfe zu bitten«, fährt sie fort. »Das ist für alle eine anstrengende Zeit. Freunde, Eltern und auch Experten, sie stehen Ihnen alle zur Verfügung. Wenn Sie sich nächste Woche immer noch nicht wohl fühlen, können wir uns noch einmal unterhalten, darüber nachdenken, was als nächstes zu tun ist.«

»Als nächstes?«, wiederhole ich matt. Was kommt als nächstes für eine Mutter wie mich, eine gescheiterte Mutter?

»Vielleicht professionelle Hilfe«, erklärt die Beraterin. »Die eine oder andere Form von Behandlung.«

Ich möchte keine *Behandlung.* Ich möchte kein Problem sein, mit dem man sich beschäftigen muss, eine Enttäuschung für alle Beteiligten, am allermeisten für mich selbst. Ich möchte eine Lösung finden, so wie ich immer für alles eine Lösung finde. Natürlich sage ich nichts davon dieser Frau, deren gutmütiges Lächeln sich wie ein Affront anfühlt. Sie bemitleidet mich. Das weiß ich genau.

»Danke«, sage ich mit einem endgültigen Tonfall und einem Lächeln, das meine Augen nicht erreicht. »Das ist gut zu wissen.«

Als Anna später kommt, ruhe ich mich im Bett aus. Ich höre sie unten umherlaufen, entzückt mit Alice herumschäkern. Dann höre ich Matts tiefere Stimme, das Knarzen von Schritten auf der Treppe. Als sie durch meine Tür späht, gebe ich vor zu schlafen.

Später zwinge ich mich dazu hinunterzugehen und mich ihnen zu stellen. Anna, Matt. *Alice.* Die Szene, die mich im Wohnzimmer erwartet, ist das perfekte Hochglanzmotiv einer glücklichen Familie, bloß ist es nicht meine Familie. Anna und Jack sitzen zusammen auf dem Sofa, Alice liegt auf Annas Schoß auf dem Rücken, Anna spielt mit ihren winzigen Füßchen und die zwei turteln mit ihr herum.

Sie schauen auf, als ich hereinkomme, und ich könnte schwören, dass sie beide schuldbewusst dreinblicken. Mir wird kurz schwindelig, ich stütze mich am Türrahmen ab.

»Wo ist Matt?«

»Er ist nur kurz weg, um neues Milchpulver zu besorgen.«
Ja, definitiv schuldbewusst. Anna nimmt Alice hoch und Jack
hilft ihr beim Aufstehen. »Möchtest du sie mal nehmen?«

Brauche ich etwa ihre *Erlaubnis*? »Gleich. Ich mache mir
erst mal Kaffee.«

»Ich mach das schon«, sagt Anna hastig. »Hier – da ist sie.«
Sie streckt mir Alice entgegen, und ich sehe sie ausdruckslos an.
Was geht hier vor?

Anna versucht zu lächeln, aber ihre Lippen beben. Wortlos
nehme ich meine Tochter an mich, halte sie unbeholfen fest.
Ich kann das nicht so gut wie Anna, oder vielleicht sogar wie
Jack. Ich wende mich von ihnen ab, drücke Alice an mich, und
dann fängt sie an zu weinen.

Verdammt. Ich kriege das nicht hin. Nie kriege ich das hin.
Aber ich will es unbedingt probieren, mir zuliebe, Alice zuliebe,
und weil sowohl Anna als auch Jack zugucken. Ich wippe mit
ihr hin und her, klopfe ihr auf den Rücken, flüstere sanfte
Worte. Nichts hilft. Sie schreit immer weiter, und bevor ich es
verhindern kann, schluchze ich frustriert auf.

»Vielleicht hat sie Hunger«, überlegt Anna. »Möchtest du
ihr ein Fläschchen geben?«

Ich erinnere mich an meinen einen Versuch, meine Tochter
zu füttern, und schüttle den Kopf. »Ich glaube, sie braucht eine
neue Windel. Ich kümmere mich darum.« Die weinende Alice
immer noch an mich gepresst, mache ich mich auf den Weg
nach oben, dankbar dafür, meinem Publikum zu entkommen.

Das Kinderzimmer ist genauso schön, wie ich es in Erinnerung habe, nur dass es jetzt offensichtlich in Gebrauch ist. Seit
ich wieder zu Hause bin, war ich noch nicht hier, und jetzt sehe
ich den Windelstapel neben dem Wickeltisch, den Wäschekorb
voller schmutziger Strampler und Schlafanzüge, Erinnerungen
an alles, was ich schon verpasst habe.

»Also dann, Süße.« Meine Stimme hört sich manisch an,
voll gefälschter Heiterkeit. Ich lege Alice auf den Wickeltisch.

Sie brüllt immer noch, ihr Gesicht ist rot vor Wut, die kleinen Fäuste geballt. Ich mühe mich damit ab, ihren Strampler aufzuknöpfen, aber ich bin zu ungeschickt für die winzig kleinen Druckknöpfe.

Alices Schreie werden lauter, schriller und schriller, was mich nur noch ungeschickter und angespannter macht.

»Na los doch, Alice.« Ich schaffe das. Ich muss das schaffen.

Ich ziehe ihr die Windel aus, die komplett trocken ist. Anna muss sie eben erst gewechselt haben, und aus irgendeinem Grund macht mich das wütend. Ich will ihr eine neue Windel anziehen, aber die Klebestreifen verheddern sich und dann reißt einer ab. Mit einem frustrierten Knurren werfe ich die Windel beiseite und schnappe mir noch eine. Alice pinkelt die Wickeltischauflage voll.

In einem anderen Leben wäre das lustig und süß. Das weiß ich. Ich kann es fast vor mir sehen, wie ich darüber lachen und ihr den Bauch kitzeln würde, wie mich nichts aus der Ruhe bringen könnte. Aber diese Person bin ich nicht. Diese *Mutter* bin ich nicht. Der eine Bereich, den ich im Augenblick unter allen Umständen meistern muss, und ich versage komplett.

Alice schreit ohne Unterbrechung, während ich ihr den nassen Strampler ausziehe. Es gehen noch zwei weitere Windeln kaputt, bevor ich ihr eine richtig anziehe, und dann stehe ich vor der monumentalen Aufgabe, sie wieder anzuziehen. Wenigstens hat sie aufgehört zu schreien, aber jetzt macht sie beinahe einen noch schlimmeren Eindruck, als wäre sie zu eingeschüchtert, um noch ein Geräusch von sich zu geben, ihre Augen sind glasig und ausdruckslos.

Als ich ihr den Strampler über den Kopf ziehe, bleibt er hängen und sie legt wieder los. Jetzt kommen mir auch die Tränen, und etwas zu energisch drücke ich ihre Ärmchen durch die Ärmel. Ich hätte es nicht für möglich gehalten, aber ihr Brüllen wird noch lauter und schriller.

Ich weine jetzt auch, die Tränen laufen mir über die

Wangen, während ich sie in den Strampler zwänge. Ich kriege das nicht hin. Nichts kriege ich hin. Und zum ersten Mal kommt mir der Gedanke, dass Alice ohne mich vielleicht besser dran wäre.

»Milly?« Anna erscheint in der Tür, sie klingt unsicher, aber auch besorgt. »Kann ich dir helfen?«

»Nimm du sie.« Mir stockt die Stimme und ich drehe mich weg, wische mir über die Wangen. Hinter mir höre ich Anna Alice etwas zumurmeln, und als ich mich wieder umdrehe, schmust sie mit ihr, hat ihr die Wange auf den Kopf gelegt und Alice hat aufgehört zu schreien.

»Es wird schon irgendwann besser gehen«, sagt Anna, klingt aber nicht überzeugt, und ich bin es genauso wenig.

»Ich werde mich mal hinlegen«, sage ich, obwohl ich eben erst aufgestanden bin.

»Ich hab dir Kaffee gemacht«, protestiert Anna. »Halte sie doch einfach mal ein Weilchen im Arm. Das Windelwechseln und Fläschchengeben ist das Kniffligste. Schmuse einfach mal ein bisschen mit ihr ...« Matt muss ihr von meinem katastrophalen Versuch erzählt haben, sie zu füttern. Und das Windelwechseln und Fläschchengeben ist ja offenbar gar nicht so knifflig für sie, oder für Matt oder sonst irgendwen. Nur für mich.

»Mach du das«, sage ich und schiebe mich an ihr vorbei.

Als ich allein im Schlafzimmer bin, rolle ich mich auf der Seite zusammen, ziehe die Beine ganz dicht an die Brust. Ich fühle mich leer, habe keine Tränen mehr, keine Entschlossenheit, gar nichts mehr. Unten höre ich Anna ein Schlaflied singen, und mir entflieht ein gebrochenes Schluchzen.

Im Laufe der nächsten zwei Wochen wird nichts besser. Ich gebe mir Mühe, soweit ich kann – einmal schaffe ich es, Alice umzuziehen, ohne dass sie schreit, und ihr weitgehend erfolgreich ein halbes Fläschchen zu geben. Beides fühlt sich nach gigantischen Meilensteinen an, reicht aber nicht aus, und dass Anna mir die ganze Zeit zuschaut, macht alles noch schlimmer.

Matt geht wieder zur Arbeit, und Anna ist permanent da. Als ich Alice umgezogen habe, hat sie mir gratuliert, als hätte ich einen Berg bestiegen. Ich kam mir vor wie eine Babysitterin – eine schlechte, die sie ständig antreiben und mit falschem Lob aufbauen muss.

Und unweigerlich fällt mir an allen Ecken und Enden auf, wie *leicht* Anna alles fällt. Sie hält Alice in einem Arm, während sie sich mit der anderen Hand Müsli einschüttet, völlig entspannt und selbstverständlich. Eines Morgens, als Alice eine schmutzige Windel hatte, fragte sie mich, ob ich sie baden wolle, und ich sah bloß mit fasziniertem Erstaunen zu, wie sie es dann selbst erledigte, die nasse, schlüpfrige Alice festhielt und gleichzeitig Wasser schöpfte. Alice schrie nicht einmal.

Das lag bei mir nicht mal ansatzweise im Bereich des Möglichen, und das wussten wir beide. Alle wussten das – meine Eltern, Matt, sogar Jack, der für meinen Geschmack zu oft vorbeischaute. Sie alle waren Zeugen meines vollständigen und heillosen Versagens als Mutter, auch wenn nie jemand etwas sagte. Ich sah es in ihren Augen, auf ihren Gesichtern, merkte es an den geschürzten Lippen und Seitenblicken und an dem vielsagenden Schweigen. Ich sah es und spürte es.

»Und, wie geht es Ihnen?«, fragt die Gesundheitsberaterin bei ihrem wöchentlichen Besuch. Anna kocht in der Küche das Abendessen, Alice schwingt neben ihr in der Babyschaukel. »Wie nett, dass Ihre Freundin Ihnen hilft«, fügt sie freundlich hinzu, und ich frage mich, ob ihr das Missverhältnis auffällt, dass Anna viel mehr wie eine Mutter wirkt als ich. Vielleicht ist sie auch froh darum, denn auf diese Weise ist wenigstens für Alice gesorgt.

»Ganz in Ordnung«, antworte ich, weil ein hartnäckiger

Teil von mir nicht zugeben will, dass ich mit der Situation nicht klarkomme. Vielleicht liegt es auch daran, dass ich *weiß*, ich bin eine Versagerin, und es nicht helfen wird, das zuzugeben. Stattdessen versuche ich, blödsinnig und erbärmlich, es vor allen zu verstecken, diese Frau eingeschlossen.

»Der Babyblues lichtet sich langsam?«, fragt sie lächelnd, und ich kann nicht fassen, dass ich ihr diesen Bären tatsächlich aufgebunden habe. Sie merkt nicht, dass ich mich bestenfalls an einen dünner werdenden Faden festklammere. Sie sieht die Verzweiflung in meinen Augen nicht, hat keine Ahnung, dass ich jeden Morgen aufs Neue nicht aus dem Bett komme, weil meine Glieder zu schwer sind, als hätte ich mich in Beton verwandelt. Wie kann sie das nicht mitbekommen? Das ist doch immerhin ihr Beruf. Aber ich sage es ihr auch nicht.

»Ja, in der Tat«, antworte ich. »Am Anfang lief es etwas holprig, aber ich denke, so langsam habe ich den Dreh raus.« Fast will ich lachen, was ich da erzähle, ist völlig absurd.

Die Gesundheitsberaterin nickt mitfühlend. »Die ersten paar Wochen sind die schwersten«, meint sie, und ich nicke zurück, als würde ich zustimmen, als wäre es damit gesagt. Als sie aufbricht, kämpfe ich gegen den plötzlichen, verzweifelten Drang an, sie zurückzuholen, ihr die Wahrheit zu sagen. Ich bin am Ende und hasse mich selbst. Aber ich kann nicht, ich *kann* nicht, also winke ich einfach nur zum Abschied.

»Ich bin froh, dass es dir besser geht«, sagt Anna, nachdem sie weg ist, und tut nicht einmal so, als hätte sie nicht das ganze Gespräch belauscht. »Möchtest du heute mal mit Alice im Kinderwagen spazieren gehen?«

Der Vorschlag ärgert mich, so wie mich alle ihre Vorschläge ärgern. Als müsste sie alles für mich regeln, und doch weiß ich, dass genau das der Fall ist.

»Gute Idee«, zwinge ich mich zu sagen, denn es fühlt sich falsch an, es abzulehnen, und wenigstens komme ich dann von Anna weg. »Ich gehe mit ihr in den Park.«

Ich dusche und ziehe mich an, und als ich herunterkomme, hat Anna Alice schon in den Overall gesteckt. Sie legt sie in den Kinderwagen, während ich scheinbar fröhlich und unbekümmert meinen Mantel anziehe. *Das wird ein Spaß.*

Natürlich wird es das nicht. Kaum haben wir uns von Anna verabschiedet und sind aus der Tür, fängt Alice auch schon an zu schreien. Ich beiße die Zähne zusammen und versuche schnell vorwärtszukommen, obwohl meine Naht immer noch wehtut und so ein Spaziergang eigentlich keine gute Idee für jemanden ist, der erst vor ein paar Wochen einen Notkaiserschnitt hatte.

»Komm schon, Schatz«, sage ich beschwingt und zu laut. »Heute ist so ein schöner Tag.« Das ist Alice natürlich vollkommen egal, sie schreit weiter. Sie sieht zu klein aus in ihrem Kinderwagen, ich hätte sie in eine Decke wickeln oder ihr etwas unter den Kopf legen sollen. Sie rollt auf dem vielen leeren Platz herum wie eine Murmel in einem Glas. Und sie schreit. Und wie sie schreit.

Ich gehe mit ihr zum Park, wie ich es mir früher einmal ausgemalt habe, vor einer gefühlten Ewigkeit. Alice schreit die ganze Zeit über. Sobald ich da bin, setze ich mich auf eine Bank, weil ich müde bin und meine Naht wehtut und ich mich in jeder Hinsicht fühle, als könnte ich nicht mehr.

Halbherzig wippe ich den Wagen hin und her, weil Alice nicht aufhört zu schreien, aber dann gebe ich auch das auf. Ich frage mich, ob ich mich jemals wieder hier wegbewegen werde, ob Alice jemals wieder aufhören wird zu schreien.

»Miss, Miss ... geht es Ihnen gut?« Ich blinzle einen älteren Herrn an, er schaut mich besorgt an. »Sollten Sie sich nicht um Ihr Baby kümmern?« In seiner Stimme liegt mehr als nur die Andeutung eines Tadels, und ich kann es ihm nicht verdenken. Mir wird klar, dass ich hier schon seit fast einer halben Stunde sitze und nur ins Leere gucke, während Alice brüllt.

Ohne ihm eine Antwort zu geben, stehe ich auf und schiebe

sie wieder nach Hause. Ich fühle mich wie betäubt und von mir selbst entrückt; ich höre ihr Schreien kaum noch und starre nur stur geradeaus, nehme nichts wahr, wie ein geistloser Roboter.

Anna kommt aus der Haustür, sobald ich die Einfahrt erreicht habe. Sie sieht panisch aus und jetzt merke ich, wie laut und grauenerregend Alices Schreien tatsächlich ist. Als ich zu ihr hinuntersehe, ist ihr Gesicht knallrot und sie hat sich übergeben.

Anna nimmt sie hoch und ich stehe nur da. »Oh, Alice, Alice ...« Sie sieht mich an, hin- und hergerissen zwischen Besorgnis und Missbilligung. Das erkenne ich genau. »Was ist passiert?«

»Sie hat nicht aufgehört zu schreien.«

»Milly ...«

»Keine Sorge«, sage ich. »Es wird alles gut.«

Jetzt ist es mir klar, deutlicher als zuvor: Ich bin nicht gut für Alice. Ich bin nicht die Mutter, die sie braucht. Ich gehe nach oben und bleibe dort, bis Matt nach Hause kommt. Ich höre seine gedämpfte Stimme und auch Annas, das sorgenerfüllte Murmeln der beiden. Als Matt hochkommt, gebe ich vor zu schlafen.

Aber in der Nacht darauf, als er schläft, schleiche ich mich in Alices Zimmer. Sie liegt auf dem Rücken, einen Arm neben dem Kopf ausgestreckt, die Handfläche nach oben. Sie sieht durch und durch friedlich aus. Sie schnarcht ein kleines bisschen. Als ich sie so mustere, spüre ich es – das Anrauschen der Liebe, auf das ich so verzweifelt gewartet habe, die warme, langersehnte Welle der Muttergefühle. Ich würde alles für sie tun. Das weiß ich genau.

Und aus ebendiesem Grund verkünde ich Matt am nächsten Morgen, dass ich gehen werde.

20

ANNA

Ich lege die Lippen an Alices Bauch, puste und mache ein schnaubendes Geräusch, und als sie mir ein zahnloses Grinsen schenkt, muss ich einfach lachen. In den letzten paar Tagen hat sie angefangen zu lächeln, morgen wird sie fünf Wochen alt. Milly ist nun schon seit fast zwei Wochen weg.

Es war ein Schock, als Matt es mir mit hagerem Gesicht und benommenem Blick eröffnet hat, am Morgen nach Millys desaströsem Spaziergang im Park. »Sie ist zu ihren Eltern gefahren«, sagte er mit dumpfer Stimme. »Sie haben sie heute Morgen abgeholt. Sie meinte, sie kann nicht hierbleiben, es ist zu schwer. Sie braucht etwas Abstand.«

Ich drückte Alice an mich und versuchte es zu begreifen. Milly war einfach *abgehauen*? So betroffen und besorgt ich auch war, konnte ich ein weiteres Gefühl doch nicht ganz verhindern – eine verräterische Erleichterung, sogar Freude. *Ich hatte Alice.*

Ich weiß, das war falsch von mir. Ich versuchte, es nicht so zu empfinden, aber es kam immer wieder durch, wie ein Keimling im Boden, der entschlossen Richtung Licht strebt. *Ich hatte Alice.*

»Vielleicht ist es besser so, Matt«, sagte ich. »Zumindest für ein Weilchen. Dann kann sie sich ausruhen und erholen ...«

»Sie sollte bei Alice sein.« Er klang erbittert.

»Das wird sie auch«, versicherte ich ihm. »Sobald sie bereit ist.«

Ich zog am nächsten Tag – gemeinsam mit Winnie – bei ihnen ein, denn sowohl für Matt als auch für mich war es einfacher, wenn ich vor Ort war. Es war schlichtweg eine Frage der Effizienz, das sagte ich mir zumindest.

Alice schlief in ihrem Moses-Körbchen in meinem Zimmer – Matt sollte seinen Schlaf bekommen, da er ja zur Arbeit musste. Es machte mir nichts aus, nachts aufzustehen, um sie zu beruhigen oder zu füttern, und bald schon schätzte ich diese Augenblicke mit ihr, umhüllt vom weichen Kokon der Nacht, in denen ich mir weismachen konnte, dass das hier die Wirklichkeit war, wie sie immer sein würde.

Mein Tagesrhythmus stellte sich wie von selbst auf Alice ein. Morgens fütterte ich sie, und während sie dann schlief, duschte ich, zog mich an und machte ein bisschen sauber. Nachdem sie aufwachte, fütterte ich sie noch einmal und wenn das Wetter gut war, ging ich danach mit ihr spazieren, entweder mit dem Kinderwagen oder mit dem Tragetuch, das ich ausgepackt hatte und in dem sie warm an mich geschmiegt war. Wieder daheim erledigte ich den Haushalt, fütterte Alice und wechselte ihr die Windel, las mit ihr auf dem Schoß oder lief mit ihr herum, wenn sie quengelig wurde. Ich machte uns dreien Abendessen und wir aßen zusammen.

Manchmal kam Jack vorbei und wir spielten gemeinsam mit ihr, bewunderten sie, wie sie einfach nur am Boden auf ihrer Decke lag und mit den winzigen Beinchen strampelte. Auch wenn er nie etwas dazu sagte, glaube ich doch, dass ich nicht die Einzige war, die sich dabei etwas erträumte.

Ich rief zwar jeden Tag bei Millys Eltern an und schickte ihr per E-Mail Fotos von Alice, aber es war nur allzu leicht, sie in den Hinterkopf zu verdrängen. Ich konnte nichts weiter für sie tun, und Alice war diejenige, die mich jetzt brauchte. Also erlaubte ich mir während dieser langen, wohligen Tage, an denen es nur mich und Alice gab, gar nicht an Milly zu denken.

Eines Tages saß ich im Park auf einer Bank, wiegte sanft den Kinderwagen und genoss die Wintersonne. Es war Anfang Dezember, es wurde schon für Weihnachten geschmückt und an den Laternenpfählen hingen Lichterketten und Kränze.

»Ach, wie süß!« Eine Mutter mit einem Baby im Tragetuch blieb neben Alice stehen und beugte sich über ihr winziges, rosiges Gesicht. »Wie alt?«

»Vier Wochen, aber sie war ein Frühchen. Der errechnete Termin ist eigentlich erst in über einer Woche.«

»Oh, wow.« Die Mutter sah mich mit unverhohlener Bewunderung an. »Sie sehen fantastisch aus.«

»Oh ...« Die Silbe entwich mir ganz leise, wie ein Seufzer. Und dann sagte ich nichts weiter. Aber wie auch? Das war wohl kaum die richtige Situation, um ihr zu erklären, dass ich gar nicht die Mutter war, dass die richtige Mutter sie verlassen hatte, zumindest vorläufig. Später fiel mir ein, dass ich natürlich auch einfach hätte sagen können, ich passe auf sie auf. Aber das kam mir in dem Moment nicht in den Sinn.

»Und sie schlägt sich gut? Trinkt kräftig?«

»Ja, sie macht das ganz fabelhaft, wenn man bedenkt ... nun ja, was alles los war.« Ich lächelte und wippte den Wagen.

»Ist sie Ihre Erste?« Ich öffnete den Mund, ohne zu wissen, was ich eigentlich sagen wollte, denn ganz so weit konnte ich die Geschichte dann doch nicht aufrechterhalten, aber die Frau ließ mich ohnehin nicht zu Wort kommen. »Kennen Sie noch andere Mütter in der Gegend? Wir haben nämlich eine Mutter-Baby-Gruppe im Gemeindezentrum, wir treffen uns immer donnerstagmorgens von zehn bis zwölf. Wir trinken Kaffee und quatschen ein bisschen, und die Babys trinken oder schreien herum.« Sie lächelte und verdrehte leicht die Augen. »Sie wissen ja, wie das ist.«

»Ja, in der Tat …« So viel stimmte immerhin.

»Sie sollten mal vorbeikommen. Ein paar andere Mütter kennenlernen. Es wird manchmal etwas einsam, stimmt's?«

»Ja …« Ich lief langsam etwas auf Grund. Ich hätte niemals mitspielen sollen. Dann nahm die Frau sie genauer in Augenschein.

»Wow, sie ist Ihnen ja wie aus dem Gesicht geschnitten, oder? Diese Grübchen. Superniedlich. Die gleichen Augen, und das gleiche Kinn.«

»Danke«, murmelte ich. »Ich denke ganz bestimmt mal über die Gruppe am Donnerstag nach.«

Sobald sie sich mit einem fröhlichen Winken verabschiedet hatte, spähte ich in den Kinderwagen. Hatte Alice wirklich mein Kinn? Dann überfielen mich grauenhafte Schuldgefühle. Was hatte ich mir nur bei diesem Gespräch gedacht? Vorzutäuschen, dass ich Alices Mutter war, wenn auch nur durch mein Schweigen?

Ich sprang auf und schob Alice aus dem Park, als wäre eine Horde echter Mütter hinter mir her und würde mir vorwerfen, genau die Hochstaplerin zu sein, die ich auch war. Selbstverständlich konnte ich nicht zu dieser Gruppe gehen, nicht ohne eine Erklärung zu liefern. Aber während ich Alice so vor mir herschob, wurde mir klar, dass ich das nur allzu gern wollte.

Ich ging aber nicht hin. Ich wusste, das wäre ein Fehler. Was, wenn Milly eines Tages beschließen würde hinzugehen, sobald sie wieder zu Hause war? Denn irgendwann würde sie wiederkommen, das stand fest. Ich musste mich immer wieder daran erinnern: Das war alles nur ein Traum, weit von der Wirklichkeit entfernt. Irgendwann würde er enden und ich wieder aufwachen.

Eines Abends dann, als Milly schon seit über einer Woche weg war, kam ich die Treppe herunter, nachdem ich Alice schlafen gelegt hatte, und sah Matt zusammengesackt im Wohnzimmer sitzen, eine halbleere Flasche Bier stand neben ihm auf dem Tisch. Ich bezweifelte, dass es die erste war.

»Vielleicht war das alles ein Fehler.« Er sprach in die Stille hinein und starrte ins Leere. Ich blieb kurz auf der untersten Stufe stehen, unsicher, ob er mit mir redete.

Im Verlauf der Woche hatten Matt und ich unsere jeweils eigenen, voneinander getrennten Tagesabläufe entwickelt. Abends, wenn Alice schlief, arbeitete er oder sah fern, und ich las oder surfte durchs Internet oder ging schlafen. Wie durch eine unausgesprochene Vereinbarung verbrachten wir nicht sehr viel Zeit miteinander. Er beschäftigte sich nicht einmal übermäßig viel mit Alice, begnügte sich meist mit abendlichem Füttern und Schmusen. Also stand ich da und wusste nicht, wie ich reagieren sollte.

Dann drehte er sich zu mir um. »Anna? Denkst du, es war ein Fehler?«

»Was war ein Fehler?« Ich ging ins Wohnzimmer und hockte mich auf eine Stuhlkante. Matt nahm den letzten Schluck seines Biers.

»Diese ganze Sache. Die künstliche Befruchtung. Die Samen- und Eizellspende. Das alles.«

Jeder seiner Sätze klang hohl in mir nach. »Was meinst du damit, Matt?«

Er sah mich mit trüben Augen an, offenbar ausgelaugt, erschlagen. Wir hatten uns noch nicht wirklich über Milly unterhalten und ich wusste nicht genau, wie es ihr ging, abgesehen davon, dass sie zugestimmt hatte, Antidepressiva zu nehmen, und ihre Eltern sie unterstützten. So weit, so gut. »Was meinst du damit, Matt?«

»Ich weiß nicht.« Er rieb sich übers Gesicht. »Nur dass ... es sich irgendwie wie die gerechte Strafe anfühlt. Da waren wir und haben Gott gespielt, uns so eine Art Designerbaby zurechtgebastelt, uns nicht darum geschert, was für einen Preis wir dafür zahlen würden oder wen das alles betrifft. Wen wir mit hineinziehen.«

Ich sagte erst nichts, versuchte mir einen Reim auf seine Gedankengänge zu machen. »Ihr habt euch kein Designerbaby zurechtgebastelt«, gab ich schließlich zurück. »Ihr wolltet einfach nur ein Kind.«

»Aber fragst du dich nicht auch, ob die Technik uns da überrollt hat? Wer sind wir denn, dass wir das Leben auf diese Weise beeinflussen? Ich meine ...« Er schüttelte den Kopf. »Ich frage mich nur, wenn wir uns gar nicht erst für diesen Weg entschieden hätten ...« Er stockte, die Stille wog schwer. »Vielleicht war Milly nicht dafür bestimmt, Mutter zu sein.«

Die Worte schlugen zu wie eine knallende Tür, ihr Echo hallte überall um uns herum.

»Es tut mir leid«, murmelte Matt, offensichtlich entsetzt über seine eigenen Worte. »Das denke ich nicht ernsthaft.«

»Ich weiß. Matt, du bist müde, und das alles ist zu viel. Sei nicht so streng mit dir.«

Er vergrub das Gesicht in den Händen und stieß einen harten Seufzer aus. »Du hast ja keine Ahnung, Anna. Ich fühle mich komplett ausgebrannt ...«

»Das ist verständlich.«

»Aber das kann ich nicht zulassen. Ich sollte stärker sein.« Er klang wütend, wütend auf sich selbst.

»Wie geht es Milly? Meinst du ... meinst du, sie kommt bald nach Hause?«

»Hoffentlich. Ich frage sie immer wieder.«

»Und die Medikamente?«

»Ich glaube, die helfen ein bisschen. Sie schläft viel und will nicht immer reden. Ehrlich gesagt kann ich mir noch nicht vorstellen, wie sie sich hier um Alice kümmert. Ich glaube auch nicht, dass sie sich das vorstellen kann.«

»Aber irgendwann doch sicher ...« Meine Gedanken rasten, ich überlegte bereits, wie viel Zeit mir wohl noch blieb. Mir war klar, absolut glasklar, dass ich so nicht denken sollte, aber ich konnte nicht anders.

»Ja, irgendwann«, stimmte Matt schwermütig zu. »Nur wann?«

Es war genau in diesem Moment, als sich eine Idee in meine Gedanken schlich, sich darumwickelte wie eine Schlange. *Was wäre, wenn.* Drei verführerische, verräterische Worte. *Was wäre, wenn* ...

Weiter kam ich nicht, nicht sofort. Aber dann, ein paar Tage später, treffe ich wieder die Mutter im Park und wir kommen ins Gespräch. Sie heißt Rhiannon. Schließlich gehen wir zusammen einen Kaffee trinken, sie lädt mich noch einmal in die Mutter-Baby-Gruppe ein und diesmal sage ich zu. Alles andere wäre unhöflich, und so oder so findet sie erst wieder nach Weihnachten statt, was noch Wochen hin ist. Die ganze Zeit überlege ich, träume, plane. *Was wäre, wenn.*

Etwas später, als Matt noch bei der Arbeit ist, kommt Jack vorbei. Er tanzt mit Alice in der Küche herum, die Wintersonne strömt durch die Fenster, er hält inne und sieht mich an.

»Ist dir schon mal der Gedanke gekommen ... dass das wir sein könnten?«

Mein Herz macht einen Sprung, aber ich tue mein Bestes, damit man mir das nicht ansieht. »Manchmal.«

»Das *sind* wir.« Er streckt mir Alice entgegen wie Beweisstück Nummer eins, dann drückt er sie wieder fest an die Brust. *Er wäre ein guter Vater.* Der Gedanke durchfließt mich wie Quecksilber. »Jetzt gerade, meine ich.« Er verstummt kurz, eine Hand liegt leicht auf Alices flaumigem Schopf. »Was, wenn sich Millys Zustand nicht verbessert?«

Die Worte trudeln in die Stille hinab und bleiben in der Luft hängen. Ich senke den Blick auf meine hausgemachte Suppe, rühre Karotten und Koriander um. Die Zeit scheint stillzustehen, der Augenblick in kristallklaren Details zu erstarren –

die Suppe, der Sonnenschein, Jacks Hand auf Alices Kopf. Das alles will ich.

»Selbst, wenn er sich verbessert ...«, sage ich leise. Die Worte sind verboten und aufregend. *Selbst wenn* ... Ich hebe den Blick zu Jack und wir sehen uns einen langen Moment lang nur an.

»Anna«, flüstert er schließlich. »Was willst du damit sagen?«

»Sieh uns an, Jack. Sieh dir Alice an.« Ich bewahre einen ruhigen und vernünftigen Tonfall, auch wenn es in mir sprudelt. Ich wollte das jetzt eigentlich nicht ansprechen, aber es scheint der richtige Moment zu sein, ein schicksalhafter Moment. »Sie ist unsere Tochter. In wirklich jeder Hinsicht ist sie unsere Tochter.«

Jack sagt einen Moment lang gar nichts, und ich wende mich wieder der Suppe zu, gebe ihm ein bisschen Zeit, das Gesagte aufzunehmen.

»Das ändert aber nichts«, sagt er dann.

»Warum nicht? Warum sollte es das nicht? Alice gehört zu *uns*. Das hast du von Anfang an genauso gespürt wie ich. Und jetzt spüren wir das nur noch deutlicher, weil wir diejenigen sind, die sich um sie kümmern, die sie lieben.« Meine Stimme bebt heftig. »Jack, warum sollten wir es nicht tun?«

»*Was* tun?«

Ich hole tief Luft. »Das Sorgerecht beantragen.«

»Beantragen? Hier geht's doch nicht um einen Pass, Anna.«

»Das ist mir schon klar.« Mein Ton wird schärfer und ich gebe mir Mühe, ihn abzumildern. »Glaubst du, ich hätte das nicht gründlich durchdacht, Jack? Ich habe mit einer Anwältin gesprochen ...«

»*Was?*« Er schaut mich mit offenem Mund und schockiertem Blick an und ich rudere schnell zurück.

»Nur am Telefon. Nur um mal zu hören.« Ich habe gestern dort angerufen, das Herz schlug mir dabei so stark, dass es schmerzte, meine Stimme war nicht mehr als ein dünnes Wispern, als ich die Situation darlegte, die Frage stellte. *Könnte ich …*

Jack legt Alice zurück in ihre kleine Babywippe, wo sie zufrieden vor sich hin gurrt. »Was hat sie gesagt?«, fragt er, und die Tatsache, dass er es wissen möchte, ermutigt mich mehr als das Telefongespräch selbst.

»Sie meinte, es wäre schwierig.« Genau genommen warnte mich diese auf solche Fälle spezialisierte Anwältin, dass es wahnsinnig unschön und schmerzhaft für alle Beteiligten wäre. »Aber möglich. Eventuell.«

»Wie das? Spender haben keine Elternrechte. Das hat Matt mir gesagt. Das hat er mir versichert, für den Fall, dass ich mir da Sorgen gemacht hätte.«

»Die Lage ist bei uns anders, weil wir zusammen sind und sowieso schon für Alice sorgen.«

»Ich sorge nicht für sie, Anna. Ich komme alle paar Tage mal vorbei.«

»Trotzdem.«

Es vergeht ein Moment, dann noch einer. Jack starrt mich an. »Anna …«

Er entgleitet mir. Das fühle ich, obwohl er immer noch genauso reglos und wortlos dasteht, und ich ertrage den Gedanken nicht. »Sieh mal«, komme ich ihm zuvor. »Entweder ist Milly sehr krank und kann sich für ziemlich lange Zeit nicht um Alice kümmern oder sie ist *nicht* krank und schert sich bloß nicht genug um Alice, um nach Hause zu kommen. Eigentlich überrascht mich das gar nicht«, füge ich abrupt hinzu. »Milly ist adoptiert, das weißt du ja sicher, und ihre Eltern sind fantastisch. Sie sind sozusagen für meine eigenen Eltern eingesprungen, seit ich zwölf war. Aber für Milly war das immer so eine Sache, als wären sie irgendwie nicht ihre richtigen Eltern, weil sie adoptiert ist, obwohl sie ihre leibliche Mutter nie kennengelernt hat.«

»Was willst du damit sagen?«

»Nur, dass die genetische Verbindung eine Rolle spielt. Und Milly weiß das besser als jeder andere.«

»Mag sein«, sagt Jack, aber es scheint, als wäre ihm die Kampfeslust vergangen.

»Wir müssen ja nicht sofort etwas unternehmen«, beruhige ich ihn. »Denk ein bisschen darüber nach.«

Ein wenig später verabschiedet sich Jack, und ich drücke Alice an mich, tigere im Haus auf und ab, schwirre vor nervöser Energie. Fühle ich mich schuldig wegen meines Vorschlags? Hintergehe ich Milly? Ich denke so sorgfältig darüber nach, wie ich kann, und komme zu dem Schluss, dass ich das nicht tue. Das ist die beste Lösung; es muss so sein. Ich sage mir, dass Jack es einsehen wird, dass die Anwältin es einsehen wird, vielleicht auch Matt und Milly. Vielleicht ist es nur eine Frage der Zeit, denn in meinem Kopf ergibt alles so viel Sinn.

Als ich an diesem Abend Alice ins Bett gebracht habe und die Treppe hinuntergehe, denke ich darüber nach, mit Matt zu sprechen, ein bisschen bei ihm vorzufühlen. Ich könnte ihn fragen, ob ich Alice für eine Weile mit in meine Wohnung nehmen kann. Immerhin sollte ich in mein eigenes Leben zurückkehren, aber Alice braucht mich immer noch. Es scheint mir ein vernünftiger erster Schritt zu sein.

Aber bevor ich etwas in die Richtung sagen kann, ergreift Matt als Erster das Wort. »Anna, ich habe gute Neuigkeiten. Ich wollte erst abwarten, ob es auch wirklich passiert, bevor ich etwas sage, aber jetzt ist es sicher.« Er lächelt mich an, erschöpft, aber auch von Freude erfüllt. »Milly kommt morgen nach Hause.«

Ein paar Sekunden lang verstehe ich seine Worte gar nicht. Ich starre ihn nur an, und sein Lächeln wird zu einem Stirnrunzeln.

»Anna?«

»Tut mir leid«, sage ich, obwohl ich kaum klar genug

denken kann, um irgendetwas Sinnvolles herauszubringen. »Tut mir leid ...« Ich lasse mich auf einen Stuhl fallen, in meinem Kopf dreht sich alles. Unter der Benommenheit des Schocks spüre ich auch Zorn. »Es wäre schön gewesen, wenn ich etwas Vorwarnung gehabt hätte.«

Die Falten auf Matts Stirn werden tiefer. »Vorwarnung?«

Ich starre ihn weiter an und stelle fest, wie ahnungslos er ist. Er versteht überhaupt nichts. Er denkt wahrscheinlich, ich sei erleichtert, weil ich jetzt endlich zurück in meine Wohnung kann, zu meinem Leben. Er hat nicht die geringste Ahnung davon, was ich fühle, denke. *Plane.*

»Ich meine, es wäre schön gewesen, wenn ich es gewusst hätte, dann hätte ich das Bett frisch beziehen können, aufräumen ...«

»Mach dir darüber doch keinen Kopf, Anna. Du hast schon so viel getan. Ich kriege das schon hin.«

»Ja, aber ... kommt Milly zurecht? Ich meine, ist sie bereit ...« Ich weiß nicht, wie ich es taktvoll ausdrücken soll, in Wirklichkeit will ich bloß schreien: *Wie konntest du mir das antun? Wie kannst du von mir erwarten, einfach so mein Baby herzugeben?*

»Ich nehme mir die nächste Woche frei, dann finden wir leichter wieder in die Abläufe zurück. Und ihre Mutter will jeden Nachmittag für ein paar Stunden vorbeikommen, also werden wir schon gut klarkommen.«

Diese Abfertigung ist schlimmer als ein Schlag ins Gesicht. Man braucht mich nicht mehr, man will mich nicht mehr. Er verschwendet keinen Gedanken an mich oder meine Gefühle. Das hat er nie getan ... *genau wie Milly.*

Ich nicke langsam, versuche meinen Schmerz zu verbergen, während die Entschlossenheit in mir Gestalt annimmt. Es ist mir egal, was Matt sagt. Ich werde auf gar keinen Fall kampflos aufgeben – ich werde *Alice* nicht kampflos aufgeben.

21

MILLY

Die ersten Tage, nachdem ich bei meinen Eltern angekommen bin, stellen sie mir keine Fragen. Sie lassen mich schlafen oder einfach dasitzen und ins Leere starren. Sie schleichen um mich herum wie um eine tickende Zeitbombe, dabei fühle ich mich eigentlich, als wäre die Zündschnur längst abgebrannt. Ich bin bereits explodiert. Ich habe mein Kind verlassen.

Die Tage vergehen und der flüchtige Eindruck, ich hätte das Richtige getan, versickert und lässt ein tiefes und andauerndes Schuldgefühl zurück. Wie konnte ich sie verlassen? Aber was hätte ich sonst tun können?

Als ich Matt verkündete, ich würde eine Weile zu meinen Eltern gehen, sah er zwar schockiert aus, aber auch ein kleines bisschen erleichtert, was mich in meiner Entscheidung bestätigte. Niemand wollte in meiner Nähe sein, mein eigenes Kind am allerwenigsten. Falls sie überhaupt mein eigenes Kind war. Das fragte ich mich immer wieder – und bezweifelte es.

Da ich bei meinen Eltern herumsaß und es für mich praktisch nichts zu tun gab, hatte ich jede Menge Zeit zum Nachdenken, und dabei kam nichts Gutes heraus. Ich stellte alles infrage – ob ich Annas Eizellspende jemals hätte zustimmen dürfen, ob ich es verdiente, Mutter zu sein. Ob noch Hoffnung bestand für mich – und Alice.

Als Matt mich nach ein paar Tagen besuchen kam, brachte er Fotos von Alice mit, sah mich mit einem Hundeblick an und beschwor mich, zum Arzt zu gehen.

»Du könntest es zumindest einmal mit Medikamenten versuchen. *Versuch* es nur einmal, Milly, Alice zuliebe, aber auch dir zuliebe. Wenn du nicht gut darauf ansprichst oder es dir nicht zusagt oder was auch immer, kannst du sie jederzeit wieder absetzen.«

»Ich werd mal drüber nachdenken«, sagte ich. Es kam mir selbstsüchtig vor, Antidepressiva nicht auszuprobieren, wenn sie doch vielleicht die magische Lösung waren, aber um ehrlich zu sein hatte ich Angst. Was, wenn sie *nicht* halfen? Was dann?

Indes ging es Alice prächtig ohne mich, das sah ich auf den Fotos. Nach nur einer Woche sah sie schon größer aus, molliger. Sie vermisste mich nicht, sie spürte meine Abwesenheit nicht so, wie ich ihre spürte, als klaffendes Loch mitten in der Brust, von dem ich nicht wusste, wie ich damit umgehen sollte.

Nach dieser einen Woche zu Hause schneidet meine Mutter schließlich das Thema an. Ich liege in meinem alten Bett und fühle mich, als drücke ein schweres Gewicht auf mich herab, da stellt sie sich in den Türrahmen. Sie hat gerade eine Pause bei der Chemo, und obwohl sie immer noch bleich und gebrechlich aussieht, läuft sie wieder mit etwas kräftigeren Schritten.

»Milly«, sagt sie sanft und setzt sich auf die Bettkante. »Schätzchen, wir wollen dir helfen. Was können wir tun, damit du wieder nach Hause kommen und die Mutter sein kannst, die du für deine süße Alice so gerne sein möchtest?«

Ich fühle mich zu erschöpft, um auch nur etwas zu formulieren. »Da gibt's nichts, Mom.«

Sie sagt einen Moment lang nichts und ich liege nur da. »Ich glaube, ich habe dir nie davon erzählt«, sagt sie schließlich,

»wie schwierig es anfangs war, als wir dich zu uns geholt haben.« Ich drehe den Kopf ein wenig in ihre Richtung, sie hat die Lippen geschürzt und blickt in die Ferne. »Du hast tagelang nicht aufgehört zu schreien. Davor warst du zwei Monate bei einer sehr lieben Pflegemutter, und ich glaube, die hast du vermisst.«

»Das wusste ich ja gar nicht.« Die Einzelheiten rund um meine Adoption waren immer in zwei einfache Kategorien eingestuft worden, vorher und nachher. Traurig und dann glücklich.

»Ja, nun ja.« Meine Mom versucht zu lächeln. »Ich wollte dem Ganzen wohl einen positiveren Anstrich geben, weil ich es keine Sekunde lang bereut habe. Wir hatten uns dich so sehr gewünscht, Milly, genau wie du dir Alice gewünscht hast. Aber eine Zeit lang war es hart. Es war verdammt hart.«

Ich weiß das Mitgefühl meiner Mom zu schätzen, aber das hier ist nicht *verdammt hart*. Es ist unmöglich. Ich kann ihr nicht erklären, wie machtlos ich mich fühle, als würde ich in Treibsand versinken und niemand es auch nur bemerken. Sie sagen mir nur, ich soll die Ohren steif halten und tapfer weitermachen, aber das kann ich nicht. *Ich kann nicht.*

»Depressionen sind in solchen Phasen nichts Ungewöhnliches«, fährt meine Mutter fort. »Und heutzutage braucht man sich dafür nicht schämen.«

»Ich glaube, es sind nicht nur Depressionen«, sage ich leise, auch wenn ich mir nicht ganz sicher bin, was es ansonsten noch ist. Vielleicht sind Antidepressiva wirklich genau, was ich brauche, wer weiß? Dennoch habe ich Angst, dieses Risiko einzugehen.

»Was ist es denn dann, Milly?« Mom klingt so liebevoll, so besorgt. Sie möchte es wirklich wissen.

Ich hole tief Luft. »Es liegt an mir, Mom, und an Alice. Sie ... sie ist nicht mein Kind.« Es auszusprechen fühlt sich schrecklich an, aber auch befreiend. *Sie ist nicht mein Kind.*

»Milly, ich weiß, dass es sich momentan befremdlich anfühlt ...«

»Nein, ich meine es ernst. Sie ist nicht mein leibliches Kind. Vor knapp einem Jahr wurde bei mir eine verfrühte Menopause diagnostiziert. Es hieß, ich könnte keine eigenen Kinder mehr bekommen. Alice stammt aus Spenderzellen – von Anna und Matts Bruder Jack.« Die Wahrheit ans Licht zu bringen ist eine weitere Erleichterung. Die Last abzuwerfen, die ich so lange mit mir herumgetragen habe, ohne mir darüber im Klaren zu sein, dass es eine Last war.

Mom sieht mich fassungslos an, den Mund geöffnet, die Augen weit aufgerissen. »Anna?«, fragt sie dann schwach.

»Ja. Anna.«

»Warum hast du mir davon kein Wort gesagt?«

Ich seufze schwer. »Ich wollte nicht, dass du es weißt. Ich wollte nicht, dass daraus so eine *Sache* wird.«

»Eine Sache?« Mom schüttelt langsam und verwirrt den Kopf, sie versteht nicht.

Also sage ich es. Ich spreche aus, was ich mir nie zuvor erlaubt habe zu sagen. »Ja, eine *Sache*. Eine Sache, die du immer dazusagen musst, immer als Nachtrag zu deiner Geschichte hinzufügen musst. So wie meine Adoption.«

Meine Mom rührt sich nicht, trotzdem wirkt es, als schwankte sie. Ganz langsam legt sie eine Hand an die Wange. »So ist es für dich, adoptiert zu sein?«

»Ja.« Ich will ihr nicht wehtun, aber ich weiß, dass es gesagt werden muss. »Das meine ich nicht als Kritik oder Beleidigung, ganz ehrlich nicht, aber es wurde ständig erwähnt. Es kam immer zur Sprache. ›Das ist unsere Tochter Milly. Sie ist adoptiert.‹ Warum konnte ich nicht einfach nur eure Tochter sein, Punkt?« Bei den Worten versagt mir die Stimme und die Tränen schießen mir in die Augen. Sie rinnen mir still über die Wangen, während meine Mutter mich voller Entsetzen ansieht.

»Oh, Milly. *Milly*.« Jetzt bricht auch sie in Tränen aus. »Ich hatte ja keine Ahnung, dass du dich so fühlst. Ich hätte nie gedacht ...« Sie wischt sich die Tränen von den Wangen. »Als Eltern gibt man sich so viel Mühe, sich seinem Kind gegenüber richtig zu verhalten, koste es, was es wolle. Aber manchmal ist es unmöglich zu sagen, was das Richtige überhaupt ist.« Sie holt geräuschvoll Luft. »Wir haben deine Adoption so oft erwähnt, weil wir dachten, es erinnert dich dann immer daran, wie kostbar du für uns bist. Wie sehr wir dich lieben. Wir wollten nie und nimmer das Gegenteil erreichen.«

»Ich weiß«, sage ich, frage mich aber, ob ich es wirklich wusste. Liegt da der Ursprung meiner Unsicherheit, damals wie heute? Ich habe mich irgendwie unzureichend gefühlt, weil ich nicht die leibliche Tochter bin – und nicht die leibliche Mutter.

»Wir hatten Geschichten gelesen«, erklärt Mom weiter, »über Kinder, die erst später von ihrer Adoption erfahren haben und völlig durchgedreht sind. Wir wollten nicht, dass es dir so geht. Wir wollten ganz offen sein, aber vielleicht haben wir es in unserer Angst übertrieben.« Sie beugt sich vor und nimmt meine Hände in ihre. »Mein Schätzchen, meine allerliebste Milly, es hat sich für mich immer so angefühlt, dass du zu mir gehörst. Es tut mir so sehr leid, wenn es dir auch nur eine Sekunde lang anders ging. So unendlich leid.« Die Tränen quellen mir aus den Augen und ich kann nicht sprechen. »Und Alice gehört zu dir«, fährt sie fort und drückt meine Hände. »Auch wenn du daran zweifelst. Auch wenn du dich jetzt gerade wie die schlechteste, unfähigste Mutter der Welt fühlst.« Sie versucht durch ihre Tränen hindurch zu lächeln. »So habe ich mich am Anfang gefühlt. Aber das bist du nicht, Milly. Du bist Alices Mommy, und sie braucht dich. Du musst für sie gesund werden, um jeden Preis. Sie braucht dich bei sich, deine Liebe.«

Sie hält meine Hände immer noch fest in ihren, und ich nicke langsam. Ganz allmählich wird mir klar, dass sie möglicherweise Recht hat.

Am nächsten Tag mache ich einen Termin beim Hausarzt, und nachdem ich meine Symptome in all ihren ehrlichen, grausigen Einzelheiten beschrieben habe, verschreibt er mir sowohl eine Therapie als auch Antidepressiva. Er warnt mich vor, dass es einige Wochen dauern kann, bis sich die Wirkung einstellt, und das fühlt sich endlos an.

Aber erstaunlicherweise spüre ich schon ein paar Tage später, wie sich die gewaltige schwarze Wolke langsam lichtet, ganz allmählich. Es mag bloß der Placeboeffekt sein, aber vielleicht habe ich auch einfach Glück. Zum ersten Mal seit einem Monat kommt es mir so vor, als könnte ich etwas Licht am Horizont sehen.

Als Matt zu Besuch kommt, erzähle ich ihm von meinen Fortschritten und sehe Hoffnung in seinen Augen aufleuchten. »Milly, das ist großartig, ich freue mich riesig.« Er drückt meine Hand. »Meinst du ... meinst du, du kannst bald nach Hause kommen?«

Es sind jetzt schon fast zwei Wochen, eine viel zu lange Zeit ohne mein Kind. Die Schuldgefühle, weil ich sie so lange im Stich gelassen habe, sind immer noch da. Vielleicht werden sie nie wieder weggehen. »Ich werde es versuchen«, verspreche ich ihm, und drei Tage später tue ich das auch.

Matt nimmt sich den Tag frei, um mich abzuholen und zurück nach Hause zu fahren, zu Alice. Ich zittere fast, vor Angst wie vor Sehnsucht nach ihr. Was, wenn ich es nicht hinbekomme? Was, wenn ich wirklich eine Versagerin bin, wenn keine Wunderpille diese Wahrheit übertünchen kann? *Was, wenn sie Anna mehr liebt als mich?*

Ich teile diese Ängste niemandem mit, versuche, sie nicht an mir nagen zu lassen. Ich sage mir, dass Alice meine Tochter ist, dass sie in meinem Körper herangewachsen ist, dass sie mich als ihre Mutter wahrnehmen wird. Aber ich habe solche Angst davor, dass sie gerade das nicht tun wird.

Ich bin angespannt und brenne darauf, sie zu sehen, doch

als wir das Haus betreten, fühlt es sich leer an. Es riecht auch komisch – Anna muss wohl ein anderes Reinigungsspray oder Waschpulver benutzen. Es sieht auch anders aus, mir fallen ein Dutzend Kleinigkeiten auf, die sich verändert haben, und jede einzelne versetzt mir einen Stich.

Anna hat eine Lampe von der einen Seite des Sofas auf die andere verrückt, und am Kühlschrank hängen Merkzettel – ein Termin für Alices Zweimonatsimpfungen, eine Einladung zu einem Mutter-und-Baby-Kaffeeklatsch. Ich nehme all das mit einem einzigen schmerzhaften Blick auf, als wäre ich in das Leben eines anderen spaziert. Dann wird mir klar, dass es auf gewisse Weise auch genau so ist.

»Vielleicht sind sie oben«, murmelt Matt und trottet auf der Suche nach Anna und Alice die Treppe hoch.

Ich gehe langsam ins Wohnzimmer und nehme noch mehr Details wahr. Ein neues Dekokissen, in einem Lilaton, den ich selbst nie ausgesucht hätte. Ein Katzenklo in der Küche – natürlich, sie muss Winnie hergebracht haben, dabei bin ich leicht allergisch gegen Katzen. Trägt das mit zu diesem Geruch bei? Alles fühlt sich fremdartig an, und darauf war ich nicht vorbereitet.

Winnie späht unter dem Tisch hervor und schaut mich kläglich an, dann trottet sie davon.

»Oben sind sie nicht«, sagt Matt mit gerunzelter Stirn, als er in die Küche kommt. Den Zettel auf dem Küchentisch sehen wir beide im gleichen Moment.

Lieber Matt, ich bin mit Alice ein bisschen rausgegangen, dann könnt du und Milly euch ganz in Ruhe einleben. Bis später. Anna.

Diese Nachricht macht mir zu schaffen. Vielleicht liegt es daran, dass sie allein an Matt gerichtet ist. Vielleicht an der Andeutung, Alice könnte mir das Wiedereingewöhnen erschweren, auch wenn Anna damit vermutlich Recht hat. Es kommt mir aber nicht wie eine Entscheidung vor, die sie für uns treffen sollte, was sie anscheinend anders gesehen hat. Wieder muss ich mich der unbequemen Erkenntnis stellen, dass Anna in den letzten zweieinhalb Wochen eine Menge Entscheidungen getroffen hat. Das musste sie, und wir mussten es zulassen.

»Ich könnte sie anrufen und bitten, zurückzukommen«, schlägt Matt nach einem Moment vor. »Es sei denn, du möchtest erst noch etwas abwarten? Ein Tässchen Tee trinken?«

»Gut, lass uns das machen.« *Sie wird bald nach Hause kommen*, sage ich mir. *Und dann habe ich Alice wieder.*

Eine halbe Stunde vergeht und wir hören nichts von Anna. Matt ruft sie an, aber sie geht nicht ans Handy. Dann, wir trinken gerade still unseren lauwarmen Tee aus, kommt Jack vorbei.

»Milly.« Er umarmt mich fest und gibt mir einen Kuss auf die Wange. »Freut mich, dass du wieder zu Hause bist. Schön, dich zu sehen. Du siehst toll aus. Wirklich toll.« Er nickt, hört gar nicht mehr auf zu nicken, und mir dämmert, dass mich in der kommenden Zeit wohl tausende genau solcher unangenehmer Gespräche erwarten.

»Danke, Jack.«

»Wo ist denn Alice? Und Anna?« Er schaut sich um, als würden sie vielleicht gleich hinter dem Sofa hervorspringen und »Überraschung!« rufen.

»Anna ist mit Alice eine Runde spazieren, glaube ich«, sagt Matt. »Aber sie muss jetzt schon seit fast einer Stunde unterwegs sein. Sie sind bestimmt bald wieder hier, es ist ja auch ziemlich kalt.«

»Sie hat Alice mitgenommen?« Etwas an Jacks Tonfall lässt uns beide aufhorchen und ihn argwöhnisch ansehen.

»Ja, auf einen Spaziergang ...«, beginnt Matt, hält aber inne, als er Jacks erschrockenes Gesicht sieht. »Was ist los? Stimmt was nicht?«

»Nein, nein, es ist nichts. Zumindest denke ich nicht, dass ...« Er spricht nicht weiter. Ich stelle meine Tasse ab und balle die Hände zu Fäusten, wappne mich dafür, was Jack gleich sagen wird, denn ganz eindeutig ist es nicht *nichts*.

»Jack.« Matts Stimme wird lauter. »Wenn du etwas weißt, wenn etwas los ist, sag es uns bitte.«

»Ich weiß überhaupt nichts«, protestiert Jack. »Es ist nur ...« Er stößt einen gequälten Seufzer aus. »Anna hat gestern mit mir gesprochen, und es war alles ein bisschen ... viel.«

»Was soll das heißen, *viel*?«

»Ich weiß nicht, wie ernst sie es meinte ...«

»Was meinte?«, platzt Matt heraus. »Kannst du mir bitte endlich sagen, was zur Hölle hier vorgeht?«

»Anna hat mit mir darüber gesprochen ...« Er zögert immer noch. »Darüber, das Sorgerecht für Alice zu beantragen.«

Die Worte fühlen sich an, als wären sie als Granate ins Zimmer geschleudert worden. Wir warten nur noch auf die Explosion. Matt sagt nichts, ist wie vor den Kopf gestoßen, offenbar hatte er nicht die leiseste Ahnung, aber ich stelle fest, dass ich selbst nicht überrascht bin. Ich habe so etwas seit Beginn meiner Schwangerschaft befürchtet, mich darauf gefasst gemacht. Vielleicht sogar schon, seit Anna sich als Spenderin angeboten hat. Ich habe versucht, mir etwas vorzugaukeln, aber jetzt sehe ich ein, wie kompliziert unsere Vereinbarung war, wie verhängnisvoll dabei die verschiedenen Gefühle aufeinanderprallten. Dass es letztlich einfach an diesen Punkt führen musste.

»Warum sollte sie das tun?«, fragt Matt, und er hört sich so fassungslos an, dass ich fast lachen möchte.

»Weil sie Alice für ihr Baby hält«, sage ich. Für mich ist es offensichtlich. »Weil sie Alices leibliche Mutter ist und sie sich praktisch seit ihrer Geburt um sie gekümmert hat.« Ich schlinge die Arme um den Körper. *Weil ich als Mutter versagt habe.* Ich will meine Gedanken nicht schon wieder in diese düstere Richtung lenken, aber ich kann nichts dagegen tun. *Habe ich das womöglich verdient?*

»Sie hat uns etwas geholfen«, empört sich Matt. Er wirkt außer Atem, als müsste er sich von einem Schlag erholen. »Das ist alles. Nur etwas geholfen.«

»Aber für Anna war es nicht nur das«, sage ich leise.

Jack sieht zwischen uns hin und her. »Ehrlich gesagt weiß ich nicht, ob sie da klar gedacht hat. Ich glaube nicht, dass sie das wirklich ernst gemeint hat ...«

»Was genau hat sie dir gesagt?«, unterbricht Matt.

»Sie hat mit einer Anwältin gesprochen, um zu klären, ob sie eine Chance hat. Sie wollte, dass wir ...« Er verstummt.

»Eine Anwältin.« *Das* überrascht mich. Anna, die passive, einfach dahintreibende Anna, hatte tatsächlich einen Plan. Sie hat es sich bewusst überlegt – es ist nicht nur eine flüchtige Idee, ein sehnsüchtiges *Was wäre, wenn.* Vielleicht habe ich es verdient, vielleicht bekomme ich jetzt, was ich verdiene.

»Ich glaub das nicht«, sagt Matt, auch wenn sein Tonfall das Gegenteil verrät.

Er läuft auf und ab, wie ein wütendes eingesperrtes Tier, und fährt sich mit den Händen durchs Haar. »Warum hast du mir das nicht gesagt, Jack?«

»Ich dachte, es wäre ein vorübergehender Gedanke ...«

Matt schüttelt den Kopf. »Wie konnte sie uns das antun?«

»Noch hat sie ja gar nichts getan«, merkt Jack an. Er sieht aus, als würde er bereuen, was er uns verraten hat. »Es war nur ein Vorfühlgespräch, das ist alles, nur um mal zu hören. Wirklich, Matt ...«

»Was zu hören? Wie sie unser Baby klauen kann?«, tobt Matt. »Und jetzt ist sie mit unserer Tochter irgendwo da draußen und wir wissen nicht einmal, wo oder wann sie zurückkommt. Soll ich die Polizei rufen?«

»Matt, nein«, sage ich ruhig. Das ist das Letzte, was wir jetzt brauchen.

»Milly, hast du überhaupt gehört, was Jack gesagt hat?« Dieses eine Mal ist Matt zu aufgebracht, um mich mit den Babyblues-Samthandschuhen anzufassen. Es fühlt sich sogar gut an, mal nicht wie ein rohes Ei behandelt zu werden. In den letzten Wochen war *ich* die Bombe. Jetzt ist es wenigstens etwas anderes.

»Ja, das habe ich gehört.« Ich atme tief durch. »Aber Anna hat Alice nicht entführt, und sie wollte wahrscheinlich nicht mal, dass wir von diesem Beratungsgespräch erfahren.«

»Natürlich wollte sie das nicht ...«

»Wie Jack sagt, vielleicht war es nur ein Impuls oder ein vorübergehender Gedanke.« Aber das glaube ich eigentlich nicht. Die Panik schlägt ihre Klauen in mich, kämpft mit der bleiernen Gewissheit, dass ich genau das verdiene. »Lasst uns abwarten, bis sie zurück ist, und sie selbst fragen.«

»Und wie ich das tun werde«, knurrt Matt.

Wie sich herausstellt, müssen wir nicht lange warten. Zehn Minuten später öffnet sich die Haustür und Anna kommt herein, Alice im Tragetuch an die Brust geschlungen. Sie bleibt stehen und sieht uns allen entgegen; Matt hat aufgehört, im Zimmer auf und ab zu laufen, und funkelt sie mit verschränkten Armen an.

Behutsam schließt sie die Tür hinter sich und legt eine Hand um Alices Kopf, eine reflexartige, besitzergreifende Geste. »Milly. Willkommen zu Hause.« Ihre Worte treffen mich, denn es ist nicht ihr Zuhause. Es ist meines. Aber ich atme tief durch. Lächle.

»Danke, Anna.«

Sie schaut zu Matt hinüber. »Ist alles in Ordnung?«

»Nein, nichts ist in Ordnung«, platzt Matt heraus, er kann sich nicht eine Sekunde länger zurückhalten. »Was zur Hölle hast du dir dabei gedacht, mit einer Anwältin zu sprechen?«

Anna erstarrt, dann wirft sie Jack einen verletzten, vorwurfsvollen Blick zu. »Jack hat es euch erzählt, nehme ich an?«

»In der Tat.«

»Nimm das Tuch ab.« Die Worte kommen ganz plötzlich aus mir heraus, während ich Anna anstarre. »Nimm dieses Tragetuch ab. Ich möchte mein Baby haben.«

Anna verkrampft die Hände um Alice und zögert. In diesem endlos langen Moment sehe ich alles, was ich wissen muss. Sie möchte mir Alice nicht geben – weder jetzt noch irgendwann einmal. Und ein Teil von mir nimmt es ihr nicht einmal übel.

»Ich bin die einzige Mutter, die sie je gekannt hat.« Ihr meeresgrüner Blick bohrt sich in meinen. »Drei Wochen lang habe ich alles für sie getan. *Alles.* Sie stammt genauso von meinem Körper wie von deinem. Das siehst du doch sicher ein, Milly. Dass ich in dieser Situation gewisse Rechte habe.«

»Wie kannst du es ...«, beginnt Matt, aber ich hebe die Hand, um ihn aufzuhalten. Das ist eine Sache zwischen Anna und mir.

»Wir sind dir viel schuldig, Anna«, sage ich bestimmt, »aber ich war *krank*. Ich konnte mich nicht so um Alice kümmern, wie ich gerne getan hätte.«

»Ich schon. Und ihr beide habt das auch einfach von mir erwartet – genauso, wie ihr die Spende von mir erwartet habt, oder dass ich für dich da bin, als du dachtest, du hast eine Fehlgeburt, dass ich dir durch die Bettruhe helfe, durch die Wehen.« Ihre Stimme bebt heftig. »Und du hast nicht mal einen Gedanken daran verschwendet, was mich das kostet, abgesehen von einem halbherzigen ›wenn es dir nicht zu viel ist, Anna‹. Du hast nie mal darüber nachgedacht, was ich vielleicht fühle oder möchte. Ich habe immer alles getan, worum du mich gebeten hast, und noch mehr. Viel mehr. Und für dich war das immer selbstverständlich, weil du *einmal* gut zu mir warst.« Ich stutze, ohne hier etwas viel Tiefergreifendes, als ich dachte, den dunklen Unterbau unserer Freundschaft, den ich mir vor lauter Furcht nicht zu genau ansehen wollte. »Aber ich muss diese Schuld nicht länger abbezahlen, Milly. Ich muss nicht mehr ständig daran denken, wie du mich mal gerettet hast, denn ich habe dich immer und immer wieder gerettet. Ich höre jetzt auf mitzuzählen, Auge um Auge, so hast du es ja immer gehalten.«

»Ich habe nicht …«, setze ich vorsichtig an, aber Anna lässt mich nicht zu Wort kommen.

»Du kannst mich nicht einfach abweisen. Das lasse ich nicht zu. Alice ist ein Teil von mir. Sie kennt mich. Sie liebt mich. Und ob du nun krank warst oder nicht, das zählt etwas. Das zählt sehr viel.« Niemand sagt etwas, und sie wendet sich Jack zu. »Jack, sag mir, dass du das verstehst.«

Jack sieht völlig entgeistert aus, er schüttelt den Kopf. »Ich kann dich hierbei nicht unterstützen, Anna. Es tut mir leid. Ich weiß, du hast viel durchgemacht mit dem … was da passiert ist …«

»Was ist passiert?«, verlangt Matt zu wissen, und Jack schüttelt nochmals den Kopf. »Ich meinte vor längerer Zeit, als Anna achtzehn war, nicht jetzt …«

Achtzehn? »Was ist damals passiert?«, frage ich Anna.

Sie schürzt die Lippen und reckt das Kinn. »Ich hatte einen Schwangerschaftsabbruch. Aber das hat überhaupt nichts hiermit zu tun.«

Ach nein? Diese Eröffnung haut mich um, erschüttert stelle ich fest, dass sich dadurch nichts ändert – und doch alles.

»Also willst du das Baby wiedergutmachen, das du getötet hast, indem du dir unseres schnappst?«, meint Matt spöttisch. Die Worte sind so grausam, dass sie alle Luft aus dem Zimmer zu saugen scheinen.

»*Matt!*«, zische ich. »Das ist nicht fair.« Aber was, wenn es wahr ist? Ich schäme mich dafür, es auch nur zu denken, und doch ...

»Milly, sie versucht uns Alice wegzunehmen!«

Und doch kann ich es ihr nicht übel nehmen, so sehr ich es auch will. »Es gibt keinen Grund, so grausam zu sein«, sage ich leise.

Anna wendet sich Matt zu, die Grimmigkeit funkelt in ihrem Blick. »Und was ist mit dir, Matt? Was ist mit dem, was du gesagt hast, dass Milly und du diesen Weg vielleicht nicht hättet einschlagen sollen? Gott spielen?«

»Das sollte nicht ...«

»Was hast du noch gesagt? Dass Milly vielleicht keine Mutter hätte werden sollen?«

Ich starre sie schockiert an, komme fast ins Wanken. »Was ...« Ich bringe das Wort kaum heraus. Ich drehe mich zu Matt um, der sowohl wütend als auch schuldbewusst aussieht. *Schuldbewusst.* Das hat er wirklich gedacht. Das hat er zu Anna gesagt.

»Gib mir meine Tochter«, sagt Matt, die Stimme gefährlich gesenkt. »Gib sie mir auf der Stelle, und dann verschwinde aus diesem Haus.«

Ich kann nicht glauben, dass es so weit gekommen ist, dass wir vier, die vier Freunde auf dem großen gemeinsamen Abenteuer, uns nun gegenüberstehen wie erbitterte Feinde. Anna starrt Matt an, dann mich, und schließlich Jack.

Die Sekunden verstreichen und dann, endlich, beginnt sie mit zittrigen Fingern das Tragetuch zu lösen. Ihr Gesicht ist eine starre Maske, aber dahinter erahne ich unbändiges Leid. Es ist nicht fair Anna gegenüber. Das weiß ich. Aber sie hat sich uns gegenüber auch nicht fair verhalten.

Sanft, ganz sanft, hebt sie Alice heraus. Meine Tochter seufzt geräuschvoll, sie hat das alles verschlafen. Anna hält Alice einen Moment lang fest, legt ihr einen Finger an die Wange.

»Anna«, warnt Matt, und ich will ihm sagen, er soll still sein, dass wir ihr dieses bisschen zugestehen müssen. Gleichzeitig möchte ich Alice Anna aus den Armen reißen.

Dann gibt Anna sie endlich ab, nicht an Matt, sondern an mich. Sie schaut mir dabei direkt in die Augen, und ich sehe ihrem Gesicht den Trauersturm an, obwohl sie einen beherrschten Ausdruck aufgesetzt hat.

Ich nehme Alice und halte sie eng an mich, blicke auf ihr schlafendes Gesicht hinab. *Meine Tochter*. Die Worte ergeben für mich noch nicht voll und ganz Sinn, aber sie finden in mir einen durchdringenden Widerhall, zum allerersten Mal.

»Jetzt«, sagt Matt kühl und beherrscht, »kannst du hochgehen und deine Sachen packen, und dann kannst du gehen.«

Ohne ein Wort marschiert Anna mit erhobenem Haupt an uns vorbei. Es herrscht Schweigen, während sie oben herumläuft und packt. Matt schäumt immer noch vor Wut, und Jack sieht verloren aus. Ich sehe Alice an, berühre ihre Wange, ihren Finger, ihre weichen blonden Locken. Sie ist nicht mehr das dürre Neugeborene, das ich vor zwei Wochen verlassen habe. Es macht mir Angst, sie auf dem Arm zu halten, aber ich fühle mich nicht mehr so furchtbar abgestoßen und fehl am Platz wie zuvor. Sie gehört nun hierhin, in meine Arme, und trotz Anna, trotz allem, spüre ich süße Erleichterung.

Die Treppe knarzt und Anna kommt mit einem Koffer in der Hand und einer weiteren Tasche über der Schulter herunter. »Ich bringe das hier ins Auto und hole dann Winnie«, sagt sie, und niemand antwortet darauf.

Sie kommt zurück und holt Katze und Katzenklo, und noch immer schweigen wir. Ein Teil von mir will schreien, weinen, mich entschuldigen, *irgendetwas*. Ich kann nicht glauben, dass ich meine Tochter gewinne, aber meine beste Freundin verliere. Aber ich sage nichts. Niemand sagt etwas.

Anna bleibt in der Tür stehen. Sie sieht uns alle an, das Kinn geneigt, in ihren Augen schimmern entweder Tränen oder

Wut. Ich warte – worauf? Darauf, dass etwas an alldem Sinn ergibt? Darauf, dass wir alle einen Schritt zurücktreten, die zusammengebrochenen Brücken wieder aufbauen und gemeinsam nach vorne schauen können?

Aber der Augenblick vergeht, und ich vermute, er ist für immer vorbei. Mit einem kleinen Abschiedsnicken tritt Anna hinaus. Als die Tür hinter ihr ins Schloss gefallen ist, atmet Matt langsam und ganz leise aus, und ich sehe wieder meine Tochter an. Alice bewegt sich, vielleicht hat das Geräusch der Tür sie aufgeweckt. Und dann öffnet meine Tochter die Augen, blinzelt verschlafen und lächelt mich an.

TEIL 2

22

ANNA

Vier Jahre später

Irgendwo im Park sehe ich einen goldenen Haarschopf aufblitzen und bleibe stehen. Ich beuge mich vor, um wieder zu Atem zu kommen, stütze die Hände auf die Knie, suche mit den Augen die Wege ab. *Könnte sie es sein?*

Aber dann kommt das kleine Mädchen wieder in mein Blickfeld und ich erkenne, dass sie zu alt ist. Mindestens sieben oder acht. Nicht Alice.

Auch nach vier Jahren kann ich noch nicht aufhören, nach ihr Ausschau zu halten. Die Trauer lässt nicht nach, obwohl ich mein Bestes gegeben habe, mit meinem Leben weiterzumachen. Das habe ich auch. In vielerlei Hinsicht.

Nachdem ich Matts und Millys Haus verlassen hatte, streifte ich stundenlang durch die Straßen, ohne die eisige Kälte zu spüren, meine Gedanken rasten, rasten immer weiter und suchten fieberhaft nach Lösungen. Ich rief wieder bei der Anwältin an, die mir mehr oder weniger riet, den Sorgerechtsstreit zu vergessen, nun, da Milly wieder zu Hause war. Das Mitleid in ihrer Stimme fühlte sich an wie eine Ohrfeige. War es wirklich so unmöglich? Warum kam es mir alles so ungerecht vor?

Dann, am gleichen Abend, kam Jack zu mir. Er sah sowohl reumütig als auch vorwurfsvoll aus, als könnte er sich nicht entscheiden, wem er die Schuld geben sollte.

»Ich wollte nur nachsehen, ob es dir gut geht«, sagte er, als er bei mir im Flur stand; weiter hatte ich ihn nicht hineingebeten. »Nach allem, was passiert ist ...«

»Da dachtest du, inzwischen geht es bestimmt schon wieder?«, gab ich mit einem schroffen Lachen zurück. »Ein etwas schwieriger Nachmittag, aber jetzt ist alles wieder okay? Wie *konntest* du nur, Jack? Wie konntest du mir so in den Rücken fallen? Was ich dir gesagt habe ... Und was ist mit dem, was du gesagt hast? ›Das sind wir‹«, äffte ich ihn erbost nach. »Was ist daraus geworden?«

Er ließ den Kopf hängen wie ein kleiner Junge. »Es tut mir leid, Anna ...«

»Dazu hattest du kein Recht.« Meine Stimme bebte vor Schmerz. »Du hattest nicht das geringste Recht dazu, einfach dazwischen zu platzen und Milly und Matt von meinen Überlegungen zu erzählen – von *unseren* Überlegungen, aber das hast du wohl nicht dazugesagt?«

»Anna, ich habe das nie in Betracht gezogen.«

Seine Worte brachten mich ins Taumeln. »Doch, hast du. Ein bisschen ...«

»Nein.« Das sagte er ganz bestimmt und schüttelte dazu den Kopf. »Nein, das habe ich nicht. Es hat ... Spaß gemacht, für eine Weile so zu tun, als ob wir ... eine Art Familie wären. Das gebe ich zu.«

»Spaß gemacht, *so zu tun?*« Ich konnte nicht glauben, dass er unseren Traum so vollständig ausradieren wollte, auch wenn es mich nicht überraschte. Die ganze Zeit über hatte Jack nur ein Beziehungsspiel gespielt. Deshalb war es zwischen uns nie ernster geworden, deshalb hatte ich ihn überhaupt erst dazu drängen müssen, dem Ganzen einen Namen zu geben. Tief in mir drin hatte ich immer schon gewusst, dass es nicht von Dauer wäre, aber es tat trotzdem weh, es ihn so klar aussprechen zu hören.

»Ich will nicht herzlos klingen, aber ich hätte niemals … ich hätte niemals um Alice gekämpft, Anna. Das hätte ich direkt klarstellen sollen, als du es vorgeschlagen hast. Das tut mir leid.«

Er hätte niemals um Alice gekämpft, und er hätte niemals um mich gekämpft. »Ja, vielleicht hättest du das tun sollen«, brachte ich heraus. »Und vielleicht hättest du es Milly und Matt nicht verraten sollen, so völlig ohne Grund.«

»Du warst nicht da – du warst verschwunden, und ich hab es mit der Angst zu tun bekommen …«

»*Verschwunden?* Ich hab ihnen einen Zettel dagelassen. Ich bin etwas spazieren gegangen, damit sie in Ruhe ankommen können, sich wieder einleben.« Fassungslos schüttelte ich den Kopf. »Was, hast du etwa gedacht, ich hätte Alice *entführt?*«

Jack sah mich beschämt an. »Es kam mir in den Sinn.«

Was ich ihm gegenüber nicht zugab, war, dass es mir ebenfalls in den Sinn gekommen war. Ich war so lange unterwegs gewesen, weil ich nicht zurückgehen und mich ihnen stellen wollte. Ich fantasierte sogar herum, ich könnte mit Alice ins Auto steigen und nie mehr zurückkommen. Die Besessenheit hatte mich nicht so fest im Griff, dass ich es tatsächlich tat, aber es stimmt, ich hatte daran gedacht. »Wenn ich von mir aus mit ihnen gesprochen hätte, unter den richtigen Bedingungen«, erklärte ich Jack so ruhig ich konnte, »wäre es vielleicht anders ausgegangen.«

Jetzt war er derjenige, der fassungslos dreinblickte. »Du meinst, sie hätten dir Alice überlassen, einfach so?«

»Nein, nicht *einfach so*. Und vielleicht hätte ich auch gar nicht mit ihnen gesprochen. Vielleicht wäre ich vorher zu dem Schluss gekommen, dass es keinen Zweck hat, aber die Chance hast du mir ja nicht gegeben. Du hast es zu einem riesigen Sturm aufgebauscht, das wäre überhaupt nicht nötig gewesen, und es hat mich *alles* gekostet.« Meine Stimme brach und ich drehte mich ruckartig von ihm weg.

»Ich dachte, ich tue das Richtige …«

»Für wen?« Ich schüttelte den Kopf. »Natürlich für Matt und Milly, denn ich bedeute dir ja nichts.« Und den beiden bedeutete ich letztlich auch nichts. Das tat fast so sehr weh wie der Verlust von Alice. Es hatte nur einen einzigen kräftigen Schubs gebraucht, um mich aus ihrem Leben zu entfernen. »Hau ab, Jack«, sagte ich. »Du könntest gar nichts sagen, damit es mir besser geht, und du bist sowieso nur hier, damit es *dir* besser geht. Also *hau ab*.«

Jack zögerte, und in seinen Augen erkannte ich überdeutlich den Kampf zwischen dem, was ich gefordert hatte – was *er* auch am liebsten tun wollte – und dem Versuch, den Guten zu spielen. »Anna, hör zu, ich will dich jetzt nicht allein lassen …«

»Glaub mir, ich bin sehr viel lieber allein als bei dir.«

»Was ist mit uns?« Er stellte die Frage nicht, weil er gern mit mir zusammenbleiben wollte, daran hatte ich keine Zweifel. Er stellte sie, um aus dem Schneider zu sein.

»Es ist vorbei, Jack«, sagte ich müde. »Das weißt du genauso gut wie ich.«

Als er die Tür hinter sich schloss, war mir klar, dass ich ihn nie wiedersehen würde, und das habe ich auch nicht. Genauso wenig wie Matt oder Milly oder Alice. *Alice.*

Das Mädchen ist mit ihren Eltern weitergegangen; ihre Mutter hält sie an der Hand, sie schwingen die Arme hin und her und lächeln. Eine weitere Szene einer glücklichen Familie, jeden Tag sehe ich Dutzende davon. Sie treffen mich nicht mehr so stark wie früher.

Noch einige Monate, nachdem ich Alice verloren hatte, war ich ein Wrack. Ich lag im Bett und starrte ins Leere, während meine Ersparnisse hinwegsickerten, es war meine eigene

Version der Wochenbettdepression, und es tat unsagbar weh. Ein Teil von mir wartete darauf, dass Milly anrief, sich entschuldigte, aber das passierte nie. Ich rief sie auch nicht an, ich fühlte mich nicht in der Lage dazu, nachdem es auf diese Weise zu Ende gegangen war. Ich wollte aber auch nicht, dazu war ich zu wütend.

Ich klammerte mich an das Gefühl, wieder und wieder ungerecht behandelt worden zu sein, aber ich kam an einen Punkt, an dem ich mich dazu zwang, meine eigene Rolle in dem Ganzen anzuerkennen, und mir wurde klar, dass ich nicht ganz unschuldig war. Ich hatte die Situation ausgenutzt, Milly ausgenutzt, ohne mir dessen vollkommen bewusst zu sein. Im Nachhinein habe ich mich oft gefragt, ob ich es durchgezogen hätte – die Anwältin, den Sorgerechtsstreit, und glaube nicht, dass ich es getan hätte. Zumindest rede ich mir das heute ein.

Dann endlich, als der Frühling hereinbrach, rüttelte ich mich wieder wach. Ich fühlte mich immer noch, als würde ich schlafwandeln, aber ich belegte einen PR- und Projektentwicklungskurs und begann, wieder Bewerbungen loszuschicken. Ich wollte nicht mehr im Personalbereich arbeiten; ich wollte etwas Sinnvolles mit meinem Leben anstellen. Etwas Bedeutsames, zumindest für mich bedeutsam.

Ich hielt immer noch überall nach Alice Ausschau, genau wie jetzt gerade. Im Park, im Supermarkt, auf der Straße. In vorbeifahrenden Autos, auch wenn ich gerade in einer anderen Stadt bin – dann frage ich mich, ob sie wohl umgezogen oder gerade im Urlaub sind. Ich bin mir sicher, dass ich eines Tages einen Blick auf sie erhaschen werde. Mehr will ich gar nicht, bloß einen Blick.

Ungefähr ein halbes Jahr, nachdem alles in die Brüche gegangen war, ging ich an ihrem Haus vorbei. Nur ein einziges Mal, und ich fühlte mich dabei schuldig und wie eine Stalkerin, aber ich konnte nicht widerstehen. Es war Sommer, früh am Abend, die Welt erfüllt von sirupsüßem Sonnenschein und

Vogelgesang. Ich stand auf der gegenüberliegenden Straßenseite auf dem Bürgersteig, halb hinter einem Baum versteckt, und wartete fast eine Stunde lang auf den wertvollen Anblick. Aber er kam nicht. Die Vorhänge waren zugezogen, alles schon für die Nacht zur Ruhe gekommen. Ich sah einen Umriss hinter einem Vorhang, der nach Matt aussah, aber das war alles.

Schließlich ging ich nach Hause, angeekelt von mir selbst und von dem, was aus mir geworden war. Ich nahm mir vor, die Besessenheit loszuwerden, und ging zur Therapie, was auch half. Dann, im Herbst, bekam ich einen Job in der Marketing- und Projektabteilung von Speak Now, einer lokalen Wohltätigkeitsorganisation, die sich für Opfer sexueller Belästigung und Gewalt einsetzt. Endlich hatte ich das Gefühl, vorwärtszukommen.

Natürlich gab es im Laufe der Jahre auch gelegentliche Rückschritte – Abende, an denen ich mit einem Glas Wein in der Hand die sozialen Medien nach einer Spur von Milly und Matt durchkämmte, und natürlich von Alice, aber sie hatten ihre Konten gelöscht, sich aus der Onlinewelt entfernt. Es gab Samstage, an denen ich nicht aus dem Bett kam, an denen ich mich fragte, ob ich immer allein bleiben würde. Es gab ein paar gewagte Blind Dates, nach denen ich mehr bereute, als mir lieb war, und eine unkluge Beziehung mit einem Mann, der mir im Fertiggerichte-Gang des Supermarkts begegnet war, die sich ein paar wenig reizvolle Monate lang hinzog.

Auch nach vier Jahren suche ich noch nach Alice, aber nun gelingt es mir, nach einem kleinen Moment wieder aufzustehen und weiterzugehen.

Meine Samstage waren früher immer sehr ruhig, aber vor einiger Zeit habe ich beschlossen, dass ich mehr rauskommen muss, und nach einigen Monaten auf der Warteliste ergatterte ich ein Viertel einer Schrebergartenparzelle ganz in meiner Nähe. Ich hatte vorher noch nie gegärtnert, und es kam mir wie eine ganz andere Welt vor, dort auf der anderen Seite der grünen Palisaden, wo alles fein säuberlich auf seinen Streifen Erde eingeteilt ist, Hochbeete und Hühnerställe und gemütliche Häuschen, mit Gartenstühlen und Kesseln, Saatgut und Werkzeug.

Mein Grundstück war winzig und ich behandelte jeden kostbaren Zentimeter fruchtbarer Erde mit Sorgfalt, pflanzte mehrere Reihen Gemüse sowie Blumen, einfach ihrer Schönheit wegen, und einen Zwergapfelbaum, dessen Früchte bislang allerdings noch auf sich warten lassen. Aber ich liebe das alles – irgendwie beruhigt es mich, wenn ich die Finger in den losen Boden tauche, sich der Dreck unter meine Nägel gräbt, mir die Knie schmerzen. Etwas zu pflanzen und es wachsen zu sehen ... Ich glaube, das hat mir im Leben gefehlt.

An diesem feuchten, grauen Morgen Anfang April ist die Anlage wie leergefegt; die fleißigeren Gärtner haben ihre Beete schon vorbereitet und warten auf die richtige Zeit zum Pflanzen, während die weniger fleißigen sich die Mühe noch nicht gemacht haben und das offenbar auch nicht vorhaben, bis das Wetter besser wird.

Es macht mir aber nichts aus, allein zu sein, denn ich befinde mich in einer friedvollen Oase mitten in der Stadt, außerdem muss ich mein Stückchen Land von den Spuren der Wintersaison befreien.

Nach etwa einer Stunde höre ich das Klappern des Tores und sehe einen Mann hindurchkommen, der ein Fahrrad schiebt und einen Rucksack über die Schulter geworfen trägt. Ich habe ihn schon ein paarmal gesehen und mir sogar einen Spitznamen für ihn ausgedacht, obwohl ich noch nie mit ihm geredet habe. Ich nenne ihn Mr Green, denn seine Parzelle ist eine der gepflegtesten der ganzen Anlage, auf dem schmalen Streifen herrscht militärische Präzision, hinten steht ein mustergültiger Schuppen. Einmal spähte ich dort hinein, als er die Tür bei der Arbeit offen gelassen hatte, sah die beschrifteten Samenboxen, die penibel aufgereihten Werkzeuge, und staunte, wie ordentlich alles aussah. Wie machte er das zeitlich nur? Hatte er einen Job?

Heute lächelt er mich knapp an, bevor er seinen Schuppen ansteuert, und ich wende mich wieder dem Wegräumen des nassen Laubs zu. Wir arbeiten als die beiden Einzigen hier still nebeneinander her, bis sich nach einer weiteren Stunde die Wolken zusammenziehen und die ersten Regentropfen herabprasseln wie Geschosse. Ich richte mich auf und verfluche mich dafür, nicht mit dem Auto gekommen zu sein. Ich bin nicht gerade wild darauf, bei diesem Platzregen zurückzulaufen.

»Hey!«

Ich drehe mich um, überrascht, dass Mr Green mich anspricht. Bisher hat er nie ein Wort zu mir gesagt.

»Lust auf eine Tasse Tee, bis dieser Wolkenbruch vorbei ist?« Er nickt in Richtung seines Häuschens.

Ich zögere, erstaunt von dem Angebot, dann zucke ich die Schultern und lächle zustimmend. »Klar, danke.« Ich hechte hinüber und wir flüchten uns in den Schuppen, der mindestens genauso gepflegt aussieht, wie ich ihn in Erinnerung habe.

Es ist aber auch gemütlich darin, er hat einen Klappstuhl aufgestellt, daneben dient eine umgedrehte Holzkiste als Tisch.

»Ich bin übrigens Will«, sagt er, während er auf einem kleinen Gaskocher auf dem Arbeitstisch Teewasser aufsetzt. »Will Ford.«

»Anna Thompson.«

Wir lächeln uns etwas unbeholfen zu, dann greift er nach einer verbeulten Teedose. »Du bist noch nicht so lange dabei, oder?«

»Ungefähr seit einem Jahr, aber den Winter über war ich nicht hier.« Mein Lächeln wird schuldbewusst. »Ich bin nicht so pflichtversessen.«

»Ich auch nicht.«

»Nein?« Ich nicke in Richtung der ordentlichen Regale.

»Du scheinst aber eine ganze Menge Arbeit hier reingesteckt zu haben.«

»Tja, der Schein kann trügen.« Der Kessel beginnt zu pfeifen, und er gießt das heiße Wasser in zwei Metalltassen. »Dieser Garten gehört meinem Onkel. Ich habe ihn übernommen, als er krank wurde. Ich halte nur alles am Laufen, bis er wieder zurückkommen kann.«

»Das ist nett von dir.«

Er zuckt die Schultern. »Er hat viel für mich getan.« Hinter dieser Aussage scheint sich eine ganze Welt von Erinnerungen zu verbergen, und ich sollte wohl nicht weiter nachfragen, also nicke ich bloß und nehme die Tasse Tee entgegen.

»Danke.«

Er bedeutet mir, den Stuhl zu nehmen, während er sich an den Arbeitstisch lehnt. Zuerst geht es etwas schwerfällig, aber dann kommen wir gut ins Gespräch, der Regen trommelt auf das Blechdach des Schuppens, ich erfahre, dass er im Consulting tätig ist und erzähle ihm von meinem Job bei Speak Now. Er ist unverheiratet, kinderlos, Anfang vierzig und kümmert sich seit zwei Jahren um den Garten seines Onkels.

»Er hat Lungenkrebs«, erklärt er mir. »Es hat wohl niemand erwartet, dass er so lange durchhält, aber er verblüfft die Ärzte immer wieder. Ich hoffe, dass er bald wieder genug bei Kräften ist, um herzukommen.«

Plötzlich muss ich an Claire denken, Millys Mutter, der ich einmal so nahestand. Wir haben komplett den Kontakt verloren, nachdem alles in die Luft geflogen ist; sie hat sich nie mehr bei mir gemeldet und ich mich genauso wenig bei ihr. Nun frage ich mich, ob sie noch lebt. Seit ihrer Krebsdiagnose sind fünf Jahre vergangen.

»Sorry, habe ich was Falsches gesagt?«, fragt Will halb im Scherz, und mir wird klar, dass ich einen seltsamen Gesichtsausdruck aufgesetzt haben muss.

»Tut mir leid, ich habe gerade an etwas anderes gedacht.«

»Etwas Trauriges?«

»Schon. Eine Familienfreundin, die ich aus den Augen verloren habe. Sie hatte auch Krebs, und ich weiß nicht mal, ob sie noch lebt.« Als ich es laut ausspreche, macht es mich noch trauriger. Über die Jahre habe ich ein paarmal darüber nachgedacht, Millys Eltern zu kontaktieren, aber ich habe mich immer zurückgehalten, hauptsächlich aus Angst. Was, wenn sie nicht mit mir reden möchte? Sie wird nur Millys Seite der Geschichte kennen, und ich glaube nicht, dass ich nach allem anderen auch noch ihre Zurückweisung ertragen könnte.

»Das ist hart. Könntest du den Kontakt nicht wieder aufnehmen?«

Ich schüttle den Kopf, denke aber nach. Ist genug Zeit vergangen? Oder zu viel? »Ich glaube nicht«, sage ich Will. »Nicht mehr.«

»So ist das Leben manchmal«, pflichtet er mir bei, und wieder habe ich das Gefühl, er denkt dabei an etwas anderes, etwas Persönliches. Vielleicht hat sein Leben ein paar steinige Umwege genommen, so wie auch meines. Vielleicht ist das bei jedem so.

Der Regen lässt nach, Sonnenstrahlen stehlen sich hinter grauen Wolkenfetzen hervor. »Danke für den Tee«, sage ich, stehe auf und gebe ihm die leere Tasse zurück. »Ich würde mich ja revanchieren, aber ich habe weder einen Schuppen noch einen Kessel.«

»Kein Ding, du kannst gerne jederzeit hier vorbeischauen.«

»Danke.« Ich verlasse den Schuppen mit dem ermutigenden Gefühl, einen neuen Freund gefunden zu haben. Obwohl ich mir in den letzten Jahren mehr Mühe gegeben habe, mein Sozialleben aufzubessern, ist mein Freundes- und Bekanntenkreis immer noch sehr klein, und niemand hat Millys Rolle eingenommen, was das Maß an Nähe und Vertrautheit angeht – wobei ich manchmal denke, dass das vielleicht ganz gut so ist.

Milly. Wie so oft geistert sie mir auf dem Heimweg im Kopf herum. Ich weiß nichts darüber, wie ihr Leben jetzt aussieht, ich habe nicht die geringste Ahnung – ob sie sich erholt hat, ob es ihr gut geht oder ob sie überhaupt noch mit Matt zusammen ist. Wohnen sie noch in Redland? Arbeitet sie wieder? Und was macht Alice?

Alice. Ich kann mir kein Bild von ihr machen, so sehr ich es auch versucht habe. Ich stelle mir ein Fantasiekind vor, eine Miniversion von mir mit blonden Löckchen und grünen Augen. Mit *Grübchen.* Aber wie ist sie so? Still oder ungestüm, gewitzt oder verträumt oder schüchtern?

Ich biege um die Ecke in meine Straße ein und ermahne mich, nicht mehr darüber nachzugrübeln. Es tut jedes Mal weh, auch jetzt noch, in diesen alten Wunden herumzustochern, in den klaffenden Löchern, die sie in meinem Leben hinterlassen haben. Ich erinnere mich gezielt an all das Gute, was ich habe – einen Job, den ich liebe, Freunde bei der Arbeit, einen Garten und jetzt einen neuen Freund. Milly und Alice gehören nicht mehr in mein Leben, sage ich mir wie so oft. Nicht einmal in meine Gedanken. Die Vergangenheit muss bleiben, was sie ist, darf nicht mehr sein als das – Vergangenheit.

Dieser kleine innerliche Vortrag entlastet mich; er holt mich in die Gegenwart zurück und erinnert mich daran, dankbar zu sein.

Natürlich hatte ich da noch keine Ahnung, dass es nur noch ein paar kurze Monate dauern würde, bis Milly – und Alice – mitten in mein Leben zurückkatapultiert werden würden – oder dass ich mir wünschen würde, es hätte niemals dazu kommen müssen.

23

MILLY

»Mommy, guck mal!«

Ich lächle und winke, als Alice stolz Schwung holt und sich zum ersten Mal ganz allein in die Höhe schaukelt. Aus ihrem Lächeln spricht die pure Freude, ihre blonden Zöpfe fliegen hinter ihr durch die Luft, sie sonnt sich in dem Augenblick und der Himmel über ihr strahlt blendend blau.

»Mommy, *guck!*«

»Spätzchen, ich *gucke* doch schon!«, sage ich lachend. Ich gucke und gucke, sonne mich genauso in dem Augenblick wie sie – in ihrem Erfolg, ihrer Freude, der einfachen Reinheit eines Frühlingstages. Nach allem, was war, kommen mir Momente wie dieser gleichzeitig simpel und wunderschön vor, Geschenke des Himmels. Ich koste sie alle aus wie Schätze.

Mehr als vier Jahre sind vergangen, seit Anna unser Haus verlassen, Alice in meinen Armen zurückgelassen hat. Die ersten paar Wochen und Monate danach fühlten sich wie eine Art verlängerte Beerdigung an, eine nicht enden wollende Trauer um eine Freundschaft, eine ganze Lebensweise, denn obwohl wir ab und an auseinandergedriftet waren, waren Annas und mein Leben doch über zwei Jahrzehnte lang aufs

Engste ineinander verwickelt gewesen. Oder zumindest war ihres in meines verwickelt gewesen, aber nachdem sie die Bombe ihres Schwangerschaftsabbruchs hatte platzen lassen, wurde mir klar, wie wenig ich sie eigentlich kannte. Unsere Freundschaft war nicht so stark oder tiefgehend gewesen, wie ich gedacht hatte.

Es war auch eine unglaubliche Herausforderung, mich in meiner Mutterrolle zurechtzufinden, während ich mich immer noch zerbrechlich und unsicher fühlte, mein Selbstbewusstsein sich an einem absoluten Nullpunkt befand. Alles war ungewohnt – der ganze Babykram, wie man eine Windel wechselt, ein Fläschchen bereitmacht, ein Neugeborenes hält, und auch Alice selbst. Nichts fügte sich von allein, so sehr ich es mir auch wünschte.

Alice schrie – und wie. Manchmal schrie sie so lang und laut, dass ich dachte, sie würde ersticken oder einen Anfall bekommen. Ihr Gesicht lief rot an, sie fuchtelte mit den Fäusten, ihre Augen kniffen sich zu aufgequollenen Schlitzen zusammen, sie wurde heiser. Sie war voller Zorn und Kummer, denn sie hatte die eine Person verloren, die sie besser kannte als jede andere, wie eine Mutter, und sie nahm mich als das wahr, wofür ich mich manchmal immer noch hielt – einen Eindringling. Aber seit ich die richtigen Medikamente nahm, erkannte ich an, dass das nicht stimmte, und war fest entschlossen, es mit meiner Tochter zu versuchen.

Am Anfang half meine Mutter aus, auch wenn sie schnell müde wurde. Sie war mein Fels in der Brandung, und unsere Ehrlichkeit zueinander stärkte unsere Beziehung auf eine Weise, die ich nie für möglich gehalten hätte. Sie übernahm Alice, wenn ich eine Pause brauchte, und gab sie zurück, wenn ich die Bindung zu meiner Tochter verstärken musste. Sie brachte mir bei, wie man ein Neugeborenes anzieht, wie man ein Fläschchen gibt, wie man die unendlich langen Tage durchsteht, ohne sich wie eine Versagerin zu fühlen. Ohne sie hätte ich es nicht geschafft, nicht, nachdem ich schon Anna verloren hatte.

Die gute Nachricht ist: Meine Mutter lebt noch. Vor drei Jahren hat sie die Chemo beendet und ist seitdem in Remission. Sie ist gebrechlich, vergesslich, *alt*. Aber sie ist da. Sie und mein Vater besuchen uns gelegentlich, und ich versuche, einmal pro Woche mit Alice zu ihnen zu fahren. Unsere Verbindung fühlt sich stärker, aber auch zerbrechlicher an, denn die Zeit verstreicht unerbittlich. Wir alle sind dankbar für jeden einzelnen Tag.

»Mommy, ich hör jetzt auf!«

»In Ordnung, Spätzchen.« Ich schaue ihr zu, versuche meine Beunruhigung zu verbergen, als Alice die Füße über den Boden schleift, um anzuhalten, und dann fast von der Schaukel kippt. Sie ist noch nicht ganz viereinhalb, eigentlich etwas zu jung für eine richtige Schaukel, aber ich gebe mir Mühe, keine dieser Helikoptermütter zu sein.

Eine lange Zeit über war ich genau das, als übertriebene Reaktion darauf, die ersten paar Wochen ihres Lebens verpasst zu haben. Ich sorgte mich bei jedem Niesen, grübelte über jeden potenziell verspäteten Schritt in ihrer Entwicklung nach, las jeden Elternratgeber, den ich in die Finger bekam.

Diese Maßnahmen gaben mir das Gefühl, alles unter Kontrolle zu haben, zurechtzukommen oder bei dieser ganzen Muttergeschichte sogar erfolgreich zu sein, während mich innerlich noch immer die Angst zerfraß, es könnte anders sein. Im Park oder bei den Babygruppen, zu denen ich mich schleppte, kam es mir so vor, als könnten alle sehen, dass ich ihnen nur etwas vortäuschte, ich bildete mir vorwurfsvolle oder missbilligende Blicke ein, mit denen meine Mutterfähigkeiten abgeschätzt und für ungenügend befunden wurden.

Aber schließlich, mit einem mühevollen Schritt nach dem anderen, entwickelte ich mehr Selbstbewusstsein. Ich begann daran zu glauben, dass ich wirklich Mutter war. Ich konnte die

Antidepressiva absetzen und auch ohne sie weiter das Licht am Horizont sehen.

Als Alice ein halbes Jahr alt war, pinkelte sie sich voll, während ich ihre Windel wechselte, ich lachte und kitzelte sie am Bauch, bevor die Erinnerung an das allererste, fürchterliche Windelwechseln mich mit voller Wucht traf.

Und dann empfand ich eine fast unerträgliche Dankbarkeit dafür, all das hinter mir gelassen zu haben, es geschafft zu haben. Ich fing an zu weinen, und dann rief ich beinahe Anna an, weil ich sie in diesem Moment so sehr vermisste. Ich wollte es ihr erzählen, die Freude mit ihr teilen. Aber ich habe es nicht getan, das habe ich in all den Jahren kein einziges Mal, denn ich weiß, unser Gespräch würde so nicht ablaufen, und ich wüsste auch nicht, was ich überhaupt sagen sollte, falls ich Anna einmal wiedersehe.

»Vorsicht, Mäuschen.« Ich mache reflexartig einen Schritt nach vorne, als Alice von der Schaukel steigt. Sie stolpert über ihre eigenen Füße, was besorgniserregend oft zu passieren scheint. Der Kinderarzt hat mir versichert, dass Verzögerungen in der Entwicklung bei Frühchen weit verbreitet sind und ich nicht zu viele Bedenken haben sollte, wenn ihre motorischen Fähigkeiten noch nicht die gängigen Maßstäbe erreichen, wenn sie tollpatschig wirkt.

Alles in allem ist sie auf dem richtigen Weg. Sie können sich glücklich schätzen.

Und das tue ich auch.

Bevor ich sie auffangen kann, ist sie hingefallen und hat sich beide Knie aufgeschlagen. »Alice!« Ich eile hinüber, aber sie rappelt sich schon wieder auf und klopft sich den Kies von den Beinen.

»Mir geht's gut, Mommy.« Sie grinst mich an, ist stolz auf sich, weil sie so tapfer ist. »Mir geht's gut.«

»Super.« Ich ziehe sie an mich und gebe ihr einen Kuss auf den Kopf, einfach so, weil ich es kann. Weil ich sie nie für selbstverständlich halten will. Dann machen wir uns auf den Weg zurück nach Hause.

Alice legt ihre Hand in meine, während wir in der sanften Aprilsonne die Straße entlangschlendern, über uns stehen die Kirschbäume in riesiger, bauschiger Blüte. Ich lausche Alices unmelodischem Summen und gehe innerlich durch, was wir noch im Kühlschrank haben und sich für ein Abendessen eignen würde.

In den vier Jahren seit Alices Geburt bin ich noch nicht wieder zurück zur Arbeit gegangen. Ich habe nicht einmal darüber nachgedacht, denn warum sollte ich Alice bei einer Tagesmutter oder in einem Kindergarten lassen, nur um mich dann um andere Kinder zu kümmern? Ich möchte keinen Moment mit ihr verpassen. Das könnte ich nicht, zumindest noch nicht, und da es finanziell nicht unbedingt notwendig ist, sind Matt und ich beide zufrieden mit der Entscheidung.

Ich schließe die Haustür auf und Alice hüpft an mir vorbei, rennt zum Spielzeugkorb in der Küche und holt ein paar ihrer Lieblinge heraus. Ich schalte den Wasserkocher ein und öffne den Kühlschrank, summe leise vor mich hin und suche die Fächer nach brauchbaren Zutaten ab.

Alice sitzt auf dem Boden und ist bald schon völlig eingenommen von irgendwelchen Plastikfigürchen – Feen oder Prinzessinnen oder einer Mischung aus beidem.

Ich schnappe mir ein Paket Hackfleisch und Zwiebeln und beginne zu schnippeln und zu braten. Wie immer, wenn meine Hände beschäftigt sind, mein Kopf aber nicht, gehen meine Gedanken auf Wanderschaft – erst zu Alices Vorschultheaterstück nächste Woche, dann zum Schnuppertag an der örtlichen Grundschule in einem Monat, dann zu dem zweiten Sehtest, den ihre Vorschule angeordnet hat, weil sie beim ersten nicht so glänzend abgeschnitten hat, dann zu dem, worüber ich heute Abend mit Matt reden will, und bei dem Gedanken macht mein Herz einen Satz. Und dann, wie so oft, denke ich an Anna.

Ich habe sie nicht mehr gesehen, seit sie mein Haus verlassen hat. Ich weiß nicht, ob sie noch in ihrer Wohnung in Totterdown lebt oder was sie beruflich macht. Einmal habe ich auf Facebook nach ihr gesucht, aber sie hatte dort kein Profil. Das war glaube ich schon so, als wir noch Freundinnen waren.

Immer wieder gehe ich diesen letzten Tag durch, die aufgeladenen Worte, die wild herumgeschleuderten Anschuldigungen, die *Endgültigkeit* des Ganzen. Musste es so kommen? Musste es wirklich so kommen? In den letzten Augenblicken war es, als rasten wir auf einen furchterregenden Abgrund zu, und keiner von uns wusste, wie wir anhalten oder auch nur langsamer werden konnten.

Mir ging es damals noch nicht wieder gut, nicht richtig. Annas Worte hatten auf all den Unsicherheiten aufgebaut, die mich seit Alices Geburt wie Dämonen verfolgten. Noch schlimmer war, dass sie eine Kluft zwischen Matt und mich gerissen hatte. Nachdem sie gegangen war und das Zufallen der Tür noch im Raum nachzuhallen schien, drehte ich mich zu ihm um.

»Hast du das wirklich gesagt?«

»Milly ...«

Da wusste ich, es war wahr. »Du hast Anna gesagt, ich sollte keine Mutter sein?« Meine Stimme war nicht mehr als ein heiseres Flüstern, ich drückte Alice zu fest an mich und sie begann sich zu winden.

»So habe ich das nicht gesagt. Um Himmels willen ... *Milly*. Ich war an einem Tiefpunkt, genau wie du. Ich habe laut gedacht – nicht mal gedacht, eher ... ich weiß auch nicht, gejammert. Kummer herausgelassen. Ich habe mich gefragt, ob wir den ganzen Weg mit den Spenden und der künstlichen Befruchtung besser hätten sein lassen, ob wir vielleicht etwas erzwingen wollten ... Ich war müde und hatte Angst und es war schon spät, Milly. Das war alles, ich schwör's.« Er sah mich flehend an, in seinen Augen stand die Furcht.

Ich schüttelte den Kopf, so einfach konnte ich ihm nicht verzeihen. Ich konnte mir selbst nicht verzeihen, denn möglicherweise hatte Matt ja Recht gehabt. Und Anna auch. Möglicherweise hätte *ich* diejenige sein sollen, die durch diese Tür ging, und *sie* hätte Alice im Arm halten sollen. Ich blickte auf meine Tochter hinab und sah ihr Gesicht rot anlaufen, als sie anfing zu schreien, so wie sie es bei mir scheinbar immer tat. Ich hatte keine Ahnung, was ich tun sollte, wie ich sie beruhigen konnte. Ich starrte sie hilflos an, und nach ein paar furchtbaren Sekunden nahm Matt sie mir ab. Dann ging ich hoch ins Bett und schlief.

Zum Glück haben wir diese ersten Wochen und Monate überstanden, auch wenn es nicht leicht war. Ich hatte viel mit meiner Genesung zu tun, und auch damit, mir selbst zu vergeben. Auf Anraten meines Therapeuten hin sah ich die Unterlagen zu meiner Geburt ein und fand heraus, dass meine leibliche Mutter unter einer schweren postpartalen Depression gelitten hatte. Dieses Wissen betrübte und erleichterte mich zugleich. Ich verstand nun, warum sie mich weggegeben hatte, und auch, warum es mir so ergangen war. Die Gene hatten ihren Einfluss gehabt, nur auf eine andere Weise, als ich befürchtet hatte.

Matt und ich gingen auch gemeinsam zur Therapie und arbeiteten unsere Gefühle auf, die Geschichte mit Anna, meine Diagnose, einfach alles. Und Tag für Tag, Schritt für Schritt, bestanden wir die Probe. Im Gegensatz zu unserer Freundschaft mit Anna.

Einmal schlug der Therapeut uns vor, mit ihr Kontakt aufzunehmen, damit wir eine Art Abschluss finden konnten.

»Ich brauche keinen Abschluss«, meinte Matt knapp. »Es ist schon alles abgeschlossen.«

»Nichtsdestotrotz, es war immerhin eine langjährige Freundschaft ...«

»Nein.«

Der Therapeut sprach es nicht mehr an. Und die wenigen Male, die ich es tat, war Matt unnachgiebig. Wir hatten Anna vertraut. Wir hatten ihr unser *Kind* anvertraut, das Wichtigste in unserem Leben, und sie hatte uns rundheraus verraten. Für Matt, den freundlichen, entspannten Matt, gab es kein Zurück. Es war ein überraschender Charakterzug, den ich noch nie an ihm gesehen hatte, und ich war mir nicht sicher, was ich davon halten sollte.

Aber ich gebe zu, es war einfacher für mich, ihm seinen Willen zu lassen. Ich schreckte davor zurück, Anna wiederzusehen, mich all dem Schmerz und der Schuld und dem Chaos zu stellen. Ich musste mich auch so schon um genug kümmern. Und so vergingen die Monate, dann die Jahre, und schon bald schien es schlicht zu spät zu sein ... und irgendwie war das auch in Ordnung.

Als Alice ein halbes Jahr alt war, ging Jack nach Frankreich zurück. Ich denke, auch das war auf seine Art eine Erleichterung. Anfangs hatte er versucht, sich weiter einzubringen, mit Alice zu spielen, sich mit Matt auf ein Bier zu treffen, aber das blieb immer von Unbehaglichkeit und Spannungen gefärbt. Vielleicht hatte es mit Annas Abwesenheit oder mit Alices Abstammung zu tun, vielleicht lag es aber auch nur an der Art Beziehung, die er und Matt die Jahre über gehabt hatten – nicht entfremdet, aber einander auch nicht nah, genau wie bei seiner übrigen Familie. Matts Eltern besuchten uns erst, als Alice schon drei Monate alt war, und das schien ihnen ganz normal vorzukommen.

Nun, da Jack und Anna im Grunde aus unserem Leben verschwunden waren, konnte ein Teil von mir befreit aufatmen, und Matt ging es denke ich ähnlich. Was das über uns aussagt, weiß ich nicht und will es auch nicht zu genau wissen. Wir hatten niemandem außer meinen Eltern von den Spenden erzählt, und jetzt nahm ich an, wir würden es auch nie mehr tun. Das fühlte sich auf gewisse Weise auch wieder nach Verrat an, obwohl ich nicht sagen könnte, an wem, und so oder so schob ich den Gedanken beiseite. Wir mussten uns jetzt auf unsere Zukunft konzentrieren. Auf Alice. Und ihr würden wir die Wahrheit über ihre Abstammung erzählen, wenn sie alt genug war, sie zu verstehen. Wann das der Fall sein würde, darüber musste ich jetzt noch nicht nachdenken.

Trotzdem denke ich oft an Anna, genau wie jetzt, während ich Zwiebeln schneide und meine Augen tränen. Hat sie wieder einen Job in einer Personalabteilung? Ist sie mit jemandem zusammen? *Denkt sie noch an Alice?*

»Mommy, kannst du das wieder dranmachen?« Alice streckt mir eins der Figürchen entgegen, dessen Arm abgebrochen ist.

»Ich versuch's, Spätzchen.«

Ich stöbere in unserer Krempelschublade nach Bastelkleber und Alice wartet geduldig, ihre meeresgrünen Augen schauen vertrauensvoll drein. Sie sieht aus wie eine Mini-Anna, von ihrem welligen blonden Haar bis hin zu diesen wunderschönen Augen, und natürlich die Grübchen. Ich erinnere mich noch, wie ich Matt gegenüber Scherze über Annas umwerfende Gene gemacht habe, und erschaudere innerlich. Nun könnte ich gut darauf verzichten, ständig an sie erinnert zu werden, aber natürlich würde ich niemals auch nur eine Kleinigkeit an Alice ändern wollen.

»Du musst es eine Weile in Ruhe lassen«, sage ich, nachdem ich das Ärmchen wieder angeklebt habe. Es sieht schief aus, wird aber hoffentlich halten. »Der Kleber muss trocknen.«

»Okay, Mommy.« Alice lächelt mich unbeschwert an und widmet sich dann wieder ihren Spielzeugen. Ich weiß nicht, ob ich mir nur einbilde, dass sie Annas friedliches, passives Naturell genauso geerbt hat wie ihr Aussehen – wird so etwas von der DNS bestimmt oder ergibt es sich aus der Erziehung? Das werde ich wohl nie erfahren, und ich sollte wirklich aufhören, darüber nachzudenken. Letztlich spielt es keine Rolle. Es hätte keine Rolle gespielt, wenn alles nicht so furchtbar schiefgegangen wäre, und daran bin zu allererst einmal ich mit meiner Erkrankung Schuld. Wäre ich nicht ... Hätte ich mich sofort um Alice kümmern können ...

Natürlich kann das niemand mit Sicherheit sagen, aber ich glaube, die Dinge wären völlig anders gelaufen.

Matt kommt eine Stunde später nach Hause, lässt seine Aktentasche neben die Tür fallen und beugt sich vor, als Alice auf ihn zurennt, über den Läufer im Flur stolpert und halb in seine Arme fliegt, halb fällt.

»Immer langsam, Prinzessin.« Er nimmt sie schwungvoll auf den Arm und schaut mich an. »Schönen Tag gehabt?«

»Ja, sehr schön. Wir waren im Park.« Im Ofen wartet ein Rindfleisch-Nudelauflauf, ich hole Matt ein Bier aus dem Kühlschrank. Ich bin eine typische kleine Hausfrau geworden, aber das Klischee ist mir egal, ich will nur glücklich sein.

»Und wie war's in der Vorschule?«, fragt Matt Alice und zupft an einem ihrer Zöpfe.

»Gut.« Sie kuschelt sich an ihn. »Aber Mommy sagt, ich muss meine Augen *schon wieder* testen.«

Matt wirft mir über ihren Kopf hinweg einen besorgten Blick zu. »Wirklich?«

»Ja.« Ich zucke die Schultern, stelle das Bier auf die Küchentheke und sehe nach dem Brokkoli. »In der Schule wurden Sehtests gemacht, und heute haben sie mich benachrichtigt, dass sie noch einen zweiten braucht.«

»Warum?«

Genau wie ich ist Matt bei Alice ziemlich überfürsorglich. Aber es ist ja auch verständlich, nach allem, was wir durchgemacht haben, und schaden wird es bestimmt nicht.

»Ihre Sehstärke ist nicht ganz bei hundert Prozent, nehme ich an«, sage ich leichthin. Ich bin mir bewusst, dass Alice jedes Wort mitbekommt, und möchte nicht, dass sie sich irgendwie fehlerbehaftet fühlt. »Es ist keine große Sache.« Ich will es jedenfalls zu keiner machen.

Aber Matt kommt noch einmal darauf zurück, als Alice im Bett liegt, wir gemütlich auf dem Sofa sitzen und der neuste Netflix-Hit vor uns auf dem Fernseher auf Pause steht.

»Denkst du, sie braucht eine Brille?«

»Vielleicht. Wir wussten ja, dass die Frühgeburt immer mal wieder ihre Folgen haben würde.«

»Du meinst, das liegt an der Frühgeburt?«

»Keine Ahnung.« Ich schaue Matt an, versuche die Stimmung zu lockern. »Aber es gibt doch sicher Schlimmeres, als eine Brille zu brauchen?«

»Ja, natürlich. Aber du kennst mich ja.« Er lächelt und drückt auf die Fernbedienung, das Gespräch ist schon fast vergessen.

Wenn ich nur gewusst hätte, wie prophetisch meine Worte waren. Wenn ich nur gewusst hätte, wie das alles enden würde.

Aber ich wusste es nicht, also hake ich Alices Sehtest ab und spreche stattdessen über etwas, was ich für wirklich wichtig halte.

»Matt ... Ich glaube, es ist an der Zeit, dass wir über ein zweites Kind nachdenken.«

Matts Augen werden groß, er öffnet leicht den Mund und drückt abermals auf Pause. »Milly ...«

»Ich weiß, es ist beängstigend«, sage ich, und mein Herz beginnt wild zu klopfen, denn in all der Zeit haben wir nicht ein einziges Mal darüber gesprochen, ein weiteres Kind zu bekommen. »Und es besteht eine gewisse Wahrscheinlichkeit, dass ich wieder Depressionen bekomme.«

»Milly ...« Er schüttelt bereits den Kopf.

»Aber Matt, diesmal wären wir vorbereitet. Und ich werde

nicht jünger.« Tatsächlich ist meine POI inzwischen so weit fortgeschritten, dass ich etwa innerhalb des nächsten Jahres eine In-vitro-Befruchtung vornehmen lassen müsste, damit sich diese Tür nicht für immer schließt. Durch die Hormonersatztherapie ist soweit alles unter Kontrolle, aber dennoch.

Matt lehnt den Kopf an das Sofa und schließt die Augen. Ich warte ab, möchte geduldig sein. Ich wünsche mir das so sehr, dass ich es nicht durch zu viel Druck torpedieren will. So viel habe ich im Laufe der Jahre gelernt.

»Ich weiß nicht, Milly«, sagt er schließlich. »Ich weiß es wirklich nicht. Was beim letzten Mal passiert ist ...«

»Aber diesmal kümmern wir uns von Anfang an darum.« Ich kann es nicht verhindern, ihn zu unterbrechen. »Wenn es überhaupt passiert. Vielleicht auch nicht, weißt du? Bei meinen Medikamenten und der Therapie und dem Wissen, das ich jetzt habe, kommt es ja vielleicht gar nicht erst dazu.«

Ich habe schon ein wenig recherchiert, und die Wahrscheinlichkeit, dass ich wieder postpartale Depressionen bekomme, liegt bei fünfzig Prozent.

»Trotzdem.«

»Alice ist so wunderbar.« Ich höre, wie mir die Emotionen die Kehle zuschnüren. »So unglaublich. Fändest du es nicht schön, wenn sie einen Bruder oder eine Schwester bekäme?«

»Doch, natürlich fände ich das schön.« Matt klingt gereizt, was mich verstummen lässt. »Was denkst du denn? Manchmal habe ich das Gefühl, du glaubst, du hättest dir als Einzige eine Familie gewünscht.«

»Was?« Ich blinzle, diese Wendung des Gesprächs hat mich überrumpelt. »Natürlich glaube ich das nicht, Matt ...«

»Für mich war das alles auch hart. Die POI, die IVF, die PPD, ein ganzer Haufen medizinischer Abkürzungen, die unterm Strich für *Scheiße* stehen. Ich glaube nicht, dass ich das noch mal mitmachen kann, Milly. Ich möchte lieber genießen, dass wir Alice haben.«

Ich lehne mich zurück, seine Tirade hat mir einen Dämpfer versetzt und ich bin mehr als nur ein bisschen verletzt. Er tut so, als wäre das alles meine Schuld, und habe ich nicht ewig gebraucht, um mir genau das nicht mehr einzureden? Ich darf auf keinen Fall wieder anfangen, das zu glauben.

»Es tut mir leid«, sagt Matt nach einem Moment. »Ich wollte nicht ...« Er reibt sich das Gesicht. »Ich hätte das nicht so sagen sollen. Es tut mir leid. Ich habe nur Angst, Milly. Ich weiß nicht, ob ich genug Kraft habe, um das alles noch einmal durchzumachen.«

»Zusammen haben wir genug Kraft. Ich habe mal nachgeforscht, und weil das Risiko bei mir schon bekannt ist, könnte für mich von Anfang an ein Behandlungsplan erstellt werden. Ich kann zu einem Perinatalpsychologen gehen, und es gibt Medikamente, die auch für das ungeborene Kind unbedenklich sind.«

»Was ist mit dem Risiko während der Schwangerschaft selbst? Du bräuchtest wieder einen Kaiserschnitt, und bei der letzten Schwangerschaft musstest du *wochenlang* Bettruhe halten, Milly. Was macht Alice währenddessen?«

»Ein Kaiserschnitt wäre nur eine Sache, und vielleicht wäre Bettruhe diesmal nicht nötig. Sieh mal, beim letzten Mal gab es einige Faktoren, die diesmal nicht mit hineinspielen – mein Job, die Diagnose meiner Mom ...« Ich schaue ihn verzweifelt an. »Möchtest du nicht wenigstens mal drüber nachdenken? Bitte?«

Es dauert eine Ewigkeit, bis Matt langsam nickt. »Na gut«, sagt er. »Ich denke drüber nach.«

Nach einem Moment des angespannten Schweigens lassen wir uns wieder ins Sofa sinken und gucken unsere Serie. Es ist, als wüsste ich bereits, welche Strapazen vor mir liegen, als wäre ich darauf vorbereitet, weil ich einen Plan habe, aber in Wahrheit habe ich nicht die geringste Ahnung.

24

ANNA

Ich liege an einem Samstagmorgen im September im Bett, die Sonne scheint durch das Fenster und überfließt mich wie goldener Sirup, da summt eine Nachricht auf meinem Handy.

Erst denke ich, es ist Will. Wir sind seit ein paar Monaten zusammen, seit Juni, und ganz allmählich entwickelt sich etwas Ernstes daraus. Es begann nach dieser ersten Tasse Tee im Regen – in den Wochen darauf liefen wir uns immer öfter über den Weg, lächelten uns locker, aber eigentlich eher verlegen an und scherzten ein bisschen herum. Erst später gaben wir offen zu, dass genau das der Grund war, warum wir beide nun mehr Zeit im Garten verbrachten.

Plaudereien mit den Stiefeln im Schlamm, Tee in seinem Schuppen, wenn es regnete, dann auch, wenn es nicht regnete, und dann endlich, an einem späten Juninachmittag, der gerade in einen goldenen Abend überging, fragte er, ob wir gemeinsam etwas trinken gehen.

Seitdem treffen wir uns mehrmals pro Woche, gehen mal etwas trinken oder essen oder schauen zu Hause einen Film, und ich machte es für mich offiziell, indem ich den Kollegen und Freunden bei der Arbeit erzählte, dass ich einen Freund hatte. Im Juli fragte Will, ob ich ihn auf die Hochzeit eines Freundes begleiten wolle; im August verbrachten wir einen Tag am Meer, wie kleine Kinder aßen wir Eis und gingen zum Eselreiten.

Also lächle ich beim Gedanken an ihn und frage mich, ob er heute vielleicht etwas unternehmen möchte, greife nach dem Handy und erstarre vor Schreck, als ich den Absender sehe. *Milly.*

Die Nachricht ist erschreckend knapp: *Wollte nur checken, ob das noch deine Nummer ist.* Ich starre einen Augenblick lang darauf, kann kaum fassen, dass sie nach vier Jahren Funkstille und dem vorangegangenen Bruch nun auf so sachliche, forsche Art wieder Kontakt mit mir aufnimmt. *Nur checken?*

Ich lege das Handy ab und stehe auf, meine zufriedene Trägheit ist Gereiztheit und Ruhelosigkeit gewichen. Ich ziehe mir Trainingsklamotten und Turnschuhe an und gehe laufen, das hilft mir normalerweise dabei, ein bisschen Perspektive zu gewinnen.

Aber die einzige Perspektive, die sich herausbildet, ist noch größerer Ärger und Wut darüber, dass sie mich nach all der Zeit auf diese Weise angeschrieben hat. Nach allem, was war. Dann hinterfrage ich, ob ich das Recht habe, mich so zu fühlen, ob ich mich nicht unvernünftig aufführe, wenn man mal meinen Anteil an der Geschichte bedenkt.

Das Dumme ist, überlege ich, während ich energisch den Bürgersteig entlanglaufe, dass ich das mit niemandem besprechen kann. Die einzige Person, die über Milly und, noch wichtiger, Alice Bescheid weiß, ist meine Therapeutin Ellen, bei der ich seit zwei Jahren nicht mehr war. Ich könnte sie anrufen, aber das kommt mir übertrieben vor. Es ist ja nur eine Nachricht.

Ganz genau.

Zurück in meiner Wohnung dusche ich, ziehe mich an und starre wieder auf mein Handy. Sie hat keine weitere

Nachricht geschrieben, und auf die erste habe ich nicht geantwortet. Ich habe keine Ahnung, was ich schreiben soll: *Ja, genau! Bin immer noch da!* Wie in aller Welt soll man auf so etwas reagieren? Die Nachricht liest sich, als wolle sie nur meine Adresse für die alljährliche Weihnachtskarte bestätigen.

Ich rede mir ein, dass ich das Ganze einfach ignorieren, einfach vergessen werde, aber natürlich ist das unmöglich. Es ist zwar nur eine Nachricht, aber sie bringt meine zerbrechliche, sorgsam geordnete Welt ins Schleudern. Eine Nachricht, und sofort kehrt die Erinnerung zurück. Die Grübelei. Die Reue und, noch schlimmer, die *Sehnsucht*.

Was, wenn es einen guten Grund für ihre Kontaktaufnahme gibt? Was, wenn sie mich wieder in Alices Leben haben möchte? Instinktiv weiß ich, dass das nicht der Grund ist. Das kann nicht sein, und ich darf mir keine Hoffnungen machen. Es wäre zu schmerzhaft, wenn sie wieder zusammenbrechen.

Am Abend kommt Will zu mir, wir wollen unsere neueste Fernsehserie gucken, aber nach nur ein paar Minuten merkt er, dass ich nicht bei der Sache bin.

»Anna.« Er legt seine warme, schwere Hand auf mein Knie. »Stimmt etwas nicht?«

»Es ist eigentlich nichts.« Ich versuche die Schultern zu zucken. »Ich habe heute Morgen nur eine Nachricht bekommen von einer alten ... Freundin.« Das Wort fühlt sich falsch an.

»Eine alte Freundin? Und das war etwas Schlechtes?«

»Es ... kam überraschend. Wir haben uns vor einer ganzen Weile zerstritten.« Ich zögere, wäge ab, wie viel ich ihm erzählen soll. »Auf recht spektakuläre Weise, um ehrlich zu sein.«

Will lächelt und zieht die Stirn in Falten. »Ich habe Schwierigkeiten, mir das vorzustellen.«

»Glaub mir, so war es.«

Das muss ziemlich düster klingen, denn Will legt den Kopf schief und fragt behutsam: »Möchtest du darüber reden?«

Möchte ich das? Wo würde ich da überhaupt anfangen? Aber wenn ich es nicht tue, würde ich damit nicht nur eine gute Gelegenheit verpassen, sondern, noch schlimmer, Will verletzen. Er hat mir einige Geheimnisse aus seiner Vergangenheit anvertraut – ein gewalttätiger Vater, eine abwesende Mutter, der Onkel mit Lungenkrebs, der sich seiner annahm, und eine rebellische Teenagerphase, die noch trotziger und gefährlicher war als meine. Nichts davon ging ihm leicht über die Lippen, und doch fühlt sich das hier wie etwas völlig anderes an.

»Es ist kompliziert«, sage ich. Ich habe ihm schon viel von mir erzählt – von der Scheidung meiner Eltern, von meinem katastrophalen Abschlussjahr und sogar von der Abtreibung. Bei all dem war er verständnisvoll, aber das hier ...

Wie könnte ich ihm bloß eröffnen, dass ich eine leibliche Tochter habe, die aber eigentlich doch nicht meine Tochter ist? Dass ich sie im Arm gehalten und geliebt habe und aufgeben musste? Nach vier Jahren kommen mir meine eigenen Taten – Alice behalten zu wollen, mit dieser Anwältin zu sprechen – vor wie eine verworrene Mischung aus gerechtfertigt und vollkommen verrückt. Ich habe keine Ahnung, wie Will auf all das reagieren würde.

Aber wenn ich es ihm *nicht* erzähle ... Was sagt das dann über uns aus? Es sind jetzt drei Monate, und ich habe ein gutes Gefühl bei uns. Ich mache mir Hoffnungen. Wird das hier die Beziehung abschießen, bevor sie überhaupt richtig Fahrt aufnehmen kann? Oder wäre es eher die Geheimhaltung, die sie entgleisen lässt?

»Stell mich auf die Probe«, sagt Will lächelnd. Er drückt mir das Knie.

Ich atme tief durch. »Ich hatte eine beste Freundin«, setze ich zögerlich an. »Schon seit Anfang der weiterführenden Schule. Sie war wie eine Schwester für mich ...« Selbst so wenig zu sagen. schmerzt bereits. In den letzten vier Jahren habe ich Milly immer als die Böse abgestempelt, sie als manipulative Scheinfreundin gesehen, die mich für selbstverständlich hielt und ausnutzte, aber dieses Narrativ fällt in sich zusammen, sobald ich vernünftig über sie nachdenke. Mich daran erinnere, wie lieb sie war, was wir alles gemeinsam unternommen haben. Dass ich diejenige war, die die Eizellspende angeboten hat. Wenn überhaupt jemand manipulativ war, dann ich.

»Was ist passiert?«, fragt Will sanft, und ich erzähle es ihm, in stockenden, mühevollen Sätzen erkläre ich ihm ihre Unfruchtbarkeit, und dann meine und auch Jacks Rolle bei Alices Zeugung. Während er zuhört, legt sich Wills Stirn in Falten. »Also haben dein Freund und du die Eizelle und den Samen gespendet? War das nicht ein bisschen ...«

»Anfangs waren wir noch nicht zusammen. Das kam erst hinterher.« Manchmal, wenn ich an meine Zeit mit Jack zurückdenke, ist es, als würde ich einen verschwommenen Traum betrachten. *Ist das wirklich passiert?* Die ganze Zeit über, ob ich es zugeben wollte oder nicht, wusste ich, dass es keine Zukunft hatte. Und ich habe Jack nie so sehr vermisst wie Milly. Nicht mal ansatzweise.

»Wie kam es dann zu eurem Streit?«

»Nachdem Alice auf die Welt kam ...« Ich breche ab, muss mich zwingen, weiterzusprechen. »Da hatte Milly Schwierigkeiten. Bei ihr wurden Wochenbettdepressionen festgestellt, schließlich ging sie für ein paar Wochen weg und ich kümmerte mich um Alice.« Und so erzähle ich ihm, langsam und schmerzhaft, von meiner wachsenden Liebe zu Alice und wie ich versuchte, sie an mich zu reißen.

Als ich fertig bin, lehnt Will sich zurück, lässt alles sacken, was ich gesagt habe. Ich spähe ihn ängstlich an, fürchte, er wird mich verurteilen: *Was in aller Welt hast du dir dabei gedacht, Anna? Bist du wahnsinnig?*

Dann wendet er sich mir zu. »Das muss hart gewesen sein«,

sagt er, und das reicht, um mir die Tränen in die Augen zu treiben. Er versteht es. Er verurteilt mich nicht.

»Ja, das war es«, bringe ich heraus, und dann nimmt Will mich in die Arme. »Es war das Schlimmste, was mir je passiert ist.« Und das heißt einiges.

Er hält mich einen Moment lang fest und streichelt mir übers Haar. Ich entspanne mich in seiner Umarmung, in dem Wissen, dass er dieses Geheimnis nun kennt und es akzeptiert. Es fühlt sich wie ein großer Schritt an – unser größter bisher – und auch einfach gut. Es ist eine Erleichterung, es nicht mehr allein mit mir herumtragen zu müssen. Die Karten auf den Tisch zu legen.

»Was willst du nun wegen der Nachricht machen?«, fragt Will schließlich.

»Ich werde sie ignorieren. Wenn sie etwas anderes geschrieben hätte, etwas Echteres ...«

»Vielleicht hat sie das vor, möchte aber erst sicherstellen, dass du noch dieselbe Nummer hast. Ich könnte es verstehen, wenn sie keine Nachricht aus tiefstem Herzen schreiben will, die nachher ein Fremder liest.«

Daran habe ich auch schon gedacht, glaube aber nicht, dass es so ist. Das Risiko bin ich jedenfalls nicht bereit einzugehen. »Dann hätte sie das doch andeuten können«, gebe ich zurück. »Zum Beispiel ›Wollte nur checken, ob das noch deine Nummer ist – ich möchte dir etwas sagen‹ oder sowas in der Art.«

»Auch wieder wahr.«

Zu Will muss man wissen, dass er einen nicht drängt. Er lässt mich lieber meine eigenen Schlüsse ziehen, meine eigenen Entscheidungen treffen, doch jetzt gerade hätte ich lieber Bestimmtheit. Ich will, dass mir jemand sagt, was die beste Vorgehensweise ist, jemand, der Bescheid weiß.

»Ich glaube, wenn ich auf diese Nachricht antworte, öffnet das diese Büchse der Pandora in mir«, sage ich zaghaft, »und alles fliegt wieder heraus.« Der ganze Ärger, der ganze Schmerz, die ganze Wut, die ganze Trauer. Mein Leben verläuft gerade in so schönen, ruhigen Bahnen. Ich möchte es nicht wieder auf den Kopf stellen, und wofür überhaupt?

»Gut«, meint Will. »Wenn sie etwas Wichtiges zu sagen hat, wird sie es noch mal versuchen.«

Ich rede mir ein, dass er recht hat, aber Millys Nachricht nagt immer noch an mir, als ich am Montag zur Arbeit gehe. Wir planen eine große Weihnachts-Benefizveranstaltung in einem Luxushotel, und dafür brauche ich meine ganze Energie und ungeteilte Aufmerksamkeit. Ich kann es mir nicht leisten, meine Zeit mit Gedanken an Milly und was sie wohl von mir will zu verschwenden.

Aber ich denke doch an sie. Ich bestelle Blumen für das Event, fülle Kalkulationstabellen aus, beantworte Anrufe von Spendern, aber die ganze Zeit über denke ich an sie, erinnere mich an sie. Als hätte diese eine simple Nachricht den Wasserspiegel bewegt, der die ganze Zeit über still dagelegen hatte, und nun treiben zusammenhanglose Erinnerungen an die Oberfläche.

Ich erinnere mich an unseren Heimweg im ersten gemeinsamen Schuljahr, wie wir uns eine Packung Chips teilten und unsere Schultern beim Laufen aneinanderstießen. Ich erinnere mich daran, wie wir als jeweiliges Date der anderen zum Abschlussball gingen und einen Mordsspaß hatten.

Doch dann erinnere ich mich auch an andere Dinge, Dinge, die ich vergessen hatte – ein Gespräch zwischen Milly und ihrer Mitbewohnerin, das ich ein paar Monate nach meinem Einzug zufällig mitanhörte. Ihre Freundin hatte sich über mich beschwert – und im Rückblick war ich wohl auch etwas verschroben, abwesend und zurückgezogen. Millys Antwort hallt in mir nach: *So schlimm ist sie nicht*, sagte sie halbherzig. Ich erinnere mich daran, wie Milly kaum mit der Wimper zuckte, als ich ihr erzählte, ich sei gefeuert worden, wie sie lieber über sich selbst und ihren Babybauch reden wollte.

All diese Erinnerungen schubsen einander in meinem Kopf hin und her und bringen meine unangenehmsten Seiten zum Vorschein. Bei der Arbeit bin ich gereizt, und in meiner Zeit mit Will komme ich nicht zur Ruhe. Es fällt allen auf, und Cara, eine Kollegin aus meiner Abteilung, fragt mich, ob alles in Ordnung ist. Will zieht sich etwas zurück, er sagt, er wolle mir ein bisschen Freiraum geben, und ich kann es ihm nicht verübeln. Ob es nun meine Schuld war oder Millys, sie ist nicht gut für mich. Die Erinnerung an unsere Freundschaft ist nicht gut für mich.

Also sende ich zwei Wochen, nachdem sie diese Nachricht geschrieben hat, endlich eine Antwort. *Tut mir leid, ich kenne Ihre Nummer nicht. Sie müssen jemand anderen meinen.*

Nachdem ich die Nachricht abgeschickt habe, werfe ich das Handy beiseite und ziehe die Knie an die Brust. Ich spüre eine Welle der Erleichterung und kämpfe gleichzeitig mit den Tränen. Wenigstens ist es jetzt erledigt.

Oder zumindest dachte ich das – bis es ein paar Tage später an meiner Wohnungstür klingelt.

»Anna?« Gehetzt und eindringlich kommt Millys Stimme durch die Gegensprechanlage und nagelt mich vor Schreck am Boden fest. *Sie ist hergekommen?* Ich sage nichts, ich finde keine Worte. »Anna? Bist du da?« Millys Stimme bebt. »Bitte, wenn du da bist, lass mich rein. Ich muss mit dir reden. Es ist wichtig.« Jetzt bricht ihre Stimme. »Es geht um Alice.«

25

MILLY

Es fing mit Kleinigkeiten an, so vernachlässigbar, dass ich mich für verrückt hielt, weil sie mir überhaupt auffielen. Ich dachte, ich wäre wieder die paranoide, übertriebene Helikopter-Mutter, aber die war ich nicht.

Zuerst kam Alices zweiter Sehtest, den sie nicht bestand. Ihre Sehkraft war schwächer, als irgendjemandem klar gewesen war, am wenigsten mir. Im ersten Moment fühlte ich mich bloßgestellt, als wäre mir etwas durchgegangen, das ich unbedingt hätte bemerken sollen, aber dann schraubte ich die Erwartungen an mich selbst herunter. Alice bekam eine Brille. Sie hatte ein rosa Gestell und Alice fand sie klasse, aber das Beste war natürlich, dass sie es auch klasse fand, richtig sehen zu können.

»Alles ist ganz *klar*, Mommy!«, rief sie, und ihr Gesicht leuchtete vor Begeisterung, was mir gleichzeitig ein Lächeln entlockte und das Herz schwer werden ließ. Wie hatte sie sich vor der Brille gefühlt? Warum hatte sie nie etwas gesagt?

»Ich mache mir Vorwürfe, weil ich nicht bemerkt habe, wie schlecht sie sehen konnte«, erzählte ich meiner Mutter an einem Samstagnachmittag im Juli. Wir saßen bei ihnen im

Garten, Mom hatte sich eine Decke über die Beine gelegt, weil sie leicht fror, sogar in der schweren Sommerhitze.

»Aber sie ist doch erst vier, wie solltest du da auf die Idee kommen? Milly, diese Vorschultests gibt es aus gutem Grund, so habt ihr es herausgefunden, bevor sie in die Schule kommt.« Sie beugte sich herüber, um mir das Knie zu tätscheln. »Du solltest dich wegen sowas nicht fertigmachen, Milly. Als Mutter hat man sowieso schon so viele Schuldgefühle. Jetzt geht es ihr gut. Darauf kommt es doch an.«

Und ich erlaubte mir, ihr zu glauben. Wie ich schon zu Matt gesagt hatte, es gab Schlimmeres als eine Brille.

Aber dann fielen mir andere Dinge auf. Alice wurde auf einmal wieder nachts wach, wie früher als Baby. Ich erklärte es mir damit, dass sie wegen ihrer Einschulung aufgeregt war. Dann sagte sie eines Morgens, sie könne sich die Schuhe nicht anziehen.

Wir waren schon etwas spät dran und ich gab mir Mühe, die Ungeduld in Schach und meinen Tonfall fröhlich zu halten. »Komm schon, Spätzchen, du schaffst das. Du hast das doch schon hundertmal gemacht.«

»Ich *kann* nicht, Mommy.« Sie schob die Unterlippe vor, der Inbegriff der Sturheit, was gar nicht ihrer üblichen, umgänglichen Art entsprach.

»Alice ...« Ich warf ihr einen genervten Blick zu, und sie erwiderte ihn. Ein Starrduell, und die Uhr tickte immer weiter. »Na schön, dann mache ich das eben heute«, gab ich nach und zwängte ihre Füße eilig in die rosa Klettverschlussturnschuhe. »Aber morgen machst du das, ja?«

»Es ist zu *schwer*.« Ihre Lippe zitterte.

»Dann machst du es eben ganz in Ruhe. Hetz dich nicht. Ich bin mir sicher, du kannst das, Spätzchen.« Ich gab ihr schnell einen Kuss auf den Kopf und vergaß die Sache sofort wieder, hakte sie als einen weiteren dieser Momente im Alltag mit einer Vierjährigen ab. Bis es wieder passierte.

Am nächsten Tag wollten wir gerade zum Streichelzoo aufbrechen, einem ihrer Lieblingsorte, aber sie saß auf der untersten Treppenstufe und schüttelte hartnäckig den Kopf.

»Ich kann nicht.«

»Alice ...« Ich konnte mir keinen Reim darauf machen. Alice konnte sich schon seit Monaten die Schuhe selbst anziehen. Woher kam jetzt dieser Rückschritt, diese Beharrlichkeit? Und machte es wirklich etwas aus, wenn ich ihr die Schuhe anzog?

In der Mütterwelt fühlt man sich allzu leicht wie auf der Anklagebank. Das vielsagende Schweigen, die hochgezogenen Augenbrauen an der Vorschulgarderobe. *Ach, Alice kann noch nicht lesen? Du hast ihr Minidonuts als Snack mitgegeben?* Ich versuche, mich aus diesem scheußlichen Wetteifern herauszuhalten und nichts darauf zu geben, aber es fällt mir schwer, nicht alles rechtfertigen und erklären zu wollen. *Sie kennt die Buchstaben. Das war nur das eine Mal, als etwas Besonderes.*

Nun, bei unserem Machtkampf um die Schuhe, wusste ich also nicht, ob ich statt nachzugeben hätte weiterdrängen sollen, bis sie sie anzog. Was war das Richtige? Wer konnte es mir sagen?

Schließlich durchsuchte ich online Elternforen in der Hoffnung auf ein Stückchen Weisheit und stieß auf einen seitenlangen Thread darüber, dass Vierjährige in der Lage sein sollten, ihre Schuhe selbst anzuziehen – wenn man es ihnen abnimmt, gewöhne man ihnen nur Faulheit an. Auch eine Kinderpsychologin hatte ihren Senf dazugegeben: *Das ist eine Fähigkeit, die die meisten Vierjährigen beherrschen sollten. Finden Sie heraus, was für ein Problem zugrunde liegt.*

Beim nächsten Mal war ich bereit. Als Alice behauptete, sie könne es nicht, hockte ich mich neben sie, auf Augenhöhe, und fragte behutsam, was es in Wirklichkeit war, das ihr Angst machte.

»Möchtest du nicht zur Vorschule, Spätzchen?« Sie sah mich verständnislos an. »Machst du dir Sorgen wegen etwas?«

Sie schüttelte den Kopf. »Ich *kann* es nicht.«

»Zeig mir mal, wie du es versuchst.«

Sie funkelte mich missmutig an und begann dann, an ihrem Schuh herumzufummeln. Mich beschlich der Verdacht, dass sie das mit Absicht machte, so ungeschickt war sie doch sonst nicht.

Ich wartete ab, hielt das geduldige Lächeln, während Alice vergebens versuchte, den Fuß in den Schuh zu drücken, und sich mit den Klettverschlüssen abplagte. Dann, sehr zu meinem Entsetzen, stöhnte sie frustriert auf und pfefferte den Schuh quer durch den Raum.

»Alice!« Vor Schreck klang meine Stimme wütend.

»Ich kann das nicht! Ich hab dir ja *gesagt*, dass ich's nicht kann!«, schrie sie, rannte halb stolpernd nach oben und knallte ihre Zimmertür zu, so fest sie konnte. Einen Moment lang stand ich völlig perplex und erschüttert da. So hatte Alice sich noch nie benommen, nicht einmal bei Wutanfällen als Kleinkind. Was war hier los?

»Wahrscheinlich ist das nur so eine Phase«, beschwichtigte mich Matt am Abend, als Alice im Bett war und ich ihm die ganze Episode erzählte. »Weißt du noch, als sie zwei war und darauf bestanden hat, alles selbst zu machen? Und zwar wirklich alles.« Matt lächelte bei der Erinnerung daran, aber ich ließ mich nicht so leicht beruhigen.

»Das hat sich aber nicht so angefühlt, Matt.«

»Wie das?«

»Es war, als könnte sie es wirklich nicht.«

»Sie hat ja auch *geglaubt*, dass sie es nicht kann.«

»Es war mehr als das.«

Matt sah nicht überzeugt aus, und besser konnte ich es nicht erklären.

»Vielleicht macht sie ein paar Rückschritte«, überlegte er,

»weil bald die Schule losgeht. Kommt das bei Kindern nicht vor?«

»Ja ...« Also sagte ich mir, dass es das war, dass Alice sich mit sieben, zehn oder zwölf Jahren schon nicht mehr weigern würde, die Schuhe anzuziehen. Wie ahnungslos ich war. Wie sehr ich daran glauben wollte.

Im August fuhren wir nach Cornwall in den Urlaub, in das gleiche Ferienhaus, das wir schon die vergangenen Jahre immer gemietet hatten, zum ersten Mal während meiner Schwangerschaft, als wir noch von der Zukunft, von einer Familie träumten. Wir verbrachten eine schöne Woche damit, am Strand herumzutoben, in Gezeitentümpeln zu spielen und Sandburgen zu bauen. Die meiste Zeit über musste Alice keine Schuhe tragen. Dann, an unserem letzten Abend dort, hatte Alice einen Anfall.

Der Schock war unbeschreiblich, als hätte man mich unter Strom gesetzt, alle meine Sinne flogen auf Alarmstufe Rot. Ich war in ihr Zimmer gegangen, um ihr in den Schlafanzug zu helfen, und da lag sie auf dem Boden, starrte stumpf geradeaus, die Spucke lief ihr aus dem Mund und sie zuckte am ganzen Körper.

»Alice ... *Alice!*« Der pure Schrecken in meiner Stimme ließ Matt die Treppe hochsprinten.

»Was ...«

»Ich glaube, sie hat einen Anfall.« Ich konnte kaum glauben, dass diese Worte aus meinem Mund kamen. »Was machen wir jetzt?« Ich wirbelte zu Matt herum, rang verzweifelt um Ruhe. »Was *machen* wir jetzt?«

»Keine Ahnung. Ich glaube ... Soll man bei so einem Anfall nicht nur abwarten? Er hört irgendwann auf, wenn ...« Er schluckte. »Wenn es wieder geht.«

Die nächsten dreieinhalb Minuten fühlten sich wie die längsten unseres Lebens an. Matt schaute Anfälle auf dem Handy nach und las, dass wir Alice auf die Seite legen sollten, um ihr das Atmen zu erleichtern, also taten wir das und murmelten ihr pausenlos Ermutigungen und Zärtlichkeiten zu, auch wenn wir noch nicht einmal wussten, ob sie uns überhaupt hörte.

Es war eine Qual, sie so zu sehen, so hilflos und ohne jede Kontrolle, und gleichzeitig nichts tun zu können. Es widersprach jedem meiner Instinkte.

Dann endlich entspannten sich ihre Glieder und ihr Blick wurde langsam wieder klar. Sie starrte uns voller Verwirrung an, dann voller Angst.

»Was ... was ist los?«

»Nur ein kleiner Schreck, Spätzchen«, antwortete ich und hielt meine Stimme nur mit Mühe davon zurück, so sehr zu zittern wie ihre. »Aber jetzt geht es dir wieder gut.«

Sobald wir wieder in Bristol waren, ging ich mit ihr zum Arzt.

»Fieberkrämpfe kommen bei Kindern erstaunlich oft vor«, sagte er mit einem verständnisvollen Lächeln. Alice sah sehr klein aus, wie sie auf dem Stuhl neben seinem Schreibtisch saß, ihre Füße reichten nicht einmal bis zum Boden. »Aber sie können ganz schön furchterregend aussehen.«

»Sie hatte aber kein Fieber.« Ich warf einen Blick auf Alice, es gefiel mir nicht, dass sie dieses ganze Gespräch mitbekam. »Sie war nicht krank.«

»Ich könnte natürlich ein EEG anfordern, wenn das noch einmal vorkommt.«

Ich biss die Zähne zusammen – unser Hausarzt nimmt immer alles ein bisschen zu sehr auf die leichte Schulter. Mein Bauchgefühl sagte mir, dass etwas nicht in Ordnung war, aber er wollte lieber die »Abwarten und Tee trinken«-Variante wählen.

Allerdings stellte sich heraus, dass wir nicht lange warten mussten. In der Woche darauf hatte Alice einen weiteren

Anfall und der Arzt buchte für sie das versprochene EEG, das uns aber lediglich sagte, dass sie keine Epilepsie hatte.

Das war natürlich eine Erleichterung, aber nichts Genaueres zu wissen machte mich wahnsinnig. Ich kam mir ganz paranoid vor, deutete alles Mögliche als Symptom.

»Du musst dich entspannen, Milly«, meinte Matt, und das sagt schon alles, wenn man bedenkt, wie überfürsorglich er normalerweise ist. »Dann mag sie eben keinen Brokkoli mehr. Das hat nichts zu bedeuten.«

Ich verdrehte die Augen, denn es war ja nicht *das*, was mir Sorgen bereitete. Es war alles andere – die ruhelosen Nächte, die Weigerung, sich Schuhe anzuziehen, die erhöhte Ungeschicklichkeit, dass sie manchmal mitten im Satz ein Wort vergaß und mich dann mit leerem Blick ansah, bis ich es ihr sanft vorsagte und sie mich freudig anstrahlte. Das Gefühl auf dem Weg zu ihrem ersten Schultag im September, dass sie nicht mehr dieselbe Alice war, die ich kannte und liebte.

Irgendwann traf es mich ganz plötzlich, als ich sie beim Laufen beobachtete. Es war so allmählich geschehen, über den ganzen Sommer hinweg, dass es noch gar nicht ganz in mein Bewusstsein vorgedrungen war, doch als ich sie jetzt so langsam und vorsichtig vor mir den Bürgersteig entlanggehen sah, etwas humpelnd, weil sie einen Fuß ganz leicht nachzog, wurde mir klar, dass Alice sich verändert hatte. Mehr, als ich es je erlebt oder erwartet hätte, und in diesem Moment wusste ich, dass etwas wirklich nicht in Ordnung war.

Ich machte einen Termin beim Hausarzt für den nächsten Tag, und ich ging allein hin, damit ich ganz offen sprechen konnte, ohne Alice Angst einzujagen.

»In den letzten Monaten hat sie sich verändert, und das macht mir Sorgen.«

Der Arzt schenkte mir wieder so ein hemmungslos verständnisvolles Lächeln. »Inwiefern hat sie sich verändert?«

»Sie ist langsamer geworden, irgendwie unsicher. Sie stolpert öfter oder rennt in Dinge hinein, und sie bekommt einfache Aufgaben wie sich die Schuhe anzuziehen nicht mehr hin.« Oder sich auszuziehen, oder sich die Zähne zu putzen. Ich saß da und stellte mit Erschrecken fest, wie viel ich ihr in letzter Zeit abgenommen hatte, weil sie gesagt hatte, sie könne es nicht, oder weil es einfacher gewesen war.

Der erste Machtkampf um die Schuhe kam mir ewig weit weg vor. Ich hatte immer wieder nachgegeben, ohne auch nur zu bemerken, wie oft ich es tat – in immer wieder neuen Momenten, Tag für Tag.

»Kinder zeigen in diesem Alter oft einige Unsicherheiten und auch Rückschritte, vor allem bei der Einschulung«, versicherte mir der Arzt. »Es ist relativ normal, dass sie behaupten, Aufgaben nicht zu schaffen, die sie vorher gut bewältigen konnten.«

»Das ist es nicht.« Mein Tonfall war bestimmt, sogar hart. Alice humpelte nicht aus innerer Unsicherheit die Straße hinunter. »Es ist etwas Körperliches«, beharrte ich. »Nichts Psychisches.«

Der Arzt runzelte die Stirn, dann seufzte er und, als würde er mir meilenweit entgegenkommen, schlug vor, uns für ein Gespräch an einen Kinderneurologen zu überweisen.

»Ein Neurologe?« Das Wort brachte mich aus dem Konzept. Es klang so ernst.

»In Anbetracht ihrer Anfälle und den anderen Symptomen, die Sie beschreiben, ist das die passende Fachrichtung.«

Ich fühlte mich, als sei ich über den Rand einer Klippe ins Leere getreten. Ich raste durch meine Unwissenheit abwärts, geradewegs auf diese neue Welt zu, die ich gar nicht kennenlernen wollte. Es erinnerte mich daran, wie meine Ärztin mir von meiner vorzeitigen Menopause berichtete, nur war das hier so viel schlimmer. Jetzt würde sich alles ändern, und in diesem Moment war mir klar, dass ich das auf keinen Fall wollte.

»Ein Kinderneurologe?«, fragte Matt, als ich es ihm erzählte. »Meinst du wirklich, das ist notwendig?«

»Nur für den Fall, Matt.«

»Aber sie ist glücklich. Sie geht gern zur Schule. Sie schlägt sich gut.«

»Sie humpelt«, erwiderte ich leise. »Ist dir das schon mal aufgefallen?« Ich hatte es die vergangene Woche über im Blick behalten, und Alices Gang war immer noch beunruhigend wackelig. »Und manchmal vergisst sie Wörter ... einfache Wörter.«

»Mit vier Jahren ist das doch sicher normal.«

Ich schüttelte den Kopf, denn obwohl ich mir genau das wünschte, sagte mir mein Übelkeit erregendes Bauchgefühl, dass es nicht normal war. »Warum sollten wir es nicht mal checken lassen?«, fragte ich. »Nur für den Fall?«

Matt sah mich lange an. »Weil ich Angst habe«, sagte er leise. Damit gestand er nicht nur ein, was er fühlte, sondern auch, wo wir uns befanden – im freien Fall durch leeren Raum, ohne die leiseste Ahnung, wo – oder wie – wir landen würden. Wie tief wir, und vor allem Alice, noch fallen würden.

26

ANNA

»Milly.« Wie versteinert vor Schock starre ich sie an. Selbst nachdem ich ihr aufgedrückt habe, staune ich noch darüber, dass sie tatsächlich bei mir im Türrahmen steht, dass sie hier ist. Ich bin mir meiner Sturmfrisur vom Schlafen und meines Pyjamas unangenehm bewusst. So hätte ich ein Wiedersehen mit Milly definitiv nicht geplant.

»Tut mir leid.« Sie sieht älter aus, in ihren dunklen, wilden Haarschopf haben sich ein paar graue Strähnen geschlichen, die Krähenfüße um ihre Augen sind tiefer. Aber im Großen und Ganzen sieht sie noch aus wie immer – klein und stürmisch, ein Ausbund nervöser Energie und Zielstrebigkeit. »Habe ich dich geweckt?«

»Nein ... nicht wirklich. Was ist los mit Alice?« Ihren Namen auszusprechen ist ein merkwürdiges Gefühl, vor allem Milly gegenüber. »Geht es ihr ... ist sie ...« Ich kann die Frage nicht beenden, ob sie nun in Schwierigkeiten steckt oder krank ist oder Schlimmeres. Also sehe ich Milly nur an und warte auf ihre Antwort.

»Könnte ich ... reinkommen?«, fragt sie, ohne meine Frage zu beantworten. Ich zucke die Schultern und mache ihr den

Weg frei. Sie kommt langsam herein, lässt den Blick über alles schweifen, was sich in meiner Wohnung in den letzten vier Jahren verändert hat. »Ich war mir nicht sicher, ob du überhaupt noch hier wohnst«, sagt sie, als sie das Wohnzimmer betritt. Vor ein paar Jahren habe ich die terrakottaroten Wände in einem ruhigeren Elfenbeinton überstrichen. Ich habe auch ein neues Sofa, ein großes, weiches aus grauem Wildleder. Winnie streckt sich und springt mit einem Schwanzpeitschen davon herunter, macht einen großen Bogen um Milly und verschwindet in der Küche.

»Warum sollte ich nicht mehr hier wohnen?«, frage ich und stelle mich in den Türrahmen. Ich will eine Antwort zu Alice, keinen Plausch.

»Ich dachte, du wärst vielleicht umgezogen. Du hast ja auch eine neue Nummer ...« Ich sage nichts, und Milly macht die Augen schmal. »Ist doch so? Oder warst du das, die mir geschrieben hat, ich hätte die falsche Nummer?«

»Was ist mit Alice passiert?«

»Nichts ist *passiert*.«

»Du hast es so gesagt, als wäre es dringend, als wäre etwas nicht in Ordnung.« Das Adrenalin jagt mir immer noch durch die Adern, allein durch Millys Worte. *Es geht um Alice.* »Warum bist du hier, Milly?«

»Ich musste dich sprechen. Es hat sich ... etwas ergeben.«

Ich hebe eine Augenbraue, warte angespannt.

»Arbeitest du noch im Personalbereich?«, erkundigt sie sich, und die Worte scheinen in der Luft hängen zu bleiben. Ernsthaft? Wir sollen einfach wieder da anknüpfen, wo wir aufgehört haben, uns ein bisschen auf den neusten Stand bringen? Ich antworte nicht auf die Frage und sie lässt den Kopf hängen. »Tut mir leid«, murmelt sie. »Es fällt mir schwer.«

»Setz dich«, sage ich, lockere meine aggressive Haltung ein wenig. Milly lässt sich in einen Sessel sinken, und mir fällt auf, wie müde und angespannt sie aussieht. Kalte Angst packt mich. »Was ist mit Alice?«, wiederhole ich.

»Ich wünschte, ich könnte dir das sagen.« Sie seufzt erschöpft und reibt sich das Gesicht. »Aber ehrlich gesagt wissen wir es nicht. Wir versuchen herauszufinden ... Matt und ich ... wir haben das ein oder andere bemerkt. Zuerst nur Kleinigkeiten. Dinge, die vielleicht gar nichts miteinander zu tun haben ... Keine Ahnung. Es ist so schwer, das einzuschätzen. Aber wir fingen an, uns Sorgen zu machen, und dann hat der Hausarzt ein paar Tests machen lassen.«

Meine Gedanken kommen ins Wirbeln. »Was für Dinge habt ihr bemerkt?«

»Wirklich nur Kleinigkeiten.« Milly zuckt die Schultern, tupft sich den Augenwinkel. »Sie ist ein bisschen ungeschickt ... braucht eine Brille ... macht Rückschritte in gewissen Bereichen, im Wortschatz und bei motorischen Fähigkeiten ... Und letzten Monat ging es mit den Anfällen los.«

»*Anfällen* ...« Ich kann das alles kaum verarbeiten. Alice, der süßen kleinen Alice, die ich mir in mancher Hinsicht immer noch als Baby vorstelle, passieren diese Dinge. »Was für Tests wurden denn gemacht? Was haben sie herausgefunden?«

»Das ist das Problem. Nichts.« Sie wirft ratlos die Hände auseinander. »Einige Erkrankungen konnten sie zum Glück ausschließen, ein paar ernste, aber auch ein paar weniger ernste.«

»Zum Beispiel?«

Meine maschinengewehrartigen Fragen scheinen sie aus dem Konzept zu bringen, als hätte sie von mir nicht so viel Interesse erwartet, so viel Eifer, nicht nach all der Zeit. Ich habe keine Ahnung, was Milly die letzten vier Jahre über mich gedacht hat – wenn sie überhaupt an mich gedacht hat.

»Epilepsie, ADHS, Störungen aus dem Autismusspektrum ... Aber solche Symptome hatte sie vorher noch nie. Nicht bis vor Kurzem.«

Mir sinkt das Herz in die vor Schreck eiskalte Magengrube. »Was war denn vor Kurzem?«

»Ich kann es nicht genau sagen.« Milly sieht aus, als wäre sie den Tränen nah. »Es ist alles so schwammig ... ich meine, sie ist *vier*. Muss ich mir da Sorgen machen, wenn sie den Bleistift nicht so fest hält wie vor ein paar Monaten? Oder wenn sie Buchstaben falschrum schreibt, die sie letztes Frühjahr noch perfekt draufhatte? Man hört immer, dass sowas ganz normal ist, aber seit der Einschulung vor ein paar Wochen hat die Lehrerin auch schon einige Bedenken geäußert.«

Mir dreht sich vor Anspannung fast der Magen um. »Wie lange geht das schon so?«

Milly seufzt und lehnt sich zurück. »Seit etwa einem Jahr, obwohl ich es erst seit dem Anfall richtig wahrgenommen habe. Wir sind mit ihr direkt danach zum Arzt, und die Tests gingen im September los ... Wir hatten seitdem schon mehrere Termine, haben aber noch keine Antworten bekommen.«

»Und jetzt?« Meine Frage bleibt kurz in der Luft hängen und fällt dann ganz sachte, wie Schnee, zu Boden.

»Jetzt wollen die Fachärzte einige seltenere Erbkrankheiten ausschließen«, sagt Milly leise. »Eine Diagnose kann manchmal Jahre auf sich warten lassen, es gibt so viele Defekte, die alle schwer festzumachen sind, nur ganz selten vorkommen. Wenn sie eine Reihe DNS-Tests durchführen könnten ...« Sie lässt den angebrochenen Satz so stehen, und der Groschen fällt. Milly ist vielleicht Alices Mutter, aber für den genetischen Bereich braucht sie mich. Ich frage mich, wie es ihr dabei geht, weiß aber auch, dass das keine Rolle spielt. Es geht hier nicht um mich oder Milly, es geht um Alice.

»Was brauchst du von mir?«, frage ich und weiß genau, ich würde alles geben oder tun.

»Nur eine DNS-Probe.«

»Wurde damals keine Probe genommen? Haben sie da nicht auch Tests gemacht?« Alles andere schiene mir katastrophal nachlässig, und ich erinnere mich noch an bergeweise Formulare, die ich ausfüllen musste, Unmengen von Blutabnahmen. Da haben sie doch sicher an alles gedacht? Doch es scheint ja ganz so, als hätten sie das nicht, und das macht mir Angst.

»Ja, sie haben auf einige Erkrankungen getestet, aber nicht auf jede erdenkliche. Das wäre unmöglich.« Sie zögert. »Während der Schwangerschaft hätte man auch über eine Fruchtwasseruntersuchung noch mehr herausfinden können, aber da es so eine Risikoschwangerschaft war, schien das keine gute Idee zu sein und auch nicht wirklich notwendig. Ich hätte Alice ja so oder so bekommen, egal was gewesen wäre.«

Weil sie sie so sehr wollte. Ich erinnere mich. Und wie ich mich erinnere. »Also ...«, sage ich unsicher.

»Also brauchen wir eine Probe, wenn du einverstanden bist.« Sie klingt so zögerlich, als würde ich sie vielleicht gleich anschreien, wie sie sich nur *erdreisten* könne anzunehmen, ich würde noch einmal irgendetwas für sie tun, nachdem ... nun, nach allem. Aber natürlich würde ich alles Mögliche tun, um zu helfen, nur nicht Milly, sondern Alice. Alles für Alice.

»Ja, okay«, sage ich kurz angebunden. »Ich gebe eine Probe ab.«

»Das wäre großartig.« Es macht mich wütend, wie erleichtert Milly aussieht. Hält sie mich für derart selbstsüchtig, dass ich mich weigern würde? Hat sie mich denn kein bisschen gekannt? Oder fühlt sie sich schuldig wegen ihres Anteils an unserer Geschichte? »Die Fachärzte melden sich dann bei dir ... Es ist das Bristoler Kinderkrankenhaus, Abteilung für klinische Diagnostik.«

Was furchterregend ernst klingt.

Ich nicke, und Milly steht langsam auf.

»Danke, dass du das tust, Anna.«

»Kein Problem.«

»Ich wollte noch sagen ...« Sie zögert und ich warte mit

ausdrucksloser Miene. Ich habe nicht den blassesten Schimmer, was sie gleich sagen wird, und schließlich habe ich den Eindruck, sie überlegt es sich noch einmal anders. »Wie geht es dir so? Hast du einen Job gefunden?«

»Ja, ich habe umgeschult und arbeite in der Projektentwicklung. Ich bin jetzt bei einer Non-Profit-Organisation, wir unterstützen Opfer von sexueller Gewalt.«

»Oh, wow. Das ... das ist fantastisch.«

»Was ist mit dir? Arbeitest du?«

»Nein, nicht seit ...« Eine unbequeme Pause. »Ich bin nicht wieder zurück in den Job gegangen.«

Wir sehen einander einen weiteren endlosen Moment lang an. Es gibt zu viel zu sagen, und doch rein gar nichts. Nichts, was den Abgrund zwischen uns noch überwinden könnte. Dann ringt sich Milly ein schwaches, unsicheres Lächeln ab. »Danke nochmal. Ich – wir – wissen das wirklich zu schätzen«, sagt sie.

»Na klar, für Alice würde ich alles tun«, gebe ich zurück, meine Stimme bebt heftig und Milly schaut weg. Das war ihr unangenehm. Sie möchte nicht über meine Beweggründe nachdenken oder darüber, was sie bedeuten.

Sie schickt sich an zu gehen, und ein Teil von mir kann nicht glauben, dass unser Gespräch damit abgeschlossen ist. Wir waren fast fünfundzwanzig Jahre lang beste Freundinnen. Wie kann das alles weg sein? Aber ich bin nicht bereit dazu, auf sie zuzukommen – zum einen, weil ich ausschließlich Unzureichendes sagen könnte, zum anderen, weil ich nicht möchte. Ein Teil von mir ist auch jetzt noch wütend, wird es vielleicht immer sein.

Nachdem Milly gegangen ist, rufe ich Will an. »Milly hat sich gemeldet«, platze ich heraus. »Es geht um Alice.« Ich erzähle ihm alles und er hört zu, will mich beruhigen, meint, diese Tests seien vermutlich bloß eine Vorsichtsmaßnahme, um ein paar besorgniserregende, aber unwahrscheinliche Möglichkeiten von der Liste streichen zu können. Aber als ich daran denke, dass Alice Wörter vergisst, über die eigenen Füße stolpert, blutet mir das Herz und flattert zugleich vor Angst. Ein kleiner Teil von mir denkt, *das wäre nicht passiert, wenn ich bei ihr gewesen wäre. Ich hätte auf sie aufgepasst.* Nur ist das natürlich völliger Blödsinn. *Ich* bin vielleicht sogar der Grund, warum Alice diese Symptome hat. Wenn sie eine genetische Störung hat, ist das entweder meine Schuld – oder Jacks.

Eine Woche später kommt der Anruf vom Krankenhaus und ich bekomme einen Termin für die Probe. Es ist ganz einfach – ein Wangenabstrich und eine Blutabnahme, um herauszufinden, ob ich Trägerin irgendwelcher Erbkrankheiten bin. Ich möchte wissen, um welche Krankheiten es genau geht, aber die Krankenschwester antwortet nur brüsk, es seien zu viele, um alle zu nennen.

»Aber sind es schwere Krankheiten?«, frage ich, denn ich muss mehr wissen.

»Manche ja, manche nein«, sagt die Schwester, und ich merke, sie wird mir nicht mehr verraten.

Ich gehe aus dem Krankenhaus in einen wunderschönen Herbsttag hinaus, kristallklar, aber warm. Ich überlege, Milly anzurufen und sie zu informieren, dass ich die Probe abgegeben habe, aber auch, um mehr über Alice zu erfahren, aber dann lasse ich es doch bleiben. Das Krankenhaus wird ihr Bescheid geben, und bei ihrem Kurzbesuch hat sie ja klargestellt, was sie von mir wollte. Jetzt hat sie es bekommen, und ich bezweifle, dass sie sich noch mal melden wird. Sie hat mir nicht einmal ein Foto von Alice gezeigt, als wir gesprochen haben, und ich habe mich gehütet, danach zu fragen.

Aber ich höre immer noch ein sehnsüchtiges Wispern in mir. *Alice.* Ich versuche sie mir vorzustellen, überlege, ob sie mir irgendwie ähnlich sieht, habe aber natürlich keine Ahnung. Seit letztem Monat ist sie in der Schule. Mir schwebt ein kleines Mädchen in funkelnagelneuer Uniform vor, mit geflochtenen Zöpfen und strahlendem Lächeln, aber genauso gut könnte ich mir ein x-beliebiges Kind aus einer Werbung oder einem Bilderbuch vorstellen.

Ich weiß überhaupt nichts mehr über Alice. Ich würde sie nicht einmal auf der Straße wiedererkennen, obwohl ich weiterhin nach ihr Ausschau halte. So wollten Milly und Matt es, und ganz offensichtlich wollen sie es immer noch so.

Es wird sich nichts mehr ändern, egal, was mit Alice nicht stimmen mag.

27

MILLY

Es wird bis zu sechs Monate dauern, vielleicht sogar noch länger, bis Alices DNS-Tests komplett ausgewertet sind. Diese Auskunft nimmt mir allen Mut, denn ich wollte unbedingt Antworten haben.

Matt und ich sitzen im Büro des Facharztes, hören uns diese düsteren Aussichten von ihm an und halten uns fest an den Händen. Nun sind es schon Monate, in denen wir nicht wissen, wie wir Alice behandeln können, in denen sie nicht die notwendige Therapie oder Medikamente oder was auch immer bekommt. Es ist Ende November, bald vier Monate, seit wir das erste Mal mit ihr beim Arzt waren, und inzwischen steht zweifellos fest, dass etwas absolut nicht stimmt.

Weder Matt noch ich können ihre Symptome noch als etwas Harmloses wegerklären, so sehr wir es uns wünschen würden oder es versuchen. Sehschwäche? Viele Kinder brauchen eine Brille, und gerade die frühe Geburt kann sich auf die Sehkraft auswirken. Ungeschicklichkeit? Ebenso. Buchstaben umdrehen, Wörter vergessen, die sie einmal kannte? Mit vier Jahren ist das noch normal. Was die Krampfanfälle betrifft ... Nun, im Kindesalter kann man daraus wieder herauswachsen.

Ich rede mir ein, dass ich mir alles nur eingebildet habe. Ich habe mich immer schon übermäßig wachsam aufgeführt, und wahrscheinlich könnte man aus den verschiedenen Eigenheiten und Schwächen jeder beliebigen Person ein Syndrom machen.

Diese Tests, so versichern wir einander, sind nur um sicherzugehen, Gewissheit zu bekommen. Wahrscheinlich ist es gar nichts. Mit an Sicherheit grenzender Wahrscheinlichkeit ist es nichts. Aber diese Litanei der verzweifelten Zuversicht funktioniert nicht mehr, denn Matt und ich sind nicht länger die Einzigen, denen Alices Symptome auffallen.

Zuerst kam ihre Lehrerin, die uns mitteilte, was wir selbst schon wussten – Alice sei ungewöhnlich tollpatschig, sie vergesse Wörter, sie könne sich die Schuhe und sogar die Jacke nicht selbst anziehen.

»Ich dachte erst, es sei bloß Dickköpfigkeit«, sagte uns Miss Hamilton, eine imposante Erscheinung auf der Zielgeraden zur Rente, beim Elternsprechtag im Oktober, »aber inzwischen bin ich mir da nicht mehr so sicher. Haben Sie sie mal untersuchen lassen?«

Mr Williams, der Kinderneurologe, nahm die Symptome ernst. Er erklärte uns, Diagnosen seien in diesem Bereich schwer zu stellen, weil die Symptome so schrecklich ungenau sind. Er empfahl uns, unserem Instinkt zu vertrauen, und ich hätte ihm am liebsten entgegnet, dass ich genau das nicht möchte – denn mein Instinkt sagt mir, dass es hier um etwas Ernstes geht. Es geht um *Alice*.

Alice, die aus tiefstem Herzen lacht, wenn Matt sie kitzelt. Alice, die mit ihren dinoförmigen Hühnchennuggets Tellertheater spielt, bis wir ihr sagen, dass sie sie jetzt aber wirklich essen muss. Alice, die sich meine lächerliche, selbst ausgedachte Geschichte über Feen vor ihrem Fenster anhört, zu der ich nun schon seit über einem Jahr immer neue spannende Kapitel dazuerfinde.

Alice, die wir uns so sehr gewünscht haben, um die wir

gekämpft haben und die wir mit jeder Faser unseres Herzens lieben. Wie kann etwas mit ihr nicht stimmen? Sie ist perfekt. So, wie sie ist, ist sie perfekt.

»Aber bestimmt könnte man schon früher zu einer Diagnose kommen?«, fragt Matt nun Mr Williams, während wir uns fest an den Händen halten, und aus seinem bedachten Tonfall klingt die Anspannung.

»Möglicherweise«, räumt Mr Williams ein. »Aber jetzt gerade suchen wir nach einer sehr kleinen Nadel in einem wirklich gewaltigen Heuhaufen ... Das klingt vielleicht wie ein abgedroschenes Bild, aber Alices Symptome sind eine wild zusammengewürfelte Mischung, die für unzählige unterschiedliche Krankheiten sprechen könnte.« Er hält inne. »Und Sie sollten auch auf die Möglichkeit vorbereitet sein, dass wir vielleicht niemals vollständige Klarheit erhalten. Ich weiß, das klingt hart, aber es werden ständig neue Krankheiten, erblich oder nicht, entdeckt und klassifiziert. Ich möchte nur nicht, dass die Enttäuschung Sie später einholt, wenn Sie nicht von Anfang an die Faktenlage kennen.«

»Glauben Sie mir«, sagt Matt mit einem bitteren Lächeln. »Zumindest das ist nicht der Fall.«

»Mr Williams, wir haben den Eindruck, Alices Symptome verstärken sich.« Es widerstrebt mir, das einzugestehen, aber in den letzten Wochen hat sie immer mehr Wörter vergessen, auch Dinge, die sich nicht mehr mit ihrem Alter erklären lassen.

Gestern Abend wollte sie Lasagne zum Abendessen, konnte sich aber nicht an das Wort erinnern: »Weißt du, die platten Nudeln mit der Soße?« Sie verzog das Gesicht vor Konzentration. »Rote Soße und weiße Soße, und es ist gaaanz lecker ...«

»Lasagne?«, schlug ich vor und bemühte mich verzweifelt um einen unbekümmerten Ton. »Meinst du das, Schusselchen?«

»Ja!« Sie strahlte mich an. »Lasagne.«

Während ich das Rinderhack briet, unterdrückte ich eine Woge der Panik, den Drang, auf der Stelle loszuweinen. *Mein kleines Spätzchen, wie konntest du Lasagne vergessen? Du isst sie jede Woche. Es ist dein Lieblingsessen. Du konntest sie schon mit zwei Jahren benennen, und wir waren so stolz auf dich, weil es so ein schweres Wort ist.*

In diesem Moment trauerte ich um dieses kleine Mädchen, denn ich wusste, dass sie auf gewisse Weise verschwunden war. Ich sagte mir, wir würden schon eine Diagnose finden, es würde ihr irgendwann wieder besser gehen. Was immer auch nötig sein sollte – eine Operation, Therapie, Medikamente, alles Erdenkliche –, wir würden es tun. Wir würden einen Weg finden, damit Alice wieder sie selbst sein konnte.

Aber mit jedem Tag, der verging, bemerkte ich etwas Neues. Wenn sie die Treppe hinunterging, nahm sie inzwischen nur noch jede Stufe einzeln, tastete sich langsam vor, wo sie noch vor ein paar Monaten fröhlich hinuntergehüpft war. Wir machten noch einen Sehtest, und ihre Augen hatten sich weiter verschlechtert, seit sie die Brille bekommen hatte. Mehrmals pro Woche hatte sie Anfälle, und ab und zu auch – hier lernten wir noch ein neues Wort – Myoklonien, plötzliche Muskelzuckungen, die sie nicht einmal bemerkte, Matt und ich aber sehr wohl.

»Es könnte etwas Harmloses sein«, beharrt Matt, als wir genauso ratlos wieder vom Krankenhaus nach Hause fahren, wie wir gekommen sind. »Viele Krankheiten kann man sehr gut behandeln, mit den richtigen Medikamenten oder Therapie. Wir müssen nur herausbekommen, was es ist.« Er haut aufs Lenkrad, ich kann nicht sagen, ob zur Betonung seiner Worte oder aus Frust darüber, dass wir noch immer und wahrscheinlich auch noch eine ganze Weile länger im Trüben fischen.

Ich sage mir, dass wir jetzt hoffentlich wenigstens auf dem richtigen Weg sind, Annas und Jacks Proben werden ausgewertet und mit Alices verglichen. Wenn es etwas Erbliches ist, werden sie es bestimmt identifizieren. Meine Gedanken wandern wieder zu Anna, denn in mancher Hinsicht ist es nun einfacher, an sie zu denken als an meine Tochter und all die Ungewissheit.

Sie hatte sich kaum verändert – sie sah etwas älter aus, genau wie ich, aber im Grunde noch genauso wie früher. Gewissermaßen überraschte mich das, denn sie wirkte ganz anders. Kühler, beherrschter, weniger passiv. Eine härtere Version der Frau, die ich einmal meine beste Freundin genannt hatte, und ich rätsele, wie viel davon wohl mein Werk ist.

»Du hast dich gar nicht nach Anna erkundigt«, sage ich zu Matt, und er wirft mir einen argwöhnischen Blick zu.

»Warum sollte ich?«

»Weil du weißt, dass ich bei ihr war. Weil sie auch mal deine Freundin war.«

Er zuckt die Schultern. »Das ist Vergangenheit.«

»Warum bist du dabei so unnachgiebig, Matt?« Wenn das Gespräch auf Anna kommt, was sehr selten passiert, erinnert er mich an seine unnahbaren Eltern. Mein warmherziger, entspannter Ehemann verwandelt sich plötzlich in einen eiskalten Fremden. Es ist irritierend, auch wenn die Kälte sich nicht gegen mich richtet.

»Ich bin nicht unnachgiebig, Milly.« Er hält inne, den Blick auf die Straße gerichtet, und schließt die Finger fester ums Lenkrad. »Wir haben doch sicher schon genug am Bein, auch ohne dass wir Anna noch ins Spiel bringen? Sie ist nicht mehr Teil unseres Lebens. Es ist aus und vorbei.«

Aber sie war sehr wohl noch Teil unseres Lebens. Ihr Blut floss durch Alices Adern, sie prägte jede einzelne Zelle im Körper unserer Tochter. Wir hatten immer noch keine Ahnung, was los war, aber was auch immer es sein sollte, könnte auf Anna zurückzuführen sein. Wie konnte sie da nicht mehr Teil unseres Lebens sein?

In der folgenden Woche fahre ich nach Chepstow zu meinen Eltern, während Alice in der Schule ist. Ich habe ihnen gegenüber ein paar von Alices Problemen erwähnt, aber nicht die ganze, beängstigende Geschichte erzählt. Ich wollte die beiden nicht mit Sorgen belasten, solange wir noch nicht wussten, was genau und ob überhaupt etwas nicht in Ordnung ist.

Erst heute Morgen, als ich gerade Bananenscheiben für Alices Frühstück schnitt, erklärte mir Matt mit gedämpfter Stimme: »Vielleicht ist es gar keine große Sache, weißt du? Es gibt ja diese Geschichten von Leuten mit tonnenweise rätselhaften Symptomen, die denken, dass sie schon mit einem Bein im Grab stehen, und dann stellt es sich doch nur als irgendein komischer Virus heraus, der von alleine wieder weggeht.« Er nahm einen Schluck Kaffee und sah mich nachdenklich an, als erwartete er von mir eine Zustimmung und statistische Unterfütterung.

Und die hätte ich natürlich nur allzu gern gegeben. *Bitte, lass es nur ein Virus sein.* Aber tief im Herzen, in meiner bleischweren Magengrube, wusste ich, dass es das nicht war. Wie auch? Alices Symptome nahmen Überhand. Wir hatten bereits mit Miss Hamilton über einen Schulbegleiter gesprochen, der Alice beim Umziehen für den Sportunterricht oder beim Tragen ihres Tabletts beim Mittagessen helfen könnte. Wir hatten uns so schrittweise an diese neue Realität angepasst, dass wir irgendwie ausgeblendet hatten, wie einschneidend sie war, wie überwältigend. Vielleicht war das die einzige Möglichkeit, damit fertigzuwerden, aber in diesem Moment kam mir ihre Krankheit wie ein Schatten vor, der alles überdeckte, ein Stein, der uns nach unten zog. Es könnte etwas Riesiges sein. Unser Leben auf den Kopf stellen. Das tat es ja jetzt schon.

»Wir werden es abwarten müssen«, sagte ich ihm, wandte mich dann mit einem Lächeln Alice zu und verteilte die Banane auf ihrem Müsli. »Bitte schön, Mäuschen.«

Zum Glück wirkte Alice nicht allzu bekümmert darüber,

was mit ihr los war. Manchmal frustrierte sie ihre Ungeschicklichkeit, aber an die Anfälle konnte sie sich nicht erinnern und ihre Brille mochte sie. Wenn sie Wörter vergaß, füllten wir für sie die Lücken und sie sprach munter weiter. Ich wollte, dass sie so lange wie möglich in ihrem kindlichen, unschuldigen Unwissen blieb. Ich wollte unsere Angst vor ihr verbergen, bis eine sichere Diagnose feststand, bis wir wussten, womit wir es zu tun hatten. Vielleicht würde ich es ihr nicht einmal dann sagen.

Nun bin ich auf dem Weg über die Severn-Brücke, die Wintersonne glitzert auf dem Fluss und ich denke darüber nach, wie ich es meinen Eltern erzählen soll. Sie werden vollkommen erschüttert sein, wenn sie erfahren, dass etwas nicht in Ordnung ist, und genauso ungeduldig wie ich auf Antworten warten. Meine Mutter ist so schwach, dass ich ihr nur äußerst ungern Sorgen bereite, aber ich habe schon genug vor meinen Eltern geheim gehalten. So soll es nicht noch einmal gehen.

»Milly.« Meine Mutter lächelt, steht aber nicht aus ihrem Stuhl auf, nur mein Vater umarmt mich. Wir sind im Wohnzimmer, der Gasofen ist voll aufgedreht und die Türen sind geschlossen, die Hitze ist erdrückend. Trotzdem hat meine Mutter sich eine Decke über die Beine gelegt, und mir fällt auf, wie dürr sie geworden ist, noch mehr als beim letzten Mal. Ihre Handgelenke lugen aus den Pulloverärmeln hervor wie Zweige.

»Wie geht es dir heute, Mom?« Ich beuge mich zu ihr hinunter und gebe ihr einen Kuss auf die Wange. Ihre Haut ist fahl und trocken.

Sie lächelt und tätschelt mir die Hand. »Müde, wie so oft. Aber friedlich.«

Friedlich? Die Wortwahl lässt mich aufhorchen, und mein Vater lächelt traurig.

»Wir hatten letzte Woche einen Scan. Der Tumor wächst wieder, und der Arzt meint, dieses Mal wäre die Chemo zu viel für deine Mutter.«

Ich sinke auf einen Stuhl hinab, schockiert und doch nicht überrascht. Ich rechne seit Jahren mit dieser Nachricht. Das Überraschende ist, dass es so lange gedauert hat, nicht dass es nun geschieht.

»Es tut mir leid«, sage ich schließlich und sehe meine Mom an. Sie lächelt mir mit klarem Blick zu. »Was ... was bedeutet das genau?«

Sie zuckt die Schultern. »Wer weiß? Niemand hätte gedacht, dass ich so lange durchhalte, nicht einmal ansatzweise.« Sie seufzt. »Aber als wir immer weiter nachgehakt haben, sagte der Arzt, höchstens ein paar Monate.«

Ich nicke erschöpft, weiß genau, es ist anders als beim letzten Mal. Dieses Mal ist es wirklich wahr. Natürlich trauere ich eigentlich schon seit Jahren unterbewusst um meine Mutter, denn das bringt eine schlimme Krebsdiagnose mit sich. Sie bereitet dich auf das Ende vor, zumindest sofern das möglich ist. Und doch kann ich nicht glauben, dass es jetzt so weit ist – das düstere Finale, die letzten Sandkörner. Egal wie erwartungsgemäß es kommt, es ist doch ein Schock. Wie kann ich ihnen jetzt von Alice erzählen? Wie nicht?

»Wie geht es unserer wunderschönen Enkeltochter?«, fragt Dad heiter. »So munter wie immer?«

»Sie könnte nicht süßer sein«, murmelt meine Mutter lächelnd. »Und da bin ich *gar nicht* voreingenommen.«

Ich sehe zwischen ihnen hin und her, das Herz wird mir so schwer, dass ich die Last nicht mehr tragen kann. Von Alices möglicher Erkrankung zu erfahren, wird ihnen das Herz brechen. Aber sie haben es verdient, Bescheid zu wissen. Ich weiß, es ist ihnen lieber so, auch wenn ich ihnen nicht wehtun will.

»Ich habe auch ein paar Neuigkeiten«, sage ich und räuspere mich. Meine Mutter sieht mich erwartungsvoll an und mein Vater runzelt die Stirn. »Es geht um Alice. Vielleicht ist es gar nichts, oder nur eine Kleinigkeit, aber es könnte auch etwas ... Ernsteres sein.« Ich zögere, und meine Mom legt eine Hand an den Hals.

»Alice? Was ist los, Milly?«

Ich erzähle von den Symptomen, den Fachärzten, den Tests. »Sechs Monate Wartezeit ist eine Ewigkeit«, schließe ich. »Aber eventuell finden wir es auch früher heraus. Ich möchte einfach nur wissen, was es ist, damit wir etwas unternehmen können.« Ich habe die Hände im Schoß zu Fäusten geballt, bin von Kopf bis Fuß erstarrt. Seit uns die Symptome erstmals aufgefallen sind, ist mein Magen ein einziger Knoten aus Angst, die durchgehende Anspannung in meinem Körper laugt mich aus und es wird nur immer schlimmer, je mehr passiert, je länger wir warten müssen, je mehr wir nicht wissen.

»Mein Gott«, flüstert meine Mutter. »*Alice* ...«

»Aber vielleicht ist es auch gar nichts«, beharrt mein Dad. »Wie Matt gesagt hat. Ein komischer Virus ...« Ich hatte diese Überlegung mit hineingeworfen wie einen Rettungsring, aber so verlockend es auch ist, sich daran zu klammern, sollten wir das doch nicht tun. Dann würde uns die Wahrheit nur noch härter treffen.

»Vielleicht aber doch, Dad. Wir können nichts tun außer abzuwarten.«

Mit immer noch schwerem Herzen und dem Versprechen an meine Eltern, ihnen jede Neuigkeit über Alice und natürlich ihre Testergebnisse mitzuteilen, fahre ich nach Bristol zurück.

Anfang Januar, als ich auf dem Schulhof auf Alice warte, haben wir immer noch keine Ergebnisse. Die anderen Eltern und Tagesmütter stehen in Grüppchen herum und quatschen nett. Alles redet über Weihnachten und was sie so gemacht haben, wie viel sie getrunken haben. Unser Weihnachtsfest war ruhig, wir haben es mit meinen Eltern verbracht und alle miteinander versucht, die allgegenwärtige Angst in Schach und von Alice fernzuhalten. Aber mir fallen immer mehr Dinge auf, jeden Tag etwas Neues. Eine andere Mutter wirft mir quer über den Schulhof ein zögerliches Lächeln zu; ich versuche zurückzulächeln, bin mir aber nicht ganz sicher, ob es mir gelingt.

Am Anfang des Schuljahres steckte ich die Nase in diese kleinen Cliquen hinein; einige der Mütter kannte ich schon aus Baby- oder Krabbelgruppen und Mutter-Kind-Kursen, sie boten sich also als Freundeskreis an. Ich war sogar mal mit ein paar von ihnen etwas im Pub trinken, doch als Alices Symptome sich verschlimmerten und die Suche nach einer Diagnose immer mehr Zeit und Energie in Anspruch nahm, stand ich zusehends allein da, wich den Blicken der anderen aus. Es war einfacher so.

Mir rutscht das Herz in die Hose, als ich sehe, dass Alice nicht gemeinsam mit ihren Klassenkameraden herausgeschlendert kommt; Miss Hamilton steht etwas abseits und hält sie bei der Hand. Sie sieht mich vielsagend an, und der Knoten in meinem Magen zieht sich wieder enger zusammen.

Ich nehme die neugierigen Blicke der anderen Eltern wahr, sie müssen wohl denken, Alice habe etwas ausgefressen, sie sei so eine Art Problemkind, dabei könnte nichts der Wahrheit ferner liegen.

»Alice hat sich heute leider etwas aufgeregt«, sagt die Lehrerin mit gedämpfter Stimme, sobald die anderen Kinder verabschiedet und wir zurück im Klassenzimmer sind. Alice spielt ein paar Meter weiter mit Zahlenwürfeln.

»Aufgeregt? Worüber?«

»Ein anderes Kind hat sie geärgert, weil sie den Bleistift nicht richtig halten kann.« Miss Hamilton verzieht das Gesicht. »Natürlich habe ich mit diesem Kind gesprochen, aber Alice hat es sich zu Herzen genommen. Sie sagte mir, sie kann den Stift nicht so halten, wie sie es gerne möchte.«

Ich nicke, schlucke schwer und bemühe mich um einen neutralen Gesichtsausdruck. Ich möchte hier nicht wegen einem falsch gehaltenen Bleistift zusammenbrechen. Aber es nimmt kein Ende – ein Dämpfer folgt dem anderen. Wie klein sie auch sind, sie türmen sich zu einem Riesenberg auf, setzen mir immer weiter zu, bis ich mich restlos entkräftet und hilflos fühle. »Ich fürchte, die Ergebnisse ihrer Tests lassen noch ein paar Monate auf sich warten.«

»Das tut mir leid.« Miss Hamilton legt mir eine Hand auf den Arm, und ich muss gegen die Tränen ankämpfen. Ich komme mir ganz zerbrechlich vor, aber was ist mit Alice? Sie muss sich auch zerbrechlich fühlen, und das gefällt mir nicht. Es gefällt mir überhaupt nicht.

»Es ist so schwer, keine Klarheit zu haben«, bringe ich heraus, und Miss Hamilton legt den Arm um mich. Sie ist warm und weich wie ein Kissen, ich lehne den Kopf an sie und versuche, nicht mitten im Klassenzimmer loszuheulen. Dann spüre ich, wie eine kleine Hand an meinem Mantel zupft.

»Mommy ... *Mommy*.« Alice klingt besorgt. »Was ist los? Warum bist du so traurig?«

Ich löse mich von Miss Hamilton, schäme mich dafür, vor Alice so die Fassung verloren zu haben. Das ist das Letzte, was sie braucht.

»Ich bin nicht traurig, Spätzchen«, entgegne ich, meine Stimme schwankt zwischen furchtbar belegt und übertrieben fröhlich. »Überhaupt nicht.« Ich zwinge mir ein Lächeln ab und Alice beäugt mich skeptisch. Nach ein paar angespannten Sekunden geht sie wieder zu ihren Würfeln zurück.

»Werden Sie es ihr sagen?«, fragt Miss Hamilton leise. »Dass etwas ...«

Ich schüttle den Kopf. »Nicht, bis wir es wissen.«

Auf dem Heimweg lässt sich Alice nicht so leicht abfertigen. »Warum warst du traurig, Mommy?«, fragt sie, während wir nebeneinander herlaufen, ihre kleine Hand in meiner. »War es wegen mir?«

Ich halte an und drehe mich zu ihr um. »Nein, Alice. Nein.

Ich bin nicht deinetwegen traurig. Deinetwegen könnte ich nie traurig sein.«

Sie sieht mich ernsthaft an, ihre meeresgrünen Augen – Annas Augen – sind weit aufgerissen und blinzeln nicht. »Aber irgendwas ist los mit mir.«

Ich bin zutiefst erschüttert, aber gebe mir die größte Mühe, ihr nicht zu zeigen, wie sehr. »Nichts ist los mit dir, Alice. *Nichts.*« Ich knie mich zu ihr auf den kalten, nassen Bürgersteig und nehme sie bei den Schultern, will ihr diese Worte einprägen. »Überhaupt nichts. Das darfst du niemals denken.«

Ihre Lippe bebt, sie sieht mich unglücklich an. »Aber ich bin so tollpatschig. Und ich kann den Bleistift nicht festhalten.«

»Das stimmt, und wir versuchen herauszufinden, woran das liegt. Du weißt doch noch, dass die Ärzte deshalb diese Tests gemacht haben? Sie wollen herauskriegen, warum dir das passiert.« So viel haben wir ihr gegenüber erwähnt, aber ich weiß nicht, wie viel davon Alice versteht. Wie viel wir alle verstehen.

»Ja, und dann geben sie mir vielleicht leckere Medizin, dann geht's mir wieder gut.« Sie seufzt. »Ich weiß.« Das haben wir ihr gesagt, als wir zum ersten Mal mit ihr zum Hausarzt gegangen sind.

»Ja, leckere Medizin.« Meine Stimme schwankt und ich rappele mich vom feuchten Bürgersteig auf, mir tut alles weh und ich fühle mich schwerfällig und alt. »Ja, genau so wird es.« So wünsche ich es mir, mehr als alles andere. *Bitte, lass das alles sein, was sie braucht.*

Hand in Hand schlendern wir wieder los, keine von uns sagt etwas, und einen Block weiter beginnt Alice auf ihre neuartige, wackelige Art zu hüpfen. Mein Herz quillt vor Liebe über und bebt vor Angst. Sie denkt schon gar nicht mehr an Miss Hamilton und den Bleistift, aber ich schon. Womit wird Alice noch zu kämpfen haben, bevor wir die Ursache finden? Was wird sie noch alles einbüßen müssen?

Mein Handy klingelt im selben Moment, in dem wir zu Hause ankommen. Alice rennt vorweg, um nach etwas Süßem zu stöbern.

»Darf ich einen Keks, Mommy, mit Zuckerguss?«

»Ja, Spätzchen.« Meine früher geradezu militante Überwachung ihres Zuckerkonsums ist ganz und gar aufgeweicht. Wir haben sehr viel schlimmere Sorgen als ein paar Süßigkeiten zu viel.

Ich beobachte sie lächelnd dabei, wie sie sich auf die Zehenspitzen stellt und nach der zerbeulten Keksdose angelt, dann schaue ich aufs Handy. Alles kommt abrupt zum Erliegen, als ich sehe, dass es Anna ist. Fast nehme ich den Anruf nicht an, aber dann tue ich es doch, nur für den Fall. Für welchen Fall weiß ich zwar nicht, aber ich werde keinerlei Risiken eingehen.

»Anna?«

»Milly?« Ihre Stimme klingt seltsam dumpf, irgendwie ausgelaugt. »Kann ich mit dir reden?«

»Reden?« Ich schließe die Haustür hinter mir, Alice grinst mich aus der Küche an, einen Keks in jeder Hand. Ich lächle zurück, sie geht wacklig zum Sofa hinüber und lässt sich darauf fallen.

»Ja, persönlich, mit dir und auch mit Matt.«

»Vielleicht wäre es besser, wenn du nur mit mir sprechen würdest, Anna. Ich denke nicht, dass Matt ...«

»Es ist wichtig, Milly. Enorm wichtig, für euch beide.« Annas Stimme stockt und mein Herzschlag setzt kurz aus, als sie die gleichen Worte wählt, die ich zu ihr gesagt habe. »Es geht um Alice.«

28

ANNA

Ich kann nicht aufhören, an Alice zu denken. Ob ich im Bett liege, bei der Arbeit sitze, mit Will ausgehe ... Immer denke ich an sie. Frage mich, ob sie wirklich irgendeine Art Erbkrankheit hat. Bete inständig dafür, dass es nicht so ist.

Will versteht meine Sorgen, und obwohl er sich stets geduldig zeigt und gerne zuhört, werde ich die Befürchtung nicht los, dass er langsam ein ganz kleines bisschen die Geduld verliert mit meiner Nervosität, meiner endlosen, ruhelosen Grübelei. Er kennt Alice nicht. Er versteht zwar, was sie mir einmal bedeutet hat, aber sie liegt ihm nicht am Herzen, nicht so wie mir.

Mehr als einmal nehme ich in den folgenden Wochen das Handy zur Hand, um Milly anzurufen oder ihr zu schreiben. Würde sie mir die Ergebnisse überhaupt mitteilen, wenn sie eine Diagnose bekommen? Allein die Vorstellung, dass sie das vielleicht nicht tut, dass sie gar nicht auf den Gedanken kommt, verletzt mich unsäglich. Mich beschleicht der Verdacht, dass sie jetzt von mir bekommen hat, was sie wollte, und ich für sie wieder bedeutungslos geworden bin – und auch für Alice.

»Du musst dich davon lösen, Anna«, mahnt mich Will

sanft, als ich es wieder einmal anspreche, während wir an einem kühlen, grauen Novembertag im Garten seines Onkels Laub zusammenharken. »So schwer das auch ist. Und mir ist völlig klar, dass das sehr schwer ist«, fügt er hinzu, bevor ich widersprechen kann. »Ehrlich.«

Aber das ist es nicht wirklich. Er kann unmöglich nachvollziehen, wie sehr sich Alice auf einer ganz grundlegenden, greifbaren Ebene wie mein eigenes Kind angefühlt hat. *Mein Kind.* Wie sollte er das verstehen?

»Ich will es nur wissen«, sage ich. »Das muss ich.«

»Wirklich? Was, wenn es schlechte Nachrichten sind? Ich meine, richtig schlechte Nachrichten? Neurologische Krankheiten können verdammt ernst sein, Anna.« Das alles sagt er mit so einer Ruhe, dass ich ihn am liebsten ohrfeigen würde. Hat er denn keine Ahnung, wie sehr seine Worte mir zusetzen, zusätzlich zu der Unsicherheit um Alice?

»Auch dann«, beharre ich. »Und wir wissen ja nicht, ob es so etwas ist.«

»Stimmt, aber es klingt auf jeden Fall so, als ob es ...«

»Will, *bitte*. Du redest hier von Alice, jemandem, der mir ...«

»Jemandem, den du jetzt fast fünf Jahre lang nicht gesehen hast«, erinnert er mich sachte. »Ich weiß, das willst du nicht hören, und ich komme mir ganz gemein vor, es zu sagen, aber es ist die Wahrheit, Anna.«

Ich starre ihn an, presse die Lippen zusammen. »Was genau willst du damit sagen?«

»Nur dass du dir das so sehr zu Herzen nimmst, und das macht mir Sorgen. Es tut dir nicht gut. Ich weiß, dass es sich auf gewisse Weise so anfühlt, Anna, aber Alice ist nicht deine Tochter.«

»Das weiß ich.« Ich beiße mir kräftig auf die Lippe und hoffe darauf, dass der Schmerz mich von dem viel größeren Schmerz ablenkt, den Wills Worte verursacht haben. Ich weiß, er hat Recht, natürlich, aber es zu hören tut trotzdem weh. »Schau mal, Will, was auch immer ich gerade fühlen oder nicht fühlen sollte ... Es ist nicht so leicht, sich einfach von etwas zu *lösen*, wenn es einem so wichtig ist.«

»Ich weiß.« Sein Tonfall ist sanft, sein Gesicht voller Mitgefühl, aber ich fürchte, er versteht es immer noch nicht, hätte es immer noch einfach lieber, wenn ich damit abschließe – mit *ihr*. Ich wende mich ab und konzentriere mich auf einen Haufen nasser Blätter. »Warum reden wir nicht von etwas anderem?«, schlägt Will vor. »Zum Beispiel Weihnachten.«

»Was ist mit Weihnachten?« Die letzten Jahre habe ich immer ein recht deprimierendes Weihnachtsfest mit meiner Mutter zugebracht, da wir beide allein waren. Wir verbringen nicht sonderlich gern Zeit miteinander, aber es scheint sich so zu gehören.

»Ich dachte, wir feiern vielleicht zusammen.«

Ich halte inne, starre ihn mit einem Schwung mulchigen Blättern in den Händen an. »Wirklich?«

»Ja, wirklich.« Will lächelt schief. »Was hältst du davon?«

Ich halte es für einen großen Schritt. Einen guten Schritt, aber auch einen einschüchternden. »Normalerweise bin ich bei meiner Mutter.«

»Das können wir auch machen.«

Ich stelle mir den fassungslosen Blick meiner Mutter vor, wenn ich mit einem Freund im Schlepptau aufkreuze. Das kam bisher noch nie vor, und ich stelle fest, dass mir die Vorstellung gefällt. »Okay«, sage ich langsam. »Lass uns doch zum Mittagessen zu ihr fahren und den Rest des Tages dann zu zweit verbringen.« Denn Freund hin oder her, meine Mutter halte ich nur bis zu einem bestimmten Punkt aus.

Ich höre den ganzen Dezember über nichts von Milly, und ich zwinge mich dazu, wenigstens so zu tun, als hätte ich es vergessen. Ich konzentriere mich auf die Benefizveranstaltung, die auch ein Erfolg wird, und auf die Aussicht auf Weihnachten mit Will, das erste Weihnachten mit jemandem, der mir tatsächlich etwas bedeutet.

Der Weihnachtstag ist strahlend schön und kalt. Als wir nach Chepstow fahren, funkelt das Sonnenlicht auf dem Severn wie reiner Kristall, die Luft fühlt sich frisch und klar an. Vor einer Woche habe ich meine Mutter angerufen und ihr mitgeteilt, dass ich Will mitbringe, und ihre Reaktion fiel weniger interessiert und begeistert aus, als ich gehofft hatte – obwohl ich selbst nicht weiß, warum ich mir bei meiner Mutter immer wieder Hoffnungen auf etwas mache, das ich sowieso niemals bekommen werde. Ich bin fast vierzig, ich sollte es wohl langsam abschreiben.

Es ist einfach Realität, dass die Beziehung zu meinen Eltern immer schon kaputt war, zunächst von Streit und Wut zerbrochen, später dann von Bitterkeit und Groll. Ich versuche, mich an gute Zeiten zu erinnern, als ich noch klein war, aber da ist nichts.

Eine meiner frühesten Erinnerungen ist, wie ich mit fünf oder sechs Jahren auf der Treppe kauere, während meine Mutter meinen Vater anschreit. Ich weiß nicht mehr, was sie geschrien hat, worum es in dem Streit ging, aber nach allem, was ich in den Jahren danach an Erfahrungen sammelte, habe ich zwei starke Vermutungen: die Trinkerei meiner Mutter und die Affären meines Vaters. Die zwei Dinge schienen stets miteinander verbunden zu sein, sie zogen sich in Dauerschleife durch meine Kindheit, auch wenn mir beides erst in den späten Teenagerjahren richtig bewusst wurde.

Oft stritten sie sich über meinen Kopf hinweg und an mir vorbei; inmitten ihres eigenen Elends schienen sie zu vergessen, dass es mich überhaupt gab, und wenn sie sich doch einmal daran erinnerten, hätte ich lieber darauf verzichtet. Ich wurde zum Gegenstand ihres Zanks, wenn auch zu keinem besonders wertvollen. Als ich zehn oder elf war, zerrte meine Mutter mich einmal aus meinem Zimmer und die Treppe hinunter und stieß mich meinem wutschnaubenden Vater entgegen.

»Ist sie dir denn auch völlig egal?«, schrie sie. »Ist das kein Grund zu bleiben?«

Mein Vater sah mich einen Moment lang an, fast schien es ihm leidzutun. Ich ließ den Kopf sinken, schämte mich aus irgendeinem Grund, dann wandte er sich ab. »Tut mir leid, Helen«, sagte er über meinen Kopf hinweg. »Aber das ist es nicht.«

Es. Er meinte mich.

Als ich fünfzehn war, ließen sie sich endlich scheiden. Die Streitereien hörten auf, aber das Leben wurde dadurch nicht viel besser. Mein Vater machte einen Abgang, arbeitete zuerst in London und dann, als ich zwanzig wurde, nahm er einen Job bei einem internationalen Unternehmen in Abu Dhabi an. Als ich zweiundzwanzig war, heiratete er wieder, eine Frau mit zwei kleinen Kindern. Ich habe sie mal in den sozialen Medien gesehen, aber noch nie im echten Leben. Tatsächlich habe ich seit zehn Jahren nicht mehr mit meinem Vater gesprochen, wir schicken uns nur ein paarmal im Jahr SMS oder Sprachnachrichten und nennen das eine Beziehung.

Was meine Mutter angeht ... Wir wahren den kümmerlichen Anschein, eine Familie und einander irgendwie wichtig zu sein, auch wenn wir monatelang nicht miteinander reden und sie so gut wie gar nichts über mein Leben weiß. Sie weiß nichts von Alice. Sie weiß nicht einmal von meiner Eizellspende für Milly. Während meiner Schulzeit war sie abwesend und gleichgültig, es sei denn, sie hatte etwas an mir zu kritisieren, meist wenn sie betrunken war. Dann folgte natürlich das ganze Debakel rund um meine in den Sand gesetzten Abschlussprüfungen und zerschlagenen Träume, was mich noch weiter von ihr entfremdete.

Nachdem Milly mich gerettet hatte und ich mein Leben langsam wieder unter Kontrolle bekam, nahm meine Mutter auf einmal wieder Kontakt zu mir auf und hielt sich für enorm großmütig, jemand so Schwierigen und Destruktiven wie mich wieder in ihr Leben zu lassen. Und obwohl ich eigentlich gar nicht mehr in ihr Leben zurückwollte, war sie doch die einzige Familie, die mir noch blieb, also ertrug ich die wenigen Besuche jedes Jahr und versuchte, ihre Klagen und Kritteleien einfach an mir abperlen zu lassen.

Ich frage mich, warum ich Will zu ihr mitbringe. Glaube ich immer noch, ihre Meinung von mir ändern zu können? Hoffe ich darauf, sie zu beeindrucken?

»Vielleicht sollten wir es bleiben lassen«, platze ich auf halbem Weg über die Brücke heraus. Will sieht mich überrascht an.

»Bist du nervös? Ich dachte, das wäre meine Aufgabe.«

»Meine Mutter ist eine schwierige Frau, Will.«

»Sie macht mir keine Angst, Anna. Was glaubst du denn, warum du meine Eltern noch nicht kennengelernt hast?« Er lächelt, und ich versuche es zu erwidern, bereue diese ganze Unternehmung aber langsam ernsthaft.

»Sie macht nicht einmal ein gutes Weihnachtsessen«, sage ich halb scherzhaft. »Der Truthahn ist immer zu trocken.«

»Wenigstens wird der Nachtisch lecker«, gibt er zurück und nickt in Richtung meines Baumstammkuchens auf der Rückbank.

»Sie wird sehr unfreundlich zu dir sein.« Ich habe das Gefühl, ihn vorwarnen zu müssen. »Und zu mir sowieso.«

»Ein bisschen Unfreundlichkeit halte ich aus.« Will zuckt mit den Schultern. »Aber wenn es sich gegen dich richtet, muss ich mal ein ernstes Wörtchen mit ihr reden.« Er nimmt meine Hand, verschränkt seine Finger in meinen, und bei der Berührung macht mein Herz einen Hüpfer. Die simple Tatsache, dass er zu mir steht, ist fast schon erschreckend. Es ist so lange her, dass jemand das zuletzt getan hat.

»Danke«, flüstere ich.

Meine Mutter macht große Augen, als sie Will sieht, offenbar hat sie nicht erwartet, dass ich so einen guten Fang mit nach Hause bringe. Ein Trio Jack Russell Terrier schart sich um uns, sie schnuppern und wedeln mit den Schwänzen. Seit der Scheidung ist meine Mutter geradezu besessen von »ihren Babys«.

»Wie geht's dir?«, frage ich und setze zu einer Luftumarmung an, bei der wir eine wirkliche Umarmung nur andeuten, uns aber eigentlich gar nicht berühren. Über die Jahre haben wir diesen Move perfekt gemeistert.

»Ach, du weißt ja.« Meine Mutter winkt ab. »Meine Knie machen Ärger. Ich hatte gehofft, du lässt dich vor Weihnachten noch mal blicken.« Sie rümpft die Nase, und ich verkneife mir die Antwort, dass sie ja nie darum bittet. Sie mustert Will mit einem Blick, der gleichzeitig neckisch und vorwurfsvoll aussieht. »Ich sehe sie nicht oft genug.«

»Ich auch nicht«, erwidert Will lässig. Sein Rückhalt baut mich auf, trotzdem bin ich jetzt schon erschöpft von meiner Mutter. So läuft es jedes Mal, so läuft es schon, solange ich zurückdenken kann – herunterputzen und Gleichgültigkeit zeigen, eine besonders schmerzhafte Kombination.

Wir stolpern durch eine Stunde Smalltalk bei eklig süßem Sherry im Wohnzimmer, bevor meine Mutter mit viel Tamtam nach dem Essen sieht und ich ihr hinterhergehe, um zu helfen.

»Will scheint ganz nett zu sein«, meint sie mit dem Rücken zu mir, während sie Tiefkühlgemüse in mikrowellenfeste Schüsseln füllt. Sie hält inne und legt die Hände auf die Küchentheke. »Ist es ... ist es was Ernstes?«

Ich hole tief Luft, um mich zu wappnen. »Das könnte es langsam werden.« Das fühlt sich wie ein großes Eingeständnis an.

Meine Mutter erstarrt, es wirkt beinah, als hätte ich ihr schlechte Nachrichten überbracht. Vielleicht habe ich das. Ich habe nie verstanden, wie meiner Mutter sowohl meine Anwesenheit als auch meine Abwesenheit gegen den Strich gehen kann. Ich besuche sie nicht oft genug, aber wenn ich es doch tue, kann sie es gar nicht erwarten, mich wieder loszuwerden. Ich habe es nie ganz verstanden, aber es hat trotzdem immer wehgetan.

»Wäre das was Schlechtes?«, frage ich leichthin, versuche es scherzhaft klingen zu lassen, obwohl ich es eigentlich ernst meine. Warum steht sie so stocksteif da, als hätte ich ihr gerade den Todesstoß versetzt? Gönnt sie mir mein Glück so wenig?

»Nein«, sagt sie schließlich, doch das kommt quälend langsam.

»Mom, was ist los? Magst du ihn nicht?« Seit wir hier sind, war Will absolut höflich und unbeirrt freundlich. Er hat nicht mal mit der Wimper gezuckt, als einer ihrer Hunde wiederholt mit amourösen Absichten auf sein Bein losging.

»Das hat nichts mit Will zu tun.«

»Dann also mit mir?« Ich kann den Schmerz in meiner Stimme nicht unterdrücken. »Warum willst du nicht, dass ich glücklich bin?«

»Also ehrlich, Anna, das denkst du?« Sie hat die Geduld verloren, pfeffert die Schalen in die Mikrowelle und knallt die Tür zu.

»Manchmal schon.«

»Tja, es mag dich überraschen, aber nicht alles in meinem Leben dreht sich um dich.« Dieser schnippische Vorwurf ist so lächerlich ungerecht – denn *nichts* in ihrem Leben dreht sich um mich –, dass ich schon den Mund aufmache, um ihn zu widerlegen, aber dann ermahne ich mich, dass es keinen Zweck hat.

»Worum geht es denn dann?«

Sie antwortet nicht, und ich sehe, wie die Anspannung ihren Körper in Abwehrstellung versetzt, wie sie meinem Blick ausweicht. Sie verschweigt mir etwas, aber ich habe keine Ahnung, was.

»Mom, was ist hier los?«

»Nicht jetzt, Anna, nicht hier.« Ihre Stimme bebt und ihr zittern die Hände, als sie die Schüsseln aus der Mikrowelle holt. »Es ist Weihnachten.«

Jetzt packt mich echte Besorgnis, ich kann es körperlich fühlen, möchte mich schütteln. »Nicht was?«, frage ich mit gedämpfter Stimme. »Was gibt es, was du mir nicht hier erzählen kannst, an Weihnachten?« Denn irgendetwas muss da sein, wenn es sie so aufwühlt.

Will taucht im Türrahmen auf, sein ernster Blick lässt mich ahnen, dass er zumindest einen Teil des Gesprächs gehört hat. »Kann ich helfen?«

Meine Mom funkelt mich an, die Augen zu eindringlichen Schlitzen verengt. *Nichts mehr davon*, lese ich die stille Aufforderung klar und deutlich.

Also halte ich den Mund, denn eine unschöne Konfrontation vor Will kann ich nicht gebrauchen. Aber während des gesamten mittelmäßigen Essens, dem obligatorischen Spaziergang mit den Hunden, der gestelzten Unterhaltung und den unangenehmen Gesprächspausen rätsle ich über diesen Moment – und darüber, was meine Mutter mir nicht sagen wollte.

Im neuen Jahr finde ich es heraus. Sie ruft mich an und bittet mich um einen Besuch, den zweiten innerhalb einer Woche, das ist noch nie vorgekommen und gibt mir noch mehr zu denken. Was auch immer sie mir zu sagen hat, muss wichtig sein.

Es ist ein feuchter, grauer Tag, die Wolken hängen tief und erinnern die Welt trübe daran, dass Weihnachten vorüber ist. Meine Mutter begrüßt mich matt, schlurft mit wenig mehr als einem gemurmelten Hallo ins Wohnzimmer. Ich rieche ihre Fahne, und meine Besorgnis schlägt in Angst um.

Während meiner Kindheit war meine Mutter zwar eine schwere Trinkerin, doch mithilfe einer Kombination aus Selbsthilfebüchern und Yoga ist sie trocken geworden und hat – soweit ich weiß – schon seit zwanzig Jahren nur noch ab und zu mal ein Gläschen gekippt. Aber jetzt gerade ist sie betrunken.

Sie lässt sich in ihren üblichen Sessel fallen, eine Hand zuckt Richtung Fernbedienung. Wenn wir uns treffen, läuft oft der Fernseher, er sorgt für ein ständiges Hintergrundgeräusch und gibt meiner Mutter Gelegenheit, alle paar Sekunden zum Bildschirm zu gucken, aber diesmal lässt sie ihn aus.

Sie schaut mich an, ihr Gesicht ist müde und verhärmt, ihr Haar, das einmal strahlend blond war, hat nun die schmutziggraue Farbe von Spülwasser. Ich verspüre einen Anflug von Mitleid für sie, aber mehr nicht.

»Also was ist, Mom? Was konntest du Weihnachten nicht sagen?«

»Ich weiß nicht, ob es jetzt schon eine Rolle spielt.«

Jetzt schon? »Du hast mich extra herbestellt, oder? Warum kannst du es nicht einfach sagen?«

Meine Mutter beugt sich vor, in ihrem stumpfen Blick blitzt plötzlich Wut auf. »Vielleicht, weil es *schwer* ist, Anna. Ist dir das schon mal in den Sinn gekommen? Vielleicht, weil es wehtut und ich nicht will.« Vor Schreck verstumme ich. »Hast du daran nie mal gedacht?«, fügt sie noch leiser hinzu. »Hast du nie mal an mich gedacht?«

»Ich könnte dir dieselbe Frage stellen«, gebe ich zurück, bevor ich mich recht besinnen kann. Ich schließe kurz die Augen. Das Gespräch geht nicht gut los. »Es tut mir leid, Mom. Ich will mich nicht streiten. Es ist nur ... beunruhigend. Was auch immer du mir da nicht verrätst, es scheint wichtig zu sein.«

»Wie ernst ist es mit Will?«

Ich zucke vor Überraschung ein bisschen zusammen und blinzle skeptisch. »Was hat das damit zu tun?«

»Ich muss wissen, ob ihr daran denkt ... Kinder zu bekommen.«

Ich starre sie einen Moment lang perplex an. »Warum fragst du mich das?«

»Du bist schon fast vierzig. Vielleicht ist es zu spät.«

»Das klingt ja fast hoffnungsvoll.« Ich muss schlucken. »Mom, warum ...« Ich breche ab und sammle mich. Ein namenloses Grauen zieht sich über mir zusammen. »Ich habe schon ein Kind gekriegt«, sage ich ihr und sehe ihre Augen riesengroß werden und ihre Lippen beben. »Vor fünf Jahren.«

»Du ...«

»Auf verdrehte Weise, zugegebenermaßen. Erinnerst du dich noch an Milly?«

»Natürlich erinnere ich mich an Milly.«

»Sie hat lange Zeit versucht, schwanger zu werden, und wie sich herausstellte, konnte sie keine Kinder bekommen, also habe ich eine Eizelle gespendet. Ihre Tochter Alice ist jetzt fünf Jahre alt.« Ich halte den Blick wachsam auf sie gerichtet, mein Herz beginnt zu hämmern, als ich sehe, wie aschfahl ihr Gesicht wird.

»Warum hast du mir nichts davon gesagt?«, will sie wissen.

»Es war etwas Persönliches. Und ich war nicht der Meinung, dass du das wissen musst.« Ich lege eine Hand auf mein hämmerndes Herz. »Oder?«

Meine Mom antwortet nicht, sie schüttelt nur den Kopf und beißt sich auf die Lippe. Sie sieht gequält aus, und mir kommt ein schleichender, entsetzlicher Verdacht, warum.

»In letzter Zeit hatte sie plötzlich seltsame Symptome«, sage ich, meine Mutter zuckt und erwidert starr meinen Blick. »Manche schienen ganz belanglos, andere schon bedenklicher ... Jedenfalls machen sie sich Sorgen. Sie haben mich um eine DNS-Probe gebeten, falls es etwas Erbliches ist.« Ich halte sie im Blick, warte voller Angst und doch mit einem Funken Hoffnung darauf, dass sie bloß gleichgültig die Schultern zuckt.

Mom stößt ein Geräusch aus, das halb Stöhnen, halb Schluchzen ist.

Ich balle die Fäuste, das Grauen ergreift endgültig Besitz von mir. »*Mom*. Was ist los? Was sagst du mir nicht? Was weißt du?«

Sie schüttelt den Kopf und fragt dann mit kaum hörbarer Stimme: »Was für Symptome?«

»Ich weiß nicht genau.« Ich versuche mich an alles zu erinnern, was Milly berichtet hat. »Schlechtere Sehkraft ... Probleme mit der Feinmotorik ... Ungeschicklichkeit ... Vergesslichkeit. Glaube ich.« Ich schüttle hilflos den Kopf. »Mom, was immer es ist, sag es mir bitte.«

Eine Minute lang herrscht Schweigen, dann noch eine. Dann steht meine Mutter aus dem Sessel auf. Sie sieht noch ausgezehrter aus als sonst, ihr Blick scheint seltsam leer. »Ich bin gleich wieder da«, murmelt sie. Ich warte, streichle einen ihrer Jack Russells und kämpfe gegen ein vernichtendes Gefühl von Panik an.

Ein paar Minuten später kommt sie mit einem Fotoalbum aus vergilbtem Satin zurück. Sie sinkt schwer in ihren Sessel hinab, das Album liegt auf ihrem Schoß.

»Was ist das?«, frage ich nach einem Augenblick, da sie weder etwas sagt noch das Album öffnet. Wieder eine endlose Pause.

»Es ist ein Fotoalbum«, sagt sie endlich und zieht mit den Fingern den geprägten Titel auf dem Umschlag nach, »mit Bildern von deinem Bruder.«

Einen Moment lang ergeben die Worte überhaupt keinen Sinn. Sie prallen von mir ab, dringen nicht zu mir durch. Ich bin ein Einzelkind. Ganz früher habe ich mir mal ein Geschwisterchen gewünscht, mit dem ich mein Elend hätte teilen können, aber später war ich froh, dass meine Eltern sich nicht mehr als einem Kind auferlegt haben.

»Wovon redest du da, Mom?« Meine Stimme klingt eigenartig und blechern. »Was meinst du damit, *Bruder*?«

»Er ... ist gestorben, als du zwei warst.«

»Und ihr habt es mir nie *erzählt*?«

Sie presst die Lippen zusammen, ihr Blick huscht zu Boden. »Dein Vater wollte es so.«

Sie folglich nicht. Aber warum hatte sie mir dann nach der Scheidung nie von ihm erzählt? Warum hatte sie meinen Bruder geheim gehalten? »Ich erinnere mich überhaupt nicht an ihn.« Ich durchkämme meine frühesten Erinnerungen, halte darin nach einem Bruder Ausschau, aber da ist niemand.

»Das kannst du auch nicht. Wir haben ihn nie erwähnt, und als du geboren wurdest, lebte er schon in einer Pflegeeinrichtung.«

Ich schlucke. »Eine Pflegeeinrichtung? Warum war er dort?« Aber natürlich weiß ich es bereits – nicht im Detail, aber im grauenhaften Wesentlichen, und das reicht, um mir den Magen umzudrehen und den Blick verschwimmen zu lassen. »Warum war er dort, Mom?«, frage ich, diesmal lauter, denn sie fährt nur weiter die Worte auf dem Einband nach, die ich nun erkennen kann: *Mein Erstes Album.*

»Weil er im Sterben lag«, flüstert sie. »Und wir zu Hause nicht für ihn sorgen konnten.«

Im Sterben. Die Worte treffen mich mit voller Wucht, schnüren mir die Luft ab und mir wird schwindlig. Ich möchte den Kopf zwischen die Knie legen und ein paar beruhigende Atemzüge nehmen, aber ich fürchte, das würde meiner Mutter den Rest geben. Wie in Trance starrt sie das Album an, zieht wieder und wieder diese Buchstaben nach. Nachdem ich langsam und tief durchgeatmet habe, bringe ich die Frage heraus: »Was hatte er?« Meine Stimme ist kaum mehr als ein Wispern. »Was für eine ... Krankheit?«

»Die Spielmeyer-Vogt-Krankheit.« Ich muss mich anstrengen, um die Worte zu verstehen. Ich habe noch nie davon gehört. »Heute nennt man es NCL.«

»Was sind die Symptome?«

Langsam hebt sie den Kopf und richtet den Blick auf mich.

»Es gibt viele. Bei deinem Bruder waren es verminderte Sehkraft, epileptische Anfälle, dann Vergesslichkeit ... Kinderdemenz.« Ein Wort, das es überhaupt nicht geben sollte.

Meine Kehle ist so zugeschnürt, dass ich die nächsten Worte kaum hervorbringe. »Was ist mit Ungeschicklichkeit? Motorischen Störungen?«

»Ja, auch das.« Sie zuckt beiläufig die Schultern, aber ich sehe ihr an, wie tief der Schmerz sitzt, ihr Körper scheint in sich zusammenzufallen. Sie lässt den Kopf sinken, erinnert sich an ihre Trauer, die Trauer, die sie nie losgelassen hat.

Meine Gedanken schlagen finstere Wege ein, dann kehren sie panisch um und jagen zurück, denn in diese Richtung will ich nicht denken. Daran *darf* ich nicht denken und muss es doch – für Alice. »Und das ist eine erbliche Krankheit?«

Sie nickt. »Beide Eltern müssen das Gen haben.«

Beide Eltern – was bedeutet, dass Jack dieses furchtbare Gen auch trägt. Falls es das bei Alice überhaupt ist. Aber ich bin mir bereits sicher, dass es so ist, so sein muss, und ich ertrage es nicht. Wie in aller Welt kann ich Milly und Matt nur solche Nachrichten überbringen? Wie in aller Welt soll ich selbst damit leben?

»Gibt es eine Behandlung?«, frage ich verzweifelt. »Ein Medikament? Irgendetwas?«

Meine Mutter schüttelt den Kopf. »Nichts.«

»Aber das ist lange her. Vielleicht hat sich etwas geändert ...« Es scheint wie ein winzig kleiner, flackernder Hoffnungsstrahl in der ansonsten undurchdringlichen Dunkelheit. Die Wissenschaft hat in den letzten fünfunddreißig Jahren doch massenhaft Fortschritte gemacht. Vielleicht kann man diese Krankheit inzwischen heilen.

»Man kann gar nichts tun, Anna«, sagt meine Mutter, als hätte ich meine Gedanken laut ausgesprochen.

»Woher weißt du das?«

»Meinst du, es kümmert mich so gar nicht?« In ihrer

Stimme bebt der Schmerz. »Meinst du, ich würde mich nicht damit beschäftigen? Es nicht herausfinden?« Ich starre sie an, erkenne die wilde Trauer in ihrem Blick, sehe, wie sie die Arme um den Körper geschlungen hat, als müsste sie sich zusammenhalten, und mir wird klar, dass ich meine Mutter nie wirklich gekannt habe.

Nach einem langen Augenblick deute ich auf das Fotoalbum, mein neues Wissen liegt mir schwer und schmerzhaft auf dem Körper, auf dem Herzen. »Kann ich es mal sehen, bitte?«

Wortlos gibt meine Mutter es mir. Trotz allem, was sie mir schon erzählt hat, sind die ersten Fotos ein Schock – ein winziges, verschrumpeltes Neugeborenes, ein lächelndes, molliges Baby. Er hat die gleichen grünen Augen wie ich – die Augen meines Vaters – und honigblondes Haar, das sich um sein Gesicht lockt. Er sieht wie ein Engelchen aus.

Still blättere ich durch die ersten zwei Jahre seines Lebens, die großen wie auch die kleinen Momente. Schokoladenkuchen an seinem ersten Geburtstag, wacklige Laufversuche im Garten. Es ist sonderbar, meine Eltern so liebevoll zusammen lachen zu sehen, eine glückliche Familie, an die ich nicht die geringste Erinnerung habe.

Dann, kurz nach seinem zweiten Geburtstag, gibt es keine Fotos mehr. Der Rest der Seiten ist leer.

Ich sehe zu meiner Mutter auf, und sie schüttelt den Kopf. »Von danach würdest du keine Bilder sehen wollen.« Ich runzle die Stirn und sie fährt mühsam fort. »Er kam in die Pflegeeinrichtung, kurz bevor er drei wurde.« Sie schluckt geräuschvoll. »Danach hat er noch ein Jahr gelebt.«

»Hast du ihn besucht?« Die Frage kommt unbedacht heraus, und meine Mutter funkelt mich plötzlich an, mit zusammengekniffenen Augen und verzogenem Mund. Die Wut entstellt sie.

»Ob ich ihn *besucht* habe? Ob ich meinen eigenen *Sohn*

besucht habe, mein erstgeborenes Kind? Was soll das für eine Frage sein?«

Ich weiche vor der Wucht ihres Zorns zurück – aber es ist gar kein Zorn, es ist Trauer. Ihr Gesicht fällt in sich zusammen, ihre Schultern beben und mir wird klar, dass sie schluchzt – sie gibt gewaltige, wogende Geräusche der tiefsten Trauer von sich, wie ich sie noch nie von ihr gehört habe.

»*Mom*. Mom, es tut mir leid.« Ich habe meine Mutter seit Jahren nicht mehr umarmt oder auch nur berührt, aber jetzt knie ich mich vor sie und lege die Arme um sie. Für ein paar Sekunden lässt sie sich hineinsinken, dann schiebt sie mich weg – mir geht auf, dass sie das schon so macht, seit ich ein Kind war, sogar ein Baby. Meine gesamte Lebensgeschichte in einem Moment auf den Punkt gebracht.

Ich setze mich auf die Fersen und sie schluchzt weiter, will in ihrer Trauer allein sein, schließt mich aus. *Warum?* Warum haben sie oder mein Vater mir nie die Wahrheit gesagt? Warum haben sie mich nicht an ihrer Trauer teilhaben lassen? Ich bin wütend, aber noch mehr als das bin ich abgrundtief, bodenlos traurig, aus so vielen Gründen.

Ich denke an meinen Bruder, und dann an Alice. *Alice.* Mir bricht das Herz noch einmal ganz von Neuem, direkt in der Mitte durch; bald wird es nur noch aus einer Handvoll Splitter bestehen.

»Warum wollte Dad mir nichts sagen?«, frage ich leise, als die Schluchzer meiner Mutter zu Hicksern abgeklungen sind.

Sie zuckt die Schultern und wischt sich die Augen. »Es tat zu sehr weh. Wenn so etwas passiert ... willst du nicht, dass es dich definiert, aber das *tut* es. Du kommst gar nicht darum herum. Richard wollte das nicht einsehen. Er dachte, wenn wir aus London wegziehen, uns mit dir ein neues Leben aufbauen, würde es besser werden. Ein neuer Anfang für uns alle, aber das war undenkbar.«

»Hattet ihr keine Angst, ich könnte es auch haben?«

Meine Mutter sieht mich nicht an, als sie antwortet. »Doch, natürlich. Wir hatten gar nicht vorgehabt ...«

»Ich war ein Unfall«, sage ich knapp.

»Glaubst du, wir hätten das alles vielleicht noch einmal durchmachen wollen?«, fragt sie unbeholfen.

Das verstehe ich, kann aber nicht anders, als mich verletzt zu fühlen. »Habt ihr euch deswegen gestritten? Wegen ihm?« *Hast du deswegen getrunken?* »Habt ihr euch deswegen scheiden lassen?«

Meine Mutter sieht mich trübe an. »Was glaubst du denn?«

Ich stehe auf, viel mehr gibt es nicht zu sagen. Selbst jetzt, mitten in den Fängen ihrer Trauer, wäre meine Mutter lieber allein als bei mir, genau wie immer, und das tut weh. Ich möchte das hier mit ihr teilen, ihr in der Trauer beistehen, die ich ebenfalls empfinde, obwohl ich diesen kleinen Jungen nie gekannt habe. *Meinen Bruder.*

»Es tut mir leid, Mom«, sage ich, sie zuckt bloß die Schultern und sieht weg.

Ich bin schon an der Tür, als ich mich noch einmal zu ihr umdrehe. Ich fühle mich seltsam leer, als ich sie so zerschlagen dasitzen sehe, die Tränen laufen ihr immer noch die Wangen hinunter. Wenn sie es mir erzählt hätten ... Wenn sie versucht hätten, uns wieder eine Familie werden zu lassen, statt die Trauer der Liebe vorzuziehen ... Aber vielleicht waren sie dazu nicht in der Lage. Vielleicht waren sie nicht stark genug. Ich weiß, ich kann meiner Mutter nicht die Schuld geben, bei all dem Schmerz und Kummer, den sie durchstehen musste.

»Wie war sein Name?«, frage ich sanft.

Sie schaut mich an, sie ist völlig aufgelöst. »Robbie«, flüstert sie.

Als ich mich von ihr abwende, frage ich mich wieder, wie in aller Welt ich Milly diese furchtbaren Nachrichten überbringen soll – und wie ich es anstellen soll, selbst damit zu leben.

»Anna will mit uns reden?« Matt hört sich an, als könne er nicht glauben, dass ich diesen Vorschlag auch nur einen Moment lang in Erwägung gezogen habe. »Auf gar keinen Fall.«

»*Matt*. Sie sagt, sie hat uns etwas Wichtiges zu sagen. Über Alice.« Ich habe Annas gebrochene Stimme noch im Ohr, die Angst versetzt mir einen scharfen Stich. Möchte ich überhaupt wissen, was sie uns mitzuteilen hat? Aber ich habe gar keine Wahl, denn wenn sie etwas weiß, was Alice helfen kann ...

»Was sollte sie schon über Alice zu sagen haben?«, schnaubt Matt. Wir stehen nach dem Abendessen in der Küche und sprechen mit gedämpfter Stimme, während Alice nur ein paar Meter weiter fernsieht.

»Ich weiß es nicht, aber sie hörte sich besorgt an. Sogar ängstlich.« Was wiederum mir Angst macht. »Vielleicht hat es was mit den Gentests zu tun ...«

»Für die Mr Williams zuständig ist, ein hochqualifizierter Facharzt. Wenn es dahingehend etwas Neues gibt, wird er uns anrufen, nicht Anna.«

»Trotzdem hat sie uns etwas zu sagen, Matt.« Ich schließe die Spülmaschine und lehne mich dagegen, lasse die Schultern hängen. Ich fühle mich rund um die Uhr entkräftet und gleichzeitig aufgedreht, werde nur noch von der endlosen Sorge angetrieben. Ich will es einfach nur *wissen*, und ich will es *nicht* wissen. Auf keinen Fall.

»Ich bezweifle, dass sie etwas weiß. Wahrscheinlich ist es nur ein Vorwand, weil sie zurück in Alices Leben will.«

»Und wäre das so falsch von ihr?«, frage ich leise.

Matt verschränkt die Arme. »Sie hat mit einer *Anwältin* gesprochen, Milly. Sie wollte das *Sorgerecht* für *unsere* Tochter einklagen.«

»Wir wissen nicht, ob sie es wirklich durchgezogen hätte.«

»Und warum glaubst du, das hätte sie nicht?«

»Sie hat sie ja recht anstandslos wieder zurückgegeben, und überhaupt ist das alles fünf Jahre her. Außerdem geht es hier um Alice.« Ich senke die Stimme noch mehr. »Wenn sie etwas weiß, das ihr helfen könnte ... uns zu einer Diagnose verhelfen könnte ... dann *müssen* wir es uns anhören, Matt. Alice zuliebe.«

»Ich kann mir nicht vorstellen, dass sie etwas weiß«, blafft Matt, aber ich merke ihm an, dass er es einsieht. Für Alice würde er alles tun. Genau wie ich. »Na gut. Wir treffen uns mit ihr. Aber Alice kriegt sie nicht zu Gesicht.«

»Wer kriegt mich nicht zu Gesicht, Daddy?« Alice kommt ins Zimmer, an ihren schlurfenden Gang haben wir uns inzwischen gewöhnt. Sie sieht zwischen uns hin und her. Ich werfe Matt einen mahnenden Blick zu.

»Niemand, Spätzchen«, sage ich und schließe das Thema Anna damit ab. »Es wird Zeit fürs Bett.« Ich greife nach Alices Hand, sie verschränkt ihre kleinen Finger in meine. Zusammen gehen wir nach oben, jeder einzelne Schritt ist qualvoll langsam und erinnert mich daran, wie viel sich verändert hat. Auf der dritten Stufe stolpert Alice und knallt beinah flach aufs Gesicht, aber ich halte sie aufrecht – gerade so.

»Tut mir leid, Mommy.« Ihre Unterlippe zittert und ich nehme sie schnell in den Arm.

»Dir muss überhaupt nichts leidtun, Alice. Nicht, dass du hinfällst, und auch sonst nichts.«

»Warum falle ich immer hin?«, flüstert sie. Sie löst sich von mir, damit sie mich ernst angucken kann. »Was ist *los?*«

Mein Herz fühlt sich an wie ein Lappen, aus dem die letzten Tropfen herausgewrungen werden, als ich ihrem verwirrten und unglücklichen Blick begegne. »Ich weiß es nicht, Spätzchen. Aber die Ärzte werden es herausfinden.«

Eine Stunde später schläft Alice friedlich und ich tigere unten umher, räume Spielzeug von einem Korb in den anderen und versuche irgendwie, mich zu beschäftigen, auch wenn bereits alles blitzsauber ist. Matt sitzt auf dem Sofa und starrt mit gerunzelter Stirn aufs Handy. Anna sollte jede Minute eintreffen.

Wenn ich auch nur ganz vage darüber nachdenke, was sie wohl sagen könnte, wird mir fast übel. Mir dreht sich der Magen um, es kribbelt überall und ich laufe immer weiter auf und ab, muss mich bewegen, denn andernfalls platze ich vielleicht. Dann klingelt es an der Tür.

Matt rührt sich nicht, also gehe ich aufmachen und muss überrascht blinzeln, als ich Anna sehe. Sie sieht ... nun, sie sieht schrecklich aus. Ihr Haar ist ganz durcheinander und unter ihren Augen liegen tiefe, dunkle Schatten. Sie sieht verhärmt aus, als wäre sie seit unserem letzten Treffen um zehn Jahre gealtert, und ich mag mir gar nicht ausmalen, warum.

»Anna ...«

»Tut mir leid, dass ich euch so überfalle.«

Ich trete zur Seite und sie kommt herein, die Arme um den Körper geschlungen, den Kopf gesenkt.

»Es tut mir so, so sehr leid.« Ihre Stimme bricht und ich stehe wie festgenagelt da. Ich hatte mich zwar vor diesem

Besuch und davor, was er bedeuten könnte, gefürchtet, aber jetzt bin ich doch schockiert, wie mitgenommen sie wirkt.

Matt wirft das Handy beiseite, völlig ungerührt von Annas Emotionen. »Was denn genau«, will er wissen, »tut dir leid?«

»*Matt.*« Denkt er denn wirklich, hier geht es um das, was vor fünf Jahren passiert ist? Denn mir ist klar, sie meint etwas anderes.

»Sehr viel«, sagt Anna leise. »Aber vor allem, was ich euch jetzt sagen muss.«

Ich öffne den Mund, aber es kommt nichts heraus. Mein Kopf ist wie leergefegt, mein Mund wird trocken und mein Herz beginnt zu hämmern. Ich will das nicht hören. Ich weiß genau, ich will das nicht hören.

Auch Matt ist stumm, sein Gesicht ist wie versteinert.

Anna sieht uns beide an, ihr Kummer verleiht ihr eine eigenartig würdevolle Ausstrahlung. »Wollen wir uns setzen?«

Dann, als wir alle sitzen und ich diesen Moment ewig in die Länge ziehen möchte und gleichzeitig keine Sekunde länger warten kann, spricht sie.

»Ich war heute Nachmittag bei meiner Mutter. Sie hat mir etwas erzählt, wovon ich keine Ahnung hatte ... absolut keine Ahnung ... Ich fürchte, es ist für Alice von Bedeutung, auch wenn ich hoffe – so sehr hoffe –, dass es nicht so ist.« Ihre Stimme bricht wieder und sie tupft sich die Augen.

»Spuck es schon aus, Anna«, sagt Matt unwirsch. Er tut so, als wäre das alles nur Schauspielerei – merkt er denn nicht, dass es ernst ist?

»Ich hatte einen Bruder«, erklärt sie tonlos. »Einen älteren Bruder. Meine Eltern haben mir nie von ihm erzählt. Bis heute wusste ich nicht einmal, dass es ihn gab.«

»Was ...« Ich hauche das Wort bloß, während ich sie verständnislos anstarre.

»Er hatte eine Erbkrankheit. Eine neurologische Störung, deren Symptome sich ganz wie Alices anhören.« Sie sieht aus, als müsse sie weinen, aber sammelt sich gleich wieder, als streiche sie mit der Hand ein Blatt Papier glatt, und holt bebend Luft.

»Du meinst also, Alice hat diese Krankheit?«, fragt Matt skeptisch. »Willst du das damit sagen?«

»Es wäre möglich. Allerdings müssen für diese ... diese Krankheit beide Eltern, also Spender, Träger des Gens sein. Jack müsste also auch getestet werden.«

»Wir haben ihn schon darum gebeten, und er ist auch getestet worden. Was *soll* das, Anna?«

»Was?« Sie starrt ihn verständnislos an. »Was meinst du ...«

Matt beugt sich vor. »Ist das so eine Art Schrei nach Aufmerksamkeit? Willst du wieder an unsere Tochter herankommen? Bist du darauf aus?«

»*Matt.*« Selbst ich mit meiner Paranoia kann erkennen, dass das kein hinterhältiges Manöver von Anna ist. Das kann überhaupt nicht sein. Sie sieht wirklich untröstlich aus.

Anna dreht sich ihm zu. »Glaubst du, ich denke mir das aus?« Er zuckt die Schultern und sie beugt sich vor, ihr Blick flammt energisch auf. »Das ist das Letzte, was ich mir ausdenken würde. Das *Allerletzte.* Ich bin wegen *Alice* hier, Matt, denn auch wenn es euch nicht passt, auch wenn ihr die Vorstellung nicht ausstehen könnt, sie ist mir wichtig.« Sie sieht mich erbittert an. »So ist es nun mal. Es tut mir leid, aber so ist es. Und ganz ehrlich, ich hoffe, ich bete zu Gott, dass sie diese Krankheit nicht hat.«

»Warum?«, flüstere ich. Den Rest von dem, was sie gesagt hat, blende ich erst einmal aus. »Was ist das für eine Krankheit, Anna? Was ... was bedeutet das vielleicht für Alice?«

Anna senkt den Blick. Sie bleibt einen Moment lang still, aber ich weiß schon Bescheid. Ich glaube, tief in meinem Herzen wusste ich schon lange Bescheid, oder ich habe es zumindest befürchtet. Aber ich muss es sie aussprechen hören.

»Es nennt sich NCL. Es ist ein neurologisches Leiden, das

mit der Zeit Blindheit verursacht ... den Verlust von motorischen Fähigkeiten ... Kinderdemenz ...« Mir entflieht ein gedämpfter Aufschrei. »Kinder, bei denen es diagnostiziert wird, werden irgendwann vollständig bettlägerig und pflegebedürftig ... und für gewöhnlich sterben sie in den frühen Teenagerjahren«, schließt sie, ihre Stimme klingt unendlich traurig. »Spätestens.«

Einen Moment lang kann ich es nicht begreifen. Ich will es nicht. Ich starre sie nur an, genau wie Matt, dann stehe ich taumelnd auf und haste zur Toilette, wo ich mich heftig übergebe. Nach ein paar Minuten gehe ich in die Küche. Die Welt um mich herum verschwimmt immer wieder, mein Herz schlägt laut und unregelmäßig. Anna und Matt sitzen beide noch im Wohnzimmer, regungslos, als wären sie Teil eines Gemäldes. Ich gieße mir ein Glas Wasser ein und trinke es aus, mein Kopf ist wie betäubt und dreht sich doch.

»Milly ...«, setzt Anna an.

»Nein.« Das Wort kommt platt und voller Kraft aus mir heraus. »Das kann nicht sein. Alice *kann* das nicht haben.«

»Es tut mir so leid, Milly.« Anna weint jetzt, Matt sieht aus wie vor den Kopf geschlagen, und mich ergreift plötzlich eine rasende Wut.

»Nein!« Ich schleudere mein Glas an den Küchenschrank, aber sein lautes Zerschellen hilft nicht. Ich muss noch viel mehr kaputtmachen.

»Vielleicht hat sie es nicht«, sagt Anna sanft, auch wenn wir alle wissen, dass es nicht wahr ist. »Vielleicht ist es nur Zufall ...«

»Nein.« Ich drücke die Hände gegen die Augen, drücke fest, bis es wehtut und ich Lichter hinter den Lidern aufblitzen sehe. »Nein. Nein. *Nein.*« Die Worte schießen aus mir heraus, dann breche ich lautlos zusammen, klappe ein, sacke auf den Boden. Schluchzer durchschütteln mich.

Einen Moment später spüre ich, wie mich jemand umarmt,

und stelle fest, dass es Anna ist. Ich klammere mich an sie, denn ich ertrinke und brauche ihren Halt.

»Es tut mir so leid«, murmelt sie in mein Haar. »Es tut mir so leid.«

Und ich weiß, so ist es wirklich, ihr tut so viel leid, genau wie mir, aber das reicht nicht aus. Für Alice ist es völlig egal. Für sie ist es schon zu spät, auch wenn es gerade erst anfängt.

Nach ein paar Augenblicken stehe ich auf, dann kommt Matt herüber und zieht mich in eine Umarmung. Wir drei stehen mit hängenden Köpfen und bebenden Schultern da. Uns hat einmal Liebe vereint, jetzt bringt uns Trauer zusammen. Es gibt kein Zurück.

30

ANNA

Eine Woche lang laufe ich wie in einem Nebel herum. Ich kann mich auf nichts konzentrieren – nicht auf meinen Job, nicht auf Will, nicht einmal aufs einfache Schlafen und Essen. Ich warte darauf, dass Milly sich meldet, dass sie mir weitergibt, was der Facharzt gesagt hat, und ob Alice NCL hat. Es ist lächerlich, aber irgendwie hoffe ich immer noch, dass es nicht so ist.

Ich male mir den Anruf ganz genau aus – die ungläubige Erleichterung in Millys Stimme, ihr Lachen, die Entdeckung, dass Alice irgendeinen seltsamen Virus oder eine sehr viel weniger ernste Krankheit hat, die man mit einer Behandlung, mit Medikamenten angehen kann – denn ich habe online nachgeforscht, habe alle möglichen Websites durchforstet, und die Aussichten sind bei NCL in der Tat genauso unerträglich finster, wie meine Mutter gesagt hat.

Nachdem ich es Milly und Matt erzählt habe, als wir uns in unserer Trauer in die Arme schlossen, kam unsere tumultartige Beziehung zur Ruhe, zumindest für diesen einen Moment. Wen kümmerte es, was vorher gewesen war, wenn Alices Leben auf dem Spiel stand?

Aber dann tat Matt einen Schritt zurück und nickte mir zu, eine Geste des Abschieds. »Wir sagen dir Bescheid, wenn wir etwas erfahren«, sagte er, was klar als Zugeständnis gemeint war, und ich fragte mich, wie viel sich zwischen uns wirklich verändert hatte.

Dann, zehn Tage nach diesem Gespräch, schreibt Milly mir endlich. *Du hattest Recht.* Drei kurze, fürchterliche Worte. Ich starre die Nachricht an und muss an die Nachricht von damals denken, als sie von ihrer Unfruchtbarkeit erfahren hat. Es fühlt sich an, als wäre seitdem ein ganzes Leben vergangen, und so ist es ja auch. Alices Leben. Ich denke daran zurück, wie verzweifelt Milly damals war und dass keine von uns sich je hätte träumen lassen, wohin uns dieses Gespräch im Weinkeller letztlich führen würde.

Aus einem Impuls heraus schreibe ich zurück. *Wollen wir uns treffen? Später was trinken gehen?*

Ich starre mein Handy an, als könnte ich so eine Antwort heraufbeschwören. Dann, nach ein paar endlosen Minuten, kommt auch eine. *Okay. So um 6?*

Es ist surreal, mich später durch den Weinkeller zu schlängeln, mit einem Glas Weißwein in der Hand. Ich war nicht mehr hier, seit Milly schwanger und wir noch Freundinnen waren. Was wir jetzt sind, weiß ich nicht.

Ich entdecke sie ganz hinten, die Finger um ein großes Rotweinglas geschlungen, das Haar steht ihr wild ums Gesicht ab. Sie sieht auf, als ich näher komme, und kann sich nicht ganz ein Lächeln abringen. Ich auch nicht, dafür ist es schlichtweg zu traurig. Zu hart.

»Milly.« Ich setze mich ihr gegenüber. »Wie geht es dir?«

Sie öffnet den Mund, dann schüttelt sie den Kopf. Sie nimmt einen Schluck Wein. »Ich kann es nicht mal sagen«, meint sie endlich. »Ich fühle mich ... plattgedrückt. Als hätte mich eine Tonne Ziegelsteine unter sich begraben, und jetzt kriege ich gerade noch so Luft.«

»Ich kann mir gar nicht vorstellen ...«

»Nein, kannst du nicht.« Die Worte sind unverblümt, aber nicht feindselig. »Niemand kann das. Ich kann es auch nicht, immer noch nicht, obwohl es jetzt meine Realität ist. Alices ...« Sie stockt und beißt sich auf die Lippe, bevor sie fortfährt. »Weißt du, jeden Morgen, wenn ich aufwache, habe ich ungefähr fünf Sekunden, bevor es mir wieder einfällt. Das sind himmlische fünf Sekunden. Ich fühle mich unbeschwert. Ich überlege, was wir heute so unternehmen. Ich kann *atmen*. Und dann trifft es mich wieder wie ein Schlag, ich erinnere mich, und alles ist grauenhaft. Unfassbar grauenhaft. Ich erlebe diese Trauer immer wieder neu, immer, immer wieder.«

Ich finde keine Worte, es gibt keinerlei Trost, also schüttle ich nur hilflos den Kopf und lege eine Hand auf ihre. Sie zieht kurz das Gesicht zusammen, dann holt sie zittrig Luft und sammelt sich wieder.

»Habt ihr noch mehr erfahren?«, frage ich nach ein paar Augenblicken. »Etwas zu Behandlungen oder Medikamenten?« Als ich meinen Mut zusammengenommen und online nachgesehen habe, habe ich zwar nichts gefunden, aber mit der Hilfe von Experten muss doch sicherlich etwas zu machen sein ...

»Nein, zumindest nichts Hilfreiches. Nichts, was ich jemals hören wollen würde.« Sie klingt so trostlos. »Keine Behandlung, keine Medikamente, keine Hoffnung.« Ich zucke zusammen. »Nur eine kleine Sache. Sie nimmt jetzt Medikamente gegen die Krampfanfälle, das ist zumindest etwas. Ihr Facharzt Mr Williams sagt, so schnell, wie sich ihre Rückschritte bisher entwickeln, wird sie wahrscheinlich innerhalb eines Jahres gar nichts mehr sehen können, und ihre motorischen Fähigkeiten werden kurz darauf dann auch verschwunden sein. Bis sie acht oder neun ist, wird sie höchstwahrscheinlich komplett pflegebedürftig sein.« Sie tupft sich die Augen und schaut an die Decke, damit die Tränen nicht anfangen zu laufen. »Und weißt du was? Inzwischen hört sich das fast nach guten Neuigkeiten an.«

Ihr versagt die Stimme. »Denn das ist noch drei oder vier Jahre hin, und das heißt, dass sie dann wenigstens noch da ist.«

Ich bedecke den Mund mit der Hand, unfähig, das alles aufzunehmen. Die Worte erreichen meinen Kopf gar nicht richtig, als weigere er sich, diese Informationen anzunehmen. *Nein, nein. Das kann nicht wahr sein. Es kann einfach nicht wahr sein.*

Ist es aber.

»Das Schwerste ist«, fährt Milly fort, »sich zu überlegen, was wir Alice sagen. Wie sagt man einer Fünfjährigen, dass sie immer schwächer werden und sterben wird? Ich meine, *wie?*« Ihre Stimme wird lauter und ein paar Leute drehen sich zu uns um. »Ich habe mir ein paar Bücher besorgt und im Internet nach ›Wie sagt man seinem Kind, dass es stirbt‹ gesucht. Kannst du dir vorstellen, was man da für Ergebnisse bekommt?« Sie schüttelt jetzt verärgert den Kopf, Tränen der Wut funkeln ihr in den Augen. »Die ganzen Ratschläge sind so unglaublich *lahm*. Weißt du, wie oft ich gelesen habe ›Das ist ein schwieriges Thema‹? Ach *wirklich*? Meint ihr *echt*?« Jetzt schauen uns noch mehr Leute an, aber das ist mir egal, und Milly ebenfalls. Sie schaut immer noch nach oben, um die Tränen aufzuhalten, die ihr aber bereits über die Wangen rinnen.

»Und dann weiß ich natürlich auch nicht«, macht sie weiter, »inwiefern Alice überhaupt versteht, was sterben bedeutet. Sie ist erst *fünf*. Selbst die Ärzte können uns das nicht sagen. Also gehen wir momentan einfach nur Tag für Tag vorwärts, geben ihr nur so viele Informationen, wie sie braucht. Wir wollen ihr jetzt so viel Normalität wie möglich schenken, aber eigentlich ist schon gar keine mehr möglich.« Sie atmet schaudernd aus. »Tut mir leid. Das war sehr viel auf einmal.«

»Dir muss überhaupt nichts leidtun, Milly.«

»Das sage ich auch immer zu Alice.« Sie lächelt mich schief an, zieht die Züge ein bisschen zusammen. »Sie entschuldigt sich immer dafür, dass sie so ungeschickt ist und so weiter. Das bricht mir das Herz.« Sie klopft sich auf die Brust. »Ich spüre es, genau hier, jedes Mal, es *bricht*.«

»Ich werde das Gefühl nicht los ... Ich glaube, das ist alles meine Schuld«, platze ich heraus. Ich muss es loswerden, auch wenn ich mich nicht in den Mittelpunkt stellen will. Es lastet auf mir, seit meine Mutter mir von meinem Bruder erzählt hat. »Wenn ich nicht angeboten hätte ...«

»Oh, nein, nein, nein.« Milly schüttelt entschieden den Kopf. »Von sowas will ich gar nicht erst anfangen, Anna. So darf ich nicht denken. Wenn du es nicht angeboten und ich es nicht angenommen hätte, dann hätte es Alice nie gegeben. Und selbst jetzt, *besonders* jetzt, ist das unvorstellbar.«

»Empfindest du das wirklich so?«, frage ich leise. Ich wünsche es mir. Ich wünsche es mir so sehr.

»Das muss ich.« Milly sieht mich geschlagen an. »Was ist die Alternative? Mir zu wünschen, sie wäre nie geboren worden?« Sie beugt sich vor, klingt plötzlich eindringlich. »Wünschst du dir das?«

»Was ...?«

»Ich habe schon tausendmal über diesen Tag nachgedacht, Anna. Eine Million Male. Alles ist so schnell aus den Fugen geraten, bevor einer von uns etwas dagegen tun konnte ... Es war, als würde ich in Zeitlupe ein Zugunglück beobachten und könnte es nicht verhindern, aber gleichzeitig war ich diejenige, die den Zug gesteuert hat.«

»Ja.« Mehr bringe ich kaum heraus. Ich hätte nie gedacht, dass ich einmal mit Milly hier sitzen und über diesen Tag sprechen würde. »Ich hätte niemals ...«, setze ich an und breche direkt wieder ab, versuche die Worte so zu wählen, dass sie sowohl zu dem passen, was passiert ist, als auch zu meinen Gefühlen.

»Nein, *ich* hätte niemals«, sagt Milly. »Ich weiß ja, wir

haben dich da in eine unmögliche Situation gebracht, Anna. Wir haben zu viel von dir verlangt. Wir haben dir keinen Spielraum gelassen, dir nicht erlaubt, irgendetwas zu fühlen oder irgendetwas anderes zu sein als unsere superhilfsbereite Freundin.«

»Und das habe ich ausgenutzt«, gebe ich qualvoll zu. »Ich war wie berauscht von Alice. Ich hatte nicht damit gerechnet ... so viel für sie zu empfinden. Wirklich nicht.«

»Und ich hatte nicht damit gerechnet, so wenig zu empfinden.« Milly sieht auf ihren Drink hinab.

»Ich hätte es nicht durchgezogen«, platze ich heraus. »Ich habe immer wieder darüber nachgedacht und bin mir sicher, dass ich es nicht getan hätte.«

Milly nickt langsam, und ich kann nicht sagen, ob sie mir glaubt oder nicht. »Ich schätze, das spielt keine Rolle mehr.«

»Trotzdem ...« Ich habe das Gefühl, ich müsste irgendetwas sagen, ich *möchte* etwas sagen, auch wenn ich nicht genau weiß, was. »Es tut mir leid, Milly«, flüstere ich schließlich. »Das alles.«

»Mir auch. So sehr.« Sie schüttelt den Kopf und stößt langsam die Luft aus. »Warum hast du mir nichts von deiner, du weißt schon, Abtreibung erzählt? Hast du deshalb deine Abschlussprüfung verhauen? Das muss ja ...«

»Es war zwei Wochen davor.«

»Ich kann nicht fassen, dass ich nichts davon wusste.« Sie verzieht das Gesicht. »Ich kann nicht fassen, dass ich nicht nachgefragt habe.«

»Ich wollte nicht, dass du es weißt. Ich habe mich geschämt.« Ich sehe auf meinen noch unberührten Drink hinab.

»Wer war es, Anna? Der Vater? Ich wusste nicht mal, dass du mit jemandem zusammen warst. Es kommt mir so vor, als musste ich unsere ganze Freundschaft neu auswerten, weil ich so viel nicht wusste ...«

»Ich war mit niemandem zusammen.«

Milly runzelt die Stirn. »Nicht einmal ... Ich meine, da muss ja jemand gewesen sein ...«

Ich schüttle den Kopf. »Nicht so, wie du denkst. Es war ...« Ich atme tief durch. »Mr Rees.«

»Mr Rees?« Millys schockierter, zutiefst entsetzter Gesichtsausdruck ist fast schon komisch. »Unser Geschichtslehrer?«

»Genau der.«

»Aber er war so ...«

»Alt? Unattraktiv? Ja.« Ich versuche zu lächeln, was mir aber nicht ganz gelingt, also nehme ich stattdessen einen Schluck Wein. Auch nach zwanzig Jahren, trotz Therapie und vieler geheilter Wunden, ist das noch schwer.

»Es war doch keine ... Ich meine, er hat dich doch nicht ...«

»Es war keine Vergewaltigung, wenn du das meinst«, sage ich leise. »Zumindest hätte *er* das nie so gesehen.«

»Oh, *Anna*.« Milly drückt meine Hand. »Ich hätte es erfahren sollen. Du hättest es mir sagen können sollen. Ich glaube, ich war dir wirklich keine gute Freundin.«

»Doch, das warst du, Milly.« Im Laufe der Jahre habe ich immer wieder versucht, sie als Übeltäterin darzustellen, die große, böse Milly, die mich für selbstverständlich hielt und mich aufs Übelste ausgenutzt hat, aber das klang nie ganz nach der Wahrheit. Und jetzt ganz bestimmt nicht mehr, egal wie schuldig und erschüttert Milly sich auch fühlen mag.

Sie schüttelt den Kopf. »Ich hätte dich dazu bringen sollen, es mir zu sagen. Stattdessen habe ich dich nur bei meinen Plänen mitgezerrt, ohne einmal darüber nachzudenken, was du vielleicht durchgemacht hast.«

»Wenn du mich bei deinen Plänen mitgezerrt hast, lag das daran, dass ich nie eigene hatte. Wenn du mich nicht bei diesen Fremden aufgegabelt hättest, weiß ich nicht, wo ich jetzt wäre.« Ich schaudere bei der Vorstellung. »Wirklich nicht.«

»Ich hätte trotzdem mehr für dich tun sollen.«

»Du hast viel getan. Und auch wenn du immer weiter gedrängt hättest, hätte ich es dir vielleicht trotzdem nicht erzählt.«

»Es tut mir leid, was dir zugestoßen ist. Wirklich.« Sie schüttelt den Kopf und trinkt den letzten Rest ihres Weins aus. »Was sind wir nur für ein Gespann.«

Die Worte wärmen mir das Herz. Wir sind also wieder ein Gespann. Zumindest hoffe ich, dass sie das meint, und die bloße Möglichkeit gibt mir den Mut, zu fragen: »Milly ... Hast du vielleicht Fotos ... von Alice?«

Milly zögert, das Glas noch halb erhoben.

»Könnte ich sie mal sehen?«, frage ich und bemühe mich, nicht zu verzweifelt zu klingen. Sie würde mir doch sicher kein Foto verweigern, nach allem, was wir gerade gesagt und miteinander geteilt haben?

»Lass mich mal sehen, ob ich ein vernünftiges finde«, sagt sie und beginnt, ihr Handy zu durchsuchen. Sie hält es so, dass ich nicht draufgucken kann, und ich halte den Atem an. Nach einer Weile zuckt sie die Schultern und legt das Handy vor mir auf den Tisch. »Ach, was soll's, eigentlich kannst du sie auch gleich alle sehen. Es sind aber nur welche aus den letzten paar Monaten drauf.«

Ich wage kaum zu atmen, als ich durch die Fotos scrolle: Alice am Strand, grinsend und mit einem tropfenden Eis in der Hand; am ersten Schultag in einer schicken neuen Uniform in Jägergrün; auf dem Sofa in ein Buch vertieft. Ich wische immer weiter über den Bildschirm. Alice im Bett eingekuschelt mit unzähligen Teddys. Alice mit Gummistiefeln, wie sie in eine Pfütze springt. Eine perfekte Kindheit, festgehalten in diesen kostbaren Momenten. Wenn ich sie so anschaue, käme ich nie auf die Idee, dass sie eine tödliche Krankheit hat. Wenn ich sie anschaue, kann ich den Gedanken nicht unterdrücken: *Sie sieht genauso aus wie ich.* Die gleichen Haare und Augen, die gleichen Grübchen. Der gleiche schlaksige Körperbau und die gleichen ganz leicht abstehenden Ohren.

»Sie sieht genauso aus wie du, stimmt's?«, sagt Milly mit einem trockenen Lachen und spricht damit genau meine Gedanken aus. »Vielleicht ist das auch ein Grund, warum ich so oft an dich gedacht habe.«

»Ist es schwer für euch ... dass sie wie ich aussieht?«, frage ich zaghaft. Wir bewegen uns auf ungewohntem Terrain, wenn wir über Alice reden.

»Manchmal. Manchmal habe ich mich gefragt, warum es mir etwas ausmacht.«

Widerwillig schiebe ich das Handy wieder zu ihr hinüber. Ich könnte mir diese Fotos ewig ansehen, jedes einzelne studieren und mir jedes Detail einprägen. »Danke.« Milly nickt, und ich ringe mich zu noch einer Frage durch, weil ich es mir so sehr wünsche: »Könnte ich ... könnte ich sie irgendwann mal sehen? Sie kennenlernen?«

Millys Ausdruck erstarrt und mir wird klar, dass ich einen Schritt zu weit gegangen bin. Dieses Treffen, unsere Entschuldigungen, das offene Gespräch, die Fotos ... all das tut nichts zur Sache, sie will mich immer noch nicht in der Nähe ihrer Tochter haben.

»Tut mir leid, Anna. Matt und ich haben schon darüber gesprochen ...«

»Schon okay«, unterbreche ich. Ich möchte ihre Ausflüchte nicht hören.

»Es ist nur so, dass Matt dabei Bedenken hat. Er möchte die Dinge nicht verkomplizieren, zumal Alices Gesundheit und Behandlung, soweit es die gibt, jetzt im Vordergrund stehen müssen.«

Verkomplizieren? Was denkt er denn, was ich vorhabe? Aber natürlich muss ich ihre Wünsche respektieren. Vielleicht war es selbstsüchtig von mir, überhaupt zu fragen. »Das verstehe ich«, bringe ich heraus, auch wenn es kalt klingt. »Ich hätte nicht fragen sollen.«

»Nein«, protestiert Milly, lässt es aber dabei beruhen.

Ich wünschte, ich hätte nicht gefragt, denn nun hat sich die Tür für immer geschlossen, und ich war diejenige, die sie zugeschlagen hat.

31

MILLY

Es tut mir leid.

Das sagte Mr Williams, als er die Diagnose NCL bei Alice bestätigt und uns die grausamen Einzelheiten beschrieben hatte: Es steht für neuronale Ceroid-Lipofuszinose, Alice hat eine Variante namens CLN5, davon betroffene Kinder beginnen nach den ersten paar Lebensjahren Symptome zu zeigen. Er meint, bei Alice habe es wahrscheinlich schon vor zwei Jahren angefangen. Kinder mit CLN5 entwickeln Probleme mit der Sehkraft und im kognitiven Bereich ebenso wie Verhaltensauffälligkeiten, schrittweise verlieren sie die Fähigkeit zu sprechen oder zu laufen. Normalerweise leben sie nicht länger als bis ins späte Kindesalter oder die Teenagerzeit. Ich kann mir keine schlimmere Aussicht vorstellen; fast wäre mir lieber, Alice würde von einem Auto überfahren, als dass sie so schleppend dahinschwindet. Und alles, was Mr Williams zu sagen hat, ist »Es tut mir leid«.

Es erinnert mich an Meghan, die vor all den Jahren die gleichen Worte gewählt hat. *Es tut mir leid, dass Sie verfrüht in den Wechseljahren sind. Es tut mir leid, dass Sie kein Kind bekommen können.* Und jetzt das. *Es tut mir leid, dass Ihr Kind leiden und sterben wird.*

Es tut mir leid. Ich hasse diese vier Worte. Sie richten nichts aus. Sie erinnern dich bloß daran, dass du die Bemitleidenswerte bist.

Matt und ich laufen nach diesen Neuigkeiten eine Woche lang wie benebelt vor Trauer herum. Wir erzählen niemandem davon, das schaffen wir nicht. Denn es jemandem zu erzählen – meinen Eltern, Alices Lehrerin, Anna –, würde es zu real machen, und es reicht schon, es ist bereits zu viel, dass wir es selbst verarbeiten müssen, mit immer neuen Konsequenzen, die uns einfallen. Wir werden sie nicht die Schule abschließen sehen, nicht heiraten sehen, nicht einmal herausfinden, wer sie eigentlich *ist.* Vielleicht wird sie nicht einmal ihr erstes Schuljahr abschließen.

Auch wenn Kinder mit NCL bis in die Teenagerzeit überleben können, sterben viele deutlich früher. Es gibt keine Garantien bis auf eine, und das ist die schlimmste von allen.

Dann, nach einer Woche ohnmächtiger Trauer, komme ich wieder zu mir. Mir wird klar, dass der beste und eventuell einzige Beistand für Alice Matt und ich sind, also brauchen wir Informationen und Kraft, um uns allem zu stellen, was nun kommen mag.

Ich verbringe Stunden online, lese mir Wissen an, präge mir Statistiken ein. Ich erfahre einiges über potenzielle Therapien und Behandlungen und darüber, wie man einen individuellen Förderplan in der Schule organisiert. Ich trete der örtlichen Gruppe für Eltern von Kindern mit neurologischen Krankheiten bei, genau wie der landesweiten NCL-Organisation. Ich verschlinge Bücher und Blogs und Crowdfunding-Seiten.

Aber nachdem ich mir diesen Berg Informationen einverleibt habe, die herzzerreißenden Geschichten der Leute gehört, tränenüberströmt vor dem Computer gesessen und von ihrer Tapferkeit gelesen habe, muss ich aufhören. Die NCL überrollt mich, sie übernimmt Matts und mein Leben genauso wie Alices. Sie ist mein neuer Hashtag, die große *Sache* in meinem Leben; man wird mich auf ewig als die Mutter kennen, deren Kind NCL hat. *Deren Kind an NCL gestorben ist.*

Manchmal flüstere ich mir das selbst zu, nur um die Worte auszuprobieren. Um mich an die Vorstellung zu gewöhnen, denn sie kommt auf mich zu und ich muss vorbereitet sein, auch wenn mir klar ist, dass keine Mutter und kein Vater darauf *jemals* vorbereitet sein können. Auch wenn alles in mir sich dagegen auflehnt.

Und so tauchten wir in die unerwünschte Wirklichkeit des Lebens mit einem todkranken Kind ein. Alice nimmt ein Dutzend verschiedene Medikamente, die einige ihrer Symptome mildern, gleichzeitig aber auch neue auf den Plan rufen. Sie geht dreimal pro Woche zur Ergotherapie und uns wurde eine Sozialarbeiterin zugeteilt, die uns durch diese unschöne neue Welt begleiten soll, aber ich mag ihre süßliche Art nicht und Matt spricht sowieso kein Wort mit ihr.

Und natürlich müssen wir es doch allen sagen – ein Dutzend Gespräche über Trauer und Tragödie, die sich immer und immer wieder von Neuem abspulen, mit Nachbarn, Freunden, Lehrern, Familie.

Bei meinen Eltern ist es am schwersten. Meine Mutter sieht aus, als würde sie vor meinen Augen zusammenschrumpfen, ihre ganze Person bricht in sich zusammen. »Der Gedanke, dass ich vielleicht meine Enkeltochter überlebe«, flüstert sie. »Oh, Milly. Oh, *Alice.*«

»Sag das nicht, Mom«, bitte ich. »Noch nicht. Dafür bin ich noch nicht bereit.«

»Ach Schätzchen, es tut mir leid. Ich hätte das nicht sagen ... ich meinte es nicht ...«

»Schon in Ordnung.« Ich winke ab, während sie mit den Tränen kämpft. Niemand weiß, was er sagen soll, ich selbst am allerwenigsten.

»Werdet ihr es ihr sagen?«, fragt Mom mit gedämpfter Stimme, obwohl Alice gar nicht da ist. Ich bin hergefahren, während sie in der Schule und Matt bei der Arbeit ist.

»Momentan sagen wir ihr so wenig wie möglich. Wir wollen ihr die Normalität so lange es geht erhalten.«

Und offen gestanden haben wir auch immer noch keine Ahnung, wie wir mit Alice darüber reden sollen. Wie sagt man seinem Kind, dass es schwächer werden und sterben wird? Wie setzt man überhaupt zu so einem Gespräch an? Ich habe im Internet danach gesucht, aber bloß ein paar wenige hilfreiche Ratschläge gefunden, dann bestellte ich mir massenhaft Bücher, Memoiren und Ratgeber, aber schon nach wenigen Seiten stellte ich fest, dass ich keins davon lesen konnte. Es war zu viel, zu schwer. Und zum Glück ist es ja auch noch nicht an der Zeit.

Doch mit jedem Tag wird klarer, dass wir es ihr irgendwann sagen müssen, möglicherweise schon bald. Jeder Morgen scheint eine neue Herausforderung mit sich zu bringen – Socken anziehen, einen Löffel zum Mund führen, sich an ein einfaches Wort wie Katze oder Tisch erinnern. Ich sehe den Frust in Alices Blick, die Wut auf sich selbst, und möchte weinen.

Dass sie krank ist, haben wir ihr gesagt, dass ihre Probleme Teil der Krankheit sind und auch, dass die Medikamente ihr ein bisschen helfen. Alice hat keine weiteren Fragen gestellt. Sie vertraut uns – darauf, dass wir uns um sie kümmern, sie beschützen. Und das versuchen wir, wir geben uns alle Mühe, aber letztlich können wir es gar nicht schaffen, und damit zu leben, fühlt sich immer noch unmöglich an.

»Was können wir tun, Schätzchen?«, fragte mein Vater. »Wie können wir helfen?« Er meinte es gut, aber meine Eltern sind beide nicht mehr die Jüngsten und meine Mutter ist nie wieder richtig zu Kräften gekommen. Davon abgesehen gibt es nichts, was irgendjemand tun könnte. Das tut am meisten weh.

Und die Leute versuchen es trotzdem – Aufläufe tauchen vor unserer Haustür auf, Karten in der Post, und eine wohlmeinende Mutter in der Schule teilt mir munter mit, dass sie einen »Fun Run«, einen Sponsorenlauf, auf die Beine stellen will.

»Für einen guten Zweck, für die Forschung«, erklärt sie, und ihre Munterkeit schwindet – mein Gesichtsausdruck muss furchtbar aussehen. Ich will keinen Fun Run. Nichts daran ist »Fun«.

»Danke«, bringe ich heraus. Ich weiß, sie meint es gut. Alle meinen es gut – von den Eltern in der Schule über unsere Nachbarn bis hin zu den Leuten, die am meisten zählen – meine Eltern, Matts Familie, Anna, Jack. Jack umarmte uns nur, als wir es ihm erzählten, es fielen keine Worte.

Was Anna betrifft … Ich denke an unseren Abend im Weinkeller zurück, wie schön es war, wieder beisammen zu sitzen, und frage mich, ob ich sie Alice hätte sehen lassen sollen, auch wenn Matt das nie erlauben würde. Dann beschließe ich, nicht mehr darüber nachzudenken. Ich hinterfrage schon so viel, mir bleibt keine Kraft, mir auch noch über Anna Sorgen zu machen.

Obwohl Matt und ich da gemeinsam drinstecken, fühlt es sich an, als treibe jeder von uns in seiner eigenen, abgetrennten Trauerblase herum und stelle sich den Herausforderungen jedes neuen Tages auf andere Weise. Matt will nie reden, er möchte auch keine Pläne schmieden, wie wir es früher immer gemacht haben, mit Stichpunkten und To-do-Listen und allem Drum und Dran.

Ich verstehe seinen Widerwillen, denn weiß Gott, den habe ich genauso. Wer will schon gerne überlegen, wie Alice in der Schule am besten zur Toilette gehen kann, weil sie es allein nicht mehr gut hinbekommt? Oder was man für sie kochen könnte, jetzt, da ihr das Kauen langsam Probleme bereitet? Aber das müssen wir, denn wir müssen Entscheidungen treffen, jeden Tag mehr, um Alice zu helfen.

»Ich komme mir vor, als müsste ich das hier allein machen,

Matt.« Wir sitzen an einem regnerischen Februarabend am Küchentisch und Matt blickt starr geradeaus, wie in letzter Zeit so häufig. »Ich brauche deinen Input.« Es geht um den individuellen Förderplan für Alice, der wieder einmal angepasst werden muss. Miss Hamilton ist eine große Hilfe, aber auch sie hat mit Alices immer weiter wachsenden Bedürfnissen zu kämpfen.

»Wozu brauchst du meinen Input?« Er klingt missmutig und meine Anspannung wächst. »Das ändert doch auch nichts.«

»Was soll das heißen?«

Er zuckt die Schultern und sieht mich nicht an. »Ob Alice nun jemanden hat, der ihr das Essen kleinschneidet, Milly. Das *ändert* nichts. Es ändert nichts daran, was mit ihr passieren wird.« Er schaut schon wieder aufs Handy und scrollt gedankenlos umher, das Gespräch ist für ihn beendet.

»Meinst du das ernst?«, frage ich leise. »Du findest, es macht überhaupt keinen Unterschied?«

Er sieht auf, sein Ausdruck ist verbittert, beinah wütend. »Sie wird sterben, Milly. Dahinschwinden und sterben – die Frage ist nur, wie und wann.«

Ich balle auf dem Tisch die Fäuste. »Und in der Zwischenzeit ist ihre Lebensqualität komplett unwichtig? Ist dir das egal?«

»Was denn für eine Lebensqualität?«, platzt er los. »Ist es etwa wichtig, dass sie die Buchstaben lernt, wenn sie in einem Jahr blind ist? Oder dass ihr jemand das Essen kleinschneidet, wenn Mr Williams sagt, dass sie nur noch Flüssiges zu sich nehmen kann, bevor sie sieben ist? Meinst du wirklich, dass *irgendetwas* davon eine Rolle spielt?«

»Für Alice spielt es eine Rolle.« Meine Stimme bebt. »Ich dachte, wir hätten uns darauf geeinigt, ihr so lange wie möglich Normalität zu ermöglichen.«

»Nichts an alldem ist normal.« Er stößt sich so fest vom

Tisch ab, dass dieser über den Boden rutscht und ich aufpassen muss, damit er mich nicht rammt.

»Matt …«

»Ich kann das nicht.« Seine Worte klingen leise, hohl, verzweifelt. »Ich kann das nicht, Milly.« Er steht mit dem Rücken zu mir, eine Hand im Haar vergraben.

»Was meinst du damit, du kannst das nicht?« Ich fürchte mich davor, das weiter auseinanderzunehmen. »Wir *müssen*, Matt.«

»Es ist zu schwer.« Seine Stimme bricht. »Sie so zu sehen … fast jeden Tag etwas zu verlieren … es ist zu schwer.«

Ich starre ihn an, hin- und hergerissen zwischen der wilden Trauer, die ich mit ihm gemeinsam fühle, und Ärger darüber, dass er nur an sich denkt.

»Was glaubst du denn, wie Alice sich fühlt? Sie ist diejenige, die das alles ertragen muss. Ihr zuliebe müssen wir stark sein. Bitte, Matt.« Ich glaube nicht, dass ich das ohne ihn hinbekomme, und doch stelle ich fest, dass ich es bereits tue. In den vergangenen Wochen hat er sich zurückgezogen, nicht bloß von mir, sondern auch von Alice. »Matt, bitte. Ich brauche dich. Alice braucht dich.«

Er schüttelt wieder den Kopf. »Es tut mir leid …«

Jetzt reicht es mir mit dieser dämlichen Aussage. »Du sollst dich nicht entschuldigen!«, schnauze ich ihn an. »Du sollst stark sein. Denkst du etwa, es gäbe irgendwen, dem das leicht fällt? Ich fühle mich, als würde ich verbluten, und zwar *jeden einzelnen Tag*, und ich muss es verstecken, so tun, als käme ich klar. Ich mache es trotzdem, Matt, denn wenn ich es nicht tue, was wird dann aus Alice? Soll sie denn nicht glücklich sein, solange sie noch ein normales kleines Mädchen sein darf? Sollen diese Erinnerungen überhaupt nicht zählen?«

»Wozu soll das gut sein? Das Ende bleibt das gleiche.«

»Aber wir können auf unterschiedlichen Wegen dorthin kommen.« Ich denke an Annas Mutter, die in ihrer Trauer ihr ganzes Leben und Annas Kindheit zerstört hat. *Ich* werde nicht so sein. »Diese Momente machen etwas aus, Matt. Sie müssen etwas ausmachen.«

Aber er schüttelt nur den Kopf, dann schnappt er sich die Schlüssel von der Theke. »Ich gehe raus.«

»Raus? Wohin ...«

»Nur raus. Ich brauche etwas Abstand, Milly. Wir sehen uns später.« Er geht, ohne mich noch einmal anzusehen.

Ich stehe da und starre ungläubig im leeren Zimmer umher. Nach ein paar Minuten beginne ich aufzuräumen, weil ich nicht weiß, was ich sonst tun soll. Ich habe die Statistiken gesehen – Eltern, die ein Kind verlieren, lassen sich häufiger scheiden. Aber ich will nicht, dass Matt und mir das passiert. Ich will nicht noch einen weiteren Kummer zu dem sowieso schon unerträglichen anderen hinzufügen.

Aber was, wenn ich keine Wahl habe? Oder schlimmer noch, denke ich, während ich gedankenverloren die Tassen in die Spülmaschine räume, was, wenn Matt Recht hat und nichts hiervon wirklich eine Rolle spielt?

32

ANNA

»Hey, Anna.«

Ich starre Jack schockiert an, kann nicht glauben, ihn hier an meiner Tür zu sehen, obwohl ich ihm gerade aufgedrückt habe, nachdem er mir heute Abend geschrieben und gefragt hat, ob er vorbeikommen könne.

Seit Milly und ich zusammen etwas trinken waren, ist ein Monat vergangen, und ich hatte gehofft, unsere Freundschaft würde sich vielleicht wieder herstellen. Das hat sie nicht, Milly hat sich nicht ein einziges Mal gemeldet und meine sorgsam formulierten Nachrichten blieben unbeantwortet.

Ich weiß, ich kann es ihr nicht übel nehmen. Wer hat schon emotionale Energie für belastete Freundschaften übrig, wenn das eigene Kind stirbt? Aber ich denke fast pausenlos an die beiden und Alice. Ich wünschte, ich wäre Teil ihres Lebens geblieben, damit ich ihnen jetzt die Stütze sein könnte, die sie ganz bestimmt brauchen. Stattdessen bin ich ganz an den Rand ihres Lebens verbannt worden, was meine eigene Schuld ist. Wenn ich nicht so verzweifelt und sinnlos auf das Sorgerecht abgezielt hätte ... Wenn Jack nichts gesagt hätte ...

Ich werfe ihm einen Blick zu, den man nicht unbedingt freundlich nennen kann. »Was machst du hier, Jack?«

Meine Feindseligkeit scheint ihn etwas zu überrumpeln, aber ich habe ihn seit fünf Jahren nicht gesehen, und beim letzten Mal habe ich ihn aufgefordert abzuhauen. Was hat er erwartet?

»Ich wollte dich nur sehen. Du weißt von Alice?«

Ich starre ihn fassungslos an. *Ob ich von Alice weiß?* »Wenn nicht, hättest du vorgehabt, es mir auf diese Weise zu erzählen?«

»Tut mir leid.« Er reibt sich das Gesicht. »Ich habe nicht nachgedacht. Es ist nur so ... beschissen, weißt du?«

»Ja. Ich weiß.« Beschissen ist eine massive Untertreibung. Ich überlege, meinen Bruder zu erwähnen und wie sie zu Alices Diagnose gekommen sind, aber dann denke ich mir, das hat keinen Zweck. Es ändert ja doch nichts.

»Es ist so schwer zu glauben ...«, fährt Jack fort. »Ich meine, wie gering war die Wahrscheinlichkeit, dass wir beide dieses Scheiß-Gen haben?«

»Offenbar ziemlich gering.« Eins zu fünfzigtausend, so stand es zumindest im Internet, und Alices Variante ist sogar noch seltener.

»Wenn es nicht ...« Er schluckt schwer und sieht mich an. »Wenn es nicht wir beide gewesen wären ...«

»Ich weiß.« Ich quäle mich schon genug mit diesem Gedanken herum, ich muss es nicht auch noch von Jack hören. »Wer hätte das schon geahnt?«

»Ich weiß. Ich weiß. Es ist nur so hart. Ich muss ständig an sie denken. Die Kleine ist so süß.«

Ich spüre, wie sich meine Züge verkrampfen, und ringe um einen ruhigen Ton. »Wenn du das sagst.«

Jack sieht überrascht aus. »Du meinst, du hast sie noch nie ...«

Weiß er wirklich nicht, dass ich seit jenem Tag keinen

Kontakt mehr zu Milly und Matt hatte? Ist er so unglaublich ahnungslos? Ich schüttle nur den Kopf, weil ich keine Worte finde.

»Ich dachte, ihr hättet euch schon wieder zusammengerauft, nach so langer Zeit.«

»So war es nicht.« Ich spüre, wie sich ein Druck in meiner Brust ausbreitet. »Aber du kannst den Kontakt auch nicht gerade vorbildlich gepflegt haben, wenn du das nicht wusstest.«

Er lässt den Kopf etwas beschämt hängen. »Ich bin vor ein paar Jahren zurück nach Frankreich gezogen ... Aber ich war ein paarmal zu Besuch da. Und einen Sommer waren Milly und Matt mit Alice bei mir ...«

Und da haben sie mich wohl nicht einmal angesprochen. Ich drehe mich weg, denn ich will nicht, dass er mein Gesicht sieht. Das alles tut so weh. Ich habe so viel verpasst ... so viele Ausflüge und gemeinsame Abendessen und lange Urlaube, und jetzt ist es zu spät. Den Gedanken halte ich nicht aus. Ich halte es nicht aus, unsere Geschichte umzuschreiben und daraus eine Montage gemütlicher Augenblicke zu basteln, in der ich Teil von Millys und Matts – und Alices – Leben geblieben bin. In der ich ihnen etwas bedeute.

»Wie geht es dir, Anna?«, fragt Jack mit sanfter Stimme. »Ich denke immer an Milly und Matt, aber dich betrifft das ja auch. Mehr als ... na ja, vielleicht mehr als irgendwen sonst, außer den beiden. Du hast Alice geliebt ...«

Mir entfährt ein unkontrolliertes Schluchzen und ich drücke mir die Faust an den Mund. Ich habe schon genug vor Jack Foster geweint.

Und doch weine ich, und er sieht es, und als ein weiterer Schluchzer mich wie eine Welle überrollt, hat Jack plötzlich die Arme um mich geschlungen. Er ist der Letzte, bei dem ich Trost gesucht hätte. Der Letzte, von dem ich Trost erwartet hätte.

»Es tut mir leid, Anna«, murmelt Jack und streicht mir

übers Haar. »Alles tut mir leid. Ich denke immer wieder an diesen Tag, du weißt schon, welcher ...« Natürlich weiß ich das. »Und ich wünschte, ich hätte anders handeln können. Hätte ... verständnisvoller sein können. Meinen verdammten Mund halten können.«

Mit einiger Mühe löse ich mich aus seiner Umarmung und wische mir die Tränen von den Wangen. »Das ist Vergangenheit, Jack. Es tut nichts mehr zur Sache.«

»Ich denke, das tut es doch.« Er sieht mich unverwandt an. »Wenn es nicht ... wenn ich nicht ...«

»Alice wäre trotzdem krank. Sie würde trotzdem sterben.« Ich zwinge mich zu den Worten, auch wenn jedes einzelne mir einen tiefen Stich versetzt. »Nichts kann das ändern.«

»Aber du hättest sie kennengelernt«, sagt Jack traurig. »Du wärst in ihr Leben eingebunden gewesen ...«

Darüber nachzudenken ist viel zu schmerzhaft, also wende ich mich der Zukunft zu, so wenig davon auch übrig bleibt. »Ich wünschte, ich wäre jetzt eingebunden. Nicht nur meinetwegen, auch ihretwegen. Sie brauchen Unterstützung, Jack. Es muss fürchterlich schwer sein, und sie machen es sich noch schwerer, wenn sie sich zurückziehen. Warst du mal bei ihnen? Wie verarbeiten sie es?«

»Verarbeiten ist so eine Sache.« Er verzieht das Gesicht. »Ich bin mir nicht sicher. Milly wirkt ... manisch, würde ich sagen. Und Matt spricht kaum. Es hat sie beide wirklich heftig mitgenommen.«

»Bekommen sie Hilfe? Von den Eltern oder Leuten aus der Schule?«

»Ein wenig. Millys Eltern schaffen nicht viel und Matts und meine haben sich nie groß in, nun ja, irgendetwas eingeklinkt.« Er lacht freudlos. »Sie haben ihre eigenen Interessen.«

»Nett.« Ich schüttle den Kopf. »Was ist mit Freunden aus der Schule? Von der Arbeit?«

»Ich weiß es nicht genau.« Er schaut beschämt drein, und

ich frage mich, wie viel *er* den beiden wohl geholfen hat. War Jack jemals einer, der sich ein Bein ausreißt?

»Lass gut sein«, sage ich. »Ich werde mal bei ihnen vorbeischauen.«

Jack sieht sowohl erleichtert als auch unsicher aus. »Steht ihr denn auf gutem Fuß miteinander, Anna? Ich meine ...«

»Ich weiß, was du meinst. Und nein, eigentlich stehen wir auf gar keinem Fuß miteinander. Aber ich war vor einem Monat mit Milly was trinken.« Ich denke an Matts Weigerung, mich Alice sehen zu lassen. Aber sollte mich das wirklich zurückhalten? »Alice zuliebe können wir unsere Differenzen ja sicher beilegen. Sie brauchen Hilfe.« Und früher haben sie die immer von mir bekommen. Warum sollte es jetzt anders sein?

Als ich Will von meinem Vorhaben erzähle, ist er jedoch gar nicht begeistert. Ihm gefällt meine, wie er es sieht, Besessenheit von Alice nicht. Allzu oft, wenn wir eigentlich fernsehen wollen, hänge ich am Handy und suche nach neuer Forschung zu NCL, in der Hoffnung auf eine Art Durchbruch in letzter Minute. Wenn wir ausgehen, bin ich in Gedanken woanders. Ich gebe mir Mühe, aber ob ich es will oder nicht, Alices Zustand hat mich gedanklich komplett eingenommen.

»Glaubst du wirklich, das ist eine gute Idee, Anna?«, fragt er, während ich im riesigen Topf Suppe rühre, den ich ihnen bringen will. »Du meintest doch, Matt will nicht, dass du Alice siehst.«

»Ich werde sie ja auch nicht sehen.« Auch wenn ich darauf hoffe, vielleicht nur einen kleinen Blick zu erhaschen. »Sie brauchen Hilfe, Will. Jack meinte, sie bekommen nicht viel Unterstützung.«

»Und du willst diejenige sein, die sie anbietet?« Er klingt skeptisch, und ich kann es ihm nach allem, was passiert ist, nicht verdenken.

»Früher war es immer so.«

»Stimmt, und das hat kein so gutes Ende genommen. Ich denke dabei bloß an dich, Anna ...«

»Und ich denke an sie.«

Er nickt langsam. »Ja, aber die Dinge haben sich verändert, seit du ihnen das letzte Mal geholfen hast ...«

»Ganz genau. Die Dinge haben sich verändert. Es ist an der Zeit, Einsatz zu zeigen.« Ich sehe ihn ruhig an, er erwidert meinen Blick, und nach einem langen, angespannten Moment zuckt er die Schultern.

»Ich verstehe, warum du das so siehst, ich sehe es nur anders.« Er seufzt. »Aber gut. Geh hin.«

»Eigentlich habe ich dich nicht um Erlaubnis gefragt«, sage ich etwas unwirsch.

»Und ich habe dir auch keine gegeben. Meiner Meinung nach ist das eine schlechte Idee. Ich glaube, das wird dir auf lange Sicht nur wehtun, und ja, ich denke dabei an dich und nicht an Leute, die ich noch nie gesehen habe, auch wenn sie dir wichtig sind. Aber ich denke wirklich, dass du loslassen musst, Anna. Alice loslassen.«

»Das werde ich bald sowieso müssen«, erinnere ich ihn leise. »Will, meinst du nicht, ich tue das Richtige? Sie brauchen Hilfe.«

»Und es gibt Menschen in ihrem Leben, die ihnen helfen können, egal was Jack sagt. Was weiß er schon? Du meintest, er wäre all die Jahre in Frankreich gewesen.«

»Ja, aber ...«

»Anna, was ich befürchte ... was mir Sorgen macht, ist, dass du das eben nicht für Milly und Matt tust, sondern für dich. Und das wird böse enden.«

Ich rühre und starre in die Suppe, will nicht zulassen, dass seine Worte mich verletzen. »Wir wissen ja schon, dass es böse enden wird. Ich möchte nur da sein, wenn es so weit ist.«

Er schüttelt den Kopf, sagt aber nichts mehr, und am nächsten Abend fahre ich zu Milly und Matt. Es ist Mitte

Februar und genauso ungemütlich kalt wie damals im Dezember, als Milly nach Hause kam und ich ging. Das war vor fünf Jahren, was sich wie eine Ewigkeit anfühlt und doch auch, als sei überhaupt keine Zeit vergangen.

Ich parke vor ihrem Haus und schaue es an – der Blumen-Hängekorb neben der Tür, der jetzt leer ist, schwingt in der Brise leicht hin und her. Warmes Licht dringt durch das Panoramafenster nach draußen, obwohl die Vorhänge zugezogen sind. Es ist halb sieben, früh genug, dass Alice noch auf sein könnte. Aber stimmt es, dass ich wirklich nur hergekommen bin, um sie zu sehen, oder war das Hilfsangebot, das ich Jack und Will gegenüber erwähnt habe, tatsächlich ernst gemeint? Werden sie es überhaupt annehmen?

Langsam steige ich aus und hole die Tasche mit dem Blech Brownies und dem Topf hausgemachter Hühnersuppe aus dem Auto. Armselige Darbringungen, aber ich weiß nicht, was ich ihnen ansonsten zu geben habe.

Mein Magen verkrampft sich vor Nervosität, als ich auf die Klingel drücke und warte. Ich überlege, ob ich vielleicht doch nicht hätte kommen sollen, ob Will recht hat und das unterm Strich eine selbstsüchtige Aktion ist. Ich höre dumpfe Stimmen, das Geräusch von Schritten auf der Treppe. Dann öffnet sich die Tür und Matt steht vor mir. Bei meinem Anblick klappt ihm die Kinnlade herunter, dann wird sein Ausdruck ernst.

»Anna.«

»Hi, Matt.« Es ist so ungewohnt, wie feindselig sich Matt mir gegenüber verhält, noch mehr als Milly, und ganz anders als der lockere Typ, mit dem ich früher immer herumgealbert habe. Jetzt steht er in der Tür, versperrt mir mit dem Körper den Weg und macht keine Anstalten, sich zu bewegen. »Kann ich reinkommen? Nur für ein paar Minuten ...«

»Matt!«, ruft Milly von oben. »Wer ist es?« Ich höre ein Platschen und dann ein Kichern, Alice muss wohl gerade baden. Ich stelle mir vor, wie sie inmitten eines Schaumbergs sitzt, das Haar wild aufgetürmt, ihre Mommy angrinst und eine schimmernde Blase nach der anderen zerplatzen lässt.

»Es ist Anna«, sagt Matt knapp.

Stille von oben. Dann: »Ich kann Alice nicht allein lassen ...«

»Ich kümmere mich darum.« Klingt, als wäre ich eine Ungezieferplage. Ich hieve meine Tasche hoch und zeige sie Matt.

»Ich habe ein bisschen was zu essen mitgebracht.«

»Komm rein«, sagt er ziemlich rüde und macht einen Schritt zur Seite, damit ich mich vorbeiquetschen kann.

Es ist komisch, wieder in ihrem Haus zu sein. Vor einem Monat war ich hier, als ich ihnen von meinem Bruder erzählt habe, aber da habe ich keine Einzelheiten wahrgenommen, weil ich so durch den Wind war. Nun schaue ich mich um und bemerke überall Spuren von Alice. Buntstiftbilder am Kühlschrank. Ein Korb voller Spielsachen, unter denen Einhörner und Prinzessinnen allem Anschein nach zu den Favoriten gehören. Ein halbfertiges Feenschloss-Puzzle auf dem Wohnzimmertisch. Eine Plastikschnabeltasse, wie man sie für Kleinkinder benutzt, neben der Spüle.

»Soll ich das in die Küche bringen?«, frage ich, und Matt zuckt die Schultern. Seine Feindseligkeit ist beinah greifbar, wie eine dicke, ölige Substanz, die sich über alles legt und das Atmen erschwert.

Ich stelle die Suppe und die Brownies auf der Theke ab und verbringe unnötig viel Zeit damit, die Tasche zusammenzufalten, während Matt bloß abwartet. Hofft er, dass ich jetzt wieder gehe? Sollte ich?

»Wie kommt ihr beide zurecht?«, frage ich schließlich, und er schnaubt erbost.

»Was denkst du denn?«

»Ich würde gern helfen ...«

»Wir brauchen deine Hilfe nicht, Anna.« Die Abfuhr

kommt schnell und uneingeschränkt, und trotz allem überrascht mich das noch. Es verletzt mich noch.

Ich starre Matt an, sehe ihn die Fäuste ballen und wieder lösen. Seine Haltung ist unverhohlen aggressiv, als wäre ich die Feindin. *Immer noch.*

»Matt ...« Ich hole tief Luft. Ich wollte heute nicht über die Vergangenheit reden. Ich wollte die alten Geister nicht wieder heraufbeschwören, sie uns nicht umkreisen lassen, aber ich höre Alice oben im Bad herumplanschen und mich selbst Worte sagen, die ich nicht erwartet hätte, auch wenn ich sie schon zu Milly gesagt habe. »Matt, es tut mir leid.«

Er antwortet nicht, würdigt meine Entschuldigung nicht einmal mit einem Wimpernzucken.

»Es tut mir leid, was passiert ist«, stelle ich klar. »Dass ich auch nur für eine Sekunde gedacht habe, Alice wäre ... ich wäre ...«

»Lass das, Anna.« Die Worte sind knapp und schonungslos. »Fang nicht jetzt damit an.«

»Ich weiß nicht, was damals in mich gefahren ist«, fahre ich stockend fort. Ich will jetzt unbedingt das loswerden, wozu ich nie die Gelegenheit hatte. »Es war so eine eigenartige Zeit, und meine Gefühle kamen völlig unerwartet ...«

Er macht einen drohenden Schritt auf mich zu. »Wag es nicht, dich jetzt rauszureden«, sagt er leise. »*Wag* es nicht, nachdem du uns das Kind wegnehmen wolltest ...«

»Ich habe niemanden weggenommen.« Die letzten fünf Jahre habe ich mich mit Schuldgefühlen herumgequält, auch wenn ich gleichzeitig meine Wut aufrechterhalten habe. Jetzt will ich mit beidem abschließen. Angesichts Alices Krankheit sollten wir doch endlich in der Lage sein, den alten Streit endgültig zu begraben.

»Das hättest du aber, wenn du die Chance gehabt hättest ...«

»Nein, ehrlich. Ich gebe ja zu, ich habe mit einer Anwältin

gesprochen. Ich habe darüber nachgedacht ... das Sorgerecht zu beantragen. Aber wenn ich jetzt zurückblicke, glaube ich nicht, dass ich es durchgezogen hätte. Sogar die Anwältin hat mir davon abgeraten ...«

»Dann hatte ja wenigstens eine von euch noch etwas Anstand.«

»Matt, *bitte*. Ich weiß, es war ... es war falsch. Aber kannst du es nicht einmal aus meiner Perspektive betrachten, nur für einen Moment? Ich habe mich die ganze Zeit um Alice gekümmert, *wochenlang* ...«

»Wir haben dir *vertraut*!«

»Und du hattest ja selbst gesagt, du wärst dir nicht sicher, ob Milly ...«

»Und das musstest du mir danach gleich um die Ohren hauen. Einen Moment der Schwäche, als ich am absoluten Tiefpunkt war ...«

»Und was ist mit mir? Was ist mit *meinem* Moment der Schwäche, *meinem* Tiefpunkt? Hast du daran mal gedacht?« Ich werde lauter, meine Stimme klingt verzweifelt, gebrochen. »Hast du jemals daran gedacht, wie es sich für mich angefühlt hat?«

»Kein normaler Mensch würde annehmen, dass man auf Sorgerecht klagen kann, nur weil die Eltern gerade hilfsbedürftig sind und man sich um das Baby gekümmert hat.« Matts Ton ist unversöhnlich.

Ich schüttle den Kopf, verliere die Geduld. »Ich hätte es nicht durchgezogen ...«

»Das kannst du nicht wissen.«

»Das kannst *du* nicht wissen.« Wir starren uns an wie in einem Duell. »Dann bleibt es dabei?«, frage ich ruhiger. »Kein Verzeihen? Kein Vergessen? Ein Fehltritt und ich bin raus? Gehst du immer so vor, Matt?«

Er sieht mich lange an. Oben höre ich Milly sanft Alices Namen rufen, und ich hoffe, sie kommt gleich herunter. Dann bekäme ich die Chance, sie zu sehen. Aber dann höre ich, wie leise eine Schlafzimmertür geschlossen wird, und mir wird klar, dass ich es hätte besser wissen müssen. Ich werde sie nie zu Gesicht bekommen.

Halb rechne ich schon damit, dass Matt mich nun – zum zweiten Mal – herauswirft, da fällt seine Miene in sich zusammen. Voller Schreck sehe ich zu, wie seine Lippen beben, ihm die Tränen aus den Augen strömen und er sich kopfschüttelnd abwendet, damit ich den Ausbruch nicht sehe.

»Matt ...«

»Es ist meine Schuld.« Die Worte sind nur ein Flüstern, ich kann sie gerade so hören, mir aber keinen Reim darauf machen. »Meine Schuld«, wiederholt er, und ihm versagt die Stimme. »Ich hätte dir Alice nicht überlassen sollen.« Ich halte entsetzt inne. *Was sagt er da über mich?* »Ich hätte Alice nicht so im Stich lassen dürfen. Milly im Stich lassen.«

Jetzt verstehe ich. »Du hast niemanden im Stich gelassen ...«

»Ich hab bequem die ganzen Nachtschichten an dich abgetreten, das Füttern, alles. Ich hab mich ausgeklinkt, das war leichter. Das ist immer leichter.«

Mich beschleicht das unangenehme Gefühl, dass er nicht nur von damals spricht, sondern auch von jetzt. »Du hast dich nicht *ausgeklinkt*, Matt, du hattest jede Menge um die Ohren. Das hast du immer noch.« Ich zucke hilflos die Schultern. »Es war eine unglaublich schwierige Situation, genau wie jetzt.«

»Trotzdem ...« Er holt schnell und abgehackt Luft. »Ich hätte ein besserer Ehemann sein sollen. Ein besserer Vater.«

Ich starre ihn an, weiß nicht, wie es nun weitergehen soll. War er fünf Jahre lang wütend auf mich, weil er sich nicht eingestehen wollte, wie wütend er auf sich selbst war?

»Das ist alles Vergangenheit«, sage ich schließlich. »Das ist lange her, und seitdem bist du sicher ein wunderbarer Vater und Ehemann gewesen. Aber jetzt geht es um die Gegenwart, Matt ...«

»Ja, und weißt du, was diese Gegenwart bedeutet?« Matt wirbelt zornig zu mir herum. Mir schwirrt der Kopf davon, wie schnell seine Stimmung umschlägt, aber ich kann es auch verstehen. Die Trauer ist zu überwältigend, als dass man rational damit umgehen könnte. »Sie bedeutet«, knurrt er leise, »dass meine Tochter leidet und *stirbt. Das* ist die Gegenwart.« Seine Lippen beben, er presst sie zusammen. »Und ich lasse sie genauso im Stich wie damals.«

»Matt, bitte lass mich helfen. Ich möchte dir und Milly helfen.« Meine Stimme bebt. »*Bitte.*«

Er schüttelt den Kopf, aber es scheint mehr an ihn selbst gerichtet zu sein als an mich.

»Wie geht es Alice?« Ich wappne mich für eine harsche Abfuhr, aber er sinkt in sich zusammen, der Funke Ärger ist schon wieder erloschen.

»Sie geht noch zur Schule, kann die Stifte aber nicht gut halten oder auch nur aus einem Becher trinken«, berichtet er ausdruckslos. Mir fällt die Schnabeltasse neben der Spüle wieder ein. »Sie kann keinen Löffel zum Mund führen, zumindest nicht ohne alles vollzukleckern, und sie vergisst immer wieder ganz einfache Wörter. Ihre Sehkraft verschlechtert sich weiterhin, und der Arzt meint, in ein paar Monaten braucht sie Krücken. Seit der Diagnose hatte sie noch acht epileptische Anfälle, trotz der Medikamente. *So* geht es ihr.«

Er wendet sich ab, und ich sehe benommen zu Boden, lasse jede Einzelheit mit wachsendem Schrecken auf mich wirken. Auch nach all meinen Internetrecherchen hätte ich nicht erwartet, dass sich ihr Zustand so rasant verschlechtert. Es sind erst wenige Monate vergangen.

»Matt, es tut mir so leid ...« Die Worte sind schmerzlich unzureichend. »Bitte, lasst mich euch helfen. Was kann ich tun?«

Er schüttelt den Kopf, immer noch von mir abgewandt. »Ich weiß nicht, was uns helfen könnte.« Was immerhin kein Nein ist.

»Ich könnte euch Essen vorbeibringen, die Wäsche machen. Irgendwas ...« Ich verstumme, denn offensichtlich ist Matt gerade nicht in der Verfassung, sich eine Aufgabe für mich zu überlegen, und überhaupt erst hierherzukommen war auf gewisse Weise selbstsüchtig. Ich wollte Alice sehen. Das war mein niederer Beweggrund. Will hatte Recht. Ich schlucke schwer und lasse diese tiefe Sehnsucht los, zum allerersten Mal. »Die Suppe ist im Kühlschrank«, sage ich. »In ein paar Tagen bringe ich noch mal was vorbei, wenn ihr denkt, das hilft euch. Ich muss auch nicht reinkommen. Ich stelle es vor die Tür.«

Matt antwortet nicht, und nach einem Moment drehe ich mich um und gehe, schließe leise die Tür hinter mir. Erst als ich im Auto bin, sehe ich die Umrisse hinter den Vorhängen. Milly ist heruntergekommen. Sie muss darauf gewartet haben, dass ich gehe.

33

MILLY

Vom oberen Treppenabsatz aus höre ich Anna die Tür schließen. Vielleicht bin ich ein Feigling, aber heute Abend war ich einfach nicht stark genug für eine Konfrontation mit ihr, nicht zusätzlich zu allem anderen. Die Szene, in der Matt aus dem Haus stürmte, ist zwei Wochen her, und obwohl er einige Stunden später wiederkam, haben sich die Dinge zwischen uns verändert. Da ist eine Spannung, die es vorher nicht gab, aber nachdem ich sein Gespräch mit Anna mitgehört habe, sein ehrliches Geständnis, schöpfe ich ein wenig Hoffnung, dass es sich für uns beide wieder zum Guten wenden wird.

Als ich herunterkomme, sehe ich ihn am Küchentisch sitzen, den Kopf in den Händen vergraben. Als ich näher komme, sieht er mit müdem Blick zu mir auf.

»Sie ist weg.«

»Ich weiß.«

»Wie viel hast du mitgekriegt?«

»Das meiste«, gebe ich zu.

Matt seufzt schwer und verbirgt das Gesicht wieder hinter den Händen. »Es tut mir leid, Milly. Ich stelle mich bei all dem hier so mies an und mache es nur noch schlimmer für dich.«

Mein Herz zieht sich zusammen. Ich habe mir Mühe gegeben, Matt seinen mangelnden Tatendrang nicht übel zu nehmen, und war dabei nicht besonders erfolgreich. Es kam in dem einen oder anderen schnippischen Tonfall heraus, in frostigen Blicken, was die Lage zwischen uns beiden noch schwieriger gemacht hat, aber jetzt gerade empfinde ich nur noch Mitgefühl – und Traurigkeit. So große Traurigkeit.

»Ich möchte, dass wir zusammenhalten, Matt. Das ist alles.«

»Ich weiß. Das will ich auch.« Er sieht wieder auf, diesmal verzweifelt. »Du bist so viel stärker als ich.«

»Das bin ich nicht, Matt.« Ich lege ihm eine Hand auf die Schulter. »Wirklich nicht.«

Wir verharren ein paar Minuten lang so, keiner von uns sagt ein Wort. Es fühlt sich fast friedlich an, als wäre das bleischwere Gewicht, das uns nach unten zieht, ein ganz klein wenig leichter geworden.

»Meinst du, ich war zu hart zu Anna?«, fragt Matt schließlich. »Sie möchte helfen.«

»Dann lass sie helfen. Wir können es immerhin gebrauchen.«

»Und Alice?«

Die Frage hängt in der Luft, fast kann ich die Worte dort ausgeschrieben lesen. *Und Alice.* Alice hält uns immer noch von Anna fern, aber zum ersten Mal frage ich mich, ob sich das nicht vielleicht ändern könnte.

Dann schüttelt Matt den Kopf. »Es ist zu kompliziert. Ich kann jetzt nicht darüber nachdenken, nicht zusätzlich zu allem anderen.«

Was ja auch meine Ausrede war, um mich oben zu verstecken. Ob sie es beabsichtigt oder nicht, Anna ist eine Komplikation in unserem Leben, für die wir nicht genug emotionale Energie haben, und ich weiß, am Ende wird sie den Preis dafür zahlen müssen.

Doch was ich deswegen auch an Sorgen oder Schuldgefühlen hegen mag, ist verschwindend gering im Vergleich zu allem anderen – Alices ständig wechselnde und wachsende Bedürfnisse, ihre Medikamente, ihre Stimmungsschwankungen. Unser kleiner Sonnenschein hat auch dunkle Momente, genau wie wir – Tage, an denen sie gar nicht aufstehen will, Nächte, in denen sie nicht schlafen kann. Plötzliche Wutanfälle, wenn sie etwas Neues bemerkt, das sie nicht mehr kann – gestern war es Zähneputzen. Sie schleuderte die Zahnbürste gegen den Spiegel und schlug mit den Fäusten darauf ein, bis er zerbrach. Wir landeten in der Notaufnahme, wo ihre rechte Hand mit drei Stichen genäht werden musste, wo die Glassplitter sie verletzt hatten.

Jeder Tag fordert uns etwas Neues ab, hält aber manchmal auch überraschende Glücksmomente bereit.

An einem Nachmittag Anfang März stehe ich am Schultor und meide wie üblich alle anderen Eltern, was sowohl für mich als auch für sie das Einfachste zu sein scheint, da kommt eine andere Mutter auf mich zu.

»Sind Sie Alices Mutter?«, fragt sie lächelnd, und ich nicke, denn eigentlich weiß das schon jeder.

»Ich bin Jane, meine Tochter Violet ist ein Jahr über Alice. Ich wollte fragen, ob Alice mal zum Spielen zu uns kommen möchte? Die beiden sind zwar nicht in einer Klasse, aber sie spielen so toll zusammen.«

Ich starre sie sprachlos an – damit hätte ich als Letztes gerechnet. In letzter Zeit habe ich mich eigentlich schon gefragt, ob wir Alice wirklich weiter zur Schule schicken sollten, bei all ihren Schwierigkeiten und der Art, wie einige ihrer Klassenkameraden sie ansehen. Sie sind noch zu klein, um es zu verstehen oder sich taktvoll auszudrücken.

Warum geht sie so schräg? Warum kann sie nicht normal reden? Warum ist Alice so komisch?

»Eine Verabredung zum Spielen ...«, sage ich zögernd, denn ich bin mir nicht sicher, ob das eine gute Idee ist.

»Ich weiß, wir müssten ein paar Besonderheiten beachten«, sagt Jane behutsam. »Und wenn Sie lieber mit dabei sein wollen, wäre das absolut in Ordnung.«

In diesem Moment öffnet Miss Hamilton die Tür, und nach dem ersten Schwung Kinder sehe ich Alice wacklig herauskommen, Hand in Hand mit einem lächelnden Mädchen, das ich nicht kenne, mit braunem Haar und Zahnlücke.

»Das ist Violet«, sagt Jane stolz, und als die zwei Mädchen näher kommen, erkenne ich, dass Violet das Down-Syndrom hat. Jane bestätigt es mit ihren nächsten Worten. »Sie haben sich kennengelernt, weil sie beide Schulbegleiter haben. Da haben sie angefangen, sich zusammenzutun.«

Ich nicke, versuche den Kloß in meinem Hals herunterzuschlucken. Also werden die förderbedürftigen Kinder zusammen in eine Ecke gestellt. Das war zwar zu erwarten, aber der Gedanke gefällt mir nicht. Ich will etwas anderes für Alice, aber das erscheint mir auch wieder falsch.

»Ich weiß, es ist schwer«, sagt Jane sanft. »Nicht das, was Sie wollten.«

Das klingt, als hätte ich ein Kind bestellt wie ein Essen im Restaurant, das ich nun wie ein pingeliger Gast wieder zurückgehen lasse. »Es ist nun mal, wie es ist«, antworte ich Jane bestimmt. »Und ich bin mir sicher, dass Alice sehr gern zum Spielen zu Violet kommen würde.«

Das Treffen ist natürlich ein ganz großes Ereignis. Alice hat sich in ihrem ganzen Leben erst ein paarmal zum Spielen verabredet. Das war noch in der Vorschule, und ich war immer dabei. Dieses Mal will sie aber unbedingt alleine hingehen, obwohl ich schreckliche Angst habe, dass irgendetwas Schlimmes passieren könnte.

»Violets Mommy holt uns von der Schule ab«, erklärt sie mir. »Und dann essen wir Pommes!«

Ihre Aussprache ist im letzten Monat undeutlicher geworden, manchmal versteht man sie nur schwer. Ich frage mich, ob

Jane das wohl hinbekommen wird, und versuche die hartnäckigen Befürchtungen zu unterdrücken. »Das klingt ja prima, Alice.«

Doch am Tag der Verabredung gärt die Nervosität weiter in mir. Ich muss mich zwingen, am Nachmittag nicht zur Schule zu laufen und zu überprüfen, ob das Abholen wie vereinbart klappt. Ich sage mir, dass es doch ein wahrer Luxus ist, einmal Zeit zum Aufräumen zu haben, ein paar Rechnungen zu bezahlen, mich über die NCL-Konferenz zu informieren, die im Juli in Florida stattfindet. Die Stunden vergehen schrecklich langsam, und dann endlich, *endlich*, ist es Zeit, sie abzuholen.

Ich höre sie vor Lachen quietschen, noch bevor ich in Janes Auffahrt einbiege. Verblüfft und mehr als nur eine Spur besorgt halte ich inne, als ich die beiden auf einem Trampolin im Vorgarten auf und ab springen sehe. Ist das wirklich eine gute Idee? Alice fällt auf die Seite und ich eile zu ihr.

»Alice!«

»Hallo, Mommy!« Sie klingt so fröhlich, dass ich auf der Stelle stehen bleibe, denn ich kann mich nicht daran erinnern, wann Alice zum letzten Mal so klang.

»Sie hatten so viel Spaß«, berichtet mir Jane von der Tür aus. »Ich habe von drinnen ein Auge auf sie gehabt – ich hoffe, das ist in Ordnung?«

Ich bin ein bisschen aus dem Konzept gebracht, denn ein Teil von mir findet es nicht in Ordnung, aber Alice ist so glücklich. Sie macht, was Millionen anderer Mädchen in ihrem Alter machen, und warum sollte ausgerechnet ich sie daran hindern?

»Das freut mich«, sage ich schließlich, und Jane lächelt verständnisvoll, als hätte sie meinen gesamten Gedankengang mitverfolgt.

»Komm doch rein und trink ein Tässchen Tee.«

Wir sehen den Mädchen durchs Fenster zu, während wir im Wohnzimmer Tee trinken, und ich kann gar nicht fassen, wie wunderbar normal das ist, was für ein Durchatmen.

Jane redet nicht über NCL oder das Down-Syndrom oder die Schwierigkeiten, die damit einhergehen, und das ist eine Erleichterung. Wir sind einfach nur zwei ganz normale Mütter mit zwei ganz normalen Kindern. Und während wir da sitzen und uns unterhalten, wird mir klar, dass ich meine Definition von »normal« komplett umschreiben muss, denn Alice *ist* normal, genau wie Violet.

Wenn man sie da draußen so kichern und kreischen hört, käme man nicht auf die Idee, dass irgendetwas mit ihnen nicht stimmt, und zum allerersten Mal frage ich mich, ob es überhaupt so ist.

Schließlich kommen die Mädchen herein, ausgelaugt, aber fröhlich. Jane schickt sie zum Händewaschen, und ich schaue zu, wie sie sich ungeschickt hindurchmanövrieren. Sie lassen die Seife fallen, spritzen sich mit Wasser voll, aber sie schaffen es. Vielleicht sollte ich Alice mehr Aufgaben überlassen, auch wenn es sich chaotisch und schwierig gestaltet. Vielleicht würde es uns beiden helfen.

Ich fühle mich, als hätte ich die Tür zu einem ganz neuen Raum geöffnet, von dem ich nicht einmal wusste, der aber voller Sonnenschein und Möglichkeiten steckt. Seit Alices Diagnose kannte ich nur die Dunkelheit, hielt den Kopf gesenkt und boxte mich stur durch, marschierte tapfer gegen den Wind, doch nun frage ich mich, ob es immer so laufen muss. Ob wir nicht vielleicht, ganz vielleicht, mehr auskosten statt immer nur aushalten können.

Aber dann erinnere ich mich daran, dass Violet keine tödliche Krankheit hat. Violet wird in den nächsten Jahren nicht ihr Augenlicht, ihre Sprache und ihre Bewegungsfähigkeit verlieren. Violet ist nicht dazu verdammt, als Kind zu sterben. Alices Diagnose unterscheidet sich von Violets, das lässt sich nicht leugnen. Aber im Augenblick sind sie einfach nur kleine Mädchen und Freundinnen, und das ist genug.

»Wenn du mal reden musst ...«, sagt Jane, als wir uns verabschieden. Ihr Lächeln ist lieb, ohne mitleidig zu sein. »Egal worüber.«

»Danke, das merke ich mir. Und vielleicht kann Violet ja auch mal zu uns kommen.« Das hätte ich wirklich gerne, stelle ich fest.

»Das wäre spitze«, sagt Jane, und beide Mädchen stimmen enthusiastisch zu.

»Ihr hattet Spaß?«, frage ich Alice, als wir Hand in Hand nach Hause gehen, während die Dunkelheit bereits hereinbricht.

»Ja, Mommy, und wie!« Alice dreht sich bittend zu mir um. »Kann ich auch ein Trampolin haben?«

Mein Instinkt sagt mir, dass das auf keinen Fall geht, dass es zu gefährlich ist und dass Alice das Trampolin in ein paar Wochen oder Monaten oder vielleicht, ganz vielleicht, ein paar Jahren sowieso nicht mehr benutzen kann. Aber dann erschrecke ich vor mir selbst, vor meiner engstirnigen, negativen Sichtweise, denn Alice kann es doch *jetzt* benutzen.

»Ja«, antworte ich lächelnd. »Ich finde, das hört sich nach einer fantastischen Idee an.« Und dann will ich das Leben und das Glück an mich reißen, solange ich noch kann, und füge hinzu: »Lass uns gleich heute Abend eins bestellen.«

Als wir zu Hause ankommen, steht eine mit Frischhaltefolie bedeckte Auflaufform vor der Haustür. Fast jede Woche gab es davon jetzt ein paar, und sie kommen alle von Anna. Als ich sie aufhebe, will Alice wissen, von wem sie ist.

»Von einer Freundin«, sage ich und wir gehen hinein.

»Meiner Freundin? Meiner Freundin Violet?«

»Nein, eine Freundin namens Anna.« Die Worte auszusprechen fühlt sich bedeutsam an, aber natürlich registriert Alice das nicht, sie stellt nur weiter Fragen.

»Anna? Kenn ich die? Hab ich die schonmal gesehen?«

Ich halte den Blick auf den Auflauf gerichtet, während ich

antworte. »Ja, du hast sie vor langer Zeit mal gesehen, als du noch ein Baby warst.«

»Ein Baby? Dann nicht mehr?«

»Nein«, sage ich mühsam. »Dann nicht mehr.« Ich halte inne und sehe auf. Alice steht im Wohnzimmer, mit Schlagseite wie ein Schiff im Sturm, und blinzelt mich durch ihre dicke Brille an. Aber sie lächelt, und mir wird klar, dass ihr diese furchtbare Krankheit zwar viel genommen hat, sie aber eines nie verlieren wird: Sie ist immer noch Alice. Sie wird immer Alice sein.

»Alice«, sage ich. »Möchtest du sie mal kennenlernen? Unsere Freundin Anna?«

Sie nickt und strahlt über das ganze Gesicht. »Ja, au ja!«, ruft sie, obwohl sie überhaupt nichts über Anna weiß. Die Aussicht auf neue Freunde hat sie immer schon begeistert. »Ich will sie kennenlernen. Können wir sie heute kennenlernen, Mommy?«

»Nein, nicht heute«, sage ich. Die Worte fühlen sich wichtig und notwendig an, ein Versprechen nicht nur an Alice, sondern auch an mich selbst: »Aber bald.«

Zu meinem Erstaunen bin ich zuversichtlich, zum ersten Mal seit einer gefühlten Ewigkeit. Die Sonne scheint und Alice hat eine Freundin. Ausnahmsweise einmal lauert die Zukunft nicht als gähnender, dunkler Abgrund vor mir. Seit ein paar Wochen gehen Matt und ich wieder zur Therapie, und das macht uns stärker als je zuvor. Endlich brechen die Wolken über unserem Leben einmal kurz auf, und ich erlaube mir, ein Weilchen die Sonne zu genießen, durchzuatmen, zu *sein*.

Dann, in der folgenden Nacht, hat Alice einen Grand-Mal-Anfall, und alles ändert sich wieder.

34

ANNA

Ich grabe die Hände in die dunkle, reichhaltige Erde und hebe ein Loch für das winzige Samenkorn aus. Es ist Ende Mai und Will und ich arbeiten im Garten seines Onkels, der wieder mit seiner Krebserkrankung zu kämpfen hat und sich wahrscheinlich zumindest dieses Jahr nicht mehr um die Parzelle kümmern kann.

Es tut uns gut, zusammen zu arbeiten, etwas entstehen zu lassen. Wir haben die letzten Spuren des Winters beseitigt und Hochbeete für Zwiebeln und Salat sowie einen neuen Hühnerstall angelegt, mit sechs süßen kleinen Küken, ganz gelb und mollig. Es beginnt etwas Neues, und das brauchten wir wohl beide, vor allem ich, nach dem kummervollen Winter.

Fünf Monate nach Alices Diagnose beginne ich, das Loslassen zu lernen. Es war ein langsamer Prozess, es tat weh, mich zu lösen, aber es war notwendig. Es ist über fünf Jahre her, dass ich Alice zuletzt gesehen habe, und endlich habe ich aufgehört, nach ihr zu suchen.

Trotz oder gerade wegen seiner anfänglichen Sorge hat Will mich unablässig unterstützt. Ungefähr einmal pro Woche koche ich Essen für Matt und Milly, und ab und zu schreibe ich ihr eine Nachricht, damit sie weiß, dass ich an sie denke, ganz ohne Druck oder Erwartungen.

Nach fünf Jahren habe ich endlich den Anspruch darauf aufgegeben, von Milly irgendetwas zurückbekommen zu müssen. Und obwohl Alice sich nie weit aus meinen Gedanken entfernt, beherrscht sie sie nun nicht mehr.

»Teepause?«, schlägt Will vor. Ich richte mich auf und drücke das steife Kreuz durch. Wir sind seit mehreren Stunden bei der Arbeit und das Beet nimmt allmählich Gestalt an. Überall um uns herum sind Leute auf ihren eigenen Streifen Land beschäftigt, harken, hacken und pflanzen. Die Welt fühlt sich frisch an und sprudelt über vor Möglichkeiten, üppigem Wachstum und Neuanfängen.

»Klingt gut.«

Wir gehen zu dem kleinen Schuppen hinüber, wo wir nun schon so viele schöne Stunden verbracht haben. Will zündet den Gaskocher und ich fülle draußen am Wasserhahn den Kessel.

»Ich mache das schon«, sagt er und nimmt mir den Kessel ab, als ich zurückkomme. Ich zucke die Schultern und setze mich, dankbar für die Verschnaufpause.

Es ist ein schöner, heller Tag und ich neige den Kopf, um den Sonnenschein zu spüren, der durch die offene Tür fällt. Ich schließe die Augen und lausche dem Brummen der Hummeln und den Stimmen in der Ferne.

»Bitte schön.« Will klingt etwas zögerlich, sogar nervös. Ich öffne die Augen und sehe eine der Metalltassen direkt vor meinem Gesicht.

»Danke.« Ich nehme einen Schluck Tee und Will betrachtet mich.

»Du sahst aus, als wärst du eingeschlafen.«

»Wäre ich auch fast.« Er beobachtet mich immer noch, und ich muss lachen. »Was ist los?«

»Nichts.« Verlegen schaut er weg. Ich sehe auf meine Tasse

hinab und stutze, als ich etwas in der heißen Flüssigkeit herumschwimmen sehe. Etwas Helles und Schimmerndes.

»Will ...«

»Was denn?« Er macht ein eindeutig zu unschuldiges Gesicht und ich lache ungläubig, bin mir noch immer nicht ganz sicher. Vorsichtig und mit einem kleinen Zucken, weil der Tee so heiß ist, fische ich den Ring aus der Tasse – denn es ist ein Ring, ein Diamantring.

Als ich den Blick hebe, kniet Will vor mir. »Anna, ich liebe dich so sehr. Willst du mich heiraten?«

Ich lache wieder, kann es immer noch nicht glauben, spüre aber die Freude in mir aufschäumen. »Ja ... Ja, natürlich will ich das!«

Er steckt mir den Ring an den Finger, dann nehme ich ihn bei den Händen, ziehe ihn auf die Füße und er küsst mich. »Sollen wir uns einen Termin überlegen?«, fragt er.

»Jetzt schon?« Ich lache. Der Gedanke an den funkelnden Ring an meinem Finger muss ja erst einmal richtig bei mir ankommen.

»Je früher, desto besser, wenn du mich fragst.« Er grinst verschmitzt. »Wir werden beide nicht jünger, auch wenn ich das nur widerwillig zugebe.«

»Stimmt.« Plötzlich durchfährt mich ein schrecklicher Gedanke, und Will sieht es mir an.

»Anna, was ist los?«

»Möchtest du Kinder haben?«, frage ich unumwunden. Wir haben noch nie darüber gesprochen, auch nicht, als es um Alice ging.

»Wenn welche kommen, dann kommen welche«, antwortet Will nach einem Moment. »Was ich wirklich will, ist mein Leben mit dir zu verbringen.«

»Ja, aber ...« Ich drehe den Ring am Finger herum. »Du weißt, ich habe dieses Gen? Für NCL? Und die Wahrscheinlichkeit, dass ich es an mein Kind weitergebe, liegt bei fünfzig Prozent.« Wie es ja schon einmal passiert ist.

Kurz flackert etwas über Wills Gesicht, der Gedanke kam ihm noch nie. Mir erstaunlicherweise auch nicht. Ich hatte mich immer nur auf Alice konzentriert und selbst, als Will in mein Leben trat, nie daran gedacht, selbst einmal Kinder zu haben.

»Nun, aller Wahrscheinlichkeit nach habe ich dieses Gen nicht«, sagt Will, bewusst besonnen. »Auf jeden Fall kann ich mich darauf testen lassen.«

»Trotzdem würde ein Kind von uns es eventuell weitertragen ...«

Will schenkt mir ein verständnisvolles Lächeln. Er weiß, mir fällt es schwer, in alten Sorgen und Sehnsüchten herumzurühren. Ein Kind kommt mir immer noch wie eine Unmöglichkeit vor, als wäre es für mich so gut wie verboten. *Ein eigenes Kind*. Kann ich mir erlauben zu träumen?

»Lass uns darüber nachdenken, wenn es so weit ist«, sagt Will sanft. »Ich weiß, die Sorge ist da, natürlich ist sie das, aber wir beginnen gerade ein neues Leben zusammen. Darauf können wir jetzt den Blick richten.«

»Ja, ich weiß. Ich freue mich so sehr ...« Aber der Gedanke an ein Kind lässt mich auch wieder an Alice denken. Wie geht es ihr? Wie kommen Milly und Matt zurecht? Ich weiß es nicht. Vielleicht werde ich es nie wissen.

Meine Unterlippe bebt und er zieht mich an sich. Ich schmiege den Kopf unter sein Kinn und schließe die Augen, genieße seine sichere Wärme und staune über die Vorstellung, dass er mein Ehemann wird.

»Sie wird immer ein Teil von dir bleiben«, sagt er behutsam, und ich gebe einen kleinen, hicksenden Seufzer von mir.

»Woher wusstest du, dass ich an sie gedacht habe?«

»Ich kenne dich.« Er legt mir eine Hand auf den Rücken. »Hast du in letzter Zeit mal was von Milly gehört?«

»Nein, ich höre nie etwas von ihr, abgesehen von einem kurzen Danke per SMS, wenn ich etwas zu essen vorbeibringe.« Ich seufze. »Etwas anderes erwarte ich auch nicht. Ich bin mir sicher, sie wird mir Bescheid sagen, wenn ...« Ich kann es nicht aussprechen. Ich schlinge die Arme um ihn, lege den Kopf zurück und sehe seinen besorgten Blick. »Lass uns diesen Sommer heiraten.«

»So bald?«, zieht er mich auf.

»Ja.« Ich sage es bestimmt und fühle mich entschlossen. Ich muss diese alten Sorgen Will und mir zuliebe abstreifen, es sind nur Geister. Sie müssen mich nicht mehr heimsuchen, auch wenn sie wohl immer einen kleinen Platz in meinem Leben behalten werden. »Du sagtest ja schon, wir werden nicht jünger. Warum warten?«

Zwei Wochen später ruft Milly mich an.

35

MILLY

Ein Krankenhaus bei Nacht scheint nur von Geistern bewohnt zu sein. Es ist Anfang Juni, draußen steht die Welt in voller Blüte, die Kirschbäume laufen vor pinkroter Pracht über und in den Beeten werden die Köpfe der Tulpen schwer, aber hier drinnen ist alles abgedunkelt und still, nur gelegentlich hört man ein Husten oder ein quietschendes Rad an einem Rollwagen. Ich fühle mich unsichtbar, schwebe den Gang entlang, vertrete mir die Beine, bevor ich mich wieder zu Alice setze, die glücklicherweise schläft.

Es gab schon ein halbes Dutzend solcher Übernachtungen im Krankenhaus seit dem ersten Grand-Mal-Anfall im März, immer dann, wenn nach einem weiteren Anfall ihre Medikamente neu eingestellt werden mussten. Es braucht ein paar Tage, um die richtige Dosierung zu finden, dann gehen wir wieder nach Hause und versuchen, das sonderbare neue Leben wieder aufzunehmen, in dem wir uns wiederfinden.

Denn sonderbar ist es in der Tat – tiefe Trauer durchsetzt mit Augenblicken der Freude, während wir uns an die sich unentwegt verändernde Wirklichkeit des Verlustes anpassen. Sie geht immer noch zur Schule, Violet ist ihre beste Freundin und ihr Lachen aus tiefstem Herzen bringt mich zum Lächeln, wenn nichts anderes das schafft. Sie ist Alice. Erstaunlicherweise, wunderbarerweise ist sie immer noch unsere Alice.

Ich schlüpfe in ihr Zimmer und lege mich auf das Klappbett, das neben ihrem aufgestellt wurde. Matt und ich wechseln uns damit ab, wer die Nacht bei ihr verbringt, und heute bin ich dran. Wenn man sie so ansieht, käme man nie auf die Idee, dass sie krank ist, schon gar nicht so schwer – ihr Haar liegt wie ein goldener Fächer auf dem Kissen, ihre Wimpern schmiegen sich an die blassen Wangen.

Wenn man sie im Schlaf beobachtet, kann man nicht erkennen, dass der Verlust ihrer Sehkraft nun schon auf siebzig Prozent fortgeschritten ist oder dass sie gar keinen Bleistift oder Löffel mehr halten kann. Wenn man die Krücken in der Ecke übersieht, ahnt man nicht, dass sie nicht ohne Hilfe laufen kann. Wenn man sie nicht reden hört, bekommt man nicht mit, dass sie manche Wörter undeutlich ausspricht und viel zu viele andere vergisst. Wenn man sie so ansieht, käme man nie auf die Idee, dass etwas mit ihr nicht stimmt.

Und vielleicht ist es auch gar nicht so. Vielleicht ist das die Alice, die sie immer war. Es ist ein merkwürdiger und beunruhigender Gedanke, den ich in meinem Kopf durchsiebe wie auf der Suche nach Gold im Schlamm. Vielleicht war Alice immer dazu bestimmt, uns zu lehren, uns zu lieben, uns zu helfen, selbst im Angesicht von Trauer und Wut stark und dankbar zu sein.

Ich drehe mich auf dem Bett herum, suche nach einer gemütlichen Position, auch wenn das zwecklos ist. Während dieser Krankenhausaufenthalte schlafe ich fast nie, zucke bei jedem Geräusch in der Ferne zusammen oder spitze einfach nur die Ohren, um auf Alices Atem zu lauschen. Ich sollte mich inzwischen daran gewöhnt haben, an die volle elendige Last dieser verdammten Krankheit, aber das habe ich nicht. Auch jetzt bin ich wieder ganz kurz überrascht: *Moment mal, was? Alice ist krank? Wann ist das passiert?*

In diesen langen, einsamen Nächten erlaube ich mir manchmal, das sinnlose Was-wäre-wenn-Spiel zu spielen, eine Form der Selbstquälerei, der ich eigentlich nicht zu sehr nachgeben will. *Was, wenn ich keine Ovarialinsuffizienz gehabt hätte? Was, wenn wir uns für eine anonyme Spenderin entschieden hätten? Was, wenn wir ein Kind adoptiert hätten? Was, wenn ...* Dann wäre Alice überhaupt nicht hier. Dann gäbe es sie nicht.

Und wenn meine Gedanken in diese Richtung wandern, stelle ich mich der schwersten Frage von allen. *Wäre das besser?* Würde ich – *könnte* ich – mir das wünschen, bei allem, was ich heute weiß, während ich mich für alles wappne, was noch vor uns liegt, was wir – und Alice – noch erleiden und ertragen müssen?

Alice bewegt sich im Schlaf und ich beuge mich vor, um ihr das Haar aus dem Gesicht zu streichen. Mein Herz krampft sich zusammen vor Liebe zu ihr, so wie sie jetzt ist, so wie sie immer war. Nein, das könnte ich mir nicht wünschen.

»Mommy?« Alices Stimme dringt körperlos aus der Dunkelheit, die Stimme eines Geistes.

»Ja, Spätzchen?«

»Mommy, wird es mir wieder gut gehen?« Die Frage ist leise und undeutlich, aber ich verstehe sie nur allzu gut. Ich weiche aus, denn die Alternative fühlt sich auch nach all der Zeit noch unmachbar an.

»Die neuen Medikamente sollten dir helfen, Mäuschen. Das hat der Arzt gesagt.«

Alice, meine süße Alice, schüttelt den Kopf. »Nein. Wird es mir wieder *gut* gehen?« Sie wartet auf meine Antwort und mein Herz schreit mich an, ihr diese Antwort nicht zu geben, selbst jetzt noch nicht. Besonders jetzt nicht. Aber ich weiß, sie verdient die Wahrheit. Sie ist so geduldig, so tapfer, so vertrauensvoll. Und obwohl sie erst fünf Jahre alt ist, sehe ich in ihren Augen ein Verständnis, das mich demütig werden lässt.

»Was du erlebst, Alice ... die Symptome ... sie werden nie wieder weggehen.« Ich nehme ihre Hand. »Es tut mir leid, Spätzchen. Es tut mir so leid.«

Lange schweigt sie, in Gedanken versunken, aber ich kann nicht erahnen, was ihr durch den Kopf geht. Dann sieht sie mich wieder an, diese meeresgrünen Augen fixieren mich erschreckend direkt. »Werde ich sterben?«

Meine Augen füllen sich mit Tränen, und ich spüre, wie mir ein Kloß in die Kehle steigt. Ich halte mich an ihrer Hand fest wie an einem Rettungsring. Ich bin nicht bereit für diesen Moment. Ich hätte nicht gedacht, dass sie fragen würde, hätte nicht gedacht, dass sie es *weiß*. Sie ist noch so klein. Aber wenn ich sie ansehe, erkenne ich, dass sie versteht. »Eines Tages, Alice«, sage ich leise. »Ja. Aber Daddy und ich werden bei dir sein. Wir werden dich niemals allein lassen, das verspreche ich dir. Wir werden die ganze Zeit bei dir sein und du brauchst gar keine Angst zu haben.«

Sie nickt langsam, ihr Gesicht ist so ernst. »Tut es weh?«

Ein kleiner Schluchzer droht mir zu entfliehen, aber ich schlucke ihn herunter. »Ich verspreche dir, Alice, es wird nicht wehtun. Dafür werden die Ärzte sorgen. Es wird sein, als würdest du einschlafen, und es wird auch noch ganz lange dauern, bis es passiert.« *So Gott will.* So Gott will, bleiben uns noch Jahre mit ihr, auch wenn diese Jahre von Verlust geprägt sein werden und von einer bestimmten Art von Trauer – noch wird sie bei uns sein, noch wird es Freude geben.

»Und dann komme ich in den Himmel?« Die Frage überrascht mich, denn wir sind eigentlich nicht besonders religiös, aber dann fällt mir ein, dass ihre Grundschule anglikanisch ist, da sprechen sie wohl über sowas. Wenn es jemals eine Zeit gab, an den Himmel zu glauben, zu hoffen und darauf zu vertrauen, dass es einen Gott gibt, der sie liebt, dann ist es jetzt.

»Ja, Spätzchen. Du kommst in den Himmel.«

Wieder nickt sie langsam, akzeptiert das genauso wie alles andere. Möglicherweise kommen die Erkenntnis, die Wut und die Tränen später. Zumindest in diesem Moment herrscht Frieden. »Dann ist ja gut.«

Ich nicke, traue mir nicht zu, zu sprechen. Vielleicht ist sie zu jung, um zu begreifen, was ihr alles entgeht – all die Augenblicke und Meilensteine, die sie nie erleben wird. Die ich nie erleben werde. Vielleicht bleibt sie davon verschont, und es wird nur meine eigene Trauer zu tragen geben, meine und Matts. *Und Annas.* Der Gedanke schleicht sich ein und schlägt Wurzeln. *Anna.*

Ich habe Anna seit dem Abend im Weinkeller nicht mehr gesehen, obwohl sie uns gelegentlich Essen vor die Tür stellt und hin und wieder Nachrichten schreibt. Ich schreibe immer zurück, um ihr zu danken, aber es liegt eindeutig noch ein Abstand zwischen uns, ein Abstand, den Matt und ich geschaffen haben.

Nach dem ersten großen Anfall hatte ich nicht die Kraft oder Ruhe, ein Treffen mit ihr auf die Beine zu stellen, wie ich es vorgehabt hatte. Aber jetzt, während Alice einschläft, gehe ich mit mir selbst ins Gericht. Kann ich Anna wirklich so viel vorenthalten, einfach nur, weil es mir etwas zu viel ist?

Während ich beobachte, wie Alices Gesicht sich im Schlaf entspannt, wie sich ihre Brust hebt und senkt, wird mir etwas klar, was ich schon vor langer Zeit hätte verstehen sollen. Anna muss Alice sehen. Solange Alice noch sehen, sprechen, laufen, *sein* kann, muss Anna ihre Tochter kennenlernen.

36

ANNA

»Hallo, Anna.«

Milly klingt nicht nervös, sondern ganz ruhig, und eine Sekunde lang scheint mein Herz stehen zu bleiben. Das Handy rutscht mir fast aus der Hand, als mich mit voller Wucht trifft, was das vielleicht bedeutet. So sehr ich auch überzeugt war, mit der Geschichte abgeschlossen zu haben, in diesem Moment hat sie mich voll und ganz im Griff.

»Es ist doch nicht ... Alice ...« Das kann doch noch nicht das Ende sein. Oh Gott, bitte nicht.

Milly schluchzt leise auf, es klingt beinahe wie ein Lachen. »Nein, nicht Alice. Zumindest ... nicht das. Noch nicht.« Sie hält inne und holt tief Luft. »In letzter Zeit ist sie immer mal wieder im Krankenhaus, wenn die Medikamente neu eingestellt werden, aber gerade ist sie seit ein paar Tagen wieder zu Hause.«

»Okay ...«

»Und ich dachte mir, du willst sie vielleicht sehen.«

Einen Moment lang kann ich überhaupt nichts sagen. Ich versuche zu verarbeiten, was Milly gesagt hat, und noch wichtiger, warum sie es gesagt hat. Dann wird mir klar, dass nichts davon wirklich eine Rolle spielt. Sie fragt mich, ob ich Alice sehen möchte, und darauf gibt es nur eine Antwort.

»Ja, ich würde sie sehr gerne sehen. Wann würde es gut passen?«

»Samstagnachmittag? Wenn das Wetter gut ist, könnten wir grillen.«

»Ich werde da sein.«

»Super.«

»Milly ...« Ich muss fragen. Ich muss es wissen. »Warum hast du deine Meinung geändert? Und Matt?«

»Es ist richtig so«, sagt sie einfach nur.

Die nächsten zwei Tage scheine ich durch einen Traum zu schweben. Ich rechne die ganze Zeit damit, dass Milly mir schreibt und es wieder abbläst. Hat Matt zugestimmt? Warum hat sie ihre Meinung geändert? Aber ich sage mir, dass diese Fragen nicht wichtig sind. Nur Alice ist wichtig.

Ich erzähle Will von dem Besuch und erwarte halb, dass er misstrauisch oder zumindest mit Bedenken reagiert und mich warnt, ich werde mich nur wieder zu sehr darin verstricken und verletzt werden, aber nichts davon passiert. Stattdessen nimmt er mich in den Arm, versichert mir, er freue sich für mich, und wiederholt Millys Aussage, dass es das Richtige sei. Dass ich Alice kennenlernen muss und vielleicht, ganz vielleicht, Alice auch mich kennenlernen muss.

Es ist ein wunderschöner, strahlend sonniger Tag Anfang Juni, als ich um kurz vor vier Uhr zu Milly und Matt aufbreche. Es ist die Sorte Tag, die alles Wunderbare an einem britischen Sommer einfängt, wenn die Welt eine Goldfärbung annimmt, von Vogelgesang und Schmetterlingen erfüllt ist und jeder Augenblick aussieht wie mit der Kamera festgehalten, Schnappschüsse des Glücks.

Ich habe eine Ladung Schokoladenkekse gebacken und für das Grillen einen Salat gemacht, und als ich beides die Treppe zu ihrer Haustür hochhieve, bin ich so nervös wie noch nie in meinem Leben. Ich habe keine Ahnung, was ich erwarten kann, wie ich mich fühlen werde, was ich tun oder sagen soll. Und was ist mit Milly und Matt? Was versprechen sie sich von diesem Besuch? Was erwarten sie von mir?

Mit den schweren Schüsseln im Arm drücke ich auf die Klingel und gebe mir Mühe, nicht verängstigt auszusehen.

Milly öffnet die Tür und lächelt, als sie mich sieht. »Anna«, sagt sie, und einen Moment lang denke ich, dass sie mich umarmen will, aber dann nimmt sie bloß meine Hand und drückt sie einmal. »Tut mir leid, dass es so lange gedauert hat. Komm rein.«

Ich folge ihr durch das Haus, sehe mich um und registriere, was sich verändert hat, seit ich das letzte Mal hier war – die Haltegriffe im Bad und in der Küche, die Gehhilfe neben der Tür.

Wir gehen durch die Terrassentür in den Garten, wo der sattgrüne Rasen zu einem alten Kastanienbaum hin abfällt, in dem eine Schaukel hängt. Eine Schaukel mit tiefem Schalensitz und Sicherheitsgurt. Matt steht auf der Terrasse am Grill, und Alice – denn das kleine Mädchen dort muss natürlich Alice sein – sitzt auf einer Decke und beobachtet einen vorbeifliegenden Schmetterling.

Es ist so ein perfektes, idyllisches Bild, dass ich es am liebsten fotografieren würde, aber ich weiß, das würde ihm nicht gerecht werden. Ich bleibe einen Moment in der Terrassentür stehen und nehme alles in mich auf, präge mir jedes Detail genau ein, dann dreht Alice den Kopf und schaut mich an.

Mein erster Gedanke ist, dass ich sie kenne. Ich habe sie *immer* gekannt. Sie sieht genauso aus wie auf den Fotos, wie ich, aber das Gefühl der Vertrautheit sitzt noch tiefer, tief in meiner Seele. Dann lächelt sie mich an.

»Hallo«, sagt sie schüchtern, und mir schwillt das Herz so sehr an, dass es mir fast aus der Brust platzt.

»Hallo, Alice.«

Langsam und ohne einen Blick zu Milly oder Matt gehe ich auf sie zu. Ich lasse mich auf der Decke neben ihr auf die Knie sinken und betrachte sie einfach nur. Sie sieht mich offen an, studiert mich genauso wie ich sie.

»Kenne ich dich?« Die Worte kommen ein bisschen undeutlich heraus, aber ich verstehe sie. Natürlich.

Bevor ich eine Antwort geben kann, spricht Milly. »Ja«, sagt sie. »Du kennst sie, auch wenn du dich vielleicht nicht an sie erinnerst. Aber du hast Anna schon immer gekannt, von Anfang an.«

Etwas Liebevolleres hätte sie wahrscheinlich nicht sagen können. Ich sehe zu Matt hinüber, frage mich, was er über all das denkt, aber als ich seinem Blick begegne, nickt er nur leicht und schaut zur Seite, die frühere Feindseligkeit ist etwas Duldendem gewichen, er wirkt fast ein wenig resigniert. Es fällt ihm immer noch schwer.

Ich setze mich neben sie. »Was machst du heute so, Alice?«

»Schmetterlinge gucken. Ich will einen fangen, aber Mommy sagt, sie sind zu z ... za ...« Sie bleibt an dem Wort hängen, und ich ergänze es für sie.

»Zart?«, schlage ich vor, und Alice nickt.

»Vielleicht könnte Anna dich ja auf der Schaukel anschubsen«, überlegt Milly. »Während ich alles fürs Essen bereit mache.« Sie schaut mich an, und ich lese alles aus ihrem Blick – die Sorge um Alices eingeschränkte Motorik, ob ich auf sie aufpassen kann. Aber sie vertraut mir. In diesem kleinen, aber entscheidenden Punkt vertraut Milly mir.

»Sehr gerne«, sage ich und strecke die Hand aus. Alice nimmt sie, und als sich ihre kleinen Finger um meine legen, scheint mir das Herz wirklich aus der Brust zu platzen, vor Freude wie vor Kummer.

Langsam gehen wir Hand in Hand zur Schaukel. Alice läuft steif und unbeholfen, sie zieht einen Fuß ein bisschen nach, und ich setze ganz langsam einen Schritt vor den anderen, um mich ihrem ungleichmäßigen Gang anzupassen. Es ist schmerzhaft zu sehen, wie viel sie bereits einbüßen musste, und doch bin ich unglaublich dankbar, dass sie jetzt hier ist. Dass wir beide zusammen hier sind.

Ich helfe ihr in die Schaukel, und als sie sicher angeschnallt darin sitzt, stoße ich sie sanft an.

Eine Brise umspielt uns und die Sonne scheint herab. Alice kichert, als sie höher schwingt.

»Mommy, guck mal!«, ruft sie, und obwohl sich kurz der Gedanke einschleicht, dass dieser Ruf auch mir gelten könnte, weiß ich doch genau, dass dem nicht so ist, und das ist okay. Es ist richtig so.

Ich denke an eine Szene zurück, die ich vor langer Zeit gesehen habe – an den Vater, der seine Tochter auf der Schaukel anschubste, wie sie vor Freude den Kopf in den Nacken legte – und muss lächeln. Alice lächelt zurück.

Später, nach Stunden, die ich für immer im Gedächtnis behalten werde, schenkt Milly uns beiden Wein ein, während Matt oben Alice baden geht.

»Ich hätte früher anrufen sollen«, sagt sie. »Viel früher.« Sie hält inne. »Jahre früher.«

»Das spielt jetzt keine Rolle mehr.«

»Doch. Du hättest die ganze Zeit über Teil ihres Lebens sein können ...« Ihr Gesicht verzerrt sich. »Oh, Anna ...«

Und dann liegen wir uns in den Armen und weinen, drücken uns ganz fest, stützen uns gegenseitig. Es ist, als wären die Jahre ohneeinander nie geschehen, und doch sind sie jetzt präsenter als je zuvor. Ihre Narben und die Zeit der Stille zwischen uns haben uns geprägt, und wie durch ein Wunder hat uns die Erfahrung stärker gemacht.

»Wusstest du«, sagt Milly, als wir geschnieft, uns die Tränen von den Wangen gewischt und uns aufs Sofa gesetzt haben, »dass ich vor ein paar Jahren nach meiner Mutter geforscht habe? Ich habe mir endlich meine Geburtsunterlagen angesehen, nach all der Zeit.«

»Und was hast du herausgefunden?«

Sie seufzt und lehnt den Kopf ans Sofa. »Sie hatte postpartale Depressionen, genau wie ich, nur schlimmer. Deshalb hat sie mich abgegeben.« Langsam schüttelt sie den Kopf. »Die ganzen Jahre dachte ich, ich wollte sie gar nicht kennenlernen. Ich habe mich nicht um sie geschert, weil ich mir so sicher war, dass es ihr andersrum genauso ging. Ich habe sie dafür verurteilt, mich mit sechs Monaten aufgegeben zu haben.« Sie hebt den Kopf und sieht mich direkt an. »Aber jetzt sehe ich das anders. Ich sehe vieles anders. Sie ... dich ... alles.«

»Alice ist unglaublich, Milly. Und du bist eine wunderbare Mutter.«

»Danke.« Milly nickt langsam. »Sie gehört zu uns beiden.« Ich weiß, das verlangt ihr viel ab. »Weißt du noch, was ich damals zu dir gesagt habe? Dass wir sie alle gemeinsam großziehen?«

Ich nicke. Natürlich weiß ich das noch.

»Jetzt wünschte ich, es wäre so gewesen. Ganz ehrlich.« Sie lächelt unsicher. »Aber vielleicht kann es noch so werden. Es ist noch ... es ist noch nicht zu spät, stimmt's?«

»Nein.« Ich schüttle den Kopf, schlucke schwer. Ich habe losgelassen, Milly hat mir die Hand gereicht, und irgendwie fühlt es sich alles richtig an, als hätte sich ein Kreis geschlossen und uns genau dahin gebracht, wo wir sein müssen. Sogar Alice. »Es ist nicht zu spät, Milly. Ich weiß, es kann nicht einfach sein ...«

»Ist es auch nicht. Es ist das Schwerste, was ich je getan habe, und ich muss immer weitermachen, jeden Tag, wer weiß, wie lang. Und es wird nur immer schlimmer werden. Das macht mir am meisten Angst. Werde ich damit klarkommen? Wie sollen wir das durchstehen? Und Alice?« Mit zitternden Fingern hebt sie ihr Weinglas an die Lippen.

»Sie ist wunderbar.« Ich lächle bei der Erinnerung an Alice, wie sie schaukelt, wie sie stolpernd einen Schmetterling verfolgt, wie sie einfach sie selbst ist. »Innerlich und äußerlich, einfach wunderbar.«

»Ja, das ist sie.« Millys Stimme schwankt, aber sie fängt sich wieder. »Ich bin so dankbar für sie, trotz allem, *wegen* allem. Manchmal ergibt das keinen Sinn, aber so ist es.« Sie lacht zittrig. »Klingt das verrückt?«

»Nein«, sage ich. »Weise.« Ich halte inne und frage dann zögerlich: »Und Matt?«

Milly seufzt. »Er war lange Zeit wütend, aber das kann irgendwie auch ... befreiend sein. Es spült die ganze Wut weg, den Groll, die Bitterkeit, den Schmerz.«

»Wenn man es zulässt.«

»Genau, wenn man es zulässt. Und die Entscheidung müssen wir jeden Tag aufs Neue treffen. Jede *Sekunde*. Zulassen, dass etwas Gutes aus dem Schlechten hervorgeht. Aus dem Unvorstellbaren.«

Ich nehme ihre Hand. »Das ist tapfer von euch.«

»Es ist die einzige Möglichkeit. Die Alternative wäre, dass ich daran zerbreche, und das kann ich nicht zulassen.« In ihren Augen glitzern die Tränen und sie blinzelt rasch. »Das werde ich nicht. Das wird keiner von uns.«

Es knarzt auf der Treppe, und als ich mich umdrehe, steht Matt da und sieht mich direkt an. Selbst jetzt noch rechne ich fast damit, dass er mich rauswirft.

»Alice will, dass du Gute Nacht sagen kommst«, sagt er, und einen Moment lang bin ich sprachlos.

»Ich?«

»Ja.« Er ringt sich ein steifes Nicken und ein kleines Lächeln ab. »Sie hat ausdrücklich nach dir verlangt.«

Und so schleiche ich nach oben, das Herz schlägt mir bis zum Hals. Ihr Zimmer ist noch dasselbe wie früher, aber nun ist es kein Baby-, sondern ein Mädchenzimmer, voller rosa Prinzessinnen und Regenbögen.

Alice sitzt auf dem Bett, ihr noch feuchtes Haar gelockt, ihre Wangen rosig. Sie sieht vollkommen aus.

»Ich hab Daddy gefragt, ob du mir was vorlesen kannst.« Ich brauche eine Sekunde, um sie zu verstehen, aber dann nicke ich, das Herz schwillt mir wieder an.

»Das fände ich schön, Alice. Sehr schön.«

Sie streckt mir ein Buch entgegen und ich setze mich zu ihr, lege den Arm um sie und wir lehnen uns an das Kissen. Wir lesen eine gekürzte Version von *Der kleine Schmusehase*, einem alten englischen Kinderbuchklassiker über einen Plüschhasen, der durch Liebe zum Leben erweckt und in ein echtes Tier verwandelt wird. Ich bekomme einen Kloß im Hals, als ich sein Gespräch mit einem anderen einst geliebten, nun aber vergessenen Spielzeug vorlese: »›Echt bedeutet nicht, wie man gemacht ist‹, sagte das Rollpferd. ›Es bedeutet, dass etwas mit dir geschieht. Wenn ein Kind dich sehr lange liebt, nicht nur gerne mit dir spielt, sondern dich *wirklich* liebt, dann wirst du echt.‹« Ich hole tief Luft, zwinge die drohenden Tränen zurück.

»Weiter, Anna«, fordert Alice sanft. »Das ist die beste Stelle.«

Also lese ich weiter, und mit jedem Wort trifft es mich tiefer im Herzen. »›Tut das weh?‹, fragte der Hase. ›Manchmal‹, antwortete das Rollpferd, denn es war immer ehrlich. ›Doch wenn du echt bist, macht es dir nichts aus, wenn jemand dir wehtut.‹« Alice nickt, offenbar kennt sie jeden Teil der Geschichte ganz genau und kostet die Worte aus. Ich fahre fort: »›Geschieht es alles auf einmal, wie wenn man aufgezogen wird?‹, fragte der Hase. ›Oder Stück für Stück?‹ – ›Es geschieht nicht alles auf einmal‹, antwortete das Rollpferd. ›Echt wird man allmählich. Es dauert sehr lange. Deshalb passiert es selten einem Spielzeug, das leicht zerbricht oder scharfe Kanten hat oder mit dem man sehr vorsichtig umgehen muss.

Wenn du irgendwann echt wirst, ist normalerweise fast dein ganzes Fell schon weggeliebt, deine Augen fallen ab und deine Gelenke sind ganz locker und du bist schäbig. Aber das macht alles überhaupt nichts. Denn sobald du echt bist, kannst du nicht hässlich sein. Nur für Leute, die es nicht verstehen.‹«

An diesem Punkt kann ich die Tränen nicht mehr zurückhalten, denn es ist alles so unerträglich ergreifend, so tragisch bittersüß, so *wahr*.

Alice lächelt und nimmt meine Hand. »Ist schon gut«, sagt sie sanft, und ich staune, mit welcher Kraft – und Liebenswürdigkeit – sie mich tröstet, auch wenn es nur um eine Geschichte geht. »Es ist gut, echt zu sein.«

»Ja, das stimmt.« Ich schniefe und bekomme ein Lächeln hin. »Du hast recht, Alice. Es ist sehr gut.«

Sie lächelt mich an, ich lächle zurück, und wenn ich diesen Moment mit den Händen einfangen könnte, würde ich ihn festhalten. Für immer.

Ich lese die Geschichte zu Ende, ohne weitere Tränen zu vergießen, und als ich auf der letzten Seite ankomme, fallen Alice die Augen zu. »Gute Nacht, Anna«, flüstert sie, und mir brennen die Tränen in den Augen.

»Gute Nacht, Alice.« Ich schließe das Buch und schaue ihr einfach nur beim Schlafen zu, beobachte das leichte Heben und Senken ihrer Brust, die kleinen, leisen Atemzüge. Das ganze Haus, die ganze Welt, ist reglos und ruhig. Friedlich.

Werde ich noch einen Moment wie diesen erleben? Wird Milly das, oder Matt? Mehr denn je ist mir bewusst, wie ungewiss die Zukunft ist, welche Sorgen wir noch tragen müssen, welche Hoffnungsschimmer wir noch finden werden, wenn wir es am wenigsten erwarten. Aber in diesem Moment bin ich froh und dankbar – für alles, sogar für den Kummer und die Trauer, denn all das hat mich hierher gebracht. Es hat *uns* hierher gebracht.

»Ich hab dich lieb, Alice«, flüstere ich, und ihre Lider flattern noch einmal, als ich mich zu ihr herabbeuge, ihr einen Kuss auf die Wange gebe und den Duft von Erdbeershampoo einatme. Sie haucht einen Seufzer, und dann, ganz langsam und mit einem Lächeln auf den Lippen, stehe ich auf und gehe nach unten.

EPILOG
MILLY

Drei Jahre später

»Guck mal, Mommy!«

»Ich guck doch schon, Häschen.« Ich winke und lächle meinem Sohn zu, der fünf Jahre alt und schwer stolz darauf ist, dass er schon alleine schaukeln kann. Wir haben Toby vor sechs Monaten adoptiert, nach einem ganzen Jahr voller Pläne und Papierkram, Begutachtungen und Besuche. Wie jedes Kind in seiner Situation hat auch er seine schwierigen Momente, aber er ist auch ein wahrer Engel, und Alice liebt es, einen kleinen Bruder zu haben.

Die vergangenen drei Jahre haben uns sehr viel Leid beschert – Nächte, in denen ich auf dem Badewannenrand saß und schluchzte, bis ich mich innerlich nur noch leer fühlte; Tage im Krankenhaus, wenn Alice sich an neue Einschränkungen und Medikamente gewöhnen musste; kleine, alltägliche Kümmernisse und auch riesige, niederschmetternde.

Aber es gab auch viele überraschende Freuden, die größte ist natürlich, dass Alice überhaupt noch bei uns ist. Sie ist acht Jahre alt, blind und kann nur noch wenig sprechen, und seit anderthalb Jahren ist sie nun schon auf einen motorisierten Rollstuhl angewiesen. Sie besucht immer noch die Schule, was wir der unbeugsamen Miss Hamilton zu verdanken haben, die als Beauftragte für Sonderpädagogik für sie eingetreten ist und Schlachten für uns ausgetragen hat, die wir gar nicht erwartet hatten.

Matt und ich betrauern jeden kleinen Verlust, den Alice erleidet, und feiern jeden ihrer Meilensteine. Geburtstage, Weihnachten, ihren Namen schreiben können, schwimmen lernen ... das waren alles hart errungene Erfolge. Es gibt Herausforderungen und Frustmomente, viel zu viele, und am schlimmsten ist es, wenn Alice sie selbst mitbekommt und sich für dumm hält, ihren Körper und Geist dafür hasst, dass sie sie im Stich lassen, sich dagegen auflehnt.

Aber wir bieten all dem jeden Tag die Stirn, wenn wir es auch nie hinter uns lassen können, halten in unserer Trauer zusammen. Außerdem haben wir Unterstützung bei regionalen Gruppen bekommen und bei Konferenzen für von NCL betroffene Familien. Wir sind schon bis nach Newcastle und Swansea gefahren, um uns mit Familien in ähnlichen Situationen zu treffen, und vor einem Jahr waren wir mit einem ganzen Dutzend NCL-Familien in Disney World in Florida und haben dort die zauberhafteste Woche unseres Lebens verbracht. So viele schöne Dinge zwischen all dem Traurigen und Schweren und sogar dem Unerträglichen.

Ein paar Monate, nachdem Anna in unser Leben zurückkehrte, bezwang der Krebs meine Mutter endgültig; es war ein friedliches Ende, mehr kann niemand verlangen. Seit ihrem Tod verbringt mein Vater sehr viel mehr Zeit mit uns, ist oft für einen Abend oder ein ganzes Wochenende da und hat an unserem Leben teil.

Und Anna ... Ich weiß nicht, was wir ohne sie täten – oder sie ohne uns. In den letzten drei Jahren sind wir eine tiefere Freundschaft eingegangen, als irgendwer für möglich gehalten hätte, ich am allerwenigsten. Vor zweieinhalb Jahren war Alice das Blumenmädchen auf Annas und Wills Hochzeit, ein Highlight für uns alle.

Wir sind eine Familie, im wahrsten Sinne des Wortes, und sogar Jack bringt sich jetzt mehr ein. Vor zwei Jahren ist er zurück nach England gezogen und sieht Alice jetzt, so oft es geht. Es ist doch noch so gekommen, wie ich es mir einmal gewünscht habe, wenn auch auf eine Weise, die ich nie hätte ahnen können oder herbeiführen wollen. Wenn ich während meiner Schwangerschaft schon gewusst hätte, was vor uns liegt, wäre ich bestimmt schon beim ersten Schritt ins Straucheln geraten. Aber hier sind wir nun, und trotz allem, wegen allem, ist es gut so.

»Alice!« Toby lässt die Schaukel austrudeln und zeigt auf seine Schwester, die auf ihrem Elektromobil durch das Tor zum Spielplatz gefahren kommt, Anna dicht an ihrer Seite. Jeden Samstag essen sie zusammen bei Swoon Gelato ein Eis, nur sie beide. Es ist für Alice der Höhepunkt der Woche, für Anna ohne Zweifel ebenso, und mir wärmt es das Herz, die beiden so glücklich zu sehen.

Ich nehme Toby bei der Hand und wende mich ihnen zu. »Wie war das Eis? Welche Sorten hattet ihr diesmal?«

»Wie üblich Schoko-Brownie für die Prinzessin«, sagt Anna lächelnd und legt die Hand auf Alices goldenes Haar. »Warum ändern, was sich bewährt hat?«

»In der Tat.« Alice hat Schokoladenspuren um die Lippen. Seit etwa einem Jahr kann sie nur noch Püriertes zu sich nehmen, und mit Sicherheit erwartet sie irgendwann noch eine Magensonde. Aber heute hat sie ein Eis gegessen, und das ist genug.

»Und du?«, frage ich Anna. Sie arbeitet sich seit einem Jahr durch alle Sorten durch und gibt für jede eine Bewertung ab.

»Amarenakirsche-Käsekuchen. Ich hab Alice schon gesagt: sechs von zehn.«

»Warum nur sechs?«

»Nicht genug Kirschen.« Sie legt kurz eine Hand auf ihren noch kaum erkennbaren Babybauch, dann beugt sie sich zu Toby hinunter und umarmt ihn. »Ich hab dich drüben auf der Schaukel gesehen, Großer.«

»Hab ganz allein geschaukelt!«

»Unglaublich!« Und es ist *wirklich* unglaublich, denn als Toby zu uns kam, hatte er mit den Folgen von Vernachlässigung und Missbrauch zu kämpfen, schreckte vor den kleinsten Dingen zurück und weigerte sich, irgendetwas Neues oder Unbekanntes auszuprobieren. Ich habe die Vorstellung einer Bilderbuchfamilie, eines Neugeborenen, das ich in jeder Hinsicht meines nennen kann, schon vor langer Zeit losgelassen. Toby gehört genauso zu mir wie Alice. Sie sind meine Kinder. Es gibt kein *Aber*. Und wenn ich inzwischen auf meine eigene Kindheit zurückblicke, kann ich auch dort kein Aber mehr erkennen.

»Matt grillt heute Würstchen«, sage ich, lege Alice eine Hand auf die Schulter und ziehe sie an mich. Sie ist warm und solide und echt. Sie ist bei uns, und wir sind glücklich. »Wollen wir nach Hause gehen?«

Anna und Toby nicken, und Alice grinst auf eine Weise, die mich an die Zeit erinnert, als sie noch ein kleines Baby war.

Jeder Tag ist neu. Jeder Tag ist ein Wunder. Zusammen machen wir uns auf den Weg nach Hause.

Liebe Leserin, lieber Leser,

vielen Dank, dass du *Nicht meine Tochter* gelesen hast. Ich freue mich sehr darüber und hoffe, dass dir mein Buch viel Freude bereitet hat. Wenn es dir gefallen hat und du immer über meine Neuerscheinungen informiert werden möchtest, melde dich einfach unter dem folgenden Link an. Deine E-Mail-Adresse wird nicht an Dritte weitergegeben und du kannst dich jederzeit wieder abmelden.

www.bookouture.com/bookouture-deutschland-sign-up

Die Idee zu diesem Buch kam mir, als ich einen Zeitungsartikel über die ethische Komplexität moderner Fruchtbarkeitsbehandlungen las, insbesondere wenn mehr als zwei Personen beteiligt sind. Ich bin fasziniert von der Ethik der Elternschaft in der heutigen Gesellschaft, in der es so viele Szenarien gibt, die wir uns vor einer Generation nicht einmal hätten vorstellen können, und von den Schwierigkeiten, die wir alle haben, uns in dieser neuen und sich ständig verändernden Landschaft zurechtzufinden.

Doch im Kern ist *Nicht meine Tochter* nicht so sehr eine Geschichte über Ethik, sondern über die verborgene Güte, die wir in unserer Trauer finden können, und darüber, wie die schlimmsten Umstände zu überraschender Freude führen können – etwas, an das ich wirklich glaube und das ich in kleinerem Rahmen auch selbst erlebt habe.

Bei meinen Recherchen zum medizinischen Hintergrund von *Nicht meine Tochter* erfuhr ich so viel über die Batten-Krankheit, die wirklich herzzerreißend ist. Mehr zu dem Thema kann man hier erfahren: www.ncl-deutschland.de

Wenn dir *Nicht meine Tochter* gefallen hat, wäre ich sehr dankbar, wenn du dir ein paar Minuten Zeit nimmst, um eine Rezension zu schreiben. Du kannst mich auch über meine Facebook-Seite oder meinen Twitter-Account kontaktieren oder meiner Facebook-Gruppe Kate's Reads beitreten, in der wir über alle möglichen Bücher diskutieren. Ich bin immer dankbar, wenn ich von Leser:innen höre, also bitte meldet euch!

Nochmals vielen Dank fürs Lesen!

Liebe Grüße

Kate

www.kate-hewitt.com

facebook.com/katehewittauthor
twitter.com/author_kate
instagram.com/katehewitt1

DANKSAGUNG

Es braucht ein ganzes Dorf, um ein Kind großzuziehen, und genauso war es mit diesem Buch! Danke an das gesamte großartige Team bei Bookouture: meiner wunderbaren Lektorin Isobel für unbezahlbares Feedback zu dem ersten, noch sehr groben (!) Entwurf, und allen Mitarbeiter:innen, die meinen Büchern in die Welt geholfen haben – Peta, Kim, Noelle, Emily, Alex, Alexandra und Ellen, um nur ein paar zu nennen.

Danke an die medizinischen Expert:innen online und im wahren Leben, die geduldig meine vielen Fragen beantwortet haben, die ich oft in komplettem Unwissen gestellt habe.

Danke auch an Margery Williams, deren vielseits geliebtes Kinderbuch *Der Kleine Schmusehase* (*The Velveteen Rabbit*) einen Teil dieser Geschichte inspiriert hat.

Ein weiteres Danke geht an meinen Schreibfreundeskreis online, der sich jederzeit mein Gejammer anhört und mir dann versichert, dass ich das schaffe – den Savvies, den Mitgliedern der Bookouture Author Lounge und meiner lieben Freundin Jenna.

Und schließlich danke ich meiner wundervollen Familie, die viel Geduld mit mir hat, wenn ich ins Schreiben vertieft bin, besonders an meine Tochter Ellen, die meine Bücher laut vorliest, während ich schreibe, und mich damit zum Schaudern bringt – so sehr ich diese Angewohnheit auch hasse, du hilfst eindeutig dabei, meine Bücher stärker zu machen! Hab dich lieb!